TARA EGLINGTON

LONG DISTANCE PLAYLIST

BIS WIR UNS WIEDERSEHEN

Übersetzung aus dem australischen Englisch
von Cherokee Moon Agnew

one

MIX
Papier aus verantwortungsvollen Quellen
FSC® C014496
FSC
www.fsc.org

Dieser Titel ist auch als E-Book erschienen.

Titel der australischen Originalausgabe:
»The Long Distance Playlist«

Lektorat: Julia Przeplaska, Beilngries
Umschlaggestaltung: Zero Werbeagentur, München, unter Verwendung von Motiven von © phugunfire / shutterstock.com; miniwide / shutterstock.com; Julia Khimich / shutterstock.com; PixxWerk®,München
Satz: 3w+p GmbH, Rimpar (www.3wplusp.de)
Gesetzt aus der Adobe Caslon
Druck und Einband: GGP Media GmbH, Pößneck

Printed in Germany
ISBN 978-3-414-0122-8

5 4 3 2 1

Sie finden uns im Internet unter one-verlag.de
Bitte beachten Sie auch luebbe.de

Für die Freunde, die man mitten in der Nacht anrufen kann.

Isolde

Samstag, 25. August
Eigentlich hätte ich gar nicht auf dieser Party sein sollen. Ich ging ohnehin nur selten auf Partys. Und schon gar nicht samstags, denn samstags war Folgendes angesagt:

Ballettunterricht,
Proben für Schulaufführungen,
oder Vortanzen.

Ihr könnt jeden Balletttänzer fragen – der Samstag ist der wahrscheinlich stressigste Tag der Woche. Und Partys sind das Erste, was man aufgibt, wenn man eine Karriere als professionelle Balletttänzerin anstrebt und mehr daraus machen will als nur ein Hobby.

Als ich noch in der Grundschule war, versuchte ich, alles unter einen Hut zu bringen. Da hechtete ich samstags von meinen Proben auf die Geburtstagspartys meiner nicht-tanzenden Freunde. Meist kam ich drei Stunden zu spät.

In fünfundneunzig Prozent der Fälle verpasste ich es, wenn »Happy Birthday« gesungen wurde, und es war so gut wie sicher, dass es kein Stück Kuchen mehr für mich geben würde. (Ja, ich bin Balletttänzerin *und* esse Kuchen. Schockierend, nicht wahr?) Dann hing ich ungefähr eine Stunde lang mit meinen Freunden ab – immer noch in meinem Ballett-Outfit und Strumpfhosen –, bevor mich meine Eltern abholten, um mich wieder ins Studio zu bringen, damit ich mich für die Abendvorstellung aufwärmen konnte.

Damals dachte ich, ich würde das alles hinbekommen. Aber Freunde merken es sich, wenn man immer die Letzte ist, die kommt, und die Erste, die geht. Da kann das Geschenk noch so toll sein. Das Einzige, woran sie sich erinnern, ist, dass man zu spät gekommen ist. Sie verstehen nicht, warum man den Unterricht nicht *das eine Mal* ausfallen lassen kann. Und ich kann es ihnen nicht verübeln. Man versteht es nicht, wenn man nicht selbst tanzt.

Als ich älter und Ballett immer wichtiger wurde, wurde es unmöglich, alles unter einen Hut zu bekommen. Ich konnte nicht mehr einfach zwischen den Probenpausen verschwinden. Die Lehrer beobachteten ganz genau, wer die Sache ernst nahm. Ja, man braucht Talent, um Profitänzerin zu werden, aber das ist nur ein kleiner Teil des Ganzen. Der Rest ist Disziplin, Hingabe und der Zwang, *besser sein zu wollen als alle anderen.* Wenn ich nicht trainierte oder eine Aufführung hatte, machte ich Pilates, um an meiner Haltung und Flexibilität zu arbeiten. Oder ich stand im Fitnessstudio auf dem Crosstrainer, um Muskeln aufzubauen. Oder ich dehnte mich (Balletttänzer dehnen sich *immer*). Oder ich flickte meine Spitzenschuhe.

Wenn es eine Frage gibt, die mein Leben mit fünfzehn Jahren und acht Monaten (also schon ziemlich alt in Balletjahren) zusammenfasst, ist es diese: *Was bist du zu opfern bereit?*

Schon beim Wort »opfern« bekomme ich ein schlechtes Gewissen, denn so viele Profitänzer sagen: »Wenn Tanzen dein großer Traum ist, solltest du deine jungen Jahre nicht als ›Opfer‹ betrachten.«

Die Realität im Ballett sieht so aus: Wenn du es nicht genug willst, steht sofort jemand bereit, der deinen Platz einnimmt. Also stand das Tanzen immer an erster Stelle. Das war das Gesetz, nach dem ich lebte. Alles andere in meinem Leben blieb zugunsten des höheren Ziels auf der Strecke.

Das beinhaltete Partys, Kino und alle Aktivitäten, die eine Karriere gefährdende Verletzung nach sich ziehen konnten (Skifahren, Eislaufen, eigentlich jede Sportart). Ich konnte bei niemandem übernachten, nicht mit meinen Freunden an einem Donnerstagabend in der Mall abhängen. Für mich gab es kein Zeltlager, und selbst meine Abschlussfeier am Ende des sechsten Schuljahres fiel flach, weil ich an dem Abend die Rolle der Coppélia tanzte.

Ich habe das Gefühl, schon seit Jahren in einem Laufrad festzustecken. Jedes Jahr dreht es sich schneller – und ich muss wie verrückt Gas geben, um mit dem neuen Tempo Schritt zu halten. Ansonsten falle ich heraus. Und das wäre das Ende von allem.

Ich habe diese Panik in mir, dass mir die Zeit davonrennt. Dreizehn- und Vierzehnjährige werden an der National Ballet School angenommen. Lasst uns der Wahrheit ins Gesicht blicken: Dieses Jahr hätte ich es schaffen müssen. Jünger hat mich meine Mum nicht vortanzen lassen, obwohl ich sie angebettelt habe. Meine Lehrer haben ihr ins Gewissen geredet, weil ich *sehr vielversprechend* war. Dad hatte sogar angeboten, die Miete für ein Apartment in Melbourne zu bezahlen, falls sie mich nehmen würden. Verdammt, er wäre sogar mit mir umgezogen.

Ich wusste, dass es egoistisch von mir war, Dad zu fragen, es in Erwägung zu ziehen, Mum zu verlassen, die aufgrund ihres Jobs hier in Sydney bleiben musste. Vor allem jetzt, da Vi weggezogen war, um ihre Abschlussarbeit in Cambridge zu beenden. So wütend war ich jedes Jahr aufs Neue, wenn Mum wieder Nein sagte. Verstand sie denn nicht, was es für meine Karriere bedeuten würde, an dieser Schule angenommen zu werden? Der besten Schule des Landes? Sie hielt mich zurück.

Anas Eltern hatten ihr bereits mit zwölf erlaubt vorzutanzen. Die ersten zwei Jahre hatte sie keinen Erfolg. Aber beim dritten Versuch wurde meine beste Freundin eine von insgesamt achtzehn Schülerinnen, die unter den Tausenden von Mädchen ausgewählt wurden, die aus dem ganzen Land angereist waren.

Fünfzehn war das magische Alter, das Mum für »reif genug« erachtete. Inzwischen gab es auf dem Campus der National Ballet School ein Studentenwohnheim, was bedeutete, dass sie kein Apartment für mich mieten mussten, falls man mich aufnehmen würde.

Aber wie inzwischen jeder weiß, war der Druck, *es endlich zu schaffen*, zu hoch für mich. Im Juni vermasselte ich das Vortanzen, auf das ich all die Jahre hingearbeitet hatte.

Jetzt dreht sich das Laufrad noch schneller, denn beim nächsten Mal werde ich schon sechzehn sein. Wenn ich es bis dahin nicht in eine professionelle Schule schaffe, die mit einer Ballettkompanie verknüpft ist, dann war's das. Die Türen schließen sich langsam für mich.

Ich weiß, das klingt jetzt eingebildet, aber ich hatte bisher nie darüber nachgedacht, dass ich vielleicht nicht gut genug sein könnte. Klar, manchmal hatte ich Probleme mit meiner Haltung oder meinem Turnout, aber das konnte ich mit Fleiß wettmachen. Nichts löste in mir vergleichbare Gefühle aus wie das Tanzen. Nichts kam diesem Hochgefühl nahe. Deshalb wusste ich, ich würde immer alles dafür geben.

Doch seit ich das Vortanzen verpatzt habe, habe ich diese leise Stimme im Hinterkopf, die fragt: »Was, wenn das *alles* nicht genug ist?«

Jetzt stecke ich auch noch den letzten Rest meiner Energie ins Ballett. Jede letzte Reserve, die ich aufbringen kann. Selbst wenn ich das Gefühl habe, ich würde schlafwandeln, weil ich meinen Körper bereits an seine Grenzen getrieben habe.

Als Kelly aus meiner Tanzgruppe auf Facebook gepostet hat, dass sie am 25. August eine Party schmeißen würde, weil sie sturmfrei hat, habe ich nicht einmal darüber nachgedacht hinzugehen, obwohl wir überraschenderweise an diesem Abend keine Aufführung hatten.

Aidan hat eine Grimasse gezogen, als ich Nein gesagt habe. In jeder Ballettgruppe gibt es ein paar magische Wesen, die ständig Party machen können und damit durchkommen. Die aus irgendeinem Grund sogar noch besser performen, nachdem sie »ein wenig Dampf abgelassen« haben. Aidan ist eines davon.

Ich nicht. Natürlich hatte ich ein schlechtes Gewissen, ihm zu sagen, dass er allein hingehen soll. Insgeheim hatte ich gehofft, er würde sagen: »Nein, lass uns einfach zusammen abhängen.« Selbst wenn es nur bedeuten würde, unsere schmerzenden Beine auf meinem Sofa auszustrecken und fernzusehen. Aber Aidan hat nur mit den Schultern gezuckt und gesagt: »Alles klar. Dann gehe ich eben allein.«

Für eine Millisekunde dachte ich darüber nach, es mir

anders zu überlegen. Aber Montagnachmittag fand das Vortanzen für *Dornröschen* statt. Und ich wollte unbedingt die Rolle der Aurora. Jede Hauptrolle war wichtig für meinen Lebenslauf. Ein weiteres Zeichen, dass ich es ernst meinte und bereit war, alles zu geben. Ich wusste, ein bisschen mehr Schlaf und Erholung würden mir guttun. Also, tschüss Party.

Heute Abend – der Abend der Party – habe ich Aidan gegen zwanzig Uhr eine Nachricht mit dem Text *Ich hoffe, du hast Spaß!* ☺ geschickt. Neunzig Minuten später hatte ich noch immer keine Antwort. Normalerweise schrieb er mir immer innerhalb von Minuten zurück. Dann begann ich, mich zu fragen, ob er sauer auf mich war.

Das schlechte Gewissen setzte ein. Was für ein Glück ich doch hatte, mit dem süßesten Tänzer unserer Gruppe zusammen zu sein. Der, den alle Mädchen wollten. Der, von dem ich niemals gedacht hätte, dass er mich eines zweiten Blickes würdigen würde – bis er mich nach unserer Herbstvorstellung geküsst hatte, nachdem der Vorhang gefallen war.

Natürlich hatten wir uns schon während der Aufführung geküsst, denn ich war Cinderella und er mein Prince Charming. Aber das waren nur kleine Küsschen gewesen. Bühnenküsse. Aber nach unserer Premiere küsste er mich richtig. Als uns keiner sehen konnte. Es war, als wären wir die einzigen Menschen auf der ganzen Welt.

Wie viel Glück ich doch hatte, einen Freund zu haben, der dieses Ballettleben verstand. Der für dieselbe Sache brannte. Der bei Verletzungen und allem, was mit Vortanzen zu tun hatte, mitfühlen konnte. Der dasselbe Maß an

Euphorie empfand wie ich, wenn er auf die Bühne hinaustrat.

Während ich mich dehnte, scrollte ich durch Instagram. Den Fotos nach zu urteilen war ich als Einzige aus der Ballettgruppe *nicht* auf der Party.

Du musst dich ein bisschen mehr anstrengen, wenn du Freunde haben willst, Isolde, schimpfte meine innere Stimme.

Seit Ana weg war, hatte ich keinen mehr in meiner Tanzgruppe, dem ich mich nahe fühlte – abgesehen von Aidan. Ana und ich waren immer zusammen gewesen. Egal, ob wir an der Stange Pliés übten oder uns hinter der Bühne aufwärmten. Da wir so eng befreundet waren, hatte ich mir nie die Zeit genommen, die anderen Tänzerinnen besser kennenzulernen oder mit ihnen herumzualbern.

In diesem Moment vermisste ich Ana so sehr, dass es schmerzte. Obwohl wir oft chatteten und skypten, war es einfach nicht dasselbe.

Also zog ich mir um 22:30 Uhr etwas an, das *kein* Ballett-Outfit war, tauschte die Spitzenschuhe gegen High Heels und bat meinen Dad, mich zu Kellys Party zu fahren.

Bevor ich durch Kellys Tür trat, hatte ich gute Laune. Doch das änderte sich schlagartig, als ich die Schwelle überschritt.

Aidan.

Steffanie.

Küssend.

Mein Leben, das sich bisher mit Lichtgeschwindigkeit bewegt hatte, blieb abrupt stehen.

Rückblickend weiß ich, dass das gedemütigte Würgegeräusch, das ich gemacht hatte, als ich die beiden zusammen sah, nicht annähernd laut genug war, dass sie es hätten hören können. Aber in diesem Moment war es, als würde es wie eine Schallwelle nach einer Explosion den Raum durchqueren, denn zwei Sekunden später hörten sie auf, sich zu küssen.

Steffanie drehte sofort den Kopf, entdeckte mich und wurde knallrot. Bis hinunter zu ihrem Schwanenhals. Obwohl Aidan mit dem Gesicht zu mir stand und ich mich direkt in seiner Sichtlinie befand, als er die Augen öffnete, war es, als hätte er nur Augen für Steffanie.

Als sich unsere Blicke schließlich trafen, begann mein ganzer Körper zu zittern. Ich wollte schreien oder jemandem den Drink aus der Hand reißen und ihm ins Gesicht schütten. Oder Steffanie. Ich wollte etwas Wütendes, Mächtiges tun, das zeigte, dass *ich* nicht die Verletzliche war. Aber ich wusste, ich würde nicht mal eine Silbe herausbringen, denn meine Zähne klapperten wie verrückt.

Weil ich überzeugt war, ich könnte vor lauter Schmerz, Schock oder sogar Schande sterben, wenn ich auch nur eine Sekunde länger wie eine nutzlose, zitternde Qualle hier herumstand, drehte ich mich um und haute verdammt noch mal ab.

Taylor

Samstag, 25. August

Eigentlich hätte ich gar nicht auf dieser Party sein sollen.

Obwohl inzwischen fast fünfzehn Monate vergangen sind, kann ich mich noch genau daran erinnern, wie es dazu gekommen war, dass ich für die Party in Wanaka zugesagt habe.

An diesem Tag war ich fix und fertig vom Training. Ich hatte versucht, meinen neuesten Trick – ein Frontside Triple 1440 Mute – zu verfeinern und war öfter auf meinem Hintern gelandet, als ich zählen konnte. Zu allem Überfluss war auch noch Joe total schlecht drauf gewesen. Ich nannte es seine »Bad-Cop-Coach«-Stimmung. Alles, was ich wollte, waren zwei Schmerztabletten, Netflix und mein Bett.

Ich kann mir Joes Gesicht richtig vorstellen, wenn er herausgefunden hätte, dass ich nur wenige Stunden, nachdem er mir gesagt hatte, ich solle meinen (Schimpfwort) auf die Reihe kriegen, auf eine Party gegangen bin. »Hör auf, zu allem Ja zu sagen, und fang endlich an, mal Nein zu sagen. Du kannst nicht alles haben, Kumpel. Nicht, wenn du der Beste sein willst.«

Als Brad und Connor zur Haustür hereinstürmten und mir entgegenschrien, ich solle meinen Arsch ins Auto bewegen, hatte ich fest vor, Nein zu sagen.

»Komm schon, Mann. Zieh deine Jacke an«, sagte

Brad, nahm sie vom Kleiderhaken neben der Tür und warf sie mir zu.

»Nee, ich setze heute aus«, erwiderte ich.

»Ernsthaft?« Connor verzog das Gesicht. »Du versetzt uns aber nicht, um mit Natalia zu facetimen, oder?«

»Du bist ja nur neidisch, weil du keine so heiße Freundin hast, mit der du facetimen kannst. Aber nein, Mann. Ich bin einfach fertig vom Training.«

»Wir gehen nur ganz kurz hin.« Brad zog ebenfalls eine Grimasse. »Ich will nicht allzu spät über die Bergkette zurückfahren.«

Ich hörte Joes Stimme in meinem Kopf, die mir sagte: »Hör auf, immer zu allem Ja zu sagen.« Er hatte nicht ganz unrecht. Das Wort »Ja« gehörte zu meiner Standardeinstellung. Ich war quasi die Definition von FOMO. Mein Mund formte bereits ein Nein, doch Connor unterbrach mich.

»Ich habe gehört, dass Travis auch kommt.«

Travis Rice. Big Mountain Freerider. Red-Bull-Athlet. Filmemacher. Der Typ, der Snowboarden für mich definierte. Der Kerl, dem jeder in der Szene schon mal über den Weg gelaufen war – nur ich nicht. Ich wusste, dass Travis in Neuseeland war, um irgendwas streng Geheimes zu filmen.

Aus dem »Nein« wurde ein »Okay«.

Dieses Wort haut mir jeden Tag in die Magengrube und schickt mich in einen Strudel aus *Was-wäre-wenn*-Fragen:

Was, wenn ich Nein gesagt hätte?

Was, wenn ich statt der einen vier Buchstaben die anderen vier Buchstaben gesagt hätte? Vielleicht hätte ich dann immer noch eine Karriere als Snowboarder.

Dann würde ich jetzt immer noch den ganzen Tag das tun, was ich liebe.

Dann würde ich die Welt bereisen, statt das Gefühl zu haben, dass meine zusammengebrochen ist …

Isoldes Smartphone

Sonntag, 26. August, 00:09 Uhr

AIDAN: Ich werde dich so lange anrufen, bis du rangehst, Isolde. Bitte lass es mich erklären, Babe.
ICH: BABE? Aidan, lass mich VERDAMMT NOCH MAL in Ruhe.
AIDAN: Wenn du nicht ans Telefon gehst, sage ich es eben so: Ich wollte dich nicht verletzen.
ICH: Mit DIESEM Spruch kommst du jetzt? Bitte fahr fort. Ich würde gern hören, wie du auf die Idee kommst, DEINE ZUNGE IN STEFFANIES HALS ZU SCHIEBEN würde mich NICHT verletzen.
AIDAN: Ich wollte damit sagen, dass ich nicht vorhatte, Steffanie zu küssen. Wir haben geredet. Ihr Kopf war direkt neben meinem. Und dann ist es einfach passiert.
ICH: Dinge passieren nicht »einfach so«, Aidan. Du hast dafür gesorgt, dass es passiert ist. Du hast dich dazu ENTSCHIEDEN, sie zu küssen.
ICH: Ich weiß übrigens, dass DU SIE geküsst hast. Kelly hat alles beobachtet. Genau wie alle anderen auf der Party. Du hast sie geküsst und nicht damit aufgehört, bis ich aufgetaucht bin (auch das weiß ich von Kelly).
ICH: Was denkst du, wie ich mich gefühlt habe, dich

dabei zu beobachten, wie du ein anderes Mädchen küsst, obwohl du mir erst vor sechs Wochen gesagt hast, dass du mich liebst?

AIDAN: Isolde, ich wollte nicht, dass es so passiert.

ICH: »Es so passiert?« Wolltest du mich schon vorher wegen Steffanie abservieren?

AIDAN: Nein. Aber ich finde schon seit einem Monat, dass unsere Beziehung nicht mehr richtig funktioniert.

ICH: Genau. Zwei Wochen, nachdem du ICH LIEBE DICH gesagt hast, findest du plötzlich, dass unsere Beziehung nicht mehr funktioniert. Klingt logisch ... Oh, Moment mal. Hat sich Steffanie nicht VOR EINEM MONAT von ihrem Freund getrennt? Für wie dumm hältst du mich eigentlich?

AIDAN: Babe, ich halte dich nicht für dumm.

ICH: DU HAST NICHT MEHR DAS RECHT, MICH BABE ZU NENNEN. DAS IST JETZT STEFFANIES KOSENAME.

ICH: Dann hast du wohl die letzten vier Wochen nur auf den richtigen Moment gewartet, die Sache zu beenden. Lass mich raten. Nach dem Vortanzen am Montag, richtig? Damit es keiner von uns vermasselt? Und dann wolltest du wahrscheinlich ein paar Wochen abwarten, bevor du was mit Steffanie anfängst. Das hat Klasse, Aidan.

AIDAN: Isolde, lass uns ehrlich sein. Das mit Steffanie wäre nicht passiert, wenn zwischen uns alles gut wäre.

ICH: Du meinst wohl, das mit Steffanie wäre nicht passiert, wenn du kein lügender, betrügender Idiot wärst.

AIDAN: Ich wünschte, wir hätten das persönlich geklärt. Ich wollte nicht, dass ein ehrliches Gespräch eine so hässliche Wendung nimmt.

ICH: Ehrliches Gespräch? Ich dachte, das Gespräch vor sechs Wochen im Park – aka »Ich liebe dich« – wäre ehrlich gewesen.

AIDAN: Ich habe NICHT gelogen, als ich diese Worte gesagt habe.

ICH: Ganz offensichtlich doch. Denn wenn man jemanden liebt, WIRKLICH liebt, will man keine sechs Wochen später mit einem anderen Mädchen zusammen sein!

AIDAN: Es war kompliziert, okay? Natürlich hatte ich Gefühle für dich. Wir waren fünf Monate lang zusammen. Aber komm schon, Isolde. Neunzig Prozent unserer Gespräche drehen sich ums Ballett.

ICH: Na und? Wir sind Balletttänzer. Du WEISST, wie das läuft.

AIDAN: Siehst du? Genau das meine ich. Ballett ist deine ganze Welt.

AIDAN: Ich weiß, dass du es falsch auffassen wirst, aber du bist ... intensiv, Isolde.

AIDAN: Und das macht dich zu einer hervorragenden Tänzerin. Ich habe es dir nie erzählt, aber im Laufe der letzten Jahre hat mir Ms Morris mindestens dreimal gesagt, dass du das hättest, was man niemandem beibringen könne. Jeder weiß, was das bedeutet. Man kann den Blick nicht von dir abwenden, wenn du auf der Bühne stehst. Aber vielleicht ist genau diese Intensität schuld daran, dass es zwischen uns nicht funktioniert.

AIDAN: Alles ist im Moment so ernst. Mit den Proben. Dem Vortanzen. Ich brauche hin und wieder ein wenig Leichtigkeit. Vielleicht ist das mit Steffanie deshalb passiert. Mit ihr ist es anders. Sie nimmt die Dinge nicht so ernst.
ICH: Dann ist es also MEINE Schuld, dass du mich betrogen hast? Ich investiere eben viele Gefühle. Auch in dich.
AIDAN: Das habe ich NICHT gesagt.
ICH: Du weißt, dass uns mehr zusammengehalten hat als Ballett. Eines Tages, wenn du beschließt, dich nicht länger selbst zu belügen, was unsere Beziehung angeht, nur weil es dir gerade passt, wirst du dich daran erinnern.
AIDAN: Steffanie und ich haben eine besondere Verbindung.
ICH: Oh, den Scheiß kannst du Steffanie schreiben, Aidan. Mach alles mit ihr. Schließlich ist sie deine Seelenverwandte.
ICH: Warum dreht ihr nicht einfach Pirouetten von einer Klippe?
AIDAN: Ich verstehe, dass du sauer bist. Wirklich. Du WEISST, dass es mich schmerzt, dir wehgetan zu haben. Ich hoffe, wir können eines Tages wieder Freunde sein.
ICH: Fahr zur Hölle, Aidan.

North Shore Ballet School

Samstag, 1. September

Dornröschen Besetzungsliste

PRINZESSIN AURORA	Steffanie Williams
PRINZ DÉSIRÉ	Aidan McNeil
FLIEDERFEE	Isolde Byrne
CARABOSSE (BÖSE FEE)	Mariah De Santos
DIE FEE DER SCHÖNHEIT	Lilly Martin
DIE FEE DER ANMUT	Aiko Adachi
DIE FEE DER KLUGHEIT	Kelly Heines
DIE FEE DER BEREDSAMKEIT	Isabella Moretti
DIE FEE DER KRAFT	Kayla Bates
DER KÖNIG	Charlie Morris
DIE KÖNIGIN	Hannah Kwong
ENGLISCHER PRINZ	Will Simson
SPANISCHER PRINZ	Henry Cho
UNGARISCHER PRINZ	Jacob Walsh
SCHWEDISCHER PRINZ	Justin Silverson
ANFÜHRER DER JAGD	Luca Papadakis
DER HERZOG	Jin-Soo Kim
DIE HERZOGIN	Chloe King
PRINZESSIN FLORINE	Andrea Li
DER BLAUE VOGEL	Grace Thompson

CINDERELLA	Alexis Mikhailov
PRINCE CHARMING	Zachary Brown
DIE WEISSE KATZE	Jose Da Silva

Taylor

Samstag, 8. September
Mein Nachname – Hellemann – bedeutet »Mann aus der Hölle«.

Ich kann mich noch daran erinnern, als mir Dad das erste Mal davon erzählt hat. Damals war ich zehn. Ich fand es unheimlich cool. Ihr wisst schon. Flammen, Feuer, Unterwelt.

Dann erklärte mir Dad, Hellemann sei ein norwegischer Name, der vom altnordischen Wort »helle« abstamme, was so viel wie »Steilhang« bedeutet.

Hellemann: Der Mann vom Steilhang.

Als ich endlich die Bedeutung meines Nachnamens kannte, musste ich natürlich sofort meinen Vornamen googeln.

Taylor: Spätlatein, »schneiden«

»Carven« bedeutet im Snowboarding, dass man auf der Kante des Boards enge Kurven zieht. Während man den Hang hinabfährt, übt man mit dem Körper Druck aus, um sicherzugehen, dass Nose und Tail des Boards in dieselbe Richtung fahren. Wenn man hinter sich blickt und im Schnee eine wunderschöne schlanke, geschwungene, rasiermesserscharfe Linie sieht, weiß man, dass man es richtig macht.

Mit anderen Worten: ein perfekter Schnitt.

Taylor Hellemann: Der einen Steilhang schneidet.

Das gefiel mir. Es war, als wäre mein Name ein Hinweis auf den Sinn meines Lebens. Als wäre ich dafür bestimmt, Snowboarder zu sein.

Damals glaubte ich noch an Bestimmung.

Jetzt weiß ich es besser.

Taylor

Mittwoch, 12. September

»Endlich ist er mal entspannt«, sagt Finn, deutet mit einem Kopfnicken auf Slash und setzt sich zu mir an das steinige Ufer des Queenstown Beach.

Er reicht mir einen Burger. Wie immer beweist auch heute der erste Bissen, warum unser Lieblingsburgerladen hier in QT so was wie Religion ist.

»Ja, nicht wahr?«, erwidere ich kauend.

Zum allerersten Mal ist mein Hund mehr daran interessiert, ausgiebig die Steine zu beschnüffeln, als den Enten hinterherzujagen, die hier am Strand gern ein Nickerchen halten.

Da er ein Husky ist, liegt es in seiner Natur, kleinen Lebewesen nachzujagen. Deshalb sind wir das ganze letzte Jahr nur in der Nähe unseres Hauses Gassi gegangen, denn das ist eine entenfreie Zone.

Aber heute ist es anders. Vielleicht zeigt das ganze Training endlich Wirkung. Vielleicht können wir solche Spaziergänge jetzt öfter machen. So hätte ich eine Ausrede, öfter am Süßwarenladen vorbeizuschlendern. So lächerlich es auch klingt – selbst ein kurzer Blick auf Ellie hebt meine Stimmung. Ich könnte versuchen herauszufinden, wann ihre Schicht zu Ende ist und »zufällig« in dem Moment am Laden vorbeikommen. Ellie fände Slash bestimmt bezaubernd. Das wäre *der* Türöffner für ein richtiges Gespräch mit ihr.

Ich stelle mir gerade lebhaft vor, wie ich mich mit Ellie unterhalte, als Finn sein Burgerpapier zusammenknüllt und aufsteht.

»Nope. Zu früh gefreut. Er hat diesen Blick drauf«, sagt er.

Ich spähe zu Slash hinüber und sehe, wie er vier Enten beobachtet, die zum See hinunterwatscheln. Eine Sekunde lang bleibt die Anführer-Ente stehen, dreht den Kopf zu Slash und (ich schwöre bei meinem Leben) verengt die Augen zu Schlitzen, als wollte sie sagen: »Pass bloß auf, Fellpo.« Die Enten dahinter fangen an zu quaken, was wie irres Gelächter klingt. Slash stürmt nach vorn, aber zum Glück habe ich gerade noch rechtzeitig nach seiner Leine gegriffen.

»Lass uns weitergehen«, sage ich zu Finn und ziehe Slash zurück, bevor hier ein Bandenkrieg ausbricht. Die Enten setzen ihren Weg zum vereisten Lake Wakatipu fort, und Finn, Slash und ich gehen vorbei am Café, über die kleine Brücke und zum Eingang der Queenstown Gardens. Wir sind kaum zehn Minuten unterwegs, als mein Hund beschließt, den ausgewiesenen Weg zu verlassen. Und da er die Kraft eines kleinen Elefanten hat, folgen wir ihm eben den Hügel hinab zu den Steinen, die das Ufer säumen. Ich nehme Slash von der Leine und lasse ihn im seichten Wasser herumtollen.

Meine Nase kribbelt vor Kälte. Man merkt, dass die Temperatur heute Abend wieder wie verrückt fallen wird. Das Versprechen von Schnee liegt in der Luft.

Finn hasst die langen Winter hier in QT. Aber ich bin

dankbar dafür, denn das bedeutet, dass ich einen Großteil des Jahres lange Hosen tragen kann und meine Prothese nicht sichtbar ist. Ich schätze, ich sollte dankbar sein, in einer Gegend zu leben, die von schneebedeckten Gipfeln umgeben ist – selbst wenn ich nicht mehr snowboarde. Diese Tatsache bringt mich manchmal beinahe um.

Ganz zu schweigen davon, dass ich hin und wieder in einem Outdoorladen arbeite und Skifahrern und Snowboardern Ausrüstung verkaufe, um meine Familie finanziell zu unterstützen. Aber ein Siebzehnjähriger mit null Arbeitserfahrung muss eben nehmen, was er kriegt.

Finn sieht von seinem Smartphone auf. »Dad sagt, er würde uns in der Nähe von LV abholen.«

Irgendwie schaffen wir es, Slash aus dem Wasser zu locken und wieder zum Weg hinaufzuklettern. Alles läuft glatt, bis wir auf der Church Street sind und Mr Williams neben uns am Bordstein anhält. In diesem Moment kommt eine Gruppe Anfang Zwanzigjähriger vorbei. Sie haben ein Frisbee dabei. Wahrscheinlich sind sie auf dem Weg zur Frisbee-Golfanlage am Ende der Straße. Slashs Blick fällt sofort auf die gelbe Scheibe, und BOOM – er muss sie haben.

Mit aller Kraft versucht er, sich loszureißen. Mittlerweile ist er so stark geworden, dass ich wie verrückt ins Schwitzen komme, wenn ich versuche, ihn zu halten.

Die Frisbee-Truppe verschwindet, und Slash legt sich flach und am Boden zerstört auf den Bürgersteig. Ich zupfe an seiner Leine und wiederhole immer wieder seinen Namen, doch Slash hat beschlossen, mich zu ignorieren. Ich stelle mich vor ihn, um ihm in die Augen sehen zu können, doch er verweigert den Blickkontakt. Schon als ich den Mund öffne, um mit ihm zu schimpfen, weiß ich genau, was jetzt kommt. Falls ihr noch nie gesehen habt, wie ein Husky mit einem Menschen diskutiert – es läuft so ab: Sobald man auch nur den Mund aufmacht, heult der besagte Husky los. Einfach über einen drüber. Übertönt einen komplett. Es ist ihre Art, die Oberhand zu gewinnen.

Slashs Bellen hallt über den ganzen See. Er ist wie ein übermüdetes Kleinkind, das im Supermarkt ausrastet. Nur dass er noch lauter und dramatischer ist. Die vorbeikommenden Touristen starren mich an, als würde ich ihn quälen.

Finns Schultern beben vor Lachen. »Dein Hund ist noch sturer als du«, bemerkt er. »Das hätte ich nicht für möglich gehalten.«

Mr Williams, der inzwischen ausgestiegen ist, will losfahren, denn er steht im Halteverbot. Mit vereinten Kräften versuchen wir, Slash weiter in Richtung Auto zu schieben, damit wir ihn auf den Rücksitz hieven können.

»Heilige Scheiße. Ellie«, flüstert mir Finn zu.

Ich will ihm nicht glauben, folge aber seiner Blickrichtung. Japp, da ist sie. Nur einen Meter von uns entfernt. Sie trägt noch ihre Arbeitsklamotten. Wahrscheinlich hat sie gerade ihre Schicht beendet und ist uns direkt in die Arme gelaufen.

Sie starrt. Natürlich starrt sie. Und ich kann es ihr nicht verübeln. Slash jault wie verrückt.

»Kann ich irgendwie helfen?«, fragt sie und macht einen Schritt auf mich zu.

Ich versuche, so lässig wie möglich zu wirken, und kichere amüsiert. Doch es klingt gequält. »Nein. Alles gut.«

»Wirklich. Ich bin mit Huskys aufgewachsen«, erwidert sie mit ihrem zuckersüßen kanadischen Akzent.

Damit hätte ich nicht gerechnet, als ich mir ausgemalt habe, wie wir uns unterhalten.

»Wir haben alles unter Kontrolle«, versichere ich.

In diesem Moment verwandelt sich Slash von der Eisskulptur in einen Sprinter. Da ich direkt über ihm stehe, die Beine links und rechts neben ihm, wirft er mich um, und ich lande hart mit meiner rechten Seite auf dem Pflaster. Ich muss die Zähne fest zusammenbeißen, um nicht laut zu fluchen.

Finn steht neben mir und blickt entsetzt drein. »Ist mit deiner Prothese alles in Ordnung?«

Ich weiß, warum er fragt. Auch wenn mein Unterschenkel aus Titan ist – ich bin gerade direkt draufgeknallt. Auf Beton. Ich weiß, er hätte das Wort Prothese nicht in den Mund genommen, wenn er daran gedacht hätte, dass Ellie direkt hinter ihm steht. Trotzdem bin ich kurz sauer auf ihn.

Ich kann in Ellies Augen sehen – die ein wenig größer geworden sind –, dass sie genau gehört hat, was Finn gesagt hat. Dass sie verstanden hat, was es bedeutet.

Amputierter.

»Alles in Ordnung?«, fragt sie mich.

Sie klingt besorgt. Zum Glück nicht mitleidig.

Doch ich kann nicht antworten. Mein Mund ist staubtrocken. Aber ein Nicken gelingt mir.

»Ich hole den Hund«, sagt sie.

Ellie rennt los und packt Slash am Halsband. Sie scheint eine Hundeflüsterin zu sein, denn plötzlich ist der

Verräter Mr Brav. Er hat aufgehört zu heulen, sitzt nun neben ihr und wartet auf ihr nächstes Kommando.

Jetzt da Ellie abgelenkt ist, ertaste ich durch meine Jeans, ob meine Prothese, direkt unterhalb meines rechten Knies, noch in Ordnung ist. Es ist ein System mit Rasterstift, das eigentlich immer hält. Aber ich bin wirklich *hart* auf den Boden geknallt.

Aber es ist alles in Ordnung. Ich hole tief Luft, wische die schwitzigen Hände an meiner Jeans ab und stehe auf. Während Ellie Slash zum Auto führt, wimmert er. Es ist dasselbe Geräusch, das er macht, wenn ich zu Hause hinfalle, was zum Glück nur noch selten vorkommt. Obwohl ich weiß, dass er keine Schuld an dem Vorfall trägt – schließlich ist er nur ein Hund –, bin ich zu wütend, um ihn anzusehen.

Ich gehe zum Auto, klettere auf den Beifahrersitz und bringe es irgendwie fertig ein »Danke für deine Hilfe« in Ellies Richtung zu murmeln.

»Kein Problem.« Kurz wirkt es, als wollte sie noch irgendwas hinzufügen.

Aber ich will nicht, dass sie noch etwas sagt. Vielleicht hatte es überhaupt nichts mit gerade eben zu tun. Vielleicht aber doch. Ich kann heute nicht die üblichen zwanzig Fragen beantworten, die man einem Beinamputierten stellt. Und schon gar nicht, wenn ich mich so sehr schäme.

Finns Dad startet den Motor und winkt Ellie freundlich zum Abschied.

Wir fahren aus der Stadt hinaus. Mit jedem Kilometer entferne ich mich mehr von dem, was eben passiert ist. Endlich kann ich wieder leichter atmen. Aber ich zittere noch immer. Selbst als wir Frankton passieren und die

Halbinsel umrunden, um zu Mums und Dads Haus zu gelangen. Es ist bestimmt der Schock. Ich bin seit Monaten nicht mehr hingefallen, und plötzlich passiert es vor etlichen Leuten – inklusive des Mädchens, in das ich seit Ewigkeiten verknallt bin.

Und jetzt weiß Ellie von meinem Bein.

Ich glaube, so schnell werde ich nicht mehr in den Süßwarenladen gehen.

Instant-Messenger-Unterhaltung

Mittwoch, 12. September, 23:32 Uhr

ISOLDE BYRNE: Ich könnte meine Mum umbringen. Sie hat die letzten zweieinhalb Wochen kein bisschen Mitgefühl gezeigt.
ANA ZHANG: Ich hab's dir ja gesagt. Gib dem Ganzen ein paar Wochen. Aidan wird schon merken, wie dumm er war ...
ISOLDE BYRNE: Ich dachte wirklich, Aidan wäre anders, weißt du? Das stört mich am meisten. Während ich Mühe habe, die Stücke meines gebrochenen Herzens aufzusammeln, muss ich die beiden jeden Tag im Unterricht sehen. Und dann kann ich auch noch dabei zusehen, wie Steff MEINE Rolle probt. Stattdessen muss ich jetzt die Fliederfee tanzen.
ANA ZHANG: Weißt du, viele halten die Fliederfee für die zentrale Rolle. Sie ist die Erzählerin des gesamten Stücks.
ISOLDE BYRNE: Aber sie ist nicht die Hauptrolle. Das ist das Einzige, was Ballettdirektoren interessiert. Und weißt du, was das Schlimmste ist? Die Fliederfee muss Prinzessin Aurora und Prinz Désiré ihren Segen geben – aka meinem Ex und dem Mädchen, mit dem er mich betrogen hat. Argh. Aber zurück zum Thema. Obwohl Mum genau weiß, was ich durchge-

macht habe, posaunt sie in die GANZE WELT hinaus, dass ich verlassen wurde.
ANA ZHANG: Und mit »ganze Welt« meinst du …?
ISODLE BYRNE: Sie hat auf meiner Facebook-Seite gepostet (weil ich nicht aus meinem Zimmer kommen wollte): »Isolde, kannst du bitte aufhören, dich in deinem Liebeskummer zu suhlen und herunterkommen? Ich brauche Hilfe mit dem Abendessen, bevor ich mit Maia wegen der Hochzeit skype.« *Die Hochzeit.* Sie redet von nichts anderem mehr. Was seltsam ist. Du weißt, wie sie ausgerastet ist, als Vi mitgeteilt hat, dass sie heiraten will.
ANA ZHANG: Vi ist noch ziemlich jung.
ISOLDE BYRNE: Sie ist vierundzwanzig! Mum war auch in dem Alter, als sie Dad geheiratet hat! Jedenfalls hat sie eine 180-Grad-Drehung hingelegt und ist jetzt besessen von jedem winzigen Detail, obwohl sich Maia um alles kümmert.
ANA ZHANG: Es ist so großartig, dass ihr tatsächlich eine Wedding Plannerin habt.
ISOLDE BYRNE: Ja, nicht wahr? Jedenfalls gibt es kein Familienessen mehr, bei dem es nicht ausschließlich um die Hochzeit geht. Die Hochzeit ist erst NÄCHSTES Jahr. Ich freue mich für Violetta. Aber gerade macht mich dieses ganze Liebesgedöns echt fertig.
ANA ZHANG: Ich wünschte, ich wäre jetzt bei dir, um dich zu drücken. Das ist echt SCHEISSE.
ISOLDE BYRNE: Ein paar von Mums Freundinnen haben den Post kommentiert und geschrieben: »Ich erinnere mich noch daran, als mir zum ersten Mal das

Herz gebrochen wurde. Man denkt, es wäre das Ende der Welt.« Und so weiter und so fort. Ich habe den Post sofort gelöscht. Aber wenn irgendjemand von der Schule ihn gesehen hat, sterbe ich.

ANA ZHANG: Das hat keiner gesehen. Wer benutzt denn heutzutage noch Facebook? Nur alte Leute.

ISOLDE BYRNE: Jedenfalls bin ich dann runtermarschiert, während Mum gerade dabei war, mit Maia zu skypen und ihr zu sagen, dass sie Taylor rufen soll, damit er mit mir skypt. Er hat sich wohl letztes Jahr von Natalia (aka *Die Freundin*) getrennt. Er sollte mir ein paar Tipps geben, wie ich das überstehe. Als würde ich mich dann nicht wie die größte Verliererin des Planeten fühlen.

ANA ZHANG: Ich glaube nicht, dass Taylor dich wie eine Verliererin behandeln würde.

ISOLDE BYRNE: Ich fühle mich aber wie eine, Ana. Dann habe ich Mum angeschrien: »Ich habe dir doch gesagt, dass ich nicht darüber reden will!« Mum hat nicht gemerkt, dass ich ins Zimmer gekommen bin und ist fast bis zur Decke gehüpft. Selbst Maia hat entsetzt dreingeblickt, denn wann schreie ich bitte jemanden an?

ANA ZHANG: Isolde Byrne, aka die Meisterunterdrückerin.

ISOLDE BYRNE: Danke, schätze ich? Jedenfalls hält mir Mum dann eine Standpauke über Respekt. Mitten im Streit kommt Dad die Treppe heruntergerannt und sagt: »Issy, ich habe eine hervorragende Gute-Laune-Kombo für dich. Zuerst die gefühlvolle Partitur von *Madame Butterfly*, gefolgt von einem spätabendlichen Schokoteller in unserem Lieblingsrestaurant. Viel besser als Netflix und KitKats.«

ANA ZHANG: Ich glaube, dein Dad denkt wirklich, Oper wäre das ultimative Heilmittel.

ISOLDE BYRNE: Auf jeden Fall. Aber ich muss zugeben, dass ich die ganze Sache mit Taylor dank *Madame Butterfly* vergessen konnte. Bis ich in der Pause mein Handy gecheckt und eine E-Mail von ihm im Postfach gefunden habe ...

ANA ZHANG: Okay, die musst du mir unbedingt weiterleiten.

ISOLDE BYRNE: Ana ... Manches davon ist ... ein wenig persönlich.

ANA ZHANG: Komm schon! Dann sag mir wenigstens, was er geschrieben hat. Hast du gesehen, wie er jetzt aussieht?

ISOLDE BYRNE: Woher weißt du bitte, wie er jetzt aussieht?

ANA ZHANG: Wir folgen uns gegenseitig auf Insta. Er ist jetzt noch heißer als früher. Noch mehr *Major Babe.*

ISOLDE BYRNE: Fast hätte ich diesen verstörenden Spitznamen vergessen ...

ANA ZHANG: Du schreibst ihm aber zurück, oder?

ISOLDE BYRNE: Ich ...

ANA ZHANG: Was?!

ISOLDE BYRNE: Es ist Ewigkeiten her. Und was er geschrieben hat, ist ...

ANA ZHANG: Spuck's endlich aus!

ISOLDE BYRNE: Seine Mail war wirklich *nett.* Damit

habe ich nicht gerechnet. Nach dem, was passiert ist.
ANA ZHANG: Nett ist *gut.* Wenn du ihm nicht schreiben willst, mache ich es für dich. »Hey, Tay ...« *rotwerd*
ISOLDE BYRNE: Genau. Das wäre ÜBERHAUPT NICHT komisch.
ANA ZHANG: Ich schätze, es wäre irgendwie unnatürlich, wenn du ihn attraktiv fändest, oder? Wenn man bedenkt, wie nahe sich eure Familien stehen. Plus die Tatsache, dass ihr früher nackt zusammen gebadet habt ...
ISOLDE BYRNE: Ich war vier!
ANA ZHANG: Er ist wie ein Bruder für dich, oder? Natürlich schreibt er dir eine E-Mail, nachdem dir das Herz gebrochen wurde. Was ist eigentlich zwischen euch passiert? Das hast du mir nie richtig erzählt.
ISOLDE BYRNE: Keine Ahnung. Ich schätze, wir haben uns einfach auseinandergelebt. Er war die ganze Zeit auf Reisen für sein Training. Außerdem lebt er in Queenstown. Wir sind seit fast drei Jahren nicht mehr dort gewesen.
ANA ZHANG: Warum nicht?
ISOLDE BYRNE: Sorry, Ana. Mum schreit mich gerade wegen schmutzigen Trainingsklamotten an. Ich sollte besser Schluss machen.
ANA ZHANG: Hab dich lieb, Isolde.
ISOLDE BYRNE: Ich dich auch.

Von: taylor_hellemann@gmail.com
An: IsoldeByrne@hotmail.com
Gesendet: Mittwoch, 12. September, 22:01 Uhr
Betreff: Öffne mich ☺

Hey Goldie,
ich hoffe, der Spitzname ist noch in Ordnung für dich. Mir ist vollkommen bewusst, dass du mittlerweile fast sechzehn bist. Ich würde meiner Mum auf keinen Fall erlauben, mich immer noch Tay-Tay zu nennen. Vor allem jetzt nicht mehr, da T-Swift existiert. Vielleicht ist Tay-Tay mittlerweile rechtlich geschützt. Schließlich ist T. Swift die absolute Herrscherin.
Ich hoffe jedenfalls, dass ich dich immer noch Goldie nennen darf. Falls es dich nervt, denk daran zurück, wie es angefangen hat. Man muss ein wenig Nachsicht mit dem zweijährigen Taylor haben, der versucht hat, den gefakten deutschen Akzent deines Vaters nachzuahmen, als er »I-soll-dee« gesagt hat. Wie du ja weißt, war »Gol-die« das Beste, was ich zustande gebracht habe.
Und falls du dich doch über deinen Spitznamen aufregst, dann denk daran, wer schuld daran ist – dein Dad. Und deine Mum, weil sie ihm erlaubt hat, die Namen ihrer Kinder auszusuchen, obwohl sie genau wusste, dass er seine Opernbesessenheit an ihnen auslassen würde. (Ich habe übrigens gehört, dass dein Dad jetzt Opernkritiker ist. Was ist aus seinem Marketing-Job geworden?!)
Isolde und Violetta – keine typischen Babynamen.
Ich kann mich wohl glücklich schätzen, dass mein

Dad seine Kinder (und Hunde) nach Musikern benennt. Apropos Hunde. Weißt du schon, dass wir vor ungefähr einem Jahr ENDLICH einen Husky bekommen haben? Dad hat ihn Slash (aka Guns N' Roses) getauft, bevor ich überhaupt den Hauch einer Chance hatte, über einen Namen nachzudenken.
Trotz der Assoziation zur Oper passt dein Name zu dir. Er ist einzigartig. Wie du. (Merkst du, wie ich daraus ein Kompliment gemacht habe? Ich stelle mir vor, wie sich dein unbeeindrucktes Stirnrunzeln in ein Lächeln verwandelt, während du denkst *Ach, dieser Taylor. Nervig, aber trotzdem so liebenswert.*) Dein Name ist einprägsam (und wieder: wie du) und genau richtig für eine berühmte Balletttänzerin (und wir wissen beide, dass du das eines Tages sein wirst).
Isolde Byrne tanzt die Rolle der Odette in Schwanensee ...
Siehst du? Ich habe gerade deinen richtigen Namen benutzt! Wenn du nächstes Jahr zur Hochzeit hier bist, werde ich versuchen, ihn laut auszusprechen.
Aber was ich eigentlich sagen wollte, ist, dass es mir leidtut, von deiner Trennung zu hören. Mum sagte irgendwas von einer Party und einer anderen Tänzerin? Okay, jetzt mal im Ernst – mir ist gerade ein Schauer über den Rücken gelaufen. Das könnte daran liegen, dass es heute Abend EISKALT ist. Oder die logischere Erklärung: Ich kann förmlich spüren, wie du vor Wut kochst, weil deine Mum es meiner Mum erzählt hat.
Ich weiß nicht, ob ich es dir jemals gesagt habe, aber

du faszinierst mich ein bisschen, wenn du wütend bist, Goldie. Um ehrlich zu sein, finde ich deine Rage ziemlich cool (vorausgesetzt, sie richtet sich nicht gegen mich), denn es zeigt, wie viel Intensität du in dir hast. Wenn du wütend wirst, muss ich immer daran denken, was ich spüre, wenn ich dich tanzen sehe. Wenn du tanzt, ist es, als würdest du allen Zuschauern sagen (ohne ein einziges Wort, was das Ganze noch magischer macht): »Ich kann euch in eine fremde Welt entführen.«

Ziemlich legendär.

Jedenfalls weiß ich, wie gern du Dinge für dich behältst (du bist das genaue Gegenteil von meiner Wenigkeit, denn ich plappere immer VIEL ZU VIEL), aber wahrscheinlich will deine Mum nur helfen (auf ihre eigene verschrobene Weise).

Wenn dich dieser Typ wirklich betrogen hat, ist er ein Schwachkopf, und du solltest froh sein, ihn endlich los zu sein.

Ich weiß, wie schrecklich es sich anfühlt, wenn sich etwas, das man als echt und beständig empfunden hat, plötzlich in Luft auflöst. Wenn man jeden Moment durchgeht, den man mit jemandem geteilt hat, und sich fragt, ob es überhaupt echt war. Wenn man sich fragt, ob derjenige einen jemals wirklich geliebt hat. Denn wie kann aus Liebe - wahrer Liebe - so schnell *nichts* werden?

Okay, wenn ich daran denke, wie es dir gerade gehen muss, spüre ich, wie sich ein Jahrhundertorkan in mir zusammenbraut.

Ich muss wissen, wer dieser Vollidiot ist.

PAUSE.
Okay, bin wieder da. Ich war gerade auf deiner Instagram-Seite (Stalker-Alarm, Goldie! Folge mir, und es ist offiziell. Nur ein Freund, der sich die Seite einer Freundin ansieht, okay?), um herauszufinden, wie Mr Schwachkopf aussieht. Ich konnte keine Fotos von ihm finden (wahrscheinlich hast du sie gelöscht, was sehr gut ist. Daumen hoch). Aber ich habe mir auch die Bilder angeguckt, auf denen du markiert wurdest, was mich zu seiner Seite geführt hat. Ich habe ein altes Gruppenfoto entdeckt. Vielleicht von einem Musikfestival. Er wirkt wie einer, der ein wenig zu selbstverliebt ist.
Wer geht bitte oberkörperfrei zu einem Festival? Ekelhaft.
Aber was ich eigentlich mit dieser E-Mail sagen wollte (abgesehen davon, dass ich dir mein aufrichtiges Mitgefühl aussprechen wollte), ist, dass es mir leidtut, dass wir seit Ewigkeiten nichts mehr voneinander gehört haben.
Ich weiß, dass du eine Million Mal versucht hast, anzurufen. Und du hast mir all die Briefe geschrieben und mir haufenweise Aussie-Schokolade (die übrigens unglaublich war) geschickt, und ich habe Monate gebraucht, um mich mit einer kurzen Nachricht bei dir zu bedanken. Ich fühle mich deshalb immer noch schlecht. Du dachtest wahrscheinlich *Meine Güte, Taylor ist ein totales Ar&*% geworden*, was ich total verstehen kann.
Dich nicht anzurufen war arschig, vor allem, da unser letztes Gespräch ein Streit über Natalia war. Ich

weiß, dass deine Anrufe und Nachrichten ein Friedensangebot waren, das ich mit meinem kurzen Text ziemlich armselig erwidert habe.
Alles, was ich sagen kann, ist ... Es ging einfach nicht. Ich wusste, ich würde nur schweigen, wenn wir telefonieren, denn mir fehlten zum ersten Mal in meinem Leben die Worte. Alles war ... nun ja, furchtbar, nachdem ich mein Bein verloren hatte.
Hier höre ich besser auf. Meine Therapeutin (japp, ich habe jetzt eine Therapeutin - sie heißt Claire) will, dass ich ständig darüber rede. Und wenn ich schon niemandem davon erzähle, der dafür BEZAHLT wird, dann tue ich es auch keinem an, mit dem ich befreundet bin.
Hör zu. Können wir einen Pakt schließen, dass wir nicht über den Unfall sprechen? Ich sage es Claire immer wieder. Was passiert ist, ist passiert. Es gibt nichts, was ich dagegen tun kann. Und ich will mich einfach auf das *Jetzt* konzentrieren.
Ich hoffe wirklich, du schreibst mir zurück, Goldie. Ich vermisse dich.
x Tay
P.S.: Ich habe dir eine Playlist geschickt. Du kannst sie dir über Spotify anhören. Du weißt sicher noch, dass Dad und ich für alles eine Playlist haben. (Sag nicht, die *Pancake-Brunch*-Playlist würde keine schönen Erinnerungen wecken.)
Diese Playlist heißt *Versinke in deiner Traurigkeit.* Ich dachte, das würdest du vielleicht zu schätzen wissen, weil es das genaue Gegenteil von allen Ratschlägen ist, die man nach einer Trennung bekommt.

Achtung! Manche von den Songs habe ich in Dauerschleife gehört, als ich mich von Natalia getrennt habe. Ich weiß, dass ich damit ein Risiko eingehe, denn:

1. Vielleicht findest du es gruselig, dir vorzustellen, wie ich zu bestimmten Trennungssongs geheult habe. (Du hast mich schon mal heulen sehen, als ich mit Finn gekämpft habe und er mir aus Versehen das Knie in die Weichteile gerammt hat. Aber in dieser Situation hätte jeder Mann Tränen vergossen.) Also versuch bitte, mir ein paar Pluspunkte dafür zu geben, dass ich meine Gefühle zulasse, okay?

2. Wahrscheinlich hasst du den Gedanken, dass mein Herz so gebrochen war, dass ich ihretwegen geweint habe. (Lass uns der Wahrheit ins Auge blicken – du wusstest von Anfang an, was passieren würde.)

P.P.S.: Mir ist bewusst, dass auf der Liste auch sehr alte Songs dabei sind. Dafür kannst du meinem Dad die Schuld geben. Du weißt, dass er mich beim geringsten Anzeichen dafür enterben würde, dass ich jeden Song scheiße finde, der älter als ein Jahr ist.

Versinke in deiner Traurigkeit

Say Something	A Great Big World & Christina Aguilera
Apologize	OneRepublic
Turning Tables	Adele
Goodbye My Lover	James Blunt
Skinny Love	Birdy
Nothing Compares 2 U	Anna of the North
Already Gone	Kelly Clarkson
Heart Skipped a Beat	The xx
Breathe Out	MAALA
Think of You	MS MR
Same Mistakes	Laurel
Moments Passed	Dermot Kennedy
Bad at Love	Halsey

↑ Download

Isoldes Smartphone

Samstag, 15. September, 13:15 Uhr

VIOLETTA: Mum hat mich eben angerufen. Sie meinte, du hättest dir die Haare in irgendeiner VERRÜCKTEN FARBE gefärbt???
VIOLETTA: Die Trennung, richtig? Ich habe das Gleiche gemacht, als mich Matty (erinnerst du dich noch an Skater Boy, neunte Klasse?) abserviert hat. Es war fürchterlich, aber noch zu retten. Deine Haare werden sich auch retten lassen. Keine Panik.
VIOLETTA: Oh mein Gott. Mum hat schon wieder angerufen. Ich habe ihr ein Foto von den Brautjungfernkleidern geschickt. Du weißt schon. DIE, DIE UNS SO GUT GEFALLEN HABEN UND DIE ICH AM DONNERSTAG BESTELLT HABE. Und jetzt gefällt ihr plötzlich die Farbe nicht mehr.
VIOLETTA: Sie treibt mich in den WAHNSINN! *Ich* bin diejenige, die wegen Veilchenblau oder was auch immer ausrasten sollte, aber ich bin total entspannt. Sie ist besessen von MEINER Hochzeit. Ruf deine arme Schwester an. Ernsthaft. MUMZILLA ist auf freiem Fuß. Ich wiederhole: MUMZILLA wurde gesichtet!!

Instagram-Chat

Samstag, 15. September, 13:40 Uhr

ANA ZHANG: Bist du zu Hause? Lass uns skypen ☺
ISOLDE BYRNE: Ich kann nicht. Erstens, weil ich nicht will, dass du mich in diesem Zustand siehst. Und zweitens bin ich nicht zu Hause. Ich bin beim Friseur, um Ersteres zu retten.
ANA ZHANG: WAS HAST DU GETAN?
ISOLDE BYRNE: Nun ja, gestern Nacht um zwei habe ich über dieselbe Frage nachgegrübelt, über die ich seit drei Wochen nachdenke. *Warum hat mich Aidan betrogen?* Und dann kam mir die Erkenntnis: Er ist fremdgegangen, weil er mich langweilig findet.
ANA ZHANG: Du bist NICHT langweilig! Ich werde Aidan schreiben und ihm sagen, dass er ein egoistischer, arroganter ...
ISOLDE BYRNE: SCHREIB IHM NICHT. Jedenfalls erschien es mir eine großartige Idee, meine Haare zu färben. Du weißt ja, dass ich schon immer wissen wollte, wie ich als Rothaarige aussehen würde. Rothaarige sind sexy. Und ich habe diesen dunkelhaarigen *Ich-bin-langweilig-und-nehme-alles-viel-zu-ernst-*Vibe.
ANA ZHANG: Ich wiederhole: Du bist NICHT langwei-

lig. Bitte sag mir, dass du dafür zum Friseur gegangen bist.
ISOLDE BYRNE: Ich hatte keine Kohle.
ANA ZHANG: Issy!!!
ISOLDE BYRNE: Weil meine Haare so verdammt dunkel sind, meinte die Frau in der Drogerie, ich solle sie zuerst blondieren. Und das habe ich gemacht. Und dann habe ich die Farbe aufgetragen. Und jetzt haben meine Haare die gleiche Farbe wie diese McDonald's-Figur.
ANA ZHANG: Ronald McDonald?
ISOLDE BYRNE: Nicht Ronald. Grimace.
ANA ZHANG: Den muss ich googeln ... Oh. *Die* Figur. DEINE HAARE SIND LILA?
ISOLDE BYRNE: MEINE HAARE SIND LILA. Genau das habe ich geschrien, als ich die Treppe hinuntergerannt bin. Und dann habe ich angefangen zu heulen. Mum kam aus ihrem Arbeitszimmer und sagte: »Isolde, ernsthaft? Welche haarsträubende Entscheidung triffst du als Nächstes?«
ANA ZHANG: Punkt für deine Mum für das Wortspiel.
ISOLDE BYRNE: *Kein Funken Mitgefühl.* Sie meinte, ich solle mich selbst darum kümmern, weil sie arbeiten muss. Und da sie weiß, dass ich kein Geld habe, wollte sie mir damit sagen, dass ich meinen Frieden damit schließen muss, ab jetzt als 168 cm große Aubergine herumzulaufen. Also habe ich geschrien: »*Ich fasse es nicht!*« Dann warf Mum die Hände in die Luft und sagte, sie könne einfach nicht von zu Hause aus arbeiten. Ob denn keiner verstehe, dass wir nur

noch ein Einkommen hätten und sie die Familie versorgen müsse.
ANA ZHANG: Ich will jetzt nicht unhöflich sein, aber ihr Einkommen ist so hoch wie drei durchschnittliche Einkommen zusammen.
ISOLDE BYRNE: Nicht wahr? Jedenfalls kommt Dad um die Ecke und bekommt mit, was Mum gesagt hat. Ich sehe, wie ihm die Gesichtszüge entgleisen. Obwohl er immer wieder sagt, dass die Entlassung ihm die Möglichkeit gibt, seiner Leidenschaft nachzugehen, weiß ich genau, dass die Kündigung sein Ego verletzt hat. Jedenfalls sagt Dad, er würde mit mir zum Friseur gehen, weil er sowieso einen neuen Haarschnitt vertragen könnte. Was überhaupt nicht stimmt. Aber er hat eben Mitgefühl.
ANA ZHANG: Kannst du mir BITTE ein Foto schicken, bevor sie deine Haare wieder umfärben?
ISOLDE BYRNE: Wenn du es auch nur einer Menschenseele zeigst, war's das mit unserer Freundschaft. *Isolde hat dir ein Foto gesendet.*
ANA ZHANG: Nun ja ... Es ist definitiv nicht ... langweilig.
ISOLDE BYRNE: Lass uns nie wieder davon sprechen.
ANA ZHANG: Hast du Taylor zurückgeschrieben?
ISOLDE BYRNE: Nein. Ich muss mir erst noch überlegen, was ich jemandem schreibe, mit dem ich seit neunzehn Monaten nicht mehr gesprochen habe.
ANA ZHANG: Dann beeil dich. Sonst fahre ich größere Geschütze auf und schicke ihm das Foto. *Und Taylor, was sagst du zu Isoldes neuem Look?*

ISOLDE BYRNE: Ich hasse dich.
ANA ZHANG: Du darfst wegen Aidan jetzt nicht verbittern.

Taylor

Samstag, 15. September

Fast hätte ich ihr nicht geschrieben. Aber je mehr ich darüber nachgedacht habe, desto schneller hat mein Gehirn gearbeitet. Und plötzlich habe ich in Gedanken zig Gespräche mit Goldie geführt. Nach ein paar kläglichen Versuchen, mich abzulenken, habe ich aufgegeben.

Also habe ich ihr Mittwochnacht eine E-Mail geschickt. Jetzt ist Samstagnachmittag, und ich habe noch keine Antwort bekommen (ungeduldig, Hellemann?).

Abgesehen von Angst und Ungeduld fühlte ich danach eine seltsame *Erleichterung*. Irgendwas hat es mit mir gemacht, über alles und nichts zu reden.

Vielleicht weil ich wusste, dass sie mich nicht sehen kann. Sie hat mich seit dem Unfall nicht mehr gesehen. Klar, sie weiß, was passiert ist. Aber sie saß nicht neben meinem Bett. Musterte mich nicht mit diesem Gesichtsausdruck, den ich so sehr hasse. Der nervöse, wenn Leute um mich herumschleichen und Angst haben, etwas Falsches zu sagen.

Der Ausdruck, der mich jedes Mal denken lässt: *Niemand wird jemals wieder den alten Taylor in mir sehen.* Der Typ, den andere Snowboarder bewundern. Der schnelle, starke, furchtlose Kerl, der mit seinem Board Sachen hinlegt, die sonst kaum einer kann. Tricks, bei denen sich die Köpfe drehen und Kinnladen herunterfallen.

Aber Issy wohnt in einem anderen Land. Sitzt hinter einem Bildschirm. Deshalb habe ich einen winzigen Funken Hoffnung, dass ich eine Verbindung zu ihr aufbauen könnte, wie sie der alte Taylor hatte.

Und das – allein das – fühlt sich irgendwie so an, als könnte es meine Rettung sein.

Von: IsoldeByrne@hotmail.com
An: taylor_hellemann@gmail.com
Gesendet: Samstag, 15. September, 22:37 Uhr
Betreff: RE: Öffne mich ☺

Hey Taylor,
danke für deine E-Mail. Ich weiß, das klingt wie ein Standardsatz, aber in Wahrheit hat es mir unglaublich viel bedeutet, von dir zu hören. Damit hätte ich nicht gerechnet, um ehrlich zu sein. Nach allem, was passiert ist.
Nur, damit du es weißt: Ich war nicht sauer wegen deiner »Danke«-Nachricht. Und du musst dich nicht für unsere letzte Unterhaltung entschuldigen. Ich glaube, wir wissen beide, dass *ich* bei unserer letzten Skype-Session der Hitzkopf war.
Ich würde dir gern tausend Dinge sagen, Tay. Vor allem, was den Streit angeht. Aber jedes Mal, wenn ich versuche zu formulieren, was mir am meisten auf der Seele brennt, kommt dabei nur Quatsch heraus.
Mir ist bewusst, dass »Es tut mir leid« keine magische Formel ist, die uns wieder an den Anfang zurücksetzt.
Weißt du noch, wie ich dir vor Jahren gesagt habe, dass ich Entschuldigungen hasse? Wenn sich jemand bei mir entschuldigt, meine ich. Ich weiß, das klingt schrecklich. Als wäre ich ein sturer, selbstgefälliger Hund, der auf immer und ewig einen Groll hegen will. Was ich damit aber sagen will, ist, dass Menschen denken, eine Entschuldigung wäre ein

Freifahrtschein. Dass ihnen sofort verziehen wird, sobald sie die Worte ausgesprochen haben.
Derjenige, der die Entschuldigung bekommt, fühlt sich dann, als wäre mit ihm irgendwas nicht in Ordnung, weil er immer noch verletzt ist. Oder wütend. Oder sich verraten fühlt. Er fühlt sich schlecht, weil er nicht innerhalb des Zeitraums über die Sache hinwegkommt, den der, der sich entschuldigt, für angemessen hält.
Ich weiß, dass ich verbittert klinge. Vielleicht weil ich zu Hause nicht das beste Beispiel habe (lass uns nicht weiter darüber reden). Vielleicht liegt es aber auch daran, weil ich betrogen wurde. Aber ich werde das Gefühl nicht los, dass eine Entschuldigung nicht viel bedeutet. Im schlimmsten Fall ist es ein Werkzeug, das Menschen aus nicht sehr ehrbaren Gründen benutzen. »Es tut mir leid« bedeutet nicht »Mir ist klar geworden, wie sehr ich dich verletzt habe« oder »Ich werde es nie wieder tun«. Es bedeutet »Ich fühle mich schrecklich. Vielleicht geht es mir besser, wenn ich mich entschuldige.« Mit einer Entschuldigung befreien sich Menschen von ihren Schuldgefühlen. Es geht also nur um sie, nicht um denjenigen, dem sie Unrecht getan haben.
Was unseren Streit angeht und die letzten neunzehn Monate, würde ich mich so gern bei dir entschuldigen. Hunderte Male. Und ich weiß, dass es teilweise egoistisch ist, denn ich will, dass du mir vergibst.
Ich fühle mich schuldig für das, was mit uns passiert ist. Aber ich habe diese Schuld verdient. Es ist mein Kreuz, das ich tragen muss.

Deshalb sage ich nur Folgendes:
Was an jenem Abend über Skype aus mir herausgeplatzt ist, hätte ich nicht sagen sollen. Es war mein Problem. Mein eigenes, hässliches, egoistisches Problem. Und ich weiß nicht, ob ich den wahren Grund, warum ich es gesagt habe, jemals aussprechen kann. Der wahre Grund existiert nicht mehr. Deshalb sollte er besser ungesagt bleiben.
Ich kann meine Worte von damals nicht zurücknehmen. Und ich erwarte nicht, dass du mir vergibst. Aber ich hoffe, du glaubst mir, wenn ich dir versichere, dass du es nicht verdient hast. Dass ich so etwas nie wieder zu dir sagen werde.
Eigentlich möchte ich mich damit nur bedanken. Für dein Mitgefühl und die Ablenkung. Dafür, dass du jemandem geschrieben hast, den du längst hättest abschreiben können.
Und für die Playlist, die ich seit drei Tagen in Dauerschleife höre.
Und was ich auch sagen will, ist: Bitte fühl dich nicht dazu verpflichtet, mir zu antworten. Dass dir jemand schreibt, der wegen eines dummen Ex in »Traurigkeit versinkt«, ist mehr Strafe, als du verdient hast.
Ich freue mich darauf, mich nächstes Jahr endlich wieder richtig mit dir zu unterhalten, wenn wir zur Hochzeit kommen. Nicht dass ich mich mittlerweile besser ausdrücken könnte. Aber die Hoffnung stirbt zuletzt, nicht wahr?
Ich freue mich einfach, dich zu sehen. Zu sagen, dass ich dich vermisst habe, ist total untertrieben.
x Goldie

Isolde

Sonntag, 16. September
Trennungsregel 101: Folge nicht dem Expertenrat.

Geh raus, sagen sie. Das wird dich ablenken, sagen sie. HA.

Zweiundzwanzig Tage sind vergangen, seit mir Aidan das Herz gebrochen hat. Und bis heute Morgen hatte ich meine Strategie, mich vor der Welt zu verstecken, voll drauf.

Außer in der Schule und beim Tanzunterricht war ich nur zu Hause und habe so schreckliche Situationen vermieden, wie in Tränen auszubrechen, während ich Brokkoli kaufe (das war drei Tage nach der Trennung, als Mum darauf bestand, dass ich die Zutaten fürs Abendessen besorge, während sie etwas in der Apotheke abholte).

Am Wochenende musste ich mich einigeln, denn es erforderte all meine Kraft, sechs Tage die Woche mit anzusehen, wie sich Aidan und Steffanie verliebte Blicke zuwarfen, ohne komplett auszurasten.

Aidan zu hassen war alles, was ich wollte. Für das, was er mir angetan hat. Dass ich mich seinetwegen so gedemütigt und wertlos fühlte. Aber mein Herz hörte nicht auf, Schmerz durch meinen Körper zu pumpen.

Genauso schrecklich war es, die ganze Zeit die Blicke der anderen Tänzer auf mir zu spüren. Wahrscheinlich schlossen sie Wetten ab, ob ich im Studio in Tränen ausbrechen oder irgendwas zu Aidan oder Steffanie sagen würde.

Diese Genugtuung wollte ich ihnen nicht geben. Der Gedanke, sonntags allein zu sein, war das Einzige, was mir half, die Wochen zu überstehen.

Und heute besteht Mum darauf, dass wir die Tradition des Familienbrunchs am ersten Sonntag des Monats aufrechterhalten.

Für Dad ist es in Ordnung gewesen, dass ich mich zurückgezogen habe. Er hat sogar vorgeschlagen, Mum und er könnten allein brunchen gehen. So eine Art spontanes Date. Aber für Mum ist eheliche Romantik anscheinend weitaus weniger wichtig, als ihre Tochter dazu zu zwingen, einen Termin einzuhalten.

Der einzige Grund, warum ich fünfzehn Minuten später an der Haustür stehe, ist, weil mich Dad darum gebeten hat. Und da er mir vor nicht einmal vierundzwanzig Stunden nach meinem Grimace-inspirierten Haarunfall zu Hilfe geeilt ist, kann ich jetzt nicht Nein sagen.

Die erste Stunde ist erträglich. Natürlich redet Mum wieder nur von der Hochzeit. Abgesehen von einem Budget-Update (Mum hat sogar einen Ausdruck ihrer aktualisierten Tabelle dabei), nennt sie Dad die ganze Zeit Tage, an denen sie sich freinehmen müssen.

Ich klinke mich geistig aus, denke an Queenstown und somit automatisch auch an Taylor. Und an seine E-Mail und meine Antwort. So entkomme ich wenigstens für kurze Zeit meinem inneren *Aidan-hat-mich-verlassen*-Monolog.

Nachdem wir die Rechnung bezahlt haben, faltet Mum ihre Tabelle zusammen, und wir machen unseren üblichen

Spaziergang über die Balmoral-Uferpromenade. Die Sonne scheint. Es ist mindestens dreißig Grad warm, obwohl bereits September ist. Noch ein Pluspunkt, wenn man in Sydney lebt.

Wir überqueren die Brücke zum Rocky-Point-Aussichtspunkt. Wir sitzen eine Weile da und lassen uns von den Sonnenstrahlen wärmen. Dad erzählt mal wieder eine Geschichte von Positano, wo Mum und er Flitterwochen gemacht haben.

Die zwei Menschen, von denen er erzählt – frisch Vermählte, die rund um die Uhr Aperol Spritz trinken und eng umschlungen auf mit Bougainvillea bewachsenen Terrassen tanzen –, haben nichts mit denen gemein, die nun links und rechts von mir auf der Bank sitzen.

»Wir haben ständig in der Öffentlichkeit miteinander rumgemacht«, erzählt er.

»Zu viel Information«, erwidere ich und halte mir die Ohren zu, denn das ist widerlich. Aber kurz werde ich traurig, denn mittlerweile ist Streiten das einzig Peinliche, was sie in der Öffentlichkeit machen. Oder gegeneinander sticheln.

Wir gehen den Hügel wieder hinab. Gerade als ich denke *Hey, es war tatsächlich gut, mal rauszukommen*, sehe ich sie. Sie sitzen zu meiner Linken am Strand. Aidan cremt Steffanies Gesicht mit Sonnenmilch ein. Spielerisch setzt er ihr einen Kleks auf die Nase, und sie wischt ihm über die Stirn. Ich beobachte, wie er ein weißes Herz auf ihr Schlüsselbein zeichnet und erinnere mich daran, wie ich letzten Mai mit ihm im Bus saß, um in die Stadt zu fahren. Es war ein regnerischer, eiskalter Tag. Doch als er unsere Initialen auf die beschlagene Fensterscheibe geschrieben und ein Herz darum gemalt hat, wurde die Welt schlagartig heller.

Jetzt küssen sie sich. Er hält ihr Gesicht zwischen den Händen, wie er es bei mir immer getan hat.

Kurz frage ich mich, ob das alles nur ein weiterer böser Traum ist, in dem ich Aidans Verrat immer und immer wieder durchlebe.

»Isolde! Wir gehen jetzt. Schon vergessen?«

Mums Stimme reißt mich aus meiner Schockstarre.

»Isolde!«, ruft sie noch lauter. Entsetzt beobachte ich, wie Aidan und Steffanie aufhören, sich zu küssen, und die Köpfe drehen.

Er sieht mich. Jetzt kommen all die Tränen hoch, die ich die letzten drei Wochen zurückgehalten habe, sobald er in der Nähe war.

Inzwischen bin ich daran gewöhnt, sie zusammen im Unterricht zu sehen. Aber irgendwie ist es anders, sie außerhalb des Studios zu treffen. Am Strand. Wie ein richtiges Paar. Es ist unerträglich, sie ausgerechnet hier zu treffen. In meiner Gegend, an dem Tag, an dem ich beschlossen habe, endlich wieder vor die Tür zu gehen.

Ich eile über den Zebrastreifen auf die andere Straßenseite, wo sie mich nicht sehen können. Mum und Dad sind mir direkt auf den Fersen. Ununterbrochen wiederholt Mum meinen Namen, als wäre er ein Zauberwort, das mich dazu bringt, abrupt stehen zu bleiben.

Vor dem Café an der Ecke bekomme ich plötzlich einen Wadenkrampf, das Resultat von zu viel Training, kombiniert mit dem Schock, der durch meinen Körper schießt. Ich beuge mich hinab, greife nach meinem Fuß und dehne mein Bein. Da ich immer noch weine, fängt jetzt auch noch meine Nase an zu laufen. Ich spüre die Blicke der Gäste, die an den Außentischen sitzen. Ich weiß genau, was sie denken. *Dieses Mädchen ist ein Wrack.*

Als mich Mum und Dad eingeholt haben, übernimmt Dad das Wadendehnen für mich. Mum starrt mich an. Bestimmt bin ich knallrot, und mein ganzes Gesicht ist mit Wimperntusche verschmiert.

»Ich will jetzt nach Hause«, ist das Einzige, was ich hervorbringe.

Mum denkt, ich hätte nur einen weiteren Heulkrampf und schlägt vor, eine Pause einzulegen und hier im Café noch einen Saft zu trinken. Doch als Dad ihr einen Blick zuwirft, hält sie den Mund. Er rast los, um das Auto zu holen.

Während wir am Bordstein auf ihn warten, trocknen meine Tränen in der Sonne. Der Wadenkrampf ist zwar vorüber, aber es brennt immer noch wie verrückt. Als hätte mich jemand mit einem glühenden Eisen gebrandmarkt. Die Hitze strömt meinen Körper hinauf und in meine Lungen. Als ich zum Strand blicke und erneut Aidan und Steffanie entdecke, wird mir klar, dass dieses Gefühl in meiner Brust, das mit jedem Atemzug stärker wird, Wut ist.

Ich sehe ihm an, dass er verliebt ist. Und ich heule seit zweiundzwanzig Tagen, quäle mich durch die Nächte und versuche herauszufinden, was ich falsch gemacht habe und was mit mir nicht stimmt.

Das alles habe ich gefühlt. Und er hat nichts gefühlt.

Ich bin so wütend, dass ich mir denke, *Scheiß auf Würde,* und mein Handy zücke.

Isoldes Smartphone

Sonntag, 16. September, 14:31 Uhr

Jealousy, jealousy!

ICH: Such dir gefälligst einen anderen Strand, du Arschloch. Du weißt, dass ich nur fünf Minuten entfernt wohne.

AIDAN: Isolde, ernsthaft? Ich weiß, dass du sauer bist. Aber es war nichts Persönliches. Wir hängen nur am Strand rum.

ICH: Balmoral Beach ist mein Territorium. Geh mit deiner Freundin zu Manly Beach. Oder Bondi. Oder Palm Beach. Wir sind hier in SYDNEY. HIER GIBT ES GENUG STRÄNDE.

AIDAN: MEINE GÜTE. Okay. Wie auch immer. Wir suchen uns einen neuen Strand.

ICH: Komm mir nicht mit MEINE GÜTE. Wie schwer fällt es dir, wenigstens ein BISSCHEN Rücksicht zu nehmen?

AIDAN: Darüber werde ich jetzt nicht mit dir diskutieren. Ich habe Besseres zu tun.

Taylor

Sonntag, 16. September
Früher nannte man mich Hellfire Hellemann.

Höllenfeuer: Ein Feuer, das außergewöhnlich heiß ist oder wild brennt. Oder das Feuer des Teufels.

Dramatisch, nicht wahr?

Doch wenn man einen Sport betreibt, der ein Frankenstein-Mix ist aus Skisprung trifft Halfpipe, den die *New York Times* mal als den »schönsten, verrücktesten, dümmsten, gefährlichsten, lebensmüdesten Sport, der auf unschuldige Zuschauer losgelassen wurde« bezeichnet hat, merkt man schnell, dass die Kommentare immer einen Hang zur Dramatik haben. Das Drama – damit meine ich das Spektakel, die Spannung, die Stunts – war das, was ich an Big Air am meisten liebte.

Es war nicht nur die gefährlichste Snowboarding-Disziplin (die Snowboarder rasen einen supersteilen Hang hinab auf eine Rampe, bevor sie sich hoch in die Luft katapultieren, wo sie bei einer durchschnittlichen Höhe von zwanzig Metern über dem Boden für die Zuschauer akrobatische Stunts vollführen). Nein. Das ganze Event stand unter dem Motto »Alles oder nichts«.

Zusammengefasst: Es ist der größte und verrückteste Trick-Contest überhaupt. Bei jedem Sprung muss man jede Sekunde – im besten Fall sind es zwei oder drei – in der Luft voll auskosten und so viele Drehungen und Moves hinlegen, wie man nur kann, und trotzdem sauber und kontrolliert landen.

Hohes Risiko, hohe Belohnung.

Bei jeder Competition sieht man etwas Neues. Etwas Schwierigeres. Jeder versucht, den anderen zu übertrumpfen, um am Ende auf dem Siegertreppchen zu landen. Vor ein paar Jahren war ein 1440 Triple Cork eine große Sache. Aber heutzutage? Die Top-Teilnehmer legen Quad-Cork 1880 s hin. Kopfüber, vierfacher Überschlag, Off-Axis und FÜNF 360-Grad-Drehungen. Es übersteigt die Grenzen dessen, was jeder in der Szene für möglich gehalten hätte.

Manche Menschen träumen vom Fliegen. Ich träume von Triple Corks.

In diesen Träumen sehe ich nicht nur den Schnee und den Himmel. Ich sehe auch die Berge, die sich bis in die Unendlichkeit erstrecken. Ich habe das Gefühl, alles um mich herum ist endlos. Auch ich. Dann kann ich mich minutenlang drehen, nicht nur Sekunden.

Ich kriege den Trick immer hin.

Dann wache ich auf. Wenn das Brett den Boden berührt. Die Wucht des Aufpralls ist so groß, dass mein ganzer Körper auf der Matratze zusammenzuckt. Kurz denke ich, ich wäre auf der Landepiste. Dass ich ohnmächtig geworden bin und alles Schwarz wurde, weil ich mit dem Kopf aufgeschlagen bin. Ich befühle meine Brust, meine Arme, meine Beine. Ein instinktives Abtasten, um sicherzugehen, dass ich noch in einem Stück bin.

Wenn meine Hände zu meinem rechten Knie und weiter nach unten wandern, spüre ich mein Herz hämmern.

Weil der Rest des Beins nicht mehr da ist.

Eine Sekunde lang erfasst mich pures Entsetzen. Dann erinnere ich mich wieder. Oder zumindest erinnert sich mein Geist. Mein Körper wusste es schon längst. Deshalb ist mein Gesicht bereits nass, bevor meine Hände meinen Körper abgetastet haben.

Von: taylor_hellemann@gmail.com
An: IsoldeByrne@hotmail.com
Gesendet: Sonntag, 16. September, 22:37 Uhr
Betreff: So leicht wirst du mich nicht los ☺

Hey Goldie,
Also ... zu den letzten Abschnitten deiner E-Mail von gestern Abend: Du weißt schon. »Ich freue mich, dich nächstes Jahr zu sehen« und »Fühl dich nicht verpflichtet zu antworten«.
So fühlt sich ein Kerl gewollt, Isolde.
SCHERZ.
Tut mir leid, aber so leicht wirst du mich nicht mehr los.
Du weißt, dass ich letztes Jahr fast einen Doktor in Menschen-von-mir-schieben gemacht hätte, oder? Ich erkenne deine Strategie aus 1.938 Kilometern Entfernung. Erwischt ☺☺☺
Und dieses Wort, das du benutzt hast: »Verpflichtung«. Als hätte ich mich dazu *verpflichtet* gefühlt, dir zu schreiben. Diese E-Mail wäre sehr kurz gewesen. »Hey Goldie. Scheiße mit deiner Trennung. Der Typ ist ein (hier passendes SCHIMPFWORT einfügen). Hoffe, es geht dir bald besser. Tay.«
Soll ich ehrlich sein? Ich wollte dich schon seit Ewigkeiten kontaktieren. Aber ich habe mich einfach nicht getraut. Deine Trennung hat mir dann einen passenden Grund dazu gegeben.
Was ich damit sagen will: Wenn deine beschissene Situation (die Trennung) etwas Gutes hat, dann, dass wir wieder miteinander reden.

Aber was ich eigentlich zu deiner Trennung sagen wollte:
GOLDIE, ICH BIN FROH, DICH WIEDER IN MEINEM LEBEN ZU HABEN.
Ganz ehrlich? Ich hatte furchtbare Angst, wir würden nie wieder miteinander reden. Schmeiß mir alles entgegen. Depressive E-Mails, Schimpftiraden über deinen bescheuerten Ex, das Intensive und das Schwere, das Banale und das Triviale.
Um ehrlich zu sein, mag ich Triviales. Das letzte Jahr war ... na ja ... in vielerlei Hinsicht dunkel. Von daher giere ich nach der helleren Seite des Spektrums. Du weißt schon. Ausgleich und so.
Betrachte mich also als deinen inoffiziellen Trennungsberater. Im besten Fall werden meine Ratschläge dürftig sein. Wahrscheinlich werde ich regelmäßig in Fettnäpfchen treten. Und bestimmt flammen auch meine eigenen Post-Trennungsunsicherheiten immer wieder auf. Aber ich bin zu einhundert Prozent für dich da. Du musst Dampf ablassen.
Jetzt da ich auf den ersten Teil deiner E-Mail (dass ich von dir hören WILL) geantwortet habe, fehlt noch der zweite. Und das ist vielleicht noch viel wichtiger. Du weißt, dass ich genauso an unserem Streit schuld war, oder? Denn MEINE Worte an jenem Abend hast du nicht erwähnt. Worte, die vielleicht schlimmer und egoistischer waren als deine. Beim Gedanken daran wird mir ganz schlecht.
Issy, ich bin den Streit eine Million Mal im Kopf durchgegangen. Ich war ganz bestimmt nicht unschuldig daran.

Wir sind schon unser ganzes Leben lang befreundet. Und wir hatten auch schon den einen oder anderen Streit. Zugegeben, keiner war so schlimm wie der Natalia-Streit. Trotzdem waren sie schlimm genug, dass ich ein Muster erkennen kann.

Du und ich haben denselben Makel. Wenn wir wütend werden, dann richtig. Dann schießen die Worte nur so aus unseren Mündern. Die falschen Worte. Worte, die unter die Gürtellinie gehen und nicht das ausdrücken, was wir dem anderen eigentlich sagen wollen.

Genau das ist an jenem Abend passiert. Ich habe etwas gesagt, du hast es in den falschen Hals bekommen und BOOM – kamen deine Worte wie aus dem Maschinengewehr gefeuert.

Ich weiß, dass das, was du gesagt hast, nicht das war, was du sagen wolltest. Als du meintest, Natalia würde mich früher oder später für einen anderen verlassen, wolltest du damit eigentlich sagen *Ich habe Angst, dass sie dich benutzt* und nicht *Warum sollte sie mit DIR zusammen sein wollen, Taylor, wenn du doch überhaupt nichts zu bieten hast?*

Aber ich war genauso hitzköpfig wie du. Ich gebe es nur ungern zu, aber ich war unsicher, was Natalia und mich betraf. Schließlich war ich das kleine Würmchen aus Queenstown und sie das Model, das nach L. A. und Paris flog und dessen Eltern eine TIFFANY-Zuckerdose besaßen.

Keine Ahnung, warum sich dieses dumme, überteuerte Ding in mein Hirn gebrannt hat. Ich glaube, es

steht einfach symbolisch für den Unterschied zwischen ihrer und meiner Welt.
Wie du weißt, war Dad das zweite Jahr krank, als ich Natalia kennenlernte. Er konnte neben der Chemotherapie keine Aufträge als Landschaftsarchitekt mehr annehmen, denn es ist unmöglich, Steine durch die Gegend zu schleppen und die Machete zu schwingen, wenn man vom Kotzen so schwach ist wie ein Kätzchen. Wir lebten nur von Mums Gehalt und mussten die Kosten für die Chemo abdecken, die die Krankenversicherung nicht übernahm. Wir mussten den Gürtel enger als eng schnallen.
Jedenfalls dachte ich, Natalia wäre Lichtjahre außerhalb meiner Liga. Und ich habe mein Bestes gegeben, es vor ihr zu verstecken. Als wir uns gestritten haben, hatte ich das Gefühl, du wolltest sagen *Warum sollte sie dich wollen?* Und das aus deinem Mund hat mich verdammt verletzt. Immerhin bist du der Mensch, der mich am besten kennt und mich liebt wie einen Bruder.
Jetzt ist mir klar, dass du dir nur Sorgen um mich gemacht hast. Aber damals war ich so unsicher, dass ich dachte, du wolltest mich verletzen. Deshalb habe ich etwas SCHRECKLICHES gesagt, um dir ebenfalls wehzutun.
Ich hoffe, du weißt, dass ich alles dafür geben würde, die Zeit zurückzudrehen, um etwas anderes zu sagen. Aber so funktioniert das Leben leider nicht. Man kann Geschehenes nicht rückgängig machen. Glaub mir, keiner weiß das besser als ich.
Ich glaube, ich kann meine Gefühle nicht so gut aus-

drücken wie du in deiner E-Mail. Deshalb zitiere ich dich einfach:
Ich kann meine Worte von damals nicht zurücknehmen. Und ich erwarte nicht, dass du mir vergibst. Aber ich hoffe, du glaubst mir, wenn ich dir versichere, dass du es nicht verdient hast. Dass ich so etwas nie wieder zu dir sagen werde.
Was du über den Groll schreibst, hat mich zum Lachen gebracht. Dir ist bewusst, dass du *manchmal* (der zukünftige Taylor weicht einer virtuellen Ohrfeige aus) ganz schön stur sein kannst, oder?
Ich will dich nicht beleidigen. Ich habe gelacht, weil das einfach DU bist. Und um ehrlich zu sein, finde ich deine Sturheit irgendwie liebenswert.
Hör mir zu, bevor du jetzt wütend wirst. Ich finde deine Sturheit nicht nur liebenswert, sondern halte sie für eine deiner Stärken. Für viele ist Sturheit etwas Schlechtes. Aber in meinen Augen bedeutet stur auch so viel wie »zäh«. Du bist hartnäckig.
So bist du schon immer gewesen.
Ich verrate dir jetzt ein Geheimnis. Jeder hat mir für meine Hingabe beim Snowboarden auf die Schulter geklopft. Und ich habe immer genickt. Aber tief in meinem Inneren habe ich gewusst, dass ich es aufgegeben hätte, wenn ich keinen Spaß (du weißt, dass das total untertrieben ist, es war für mich das Wichtigste auf der ganzen Welt) mehr daran gehabt hätte.
Ich will damit nicht sagen, dass ich keine Opfer gebracht habe. Ich habe viel aufgegeben, um dahin zu

kommen, wo ich war. Aber ich hatte Grenzen. Wenn der Spaß aufgehört hätte, hätte ich auch aufgehört. Aber du ... Wenn es hart wird, beißt du die Zähne zusammen und machst weiter. Selbst wenn es überhaupt keinen Spaß mehr macht, gibst du immer noch einhundert Prozent. Das macht dich zum Halleyschen Kometen. Jemand wie du kommt nicht so oft um die Ecke.

Und ich wette, was Beziehungen angeht, bist du genauso. Du gibst alles, was du hast. Und Aufgeben ist keine Option.

Ich habe es schon mal gesagt, kann es aber nicht oft genug betonen: Dein Ex ist ein Vollidiot, weil er dich hat gehen lassen.

Wüüürg. Und jetzt lass uns nie wieder über diesen Narren sprechen. (Klingt wie aus einer dieser Opern, die dein Dad so mag, nicht wahr?!) Ich will diese E-Mail mit etwas Wohligem abschließen – ein paar YouTube-Videos von tollpatschigen Katzen und winzigen Welpen. Unten findest du ein paar Links.

Lass es mich wissen, falls dich die Videos nicht zum Lächeln bringen. DAS WÄRE SEHR BESORGNISERREGEND.

xx Tay

Von: IsoldeByrne@hotmail.com
An: taylor_hellemann@gmail.com
Gesendet: Sonntag, 16. September, 20:42 Uhr
Betreff: Wut-Songs

Hey ... Ich habe deine E-Mail gerade gesehen. Und

ich schulde dir eine ordentliche Antwort, aber in der Zwischenzeit – hast du irgendwelche Empfehlungen für wütende Trennungssongs? Heute war ... fürchterlich. Und zwar rasend-vor-Wut-fürchterlich. Ich bin so angespannt, dass mein Kopf wie verrückt hämmert. Kein Witz. Selbst meine *Augäpfel* schmerzen. Ich wusste gar nicht, dass das überhaupt möglich ist.
Ich habe ein bisschen Angst, dass ich Mr Schwachkopf wieder mit Nachrichten bombardieren werde. Im Moment juckt es mich in den Fingern, Nachricht Nummer einunddreißig zu schreiben.
Ja. Einunddreißig.
Bitte schick mir ein paar Songs.
P.S.: Du weißt, dass du *alles* zu bieten hattest, wenn es um Natalia und dich geht, oder? Genau *das* hat mich an jenem Abend so wütend gemacht. Dass du mit einem Mädchen zusammen warst, das deine Qualitäten nicht zu schätzen wusste, die dich zum besten Kerl machen, den ich kenne.

Von: taylor_hellemann@gmail.com
An: IsoldeByrne@hotmail.com
Gesendet: Sonntag, 16. September, 22:45 Uhr
Betreff: Fang mit dem hier an

Hey – ganze Liste kommt noch. Aber um ein Massentexten zu verhindern, schicke ich dir JETZT einen hervorragenden Song.
Kelis – *Caught Out There* aka *I hate you so much right now.* Der Song ist mega alt – von 1999 -, aber was Trennungssongs angeht, ist er immer noch einer

der besten. Beim Refrain kann man richtig gut mitschreien. Oder du wirfst dein Kissen gegen die Wand. Der Wand tut es nicht weh, und du hast vielleicht das Gefühl, in deinem eigenen Wutraum zu sein.
Mehr Songs folgen.
x Tay
P.S.: Danke übrigens für das kleine P.S.. Ich bin vielleicht sogar ein bisschen rot geworden.

Von: IsoldeByrne@hotmail.com
An: taylor_hellemann@gmail.com
Gesendet: Sonntag, 16. September, 20:46 Uhr
Betreff: Du bist mein Retter

Ich glaube, du hättest mir keinen passenderen Song schicken können.
Das mit dem Kissen habe ich sofort ausprobiert. Ich war so drin, dass ich es nicht mal gemerkt habe, als Dad an meinem Zimmer vorbeigegangen ist. Ehe ich mich's versah, hat er sich ebenfalls ein Kissen geschnappt, es gegen die Wand geschmissen und geschrien: »Du wirst deine gerechte Strafe bekommen, Aidan!«
Als der Song vorbei war, war ich ziemlich außer Puste (was Wut rauslassen angeht, bin ich eine blutige Anfängerin, ich muss definitiv noch üben), aber auch viel besser drauf. Ich wollte den Song gerade noch mal anklicken, aber Spotify war schneller, und plötzlich schallte dieser uralte Kelis-Song *Milkshake* durchs Zimmer. Keine Ahnung, warum Dad den Song

kennt, aber er hat mit Fistelstimme mitgesungen und seine Arme seltsam dazu bewegt. Wahrscheinlich hat er versucht, den Tanz aus dem Musikvideo nachzuahmen.
Tay, es war so witzig, dass ich lachend auf dem Bett zusammengebrochen bin. Dann kam Mum ins Zimmer gestürmt, riss die Vorhänge zu und schrie: »Patrick, mit diesem *Milkshake* kommt keiner mehr in unseren *Yard.*«
Aber das hat ihn nur noch mehr angespornt, also hat er Mum angetanzt. Doch als er dann auch noch angefangen hat zu twerken, habe ich sie aus dem Zimmers geschmissen.
Keine Beschreibung seiner Moves würde ihm gerecht werden. Ich wünschte, ich hätte ein Video gemacht.

Von: taylor_hellemann@gmail.com
An: IsoldeByrne@hotmail.com
Gesendet: Sonntag, 16. September, 23:36 Uhr
Betreff: RE: Du bist mein Retter

Ich arbeite immer noch an deiner Playlist. Aber ich musste dir kurz antworten, weil deine Betreffzeile so großartig war.
Retter. So bringt man einen Typen zum Erröten, Goldie.
Und Patrick, der zu *Milkshake* abgeht? Episch. Erinnert mich daran, warum ich deinen Dad so mag.

Von: IsoldeByrne@hotmail.com
An: taylor_hellemann@gmail.com

Gesendet: Sonntag, 16. September, 21:43 Uhr
Betreff: Dads

Dein Dad ist genauso episch. Kannst du dich noch daran erinnern, als er den Amateur-Limbo-Wettbewerb gewonnen hat, obwohl er eine Lederhose getragen hat?

Von: taylor_hellemann@gmail.com
An: IsoldeByrne@hotmail.com
Gesendet: Sonntag, 16. September, 23:46 Uhr
Betreff: RE: Dads

Ich wünschte, ich könnte mich nicht daran erinnern … Weißt du noch, wie ihm in der letzten Runde die Hose geplatzt ist?

Von: IsoldeByrne@hotmail.com
An: taylor_hellemann@gmail.com
Gesendet: Sonntag, 16. September, 21:50 Uhr
Betreff: Limbo-Fail

Ich stand zum Glück *hinter* deinem Dad und musste das Unglück nicht mit ansehen.

Von: taylor_hellemann@gmail.com
An: IsoldeByrne@hotmail.com
Gesendet: Sonntag, 16. September, 23:52 Uhr
Betreff: RE: Limbo-Fail

Glück gehabt. Aber wenigstens ist er mein Dad. Für

dich ist er der Ex-Freund/langjährige Familienfreund deiner Mutter. Es wäre wahrscheinlich sehr verstörend gewesen, wenn du auf meinem Platz gestanden hättest.
Trotz des Vorfalls hat Dad seinen Lederhosen nicht abgeschworen. Sie sind immer noch fester Bestandteil seiner Garderobe.

Von: IsoldeByrne@hotmail.com
An: taylor_hellemann@gmail.com
Gesendet: Sonntag, 16. September, 21:55 Uhr
Betreff: RE: Limbo-Fail

Ich könnte es mir gar nicht anders vorstellen. ☺ Tobi wäre nicht mehr Tobi, wenn er plötzlich Chinos oder so tragen würde.

Von: taylor_hellemann@gmail.com
An: IsoldeByrne@hotmail.com
Gesendet: Sonntag, 16. September, 23:59 Uhr
Betreff: Dads neuer Look

Ich habe gerade meinen Tee ausgespuckt, als ich mir Dad in Chinos und Golf spielend vorgestellt habe. Vielleicht sollte ich ihm das als Halloweenkostüm vorschlagen. Das oder einen Anzug. Einfach unvorstellbar.

Von: IsoldeByrne@hotmail.com
An: taylor_hellemann@gmail.com
Gesendet: Sonntag, 16. September, 22:01 Uhr

Betreff: RE: Dads neuer Look

Meine *Mum* trägt neuerdings einen Anzug. Okay, es ist ein Designeranzug, aber trotzdem seltsam. Tu das deinem Dad bitte nicht an.

Von: taylor_hellemann@gmail.com
An: IsoldeByrne@hotmail.com
Gesendet: Montag, 17. September, 00:02 Uhr
Betreff: DER NEUE LOOK DEINER MUM (!)

Ernsthaft? Stell dir mal vor, deine Mum und mein Dad wären *jetzt* zusammen ...

Von: IsoldeByrne@hotmail.com
An: taylor_hellemann@gmail.com
Gesendet: Sonntag, 16. September, 22:04 Uhr
Betreff: RE: DER NEUE LOOK DEINER MUM (!)
Lieber nicht.

Von: taylor_hellemann@gmail.com
An: IsoldeByrne@hotmail.com
Gesendet: Montag, 17. September, 00:07 Uhr
Betreff: Deine Mum und mein Dad

Komm schon. Es ist zum Schießen. Inzwischen sind sie so verschieden, dass die Vorstellung, sie könnten ein Paar sein ...
Ich weiß, es ist ein ziemlich altbackenes Wort, aber sagen wir, *grotesk* wäre.

Von: IsoldeByrne@hotmail.com
An: taylor_hellemann@gmail.com
Gesendet: Sonntag, 16. September, 22:09 Uhr
Betreff: Bitte wechsle das Thema

Ist es das wirklich?

Von: taylor_hellemann@gmail.com
An: IsoldeByrne@hotmail.com
Gesendet: Montag, 17. September, 00:11 Uhr
Betreff: Damals

Okay, als sie noch in ihren Zwanzigern waren, war das durchaus noch *vorstellbar.* Du hast die Fotos gesehen. Deine Mum in Hängekleidchen und mit schwarzen Samthalsbändern, mein Dad der Inbegriff von Rebellion.
Aber wenn man darüber nachdenkt, ist alles perfekt gelaufen. Dad und deine Mum sind Freunde geblieben, Dad hat meine Mum geheiratet, alle haben sich super verstanden und zusammen Urlaub gemacht. Wie in einem Disney-Film.

Von: IsoldeByrne@hotmail.com
An: taylor_hellemann@gmail.com
Gesendet: Sonntag, 16. September, 22:21 Uhr
Betreff: RE: Damals
Ja, irgendwie schon.

Die Kleider hat Mum immer noch. Kein Witz. Ich

habe eines davon bei meinem ersten Date mit Aidan getragen. Die sind jetzt wieder in.

Von: taylor_hellemann@gmail.com
An: IsoldeByrne@hotmail.com
Gesendet: Montag, 17. September, 00:26 Uhr
Betreff: RE: Damals

Wenigstens hat deine Mum das Kleid weitervererbt. Mein Dad steckt immer noch in den Neunzigern fest. Es war seine goldene Ära.

Von: IsoldeByrne@hotmail.com
An: taylor_hellemann@gmail.com
Gesendet: Sonntag, 16. September, 22:33 Uhr
Betreff: RE: Damals

Kann man es ihm verübeln? Immerhin war er ein echter Rockstar, der durch die ganze Welt getourt ist.

Von: taylor_hellemann@gmail.com
An: IsoldeByrne@hotmail.com
Gesendet: Montag, 17. September, 00:38 Uhr
Betreff: Die Vergangenheit

Man kann nicht in der Vergangenheit leben, Goldie. Wow. Wie erwachsen und weise klingt das bitte?

Von: IsoldeByrne@hotmail.com
An: taylor_hellemann@gmail.com
Gesendet: Sonntag, 16. September, 22:43 Uhr

Betreff: RE: Die Vergangenheit

Hör auf, mir Angst zu machen.
Ups. Mum ruft nach mir. Vi hat gerade über Skype angerufen.
Ich sollte besser die Friedensstifterin spielen. Diese Hochzeitsgespräche laufen immer sehr hitzig ab. Und Dads »Humor« nützt da nichts.
Keine Ahnung, wie ich die kommenden neun Monate überstehen soll.
Sollte ich mal heiraten, brenne ich durch.

Von: taylor_hellemann@gmail.com
An: IsoldeByrne@hotmail.com
Gesendet: Montag, 17. September, 00:46 Uhr
Betreff: Hochzeiten

Da hast du recht. Durchbrennen ist das Beste.
Wenn sich deine Mum und deine Schwester streiten, dann klink dich gedanklich einfach aus und stell dir vor, wie schön ihre Hochzeit sein wird. Das Bergpanorama wird unglaublich sein, es wird großartiges Essen geben (Mum hat die besten Caterer engagiert), und die Leute werden auf der Tanzfläche durchdrehen.
Und noch etwas Tolles an Vis Hochzeit: Du kommst nach Queenstown, was bedeutet, dass wir uns dann sehen.
Dann lasse ich dich lieber mal skypen. Ich muss mich jetzt sowieso auf deine Playlist konzentrieren.
xx Tay

Skype-Unterhaltung

Sonntag, 16. September, 23:21 Uhr

VIOLETTA BYRNE: Sie hat den Raum verlassen, oder?
ISOLDE BYRNE: Unter der Dusche.
VIOLETTA BYRNE: AHHH. AM LIEBSTEN WÜRDE ICH SIE UMBRINGEN!!!!
ISOLDE BYRNE: Willkommen in meiner Welt.
VIOLETTA BYRNE: Ich habe gestern ein graues Haar gefunden. Der Friseur meinte, es sei ein Unikat, aber ich WEISS, dass es vom Stress kommt, weil ich mich mit Mumzilla ständig über die Gästeliste streiten muss. Sie und Dad helfen uns finanziell sehr, und dafür bin ich wirklich dankbar. Es ist also nur fair, dass sie auch ein paar von ihren Freunden einladen dürfen. Aber ich kriege jeden Tag eine WhatsApp-Nachricht, in der steht: ICH HABE MIT DER TOCHTER DER SCHWÄGERIN MEINER COUSINE GESPROCHEN. ICH HÄTTE EIN SCHLECHTES GEWISSEN, WENN WIR SIE NICHT EINLADEN WÜRDEN. Die Liste mit den Gästen, die wir aus Höflichkeit einladen, umfasst siebenundfünfzig Leute. Dazu kommen noch fünfundachtzig Leute, die wir auf jeden Fall einladen wollen. WAS, WENN ALLE ZUSAGEN?
ISOLDE BYRNE: Das wird nicht passieren. Ihr heiratet

in Neuseeland. Sie müssten alle einen Flug buchen, Unterkünfte, Mietwagen …

VIOLETTA BYRNE: Und ich habe deshalb ein schlechtes Gewissen. Deshalb wollte ich nur mit der Familie und dem engsten Freundeskreis feiern. Vielleicht sollten Jack und ich einfach durchbrennen.

ISOLDE BYRNE: VERWEHRE MIR NICHT DIE FREUDE, DICH IN EINEM HOCHZEITSKLEID ZU SEHEN.

VIOLETTA BYRNE: Oder in irgendwas total Lässigem. Dann muss ich mich nicht die nächsten neun Monate lang mit Mum über Tischdecken und Tortendekoration streiten. Neulich habe ich in der *Morning Show* dieses Paar gesehen, das in einem Baumarkt geheiratet hat. Es gab Würstchen.

ISOLDE BYRNE: Das würde Mum zerstören.

VIOLETTA BYRNE: Ja, nicht wahr?

ISOLDE BYRNE: Mist. Mumzilla kommt gerade aus der Dusche und ist auf dem Weg hierher. Oh, oh, sie hämmert gegen meine Tür und fragt, ob ich noch mit dir rede.

VIOLETTA BYRNE: Nicht aufmachen!

ISOLDE BYRNE: Sorry, Vi. Du weißt, dass Dad heute die Kaution für die Location überwiesen hat, oder? Durchbrennen ist nicht drin.

Von: taylor_hellemann@gmail.com
An: IsoldeByrne@hotmail.com
Gesendet: Montag, 17. September, 02:03 Uhr
Betreff: Die *Ultimativer Wutraum*-Playlist

Super Titel, oder? ☺
Ich hätte die Playlist unendlich erweitern können, denn es gibt SO VIELE SONGS da draußen (Herzschmerz und Untreue inspirieren Songwriter seit Ewigkeiten – T. Swift, du bist nicht die Erste ☺). Aber ich wollte sie sofort fertigstellen, damit du sie gleich morgen früh hast.
Ich hätte Dad gern um Hilfe gebeten. Wir wissen beide, dass er der Meister im Erstellen von Playlisten ist. Er kommt immer mit den seltsamsten, aber passendsten Songs um die Ecke. Aber hier ist es gerade 02:03 Uhr.
Ich sollte jetzt besser auch ins Bett, Goldie. Aber wenn du das hier liest und reden willst (weil du dich da drüben in Mosman hin und her wälzt, weil du vor Wut nicht schlafen kannst), kannst du mich jederzeit anrufen. Ich glaube, bei euch ist es erst Mitternacht, oder?
Ich lasse mein Handy an. Nur für den Fall.
xx Tay

Ultimativer Wutraum

Caught Out There	Kelis
Breakin' Dishes	Rihanna
Fighter	Christina Aguilera
I Miss the Misery	Halestorm
Never Again	Kelly Clarkson
Emergency	Paramore
Bad Blood	Taylor Swift
Survivor	Destiny's Child
Thnks Fr th Mmrs	Fall Out Boy
Gives You Hell	The All-American Rejects
Mr Brightside	The Killers
Cry Me a River	Justin Timberlake

Von: IsoldeByrne@hotmail.com
An: taylor_hellemann@gmail.com
Gesendet: Montag, 17. September, 20:29 Uhr
Betreff: RE: Die *Ultimativer Wutraum*-Playlist

Diese E-Mail könnte auch den Betreff »Du bist mein Retter, Teil 2« tragen, denn jetzt mal im Ernst, Tay. Du bist bis um 02:03 Uhr wach geblieben, um eine Playlist für mich zu erstellen?

Ich würde gern sagen *Das hättest du nicht tun sollen*, aber das wäre eine Lüge, denn als ich heute Morgen aufgewacht bin und an all die Nachrichten an Aidan gedacht habe, hat mich eine Monsterwelle von *Oh Gott, wie erniedrigend* und *Was zur Hölle habe ich nur getan?* überschwemmt. Am liebsten hätte ich mir wieder die Decke über den Kopf gezogen und die ganze Woche abgeblasen.

Dann hat mein E-Mail-Programm gepingt.

Also lag ich da, hörte *Survivor* und fragte mich *Was würde Beyoncé tun?* Und ich wusste, sie würde sich nicht aufgrund eines untreuen Vollidioten unter der Bettdecke verstecken.

Zusammengefasst: Die Playlist war der Grund, warum ich heute aufgestanden bin. Ich bin dir echt was schuldig.

x Goldie

Von: taylor_hellemann@gmail.com
An: IsoldeByrne@hotmail.com
Gesendet: Dienstag, 18. September, 21:06 Uhr
Betreff: Hab ein wenig Nachsicht mit dir, Goldie

Du hast ihm ein paar Nachrichten geschrieben. Du hast nicht seine Bude abgefackelt. Wie Left Eye. Kennst du die Girlgroup TLC aus den Neunzigern? Nun ja, Left Eye Lopes hat tatsächlich das Haus ihres Ex niedergebrannt.
Du warst schon immer zu streng zu dir selbst.
x Tay

Von: IsoldeByrne@hotmail.com
An: taylor_hellemann@gmail.com
Gesendet: Mittwoch, 19. September, 20:14 Uhr
Betreff: Ich weiß

Wenn ich über die letzten Tage nachdenke, fange ich an, mich vor mir selbst zu ekeln. Dass ich davon erzähle, dass ich nicht aufstehen wollte, weil mich eine Monsterwelle der Scham überrollt hat. Als wäre meine dumme Trennung das Schlimmste, was je jemandem passiert ist.
Egoistisch, oder?

Von: taylor_hellemann@gmail.com
An: IsoldeByrne@hotmail.com
Gesendet: Mittwoch, 19. September, 23:53 Uhr
Betreff: Pfft

Deine Monsterwelle ist nur ein leichtes Kräuseln im Vergleich zu dem Selbstmitleid, in dem ich letztes Jahr ertrunken bin.
Ich weiß genau, was du damit sagen willst. Du bist rot vor Scham und denkst *Ich habe kein Recht, mich*

über meine dumme Trennung zu beschweren, während du letztes Jahr durch die Hölle gegangen bist.
HÖR SOFORT AUF DAMIT, Goldie.
Du weißt, dass wir nicht über den Unfall (aka DAS, WAS PASSIERT IST) sprechen.
Ja, es war eine beschissene Zeit. Und ich habe immer noch eine Menge zu verarbeiten (und ich rechne nicht damit, dass es in absehbarer Zeit vorbei sein wird). Das heißt aber nicht, dass ich deine E-Mail lese und denke *Goldie ist ein egozentrischer, unsensibler Mensch, weil sie über ihre Gefühle spricht.*
Ich weiß, dass du mir nicht alles sagst. Dir ist mehr peinlich als nur die Textnachrichten, die du ihm geschickt hast. Es ist etwas Größeres.
Also spuck's aus. Du weißt, dass ich deine Geheimnisse für mich behalte.
xx Tay

Von: IsoldeByrne@hotmail.com
An: taylor_hellemann@gmail.com
Gesendet: Donnerstag, 20. September, 20:33 Uhr
Betreff: Ehrlich sein

Die Wahrheit? Ich bin *tatsächlich* rot geworden, als ich deine E-Mail gelesen habe. Und wie du schon sagtest – ich *habe* Schuldgefühle.
Seit wir uns wieder schreiben, benehme ich mich wie eine Dampflok. ISOLDE, ISOLDE, ISOLDE. Meine Trennung, mein Schmerz, *ich weiß nicht, was ich tun soll, schick mir eine Playlist* bla, bla, bla. Einfach nur *würg*.

Und ein weiterer Grund?
Ich habe ein schlechtes Gewissen, weil wir bisher nicht über *dich* gesprochen haben. Jedes Mal, wenn ich dir schreibe, will ich dich fragen, wie es dir geht. Wie es dir die letzten neunzehn Monate ergangen ist, als ich nicht als Freundin für dich da war. Aber ich hatte zu viel Angst. Ich weiß, dass du mich gebeten hast, nicht über den Unfall zu sprechen. Ich habe deiner Bitte nie zugestimmt, aber ich schätze, ich habe schweigend Ja gesagt.
Ich kann mir nicht mal annähernd vorstellen, was du durchgemacht hast, seit du dein Bein verloren hast. Aber ich weiß, wie nervig es ist, wenn man über etwas nicht sprechen will, aber die ganze Zeit von jemandem gezwungen wird, genau das zu tun.
Ich verstehe, warum du einen Pakt schließen willst. Aber ich habe Angst, dass du mir dann eines Tages vorwirfst, es würde mich nicht interessieren. Dass unsere Freundschaft einseitig ist.
In deiner letzten E-Mail hast du geschrieben, ich könne dir alles erzählen. Das Gleiche gilt für dich.
Ich weiß, dass du willst, dass ich *ausspucke*, was mich tatsächlich so beschämt. Ich will WIRKLICH nicht. Aber ich wäre eine Heuchlerin, wenn ich die E-Mail jetzt beenden würde, obwohl ich dir gesagt habe, dass wir in der Lage sein sollten, einander alles zu erzählen.
Uff.
Okay, fangen wir so an ... Du hattest recht, Tay. Es geht nicht um die Textnachrichten. Der wahre Grund,

warum ich mich so gedemütigt fühle, ist, dass ich mir vorkomme wie eine Idiotin.
Korrektur: Ich habe Angst, TATSÄCHLICH eine Idiotin zu sein.
Dass ich nicht in der Lage bin, die Wahrheit zu sehen, obwohl sie direkt vor mir ist.
Vor achtundzwanzig Tagen habe ich Aidan *geliebt*. Und ich dachte, er würde mich auch lieben.
Vor sechsundzwanzig Tagen habe ich ihn dabei erwischt, wie er eine andere geküsst hat. Jemanden, für den er bereits während unserer Beziehung Gefühle hatte.
Wir waren fünf Monate lang zusammen. Ich befand mich in meiner *Ich-bin-ja-so-glücklich*-Blase. Diese Blase hat sich so schön, so glücklich, so sicher angefühlt, dass ich etwas Verrücktes getan habe.
Ich habe zuerst »Ich liebe dich« gesagt.
Ich weiß. Wir wissen beide, dass ich emotional bin und Gefühle wie verrückt empfinde. Aber normalerweise *teile* ich diese Gefühle nicht. Stattdessen behalte ich meine Emotionen für mich. Denn meine Gefühle sind ... nun ja, *meine*.
Aber nachdem wir dreieinhalb Monate zusammen waren, habe ich gesagt: »Ich liebe dich, Aidan.« Es kam einfach über meine Lippen. Erstens wegen der Blase und zweitens, weil es echt war. Ich konnte es spüren. Bis in die Knochen.
Aber in Wahrheit war ich fünf Monate lang mit jemandem zusammen, der nur darauf gewartet hat, dass Steffanie mit ihrem Freund Schluss macht.

Die letzten Wochen habe ich versucht, mit diesem Killertrio fertig zu werden:
Aidan hat mich nie wirklich geliebt.
Ich war für ihn nur ein Zeitvertreib.
Und ich hatte keinen blassen Schimmer.
Was mich immer wieder zu dem Schluss führt, dass ich eine vollkommene Närrin bin.
Was mich am meisten wurmt, ist, dass ich mir selbst nicht mehr traue. Egal, wie toll ein Kerl auch wäre und wie sicher ich mich fühle – die Wahrheit ist, dass ich ab jetzt immer Zweifel haben werde.
x Issy

Von: taylor_hellemann@gmail.com
An: IsoldeByrne@hotmail.com
Gesendet: Freitag, 21. September, 01:17 Uhr
Betreff: RE: Ehrlich sein

Ich wusste ja schon, dass ich Mr Schwachkopf nicht leiden kann, aber jetzt HASSE ich den Typen.
Issy, du bist in dieser Situation NICHT die Idiotin. Ich weiß, dein Gehirn überlegt sich bereits, wie es widersprechen kann, aber denk mal über Folgendes nach: Du warst vielleicht diejenige, die zuerst »Ich liebe dich« gesagt hat – aber der Typ HAT ES ERWIDERT. Und ich wette, es war nicht das letzte Mal, dass er es gesagt hat.
Jeder normale Mensch, der ein »Ich liebe dich auch« hört, glaubt es. Warum solltest du es nicht glauben? Überleg mal, wie viel Mut du aufbringen musstest, diese drei Worte auszusprechen. (Wahrscheinlich

schämst du dich dafür, sie überhaupt gesagt zu haben, aber ich bin stolz auf dich. Es ist eine GROSSE Sache, die Mut erfordert.) Wenn man genauer darüber nachdenkt, ist es für den anderen eine ebenso große Sache, es zu erwidern.
Natürlich hast du ihm geglaubt, als er es getan hat.
Was sagt diese Erfahrung über dich aus? Dass du ein vertrauensvoller, liebender Mensch bist.
Du bist nicht die Erste, die zuerst »Ich liebe dich« gesagt hat, um kurz darauf festzustellen, dass der andere es nicht ernst gemeint hat.
Japp. Auch ich habe es zu Natalia gesagt. Letztes Jahr im März.
Ist auch nicht gut ausgegangen. ☹
Immerhin kannst du dich damit trösten, dass dich keiner vor Aidan gewarnt hat. Oder zumindest nehme ich es an. Mich hat jemand gewarnt, dem ich vertraue (DU). Und was habe ich gemacht? Ich habe so getan, als hättest du keine Ahnung.
Du weißt, dass ich es mit roten Rosenblüten in den Schnee geschrieben habe, oder? Ich habe sogar ein Foto davon auf Instagram hochgeladen und sie darauf markiert. Japp. Alle neuntausend Follower haben es gesehen.
DAS ist peinlich.
Ich weiß nicht, ob deine Mum dir erzählt hat, wie es mit Natalia und mir zu Ende gegangen ist.
Im Juni, drei Monate nach *Ich liebe dich*, ist der Unfall passiert. Du weißt ja. Meine Verletzungen waren so schlimm, dass sie mich für ein paar Tage ins künstliche Koma versetzt haben.

Ungefähr einen Monat nach dem Vorfall kam Natalia hergeflogen, um mich zu sehen. Sie hat bei Mum und Dad übernachtet, damit sie mich eine Woche lang jeden Tag besuchen konnte, bevor sie für einen Job zurück in die Staaten fliegen musste.

Am Morgen ihres Abflugs sprachen wir über die Tatsache, dass sie in L. A. lebte, während ich hier in Reha sein würde, um mit meiner neuen Beinprothese gehen zu lernen. Ich habe ihr gesagt, dass ich Angst davor hätte, was das bedeuten würde.

Kurz folgte Schweigen. Dann sah sie mir direkt in die Augen und sagte: »Was passiert ist, ändert überhaupt nichts zwischen uns.«

Ich habe ihr geglaubt.

Wahrscheinlich, weil ich ihr glauben *wollte*, obwohl ich schon damals Zweifel hatte, die mir permanent ins Ohr flüsterten. Ich redete mir ein, dass es nichts an meinen Gefühlen geändert hätte, wenn *sie* den Unfall gehabt hätte. Schließlich liebte ich sie.

Ich werde dich jetzt nicht mit den Inhalten von sechs Wochen Ferngesprächen langweilen. Alles, was du wissen musst, ist, dass ich es in ihrer Stimme hörte. Ich verlor sie.

Ich kämpfte wie verrückt dagegen an. Bei jedem Anruf habe ich ihr erzählt, wie unglaublich sie sei. Wie sehr ich sie liebte und wie wichtig sie für mich sei. Im August habe ich all meine Ersparnisse zusammengekratzt und ihr einen Flug nach Queenstown gebucht.

»Ich habe eine Überraschung für dich«, sagte ich sofort, als sie anrief. Statt einer Antwort folgte langes

Schweigen. Dann sprudelten die Worte nur so aus ihr heraus:

Ich habe keine Zeit für eine Beziehung.

Es ist dir gegenüber nicht fair.

Bitte hasse mich jetzt nicht.

Sie hassen? Das war doch verrückt. Ich *liebte* sie.

Als sie den Anruf beendete, verlor ich auch noch die letzte Konstante in meinem Leben.

Und dann begann die Zeit, die ich rückblickend *Taylor-hatte-keinen-Funken-Respekt-mehr-vor-sich-selbst* nenne.

Deine Nachrichten an Aidan sind nichts im Vergleich zu der One-Man-Show, die ich abgezogen habe – Anrufe, Sprachnachrichten, Textnachrichten, Facebook-Nachrichten. Auf zig verschiedene Weisen habe ich immer wieder denselben erniedrigenden Satz gesagt:

Bitte, Nat, verlass mich nicht.

Ich bettelte förmlich um alle Brotkrümel, die sie bereit war, mir zuzuwerfen.

Nach ein paar Wochen rief sie nicht mehr zurück und beantwortete auch meine Nachrichten nicht mehr. Ich versank noch tiefer in Depressionen, mit denen ich ohnehin schon zu kämpfen hatte, seit ich mein Bein verloren hatte.

Nach dem Unfall war ich eigentlich nicht mehr auf Instagram, aber bei Natalia machte ich eine Ausnahme. Im November letzten Jahres postete sie ein Selfie mit einer Freundin im Flugzeug. Auf der Seite der Freundin war ein Foto von vier Leuten in einer dieser Gondelbahnen in der Schweiz. Auf einer der Bänke

saß Natalia. Sie hatte die Arme um die Hüften eines Typen geschlungen. Sie küssten sich.
Am liebsten hätte ich mich übergeben, versuchte aber, mir einzureden, es wäre nur jemand, der Natalia ähnlich sah.
Ich habe auf die Markierung des Typen geklickt und auf seiner Seite einen Haufen Bilder von den beiden gefunden.
Das erste Foto war von Mitte August – zwei Wochen, nachdem sie mir gesagt hat, sie habe keine Zeit für eine Beziehung. Es war ein Schnappschuss von den beiden im Fitnessstudio. Ihr neuer Typ, Jake, war Fitnessmodel. Er hob hundertsechzig Kilogramm, und sie deutete grinsend auf ihn.
Was das Ganze noch schlimmer gemacht hat, Goldie, war die Tatsache, dass sie mit ihm *snowboarden* ging. Es war ein Schlag in die Fresse.
Da gingen die Pferde mit mir durch. Ich schrieb unter seinen letzten #fitspo-Post:
Wow, was für ein MANN du doch bist, einem Beinamputierten die Freundin auszuspannen.
Dann habe ich mein Smartphone gegen die Wand gepfeffert.
Fünf Minuten später wollte ich meinen Kommentar wieder löschen, doch da waren ihm schon etliche seiner Follower zur Seite gesprungen und verteidigten ihn. Ich löschte den Kommentar, doch seine Fans hatten bereits Screenshots gemacht. Dann landete das Ganze auf Twitter. Da Natalia markiert war, sprangen einige ihrer Follower auf den Zug auf. Es war total absurd. Da ich alle Fotos von uns gelöscht

hatte, fingen Jakes Follower an, Sachen zu sagen wie *Du bist so ein erbärmlicher kleiner Lügner* und *Du WÜNSCHTEST, du wärst mit ihr zusammen gewesen* (neben anderen Kommentaren, die viel zu unverschämt sind, um sie in dieser E-Mail zu wiederholen). Da so viele Leute auf mich losgingen, war es nur eine Frage der Zeit, bevor herauskommen würde, dass ich mein Bein verloren hatte. So wurde ich zwar die Trolle los, aber plötzlich wusste die ganze Welt von dem Unfall und meinem Bein. Dafür war ich noch nicht bereit.

Ein Jahr lang habe ich Social Media abgeschworen. Ich habe mich erst vor Kurzem getraut, wieder auf meine Kanäle zu gehen. Wie du siehst, habe ich meinen Insta-Account auf privat gestellt. Ich hoffe, du lernst Folgendes aus der Geschichte:

1. Jeder macht peinliche Sachen, wenn er abserviert wurde.
2. Manchmal sind die Menschen, die wir lieben, nicht die, für die wir sie halten.

Du kannst dir entweder für immer und ewig den Kopf darüber zerbrechen – oder du vergibst dir selbst.

Jetzt, ein Jahr später, weiß ich, dass zweitere Option die bessere ist, wenn du über deinen Ex hinwegkommen willst.

Ich wünsche niemandem, niemals über Mr Schwachkopf hinwegzukommen. Vor allem dir nicht. Du verdienst ein rundum wunderbares Leben.

Ich weiß, dass das jetzt vielleicht ein bisschen hart klingt, aber hör mir zu:

Es ist gut, dass Aidan so früh sein wahres Ich gezeigt hat.

Es ist besser, dass er aus deinem Leben verschwunden ist, denn sobald es schwieriger wird (und das wird es, glaub mir), willst du diese Art der Liebe nicht.

Du und ich – wir sind tiefgründige Menschen. Warte auf jemanden, der auch so ist.

xxooooo (ein paar Extraumarmungen, denn ich weiß, dass du sie brauchst) Tay

P.S.: Ich schicke dir was per Post. Halt die Augen offen ☺

Taylor

Samstag, 22. September
Ich erzähle Issy von dem Moment mit Natalia im Krankenhaus, als sie sagte: »Was passiert ist, ändert nichts zwischen uns.« Aber von dem anderen erzähle ich ihr nichts. Ich habe noch nie jemandem davon erzählt. Nicht einmal Claire, meiner Therapeutin, denn … ich denke nicht gern darüber nach.

Es ist am zweiten Tag passiert, als mich Natalia im Krankenhaus besuchte. Sie saß auf dem Stuhl neben meinem Bett und wir sahen zusammen fern. Dann kam eine Krankenschwester herein, um meinen Kompressionsverband zu wechseln. Das machten sie vier- oder fünfmal am Tag. Sie verbanden mein Bein mit Achterwickeln, um die Schwellung zu reduzieren und die Blutzirkulation anzuregen. Der Verband half außerdem, den Stumpf für die Prothese zu formen, den ich in der Reha bekommen sollte.

Eigentlich wollte ich die Krankenschwester bitten, später zurückzukommen, wenn Natalia gegangen war. Aber ich wusste, dass das dumm war. Natalia war nur für eine Woche hier. Früher oder später musste sie mein Bein sehen. Es war besser, es einfach hinter mich zu bringen.

Mir war schlecht, als die Krankenschwester die Bettdecke zurückschlug.

Natürlich wanderte mein Blick sofort zu Natalia, obwohl ein Teil von mir ihre Reaktion nicht sehen wollte.

Sie sah mich nicht an. Sie starrte auf mein Bein. Die Krankenschwester hatte eben erst begonnen, den Verband zu lösen, doch schon jetzt sah ich den Ausdruck, der sich auf Natalias Gesicht abzeichnete.

Ich hätte verstanden, wenn sie schockiert dreingeblickt hätte. Mein Bein sah aus – nun ja, anders als vorher. Es sah nicht mehr so entsetzlich aus wie vor einer Woche frisch nach der Operation, als der Stumpf geschwollen und voller Klammern war. Da konnte ich selbst kaum hinsehen, wenn die Krankenschwestern den Verband wechselten.

Aber zwei Wochen nach der OP war die Schwellung zurückgegangen. Die Ärzte und Krankenschwestern ermutigten mich dazu, meinen Stumpf anzusehen – und anzufassen.

»Du musst wieder eine Verbindung zu deinem Körper aufbauen«, sagten sie unzählige Male. »Je schneller desto besser.«

Und das war … nun ja, anfänglich sehr schwer. Die Tatsache zu akzeptieren, dass dieser Stumpen, der fünfzehn Zentimeter unterhalb meines Knies endete, ein Teil meines Körpers war. Dass er *ich* war. Das musste ich erst noch realisieren.

Also ja, ich hätte verstanden, wenn Natalia schockiert gewesen wäre. Aber sie blickte nicht überrascht oder verstört drein. Ihre Nase kräuselte sich leicht. Nur ganz kurz. Als hätte sie etwas gesehen, das sie anekelte.

Als sie mich ansah, war es verschwunden. Sie lächelte mich seltsam an, bevor sie auf den Fernseher deutete und irgendwas über einen der Charaktere sagte. Sie lachte, als würde das, was eben passiert war, sie total unberührt lassen.

Aber da wusste ich es. Sie konnte meinen Anblick nicht ertragen.

Da wurde mir klar, dass sie mich abservieren würde.

Von: IsoldeByrne@hotmail.com
An: taylor_hellemann@gmail.com
Gesendet: Samstag, 22. September, 21:19 Uhr
Betreff: RE: Ehrlich sein

Tay ... ich weiß, dass es dir nicht leichtgefallen ist, diese E-Mail zu schreiben. Und um ehrlich zu sein, war es auch nicht einfach, sie zu lesen. Nicht wegen deiner Ehrlichkeit oder deiner Geschichte, sondern, nun ja, du weißt, wie ich für dich empfinde.

Ich weiß, dass wir nach langer Funkstille gerade erst wieder angefangen haben, miteinander zu kommunizieren. Ich weiß, dass ich vor Wut geschäumt habe. Dann wurdest du wütend auf mich, und die Wut hat sich in Schmerz und auch Stolz verwandelt. Aber ... für mich bist du nun mal *Taylor.*

Kannst du dich noch daran erinnern, als wir auf der Nordinsel am Hot Water Beach waren? Wir waren nicht älter als sechs oder sieben. Deine Cousinen aus Auckland waren auch da, Georgia und Mikayla. Und auch Mikaylas Freundin Kasey. Weißt du noch, wie Kasey den Pool mit uns tauschen wollte, weil du einen riesigen Pool für uns gegraben hattest? Und wie sie dir eine Handvoll Sand ins Gesicht warf, als wir uns geweigert haben?

Ich bin sicher, du weißt, was dann passiert ist.
Japp, ich bin auf sie losgegangen. Ich kann mich nicht daran erinnern, mich dazu *entschlossen* zu haben. Ich weiß nur, dass sie versucht hatte, dir wehzutun. Da sah ich rot.
Und das ist immer noch in mir. Dieses Ungezügelte, was dich angeht.
Ich weiß, dass es dir unangenehm ist, mir deine Geschichte zu erzählen. Aber weißt du, wie ich es sehe? Ich habe *Respekt* vor dem, was du getan hast.
Ich bewundere es, dass du wie verrückt um eure Liebe gekämpft hast (obwohl ich das Mädchen hasse, um das du gekämpft hast). Ich liebe es, dass du tief in deinem Inneren wusstest, es hätte nichts an deinen Gefühlen geändert, wenn das, was dir passiert ist, Natalia passiert wäre.
Tay, das ist *wundervoll.*
Du hast mir Extraumarmungen geschickt – und ich schicke dir eine ganze Wagenladung zurück.
xxxxxxxoooooooo Goldie

Paket in Isoldes Briefkasten

Freitag, 28. September

Hey Goldie,
wie du weißt, hat mich die Aidan/Ich-liebe-dich-Geschichte fuchsteufelswild gemacht. Ich konnte nur noch daran denken, wie ich dir helfen kann.
Es ist Ewigkeiten her, seit du uns besucht hast. Dir fehlt bestimmt die NZ-Schokolade, nicht wahr?
xxx Tay

Instagram-Chat

Freitag, 28. September, 19:31 Uhr

ANA ZHANG: Total dumm, dass ich dir scheibe, obwohl du DIREKT NEBEN MIR IM AUTO SITZT. Aber da du vor deiner Mum nicht über das Paket sprechen willst, ist Schreiben die einzige Möglichkeit, dir zu sagen, dass TAYLOR UNGLAUBLICH IST.
ISOLDE BYRNE: Wenn Mum wüsste, dass Taylor und ich uns schreiben, würde sie nur sagen: »Siehst du? Hätte ich es Maia nicht erzählt, hättet ihr jetzt nicht wieder Kontakt zueinander.« Dann müssten wir die Leier bis nach Manly ertragen. Und du bist nur übers Wochenende hier. Das musst du nicht hören!
ANA ZHANG: Ich will nicht über deine Mum sprechen. SONDERN ÜBER TAYLOR und die E-Mails, die er dir schreibt. SO einen Typen willst du, Issy.
ISODLE BYRNE: Es ist TAYLOR aka der Typ, den ich schon mein ganzes Leben lang kenne. Hör auf, mich mit ihm verkuppeln zu wollen. Außerdem werde ich mich nie wieder verlieben. Liebe ist nur was für Idioten.
ANA ZHANG: Ich blicke gleich vom Handy auf und werfe dir meinen *Ja-genau*-Blick zu.
ISOLDE BYRNE: Ich ignoriere dich einfach.

ANA ZHANG: Jetzt schicke ich dir ein wütendes Gesicht. Persönlich und per Nachricht ☹☹☹

ISOLDE BYRNE: Und du bist wütend, weil ...

ANA ZHANG: Weil du eine Spielverderberin bist. Zurück zu Taylor und UNGLAUBLICH. Der Kerl hat dir Schokolade geschickt. Er ist so was wie ein Trennungsflüsterer. Ich schwör's dir. Ich dachte, die Playlisten wären schon genial genug gewesen. Ich schreibe ihm über Insta, um mich zu bedanken ...

ISOLDE BYRNE: Du schreibst ihm jetzt NICHT.

ANA ZHANG: Doch, tue ich.

ISOLDE BYRNE: ANA!!!!!!!!!!

ANA ZHANG: Ich bin nur HÖFLICH. Außerdem werde ich ihn um eine weitere Playlist bitten. Du brauchst etwas Fröhliches. So was in der Art wie »Ohne dich bin ich viel besser dran, du Elefantenhaufen«.

ISOLDE BYRNE: Wenn man bedenkt, dass es MEIN Kumpel war, der mir eine Playlist geschickt hat, sollte dann nicht ICH diejenige sein, die ihn um eine weitere bittet?

ANA ZHANG: Das solltest du unbedingt tun. Und zwar jetzt!

ISOLDE BYRNE: Ich sehe dir an, dass du ihm schon geschrieben hast, richtig?

ANA ZHANG: SCHULDIG. Hey, er hat schon geantwortet. Er sagt: KOMMT SOFORT ☺☺☺

Von: taylor_hellemann@gmail.com
An: IsoldeByrne@hotmail.com
Gesendet: Montag, 1. Oktober, 07:56 Uhr
Betreff: Die *Ohne dich bin ich besser dran*-Playlist

Die hier hat mir unheimlich viel Spaß gemacht.
Hoffe, dir und Ana gefällt sie auch ☺
xx Tay

Ohne dich bin ich besser dran

So What	P!nk
Since U Been Gone	Kelly Clarkson
Shout Out to My Ex	Little Mix
Shake It Off	Taylor Swift
I Hate Boys	Christina Aguilera
Most Girls	Hailee Steinfeld
Ugly Heart	G.R.L.
Single	Natasha Bedingfield
We Are Never Ever Getting Back Together	Taylor Swift
Don't Call Me Up	Mabel
Somebody That I Used to Know	Gotye & Kimbra
Regular Touch	Vera Blue
Thank u, next	Ariana Grande

Taylor

Sonntag, 1. Oktober

»Ich finde immer noch, du solltest als Pirat gehen«, sagt Finn, während er in die Hocke geht und seinen Golfball auf das Tee legt.

Finn und ich sind heute auf dem Jack's Point Golfplatz, um alle achtzehn Löcher zu spielen. Zwischen den Schlägen diskutieren wir über Halloweenkostüme. Mum und Dad veranstalten Ende des Monats wieder eine ihrer epischen Partys, und ich habe noch kein Outfit.

»Mum und Dad wollen sich als Piraten verkleiden«, erwidere ich.

»Und?« Finn zuckt mit den Schultern.

»Ist es nicht ein *bisschen* uncool für einen Siebzehnjährigen, das gleiche Kostüm zu tragen wie seine Eltern?«

»Wenn es andere Eltern wären, ja«, antwortet Finn. »Aber deine Eltern? Sie sind vielleicht alt, aber wir wissen beide, dass sie cooler sind als wir. Sie werden *deinen* Ruf auf keinen Fall zerstören. Eher umgekehrt.«

»Danke, Finn.« Ich funkle ihn böse an und hoffe, er versaut seinen Übungsschlag.

»Ich mache nur Spaß. Geh als Pirat. Dann ist die Hellemann-Familie eine große Piratenbande. Außerdem passt mein Tamatoa-Kostüm dann dazu.«

Japp, Finn geht als singende, tanzende Disney-Krabbe.

Man kann nicht behaupten, er habe kein Selbstbewusstsein.

Ich ziehe eine Grimasse.

»Mädchen lieben Piraten«, erklärt Finn, als wäre er ein Experte.

»Ach ja?« Ich drehe den Kopf, damit er meinen Gesichtsausdruck nicht sehen kann. Ich liebe Finn, aber alle paar Monate sucht er sich ein neues Hobby, von dem er denkt, er könnte damit bei den Mädels punkten. Letzten Monat ist er dem Rugby-Team beigetreten. Vor dem ersten Training ist die Sportsalbe, die er gegen Muskelverspannungen auf seine Oberschenkel aufgetragen hat, irgendwie in seinen Schritt gelangt. An diesem Tag ist er nur zur Dusche gesprintet.

»Tun sie! Denk nur mal an Captain Jack Sparrow aka Johnny Depp.«

»Falls das wirklich stimmt, deckt mein Dad schon den Rockstar-Vibe ab«, erwidere ich. »Du weißt, wie gut er mit Eyeliner aussieht. Und findest du nicht auch, dass die ganze Piratensache ein wenig selbstironisch wäre?«

»Hä?«

»Denk doch mal darüber nach. Papagei auf der Schulter … Stahlhaken …«

Er kapiert es nicht.

»Holzbein?«, füge ich hinzu.

»Dein Bein ist nicht aus Holz«, erwidert er. »Es ist aus Carbonfaser und Titan und einem Haufen Zeugs, das zu Zeiten der Piraten nicht existierte.«

Er weiß das. Aber nur, weil wir Freunde sind. Der Normalbürger weiß nichts über Prothesen. Vor dem Unfall wusste ich auch nichts darüber. Mal ehrlich – wenn man nicht selbst einen künstlichen Körperteil hat oder ein Freund oder Familienmitglied, denkt man nicht darüber nach, woraus sie gemacht sind.

»Außerdem: Würdest du denn keine lange Hose anziehen?«, fragt Finn. »Ich glaube, ich habe noch nie einen Piraten in Shorts gesehen. Es ist also nicht so, als würden alle Gäste dein Bein sehen.«

»Kleinstadt? Neuigkeiten verbreiten sich schnell. Selbst wenn ich viele von ihnen seit Jahren nicht gesehen habe, werden sie trotzdem wissen, was passiert ist«, erwidere ich. »Wir wissen beide, wie unangenehm diese *Hey-ich-habe-von-deinem-Unfall-gehört*-Gespräche werden können. Und wenn ich ein Piratenkostüm trage, wird früher oder später jemand einen Holzbeinwitz reißen.«

Finn zuckt mit den Schultern. »Verstehe. Hmmm. Warum gehst du nicht als …«

Finns Vorschlag wird von einem kleinen Flugzeug übertönt, das eine Gruppe von Sky Divern auf dem Feld nebenan ablädt. Ich beobachte, wie sich die Schirme öffnen und sie zu Boden segeln. Mit den Remarkables im Hintergrund sehen die Fallschirme winzig aus.

Irgendwie witzig, in einer Stadt zu leben, die von Bergen eingeschlossen ist. Ich kann die Remarkables von zu Hause aus sehen, von der Arbeit, eigentlich von überall. Wenn man in Queenstown lebt, sieht man sie rund um die Uhr. Und ich weiß, dass sie gewaltig sind. 2.319 Meter hoch, um genau zu sein. Aber hier auf dem Golfplatz, direkt unterhalb des Bergmassivs, sind 2.319 Meter nur ein Gefühl.

Finn verhaut seinen nächsten Schlag.

»Ich kann deinen Dad sehen, wie er uns von der Veranda aus mit dem Fernglas beobachtet. Er ist voller Schadenfreude«, scherze ich. »Er weiß, dass du keine Konkurrenz für ihn bist.«

Von hier aus kann man Finns Haus sehen. Es steht ganz oben auf dem Hügel. Von dort hat man die beste Aussicht – und dort stehen auch die teuersten Häuser. Ich habe Finn nie gefragt, was sein Dad jährlich verdient, aber der Immobilienmarkt in dieser Stadt ist verrückt. Cian ist einer der Top-Makler hier, wahrscheinlich kassiert er eine Menge Provision. Daher auch das Haus, Finns Kreditkarte und die Mitgliedschaft im Golfclub. Dank Letzterer habe ich die Chance, hier (auf Neuseelands schönstem Golfplatz) hin und wieder Golf zu spielen.

Auf dem Hügel nebenan befindet sich die Location, die Mum für Violettas großen Tag angemietet hat.

Die Erkenntnis trifft mich schlagartig. In acht Monaten wird Issy hier sein.

Dieser Gedanke verursacht dasselbe Gefühl, das ich habe, wenn mein Handy vibriert und ich wieder eine E-Mail von ihr bekomme. Ein Teil in mir beginnt dann auch zu vibrieren. Als wäre ich eine Stimmgabel. Die Freude prallt von meinem Körper ab und verteilt sich in alle Himmelsrichtungen.

Aber heute spüre ich nicht nur Freude, sondern auch Angst. Ich weiß, warum meine Eingeweide kribbeln. Wenn Issy hier ist, wird sie mich *sehen.* Persönlich. Zum ersten Mal seit dem Unfall. Sie wird mich so sehen, wie ich jetzt bin. Nicht den Taylor, den sie bisher gekannt hat.

Wir sind Freunde. Ich weiß, dass sie mich liebt. Aber trotzdem habe ich furchtbare Angst.

Es ist dumm, dass ich mich beim Gedanken, sie bald

zu sehen, so fühle, obwohl ich sie das letzte Jahr wie verrückt vermisst habe. Ein Teil von mir wünscht sich, sie wäre schon jetzt hier. Und ein anderer bricht allein beim Gedanken daran in Angstschweiß aus.

In meiner Vorstellung hat sich zwischen uns nichts verändert, wenn wir uns wiedersehen. Das hoffe ich tief in meinem Inneren. Weil ich nicht will, dass mich meine Freunde jetzt anders sehen. Und ich will auch nicht, dass mich *Mädchen* jetzt anders sehen.

Ich glaube, deshalb macht mich der Gedanke an das Treffen mit Issy besonders nervös. Sie ist nicht nur ein Mädchen. Sie ist DAS Mädchen. Das wichtigste Mädchen in meinem Leben. Neben Finn ist sie schon immer meine beste Freundin gewesen. Obwohl wir uns ab und zu streiten, habe ich großen Respekt vor ihr. Und ich weiß ihre Meinung sehr zu schätzen.

Kurzum: Sie bedeutet mir alles.

Deshalb bin ich nervös, sie im Juni zu sehen. Es wird mich zerstören, wenn sie sich komisch verhält oder mich anders behandelt als früher.

Mein Kopf ist voll von fürchterlichen Gedanken wie: Werden sich von nun an alle Mädchen vor meiner Prothese ekeln? Wird jemals wieder ein Mädchen mit mir zusammen sein wollen?

Ich weiß, dass das eine furchtbare Denkweise ist. Aber diese zwei Fragen habe ich in letzter Zeit ständig im Hinterkopf, obwohl ich mir immer wieder einrede, dass ich nicht mit einem Mädchen zusammen sein will, das mich aufgrund meiner Beinprothese nicht will.

Ich spüre, wie Wut in mir aufsteigt.

Hör auf, sage ich mir selbst. *Konzentrier dich auf das Spiel.*

Ich gebe alles, um Finn mit meinem nächsten Schlag zu übertrumpfen.

Beim neunten Loch angekommen, geht es mir endlich besser. Ich beschließe, dass sich nur ein Idiot von seiner Angst einreden lassen würde, dass er nicht will, dass Issy herkommt. Was letztes Jahr passiert ist, hat mich schon genug gekostet. Ich lasse mir nicht auch noch Issy nehmen.

Also zücke ich mein Smartphone und schieße ein Foto. Nur für sie.

Von: taylor_hellemann@gmail.com
An: IsoldeByrne@hotmail.com
Gesendet: Montag, 8. Oktober, 18:42 Uhr
Betreff: Treffen wir uns in acht Monaten hier? ☺
Anhang: 65161.jpeg

Von: IsoldeByrne@hotmail.com
An: taylor_hellemann@gmail.com
Gesendet: Montag, 8. Oktober, 18:43 Uhr
Betreff: RE: Treffen wir uns in acht Monaten hier? ☺

Jack's Point? Können wir uns auch schon morgen treffen? Bin so kurz davor, das Handtuch zu werfen.

Von: taylor_hellemann@gmail.com
An: IsoldeByrne@hotmail.com
Gesendet: Montag, 8. Oktober, 22:23 Uhr
Betreff: Spiel nicht mit mir

Ernsthaft. Ich komme damit klar, acht Monate zu warten, um dich live und in Farbe zu sehen, wenn ich weiß, dass es keine andere Möglichkeit gibt. Aber wenn du anfängst, »morgen« in den Raum zu werfen, spielst du mit meinen Gefühlen. Falls aber deine Mum beschließen sollte, einen Privatjet zu chartern und du *tatsächlich* morgen hier sein kannst, dann bist du aus dem Schneider.
Nun aber zurück zum wahren Leben. Wen bewirfst du mit Handtüchern? Und warum? Hör SOFORT auf damit. Ich weiß genau, wie penibel deine Mum mit euren Handtüchern aus ägyptischer Baumwolle ist.

Wahrscheinlich hoffst du, ich könnte mich nicht mehr daran erinnern. Aber bei gefalteten Handtüchern denke ich immer an *den* Streit zwischen deiner Mum und deinem Dad.
Das Beste war, als dein Dad mit den perfekt gefalteten Handtüchern die Treppe hochmarschiert ist und den Wäschekorb übers Geländer gekippt hat, statt sie ins Regal zu räumen. Als wollte er sich gegen das strikte Wäscheregime deiner Mutter auflehnen. Ich weiß nicht mehr, wie alt wir damals waren. Aber wir müssen noch ziemlich klein gewesen sein, denn wir haben wie verrückt gelacht und hielten es für eine gute Idee, ihn nachzuahmen. Wir haben uns alle Socken und Unterhosen aus dem zweiten Korb geschnappt, sie ebenfalls über das Treppengeländer geworfen und »Geronimo!« geschrien, während die Höschen zu Boden segelten. Und dann haben wir von unseren Mums MEGA Ärger bekommen.
Jedenfalls, hör auf, mit Handtüchern um dich zu werfen, denn sonst wird sie dir nicht erlauben, den Privatjet zu nehmen.

Von: IsoldeByrne@hotmail.com
An: taylor_hellemann@gmail.com
Gesendet: Dienstag, 9. Oktober, 22:51 Uhr
Betreff: Das war nicht ihr dümmster Streit

Dieser Streit war nichts im Vergleich zum Verbrannten-Toast-Streit letzten Monat. Verbrannter-Toast-Streit ist übrigens keine Metapher. Es ging TATSÄCHLICH um verbrannten Toast.

Ich wusste nicht, dass einem zwei Scheiben glutenfreies Brot so wichtig sein können.

Von: taylor_hellemann@gmail.com
An: IsoldeByrne@hotmail.com
Gesendet: Mittwoch, 10. Oktober, 16:56 Uhr
Betreff: Verbrannter Toast

Glutenfreies Brot ist es NICHT wert, dass man sich deshalb streitet.
Es ist keine *Schokolade.* Wenn man sich schon wegen Essen streitet, dann ausschließlich wegen Schokolade, oder?

Von: IsoldeByrne@hotmail.com
An: taylor_hellemann@gmail.com
Gesendet: Donnerstag, 11. Oktober, 20:45 Uhr
Betreff: RE: Verbannter Toast

Das nervt mich am meisten daran, wenn sich meine Eltern streiten. Dass es immer wegen nichts und wieder nichts ist. Das macht es für jeden, der in Hörweite ist, so nervig (ich, meine Cousins, die Nachbarn, die Leute neben uns bei IKEA). Jedes Mal denke ich nur: *Das ist es nicht wert.*
Vi hat mir mal erzählt (du weißt ja, wie gern sie wissenschaftliche Fakten teilt), es brauche sieben oder acht Bäume, um den Jahresbedarf an Sauerstoff für einen Menschen zu decken. Wenn sich also Mum und Dad über Handtücher, Toast oder andere un-

wichtige Dinge streiten, verbrauchen sie *buchstäblich* kostbaren Sauerstoff.

Von: taylor_hellemann@gmail.com
An: IsoldeByrne@hotmail.com
Gesendet: Donnerstag, 11. Oktober, 22:58 Uhr
Betreff: IKEA

Nur, damit du's weißt – alle streiten sich bei IKEA. Das ist nichts Neues, Goldie.
Ich weiß, was du jetzt denkst. *In Queenstown gibt es nicht mal einen IKEA, Taylor. Woher willst du also wissen, dass sich alle streiten?* Und du hast recht. Wir haben hier keinen IKEA. Noch nicht! Aber ich habe Beweise:
DAS INTERNET ☺
Was ich aber eigentlich wissen wollte: Warum willst du das Handtuch werfen?
Was ist los da drüben in Mosman?

Von: IsoldeByrne@hotmail.com
An: taylor_hellemann@gmail.com
Gesendet: Freitag, 12. Oktober, 19:39 Uhr
Betreff: Ist inzwischen egal

Ich habe auf »Senden« geklickt, ohne vorher darüber nachzudenken.

Von: taylor_hellemann@gmail.com
An: IsoldeByrne@hotmail.com
Gesendet: Samstag, 13. Oktober, 09:48 Uhr

Betreff: RE: Ist inzwischen egal

Es beleidigt mich, dass du glaubst, ich würde dir glauben ... Goldie, spuck's einfach aus. Was ist los?

Von: IsoldeByrne@hotmail.com
An: taylor_hellemann@gmail.com
Gesendet: Samstag, 13. Oktober, 16:45 Uhr
Betreff: Du lässt nicht locker, was?

Von: taylor_hellemann@gmail.com
An: IsoldeByrne@hotmail.com
Gesendet: Samstag, 13. Oktober, 18:49 Uhr
Betreff: Nope

Spuck's aus.

Von: IsoldeByrne@hotmail.com
An: taylor_hellemann@gmail.com
Gesendet: Samstag, 13. Oktober, 22:22 Uhr
Betreff: Na schön

Jetzt komme ich mir dumm vor, denn du erwartest bestimmt etwas Dramatisches. Dabei meinte ich damit nur, dass ich am liebsten in ein Flugzeug gestiegen und abgehauen wäre.
Ich habe das Gefühl, dass keiner, zu dem ich eine tiefere Verbindung habe, in Sydney lebt.
Du. Vi. Ana.
Ihr drei seid mein gesamter Freundeskreis. Du kennst mich. Ich hatte noch nie eine Clique. Was na-

türlich auch am Ballett liegt, aber auch daran, dass ich zu ... ernst sein kann.
Bevor Vi und Ana weggezogen sind und wir beide uns so gestritten haben, hat es mich nie gekümmert, nicht viele Freunde zu haben. Mir waren ein paar wenige, loyale Freunde immer genug.
Aber jetzt ist meine Schwester weg und Ana in einem anderen Bundesstaat. Und dich habe ich seit Ewigkeiten nicht gesehen. Ich schätze, ich fühle mich einfach einsam.
Eigentlich sollte ich erleichtert sein, keine sozialen Verpflichtungen zu haben, sonst hätte ich nur wieder ein schlechtes Gewissen, weil ich dem Ballett zuliebe meine Freunde vernachlässige. Aber dieser Gedanke geht mir nicht mehr aus dem Kopf:
Selbst wenn ich Freizeit hätte, hätte ich niemanden, mit dem ich sie verbringen könnte.
Und das ist kein schönes Gefühl. Tief in meinem Inneren habe ich Angst, andere könnten mich nicht mögen. Dass ich nicht liebenswert bin.
Dass ich langweilig bin. Zu ehrgeizig. Eine Perfektionistin.
Wer will mit so jemandem befreundet sein? Als sich Aidan von mir getrennt hat, hat er etwas gesagt, das mir nicht mehr aus dem Kopf geht: *Neunzig Prozent unserer Gespräche drehen sich ums Ballett, Isolde.*
Was er damit wirklich meinte, war: *Du hast nichts, worüber du sonst reden könntest.*
Und das ist ganz allein meine Schuld. Ich habe Ballett zu meinem *Ein und Alles* gemacht.
Oh Mann. Es fällt mir schwer, es zuzugeben, Tay. Du

verstehst mich in neunundneunzig Prozent der Fälle (was ziemlich furchteinflößend ist), aber diesmal habe ich Angst, dass du mich nicht verstehst.
Seien wir mal ehrlich. *Jeder* mag dich.
Du bist das menschliche Äquivalent zu einem Labrador.

Von: taylor_hellemann@gmail.com
An: IsoldeByrne@hotmail.com
Gesendet: Sonntag, 14. Oktober, 19:45 Uhr
Betreff: Du bist nicht langweilig!

Wenn wir schon von Krafttieren sprechen, dann bist du eine Wölfin. Kein böser Wolf wie in *Rotkäppchen* (übrigens Slashs Halloweenkostüm dieses Jahr), sondern die echten Wölfe, die man in Dokumentarfilmen sieht. Diese Wölfe beobachten die Welt aus der Ferne. Sie analysieren mit Intelligenz und Instinkt, bevor sie ihren nächsten Zug planen.
Weißt du, das habe ich an dir schon immer bewundert. Du überstürzt nichts.
Ich überstürze *immer* alles.
Du weißt, dass Wölfe überaus loyal sind, oder? Es mag vielleicht dauern, bis sie sich öffnen – sie öffnen sich erst, wenn sie einem voll und ganz vertrauen –, aber es ist die Warterei wert. Einen besseren Freund, der immer zu einem hält, findet man nicht.
Jeder sollte so einen Freund haben.
Ich verrate dir jetzt ein Geheimnis. Vor dem Unfall dachte ich, ich hätte eine Menge Freunde. Ich hatte ein iPhone voller Telefonnummern. Ich war so gut wie

nie allein. Aber nach dem Unfall sind viele dieser »Freunde« einfach verschwunden.
Jetzt passe ich besser auf, wen ich in mein Leben lasse. Wie du schon sagtest: lieber ein paar wenige, gute Freunde statt Dutzende Schönwetterfreunde.
Ich glaube, du brauchst einen Freund *in* Sydney. Ich sage nicht, dass du Ana als deine beste Freundin ersetzen sollst. Aber wie wäre es mit jemandem, mit dem du dich mal auf einen Kaffee treffen kannst? Was ist mit den anderen Mädchen in deiner Ballettgruppe? Ihr hättet immerhin schon mal ein ungewöhnliches gemeinsames Interesse. Außerdem hätten sie Verständnis, was Ballett angeht.
Und dass du glaubst, du hättest nichts zu bieten, weil du Ballett zu deinem Leben gemacht hast? Das musst du ganz schnell vergessen. Aidan weiß einen Scheiß über dich.
Issy, seit wir sprechen können, unterhalten wir uns über *alles*. Er. Hat. Unrecht.
Du bist weder langweilig noch eindimensional. Du warst einfach mit dem falschen Typen zusammen.
xxx Tay

Taylor

Mittwoch, 24. Oktober

Ich hatte ein schlechtes Gewissen, Issy so einen Rat gegeben zu haben. »Geh raus und finde Freunde, Goldie!« Als wäre es das Einfachste auf der Welt, während ich mir an dem Abend nur Wiederholungen von *Top Gear* reingezogen habe.

Jedes Mal, wenn Finn fragt Hey, kommst du mit zu Ben/Matthew/sonst jemandem, der für gewöhnlich samstags eine Party schmeißt? fühle ich mich nur müde. Ich habe genug davon. Die Schnauze voll.

Partys stehen an elfter Stelle auf dem Fünfzehn-Schritte-Plan meiner Therapeutin. Sie sind mein nächstes großes Ziel. Angefangen hat es mit Basics wie »aus dem Haus gehen, um Milch zu kaufen«. Claire fragt jede Woche nach, wie es läuft und wie ich vorankomme.

Überhaupt kein Druck oder so.

Ha.

Ich weiß, dass es darum geht, die Initiative zu ergreifen, was soziale Interaktion angeht. Wenn mich Finn also wieder fragt (und das tut er jeden Donnerstagabend), sollte ich antworten: »Ja, Bro. Klar komme ich mit.« Stattdessen ergreift mich dieses UFFFF-Gefühl, und ich erwidere: »Nee, vielleicht nächste Woche.«

Und dann kann ich Claires Stimme in meinem Kopf

hören, die mir sagt, dass es die negative Rückkopplungsschleife bestärke, wenn ich NICHT auf die Party gehe.

Ich kann ihre Sprüche auswendig aufsagen, so oft, wie sie mir im vergangenen Jahr das Modell der Angstvermeidung erklärt hat.

Ich weiß, dass es zwei Möglichkeiten gibt, was den Umgang mit Sozialphobie betrifft – Vermeidung und Konfrontation. Vermeidung = schlechte Entscheidung. Nicht zu einem sozialen Event zu gehen bedeutet, dass es mir anfänglich vielleicht besser geht, aber im Endeffekt verstärkt es die Angst, jetzt »anders auszusehen«. Mehr Angst bedeutet, dass ich öfter absage, was wiederum zu sozialer Isolation führt.

Ein Teufelskreis. Laut der Psychologiebücher wird aus Taylor Hellemann ein Einsiedler werden. Darüber macht sich Claire schon jetzt Sorgen, denn die letzten beiden Schuljahre absolviere ich per Fernunterricht.

Es ist nicht so, als hätte ich mich dafür entschieden, um menschliche Kontakte zu vermeiden. Es war die einzige Möglichkeit, die Highschool zu beenden, während ich noch Snowboard fuhr. Nach dem Unfall habe ich mit dem Fernunterricht weitergemacht, weil ich erstens in Reha war und mich zweitens körperlich vom Unfall erholen musste und ich drittens mit dem Stoff total hinterherhinkte. Fernunterricht machte es mir möglich, in meinem eigenen Tempo zu lernen.

Deshalb findet es Claire nun umso wichtiger, dass ich am Wochenende etwas unternehme. Um wettzumachen, dass ich unter der Woche nicht mit Gleichaltrigen zusammen bin.

Und das ist jetzt Schritt Nummer elf. UFF.

Ich verstehe, dass man Dinge tun muss, vor denen man Angst hat, um Selbstvertrauen aufzubauen. So war es auch auf dem Berg. Wenn man sich nicht selbst herausgefordert hat, gab es keinen Fortschritt.

Ich weiß, dass Claire will, dass ich den Fünfzehn-Schritte-Plan mit Snowboarden vergleiche, was bedeutet, dass ich Schritt für Schritt etwas Neues wagen soll, um mich ermächtigt zu fühlen. Aber um ehrlich zu sein, finde ich nicht, dass es so funktioniert. Denn was Menschen angeht, gibt es einfach zu viele Variablen. Ständig warte ich angespannt darauf, wie jemand reagiert, sobald er das mit meinem Bein erfährt.

Manchmal ist es das leichte Hinken, das mich verrät, obwohl ich mein Bestes gebe, um es zu verbergen. Der andere fragt dann höflich: »Oh, was hast du denn mit deinem Bein gemacht?« Die Leute erwarten eine Antwort wie: »Ich habe mir den Knöchel verstaucht.« Oder: »Ich habe mir im Fitnessstudio einen Muskel gezerrt.« Und nicht: »Mein Bein wurde amputiert.« Danach spiegelt sich immer dieser winzige Oh-nein-Ausdruck in ihren Gesichtern wider. Selbst wenn sie ihr Bestes geben, unbeeindruckt zu wirken.

Manchmal geht es auch gar nicht um das »Entdecken«. Wie ich schon sagte: Da ich in einer Kleinstadt lebe, wissen die anderen meist bereits, was mit mir passiert ist. Schweigend denken sie darüber nach, ob sie es ansprechen sollen. Und ich tue das Gleiche. Und während wir noch dabei sind, eine Entscheidung zu treffen, füllen wir die Lücke mit Small Talk.

Laut Plan der »schrittweisen Exposition« soll ich ein paar »Strategien in meinem Werkzeugkasten« haben, die mir helfen, »Kontrolle über den Dialog zu übernehmen«. Was bedeutet, dass ich ein paar vorbereitete Antworten griffbereit haben soll. Damit ich mich nicht unter Druck gesetzt fühle, mehr Infos preiszugeben, als mir lieb ist, wenn wieder jemand fragt: »Was ist mit deinem Bein passiert?« Ich soll Blickkontakt halten und mit selbstbewusster Stimme sprechen, damit der andere sich nicht unwohlfühlt und das Gespräch »positiv« ist.

Die Strategien sollen mir das Gefühl geben, die Führung zu übernehmen. Sie sollen mir helfen, mit den Fragen, Kommentaren und Blicken klarzukommen.

Und genau das ist es, glaube ich. Ich will mit sozialen Situationen nicht »klarkommen«. Ich will nicht mit vorbereiteten Antworten auf eine Party gehen. Wie ein Papagei, dem man das Sprechen beigebracht hat und der auf Kommando seine Sätze raushaut.

Ich bin es leid, immer darüber nachzudenken, was ich tun muss, damit sich andere nicht unwohlfühlen. Allein der Gedanke, dass ich den Rest meines Lebens Fragen beantworten werde, erschöpft mich. Dass ich immer aus der Menge herausstechen werde, weil die Definition von »normal« eine sehr kleine Schublade ist, in die ich offensichtlich nicht mehr passe.

Und ja, ich WEISS, dass es die anderen für gewöhnlich nur gut meinen. Seien wir mal ehrlich. Es liegt in der Natur des Menschen, neugierig zu sein, wenn man mit etwas Neuem konfrontiert wird.

Aber es nervt mich gewaltig, wenn Leute fragen: »Was ist mit dir passiert?«, bevor sie überhaupt meinen Namen kennen. Wenn sie mir das Gefühl geben, dass sie sich nur für die Amputation und meine tragische Geschichte interessieren. Dass diese EINE Geschichte EINES Teils von mir als einzige von Bedeutung ist. Ich hasse es, wenn sich Menschen, sechzig Sekunden nachdem sie mich kennengelernt haben, eine Meinung über meine Identität bilden. Amputierter. Mensch mit Behinderung. Denn ich bin Taylor. Ein ganzer, komplizierter, chaotischer Mensch.

Und das Schlimmste? Menschen, die sagen: »Wenn ich mein Bein verlieren würde, würde ich sterben wollen.« Als wäre es besser, tot zu sein, statt mit einer Behinderung zu leben. Das ist einfach scheiße.

Deshalb gehe ich Menschen lieber aus dem Weg und bleibe am Samstagabend zu Hause, wenn mir danach ist.

Aber in einer Woche findet Mums und Dads Halloweenparty statt. Es kommen immer wahnsinnig viele Leute – Freunde, die Freunde der Freunde, Nachbarn, Leute, die gerade zufällig vorbeikommen. Blicken wir der Wahrheit ins Gesicht. Man wird mir eine Menge Fragen stellen.

Ich hoffe, dass ich das mit der sozialen Interaktionen besser draufhabe, wenn Issy im Juni kommt.

Ich will weniger Angst haben.

Ich will raus. Auf Partys. Spaß haben.

Aber ich will es auf meine Art machen.

Isolde

Donnerstag, 25. Oktober
Ballett verändert das Gehirn.

Wenn du eine Ballerina bist und morgens mit Schmerzen und steifen Knochen – so steif, dass du beinahe aus dem Bett *fällst* – aufwachst, denkst du *gut*, denn es bedeutet, dass du deinen Körper am Tag zuvor auf Herz und Nieren geprüft hast.

Du starrst auf deine blutigen, mit Blasen übersäten Zehen herunter. Statt zu jammern, denkst du: *Je mehr Hornhaut, desto einfacher das Fouetté.*

Was ich mit »Ballett verändert das Gehirn« tatsächlich meine, ist, dass Tanzen die physische Struktur des Gehirns verändert. Beim Tanzen trainiert man das Gehirn, bestimmte Signale zu ignorieren – und zwar vollständig, denn sie spielen im Ballett keine Rolle.

Neuerdings habe ich das Gefühl, es geht sogar noch einen Schritt weiter. Dass mein Gehirn geschrumpft ist, weil es denkt, es bräuchte nur eine Sache: Ballett.

Das Leben um mich herum bewegt sich. Ein Gemisch aus Farben, Geräuschen und Aktivität. Aber ich blende alles aus und konzentriere mich auf mein Inneres, um die Balance zu halten. Deshalb glaube ich Taylor nicht, wenn er sagt: »Du bist nicht eindimensional.«

Ich habe das Gefühl, dass die Teile von mir, die mal kräftig und grell waren, zu Wasserfarbe geworden sind.

Ein verwaschener Pinselstrich, der groß und fett mit BALLETT überschrieben wurde. Ich bin verblasst.

Bei den anderen Tänzern in meiner Klasse ist es dasselbe. Das Lachen und das Scherzen, das Herumalbern hinter der Bühne, die kleinen Blicke, die man sich an der Ballettstange oder während der Probe zuwirft – es ist alles weniger geworden.

In Ballettfilmen und -büchern werden die Tänzer immer als gnadenlos dargestellt. Als würden wir immer konkurrieren und hoffen, dass das Mädchen neben uns stolpert oder der Druck so hoch wird, dass es aufgibt.

Aber so ist es nicht. Klar, Wettbewerb gehört zur Welt des Balletts einfach dazu. Aber die Person, die wir immer zu übertrumpfen versuchen, sind wir selbst. Beim Ballett geht es darum, was man *selbst* gibt. Die Figur zu perfektionieren, die man noch nicht hinbekommt. Einen Durchbruch zu erreichen, indem man stundenlang dieselbe Bewegung wiederholt.

Die anderen Schüler sind nicht feindselig. Sie wirken so distanziert, weil sie sich so sehr auf sich selbst konzentrieren.

Und ich bin genauso.

Es liegt daran, dass wir alle das Gleiche denken:

Nur EIN oder ZWEI aus einer Akademie mit Hunderten von Tänzern – die talentiertesten, ehrgeizigsten oder einfach die mit dem meisten Glück – werden es VIELLEICHT schaffen und an einer professionellen Ballettschule wie der National Ballet School angenommen.

Der Stärkste überlebt – das ist Ballett.

Und das ist nur die Ballettschule. Es geht nicht mal um den großen Traum, den wir alle hegen: in einer professionellen Ballettkompanie zu tanzen. Da sind die Chancen noch geringer. Nur eine Handvoll aus ganz Australien schafft es.

Deshalb kehren wir uns nach innen, sobald wir fünfzehn oder sechzehn werden.

Wir konzentrieren uns.

Ich werde innerhalb meiner Gruppe keine zweite Ana finden. Oder auch nur eine lockere Freundschaft. Keiner hier ist locker. Und »Freizeit« ist ein uns unbekanntes Konzept.

Ich fühle mich wie eine Heuchlerin, so zu tun, als hätte ich Taylors Ratschlag angenommen. Ich lüge, weil ich weiß, dass er mir helfen will. Er hat schon immer das Beste in mir gesehen. Und ich hasse es, dass ich dem nicht gerecht werde.

Wenn wir uns nächstes Jahr sehen, wird er herausfinden, dass ich ein Zirkuspferd bin, das nur einen Trick beherrscht. Und sobald das passiert ist – wer weiß, ob er dann überhaupt noch Zeit mit mir verbringen will.

Beim Gedanken, Taylor erneut als Freund zu verlieren, wird mir schlecht.

Meine Freundschaft mit Taylor ist keine unnötige Ablenkung. Sie ist wie Sauerstoff. Das, was er über mich schreibt, ist so einzigartig. Ganz *Taylor.* Und so anders als der kleine Raum, den ich um mich errichtet habe. Wenn ich eine E-Mail von ihm bekomme, ist es, als würde jemand die Haustür öffnen, und frische Luft und Sonnenlicht strömten herein.

Er erinnert mich an all die Dinge, die neben dem Ballett noch existieren. Wer ich außerhalb des Balletts sein kann.

Trotzdem schrillen bei mir die Alarmglocken, wenn ich daran denke, Zeit mit ihm zu verbringen. Tatsächlich mit ihm in einem Raum zu sein. Es ist bescheuert, denn ich vermisse ihn wie verrückt und kann es nicht erwarten, ihn wiederzusehen. Aber ich will nicht, dass er *mich* sieht. Wer ich jetzt bin.

Ehe ich mich's versehe, werde ich in diesem Flugzeug nach Queenstown sitzen. In der Zwischenzeit werde ich wohl einfach so tun, als wäre ich immer noch das Mädchen, das er kennt.

Das ist einfacher als zuzugeben, was mit mir passiert ist.

Zuzugeben, dass die Anpassung zu weit gegangen ist. Dass aus mir eine Kreatur geworden ist, die ich selbst nicht mehr wiedererkenne.

Taylor

Samstag, 27. Oktober
Noch eine Stunde, bevor Mums und Dads Halloweenparty losgeht. Meine Panik wächst stetig.

Ich soll meine Angst täglich analysieren, sie mit einer Zahl bewerten und sie dann in das Tagebuch schreiben, das ich meiner Therapeutin jeden Mittwoch vorlege. Im Moment ist sie bei sechs. Ich kann Claire in meinem Kopf hören: *Wie fühlt sich eine Sechs für dich an, Taylor?*

Eine Sechs fühlt sich an, als hätte ich viel zu schnell viel zu viel Kaffee getrunken.

Ich stehe hinterm Haus im Garten unter der Kiefer und reiche Dad, der auf einer Trittleiter steht, plüschige Plastikspinnen, damit er sie an einer Art Seilbahn aufhängen kann. Sein Plan ist, sie nachher auf unsere Gäste loszulassen.

An Halloween geben wir Hellemanns alles. Halloween ist in Neuseeland keine große Sache (zu Amerikanisch), aber Mum und Dad sind eine Ausnahme. Für sie ist Halloween ein überaus wichtiger Feiertag. An diesem Tag sind sie damals zusammengekommen. Schon vor meiner Geburt haben sie jedes Jahr eine riesige Party ausgerichtet.

Die Abendsonne fällt auf das UFO, das Dad und ich gebaut haben. Er hätte einfach eins bei Amazon bestellen können, aber Dad findet, wer seine Halloweendeko online kauft, gibt sich nicht genug Mühe.

Ich bin so damit beschäftigt, unser Werk zu bewundern, dass ich nicht merke, wie Dad eine Spinne entgleitet. Das Erste, was ich merke, ist, dass *irgendwas* vom Himmel fällt und BOOM – landen haarige Beine auf meinem Kopf.

Bevor ich mich zurückhalten kann, entweicht mir ein schriller Schrei.

Dad lacht. »Wenn das so weitergeht, gibt es für dich heute Abend keine Hoffnung.«

»Wahrscheinlich nicht«, gebe ich zu und ziehe die Spinne von meinem Kopf.

Als ich Dad das Ding wieder nach oben reiche, mustert er mich genauer.

»Sicher, dass bei dir alles in Ordnung ist? Du wirkst ein wenig angespannt.«

»Das ist die Vorfreude.«

Ich will Dad nicht von meiner Partyphobie erzählen. Er hat gute Laune, und ich will, dass er den heutigen Abend genießt. Schließlich ist unsere letzte Halloweenparty schon drei Jahre her. Dad war zu erschöpft von der Chemotherapie. Und ein Haus voller Gäste wäre eine Gefahr für sein schwaches Immunsystem gewesen. Und letztes Jahr war kurz nach meinem Unfall.

Ich tue so, als würde ich in Richtung Hintertür spähen. »Ich sollte Mum besser mit den Servierplatten helfen.«

Es ist bereits 18:00 Uhr. Noch eine halbe Stunde. Beim Gedanken an Dutzende Menschen in unserem Garten wird mir ganz heiß.

Meine Angst ist jetzt bei sieben.

Mum betritt die Küche. »Großartig, Tobi!«, ruft sie Dad zu. »Wir müssen uns JETZT umziehen!«

In diesem Moment taucht Finn in seinem Tamatoa-Kostüm auf – ein Gewirr aus Krabbenbeinen, das versucht, durch die Haustür zu kommen. Slash beginnt, den »Eindringling« anzubellen, steigt an ihm hoch und schnappt nach den wackelnden Beinen, was mich zum Lachen bringt und meine Nervosität ein wenig mildert.

Mum und Dad stürmen davon, um sich umzuziehen. Ich brauche nicht lange, um in mein Kostüm zu schlüpfen. Ich gehe als der Jäger aus *Rotkäppchen* und trage ein grünes Hemd, eine von Dads Lederwesten, einen breiten Gürtel aus Mums Kleiderschrank und eine braune Hose. Und ich habe eine Plastikaxt in der Hand.

Slashs Kostüm ist noch viel einfacher. Er ist der böse Wolf – aber NACHDEM er Rotkäppchens Großmutter verspeist hat. Er trägt eine altmodische Schlafhaube, und auf seiner felligen Nase sitzt eine schwarze Hornbrille. Ich bringe Finn dazu, ein paar Fotos für Issy zu machen.

»Schade, dass sie nicht hier ist«, bemerkt Finn, während ich ihr die Fotos über Instagram schicke und die besten auf meiner Seite hochlade. »Sie würde umwerfend aussehen als Rotkäppchen.« Er grinst mich frech an.

»Ja, das würde sie«, erwidere ich so gelassen wie möglich, denn ich weiß, dass er auf eine Reaktion wartet. Finn will mir immer unterstellen, dass ich hinter der »Freundefassade«, wie er es nennt, heimlich in Goldie verliebt bin.

Das bin ich natürlich nicht.

Aber Finn sieht in jedem Mädchen, das ihm über den Weg läuft, eine potenzielle Freundin.

Es klingelt an der Tür. Während Finn losstürmt, zähle ich von zehn rückwärts, atme ein, atme aus – eine Atemtechnik, die meine Nerven beruhigen soll. Saskia und Julian, die Bassistin und der Frontsänger von Dads neuer Band *The Post-Vinyl Project* kommen herein – und die Party beginnt.

Die erste Stunde bleibt meine Angst bei sieben, denn alle paar Minuten erscheinen neue Leute und mit ihnen noch mehr Hallos, mehr Umarmungen und mehr Sätze wie: »Dich habe ich seit Ewigkeiten nicht mehr gesehen!« Jedes Mal, wenn mich jemand begrüßt, wappne ich mich für eine unangenehme Unterhaltung. Aber die meisten von Mums Freunden, die ich lange nicht gesehen habe, sagen Sachen wie: »Taylor, du bist so erwachsen geworden!« und »Sieh nur an, wie groß und attraktiv du geworden bist!«, was für mich mehr als in Ordnung ist.

Nach einer Weile sinkt meine Angst auf vier.

In seinem Piratenkostüm sieht Dad viel cooler aus als ich. Offensichtlich wurde er dazu geboren, Leder und Eyeliner zu tragen. Mum hat ihm Dreadlocks gemacht. Jetzt, da sein Haar wieder nachgewachsen ist, ist es lockiger und dunkler als vor der Chemo, was ihm sogar noch besser steht als zuvor.

Plötzlich bekomme ich bei seinem Anblick einen Kloß im Hals. Er sieht so glücklich aus.

Nächsten Februar ist es zwei Jahre her, dass Dad seine letzte Chemotherapie beendet hat. Die Therapie, die nach der Stammzelltransplantation endlich angeschlagen hat. So lange ist er bisher noch nie in Remission gewesen. Ich versuche, keine sonderlich große Sache daraus zu machen. Vielleicht weil ich Angst habe, damit einen Rückfall heraufzubeschwören.

Um 21:00 Uhr lässt Dad die Spinnen los. Inzwischen habe ich mich entspannt, und die fliegenden Viecher bereiten mir keine Angst mehr. Aber kurz erschrecke ich, als eine gigantische Spinne mit grau-weißen haarigen Beinen über den Rasen auf mich zurennt. Nur das Bellen verrät sie – Dad hat Slashs Kostüm getauscht.

Ich kriege mich kaum noch ein vor Lachen.

Ich mache ein kurzes Video für Issy. Zwei Minuten, nachdem ich es ihr geschickt habe, beginnt mein Handy zu vibrieren.

Sie ruft mich per Videocall an.

Mein Herz beginnt zu hämmern, als wäre ich auf Panikstufe neun. Ich weiß überhaupt nicht, warum. Früher haben wir ständig geskypt. Was ist daran jetzt anders?

Ich bin noch nicht dafür bereit, dass sie mich sieht.

Schnell wird mir klar, wie dumm dieser Gedanke ist, denn, hallo, sie wird sowieso nur mein Gesicht und meinen Oberkörper sehen.

Ich bewege mich weg von der Menge in den hinteren Teil des Gartens, wo es leiser ist. Meine Finger sind so schwitzig, dass es beinahe zehn Sekunden dauert, bis das Display reagiert.

Und dann ist sie da. Auf dem Display.

»BESTES Kostüm aller ZEITEN«, sagt Goldie grinsend.

Sie klingt *genau* wie immer. Ich spüre, wie sich auf meinem Gesicht ein Grinsen ausbreitet.

»War leider nicht mein Verdienst. Es war Dads Idee.«

»Ist das ein UFO hinter dir?«, fragt Issy und starrt.

»Das war auch Dad.«

»Was hast du an?«

»Was ich anhabe?«, wiederhole ich scherzhaft. »Findest du das nicht *ein wenig* anzüglich, Goldie?«

»OH MEIN GOTT.« Sie verdreht die Augen. »Na, zum Glück sind wir nicht eingebildet oder so. Ich wollte wissen, was für ein KOSTÜM du trägst. Du stehst im Dunkeln. Ich kann überhaupt nichts sehen.«

»Warte kurz.« Ich gehe näher an die Lichterketten heran, die neben dem Haus hängen. Dad hat sie vor Jahren an Weihnachten aufgehängt – und nicht wieder abgenommen.

»Jetzt kann ich dich sehen«, sagt Issy.

Sie wird still, und ich beobachte, wie sie mich betrachtet. Sie sitzt in einem rosafarbenen Ballett-Trikot auf ihrem Bett. Ihre Wangen sind gerötet. Bestimmt kommt sie gerade vom Training. Ihre Augen sind noch blauer, als ich sie in Erinnerung hatte.

Schweigend sehen wir einander an. Plötzlich weiß ich überhaupt nicht mehr, was ich sagen soll.

»Hey«, sagt sie, und auf ihrer rechten Wange zeichnet sich dieses kleine Grübchen ab. Als ich noch klein war, habe ich meinen Finger in das Grübchen gesteckt, das immer nur erschien, wenn Issy lächelte oder lachte. Sosehr hat es mich fasziniert.

»Hey«, erwidere ich. Mit einem Mal scheint es das einzige Wort zu sein, das ich je gelernt habe.

»Du siehst anders aus. Das bringt mich ganz durcheinander«, sagt Issy kopfschüttelnd.

»Ist das gut oder schlecht?«

Sie kichert. »Einfach anders. Älter. Größer. Glaube ich.«

Issy legt den Kopf schief.

»So wirst du nicht herausfinden, ob ich gewachsen bin«, bemerke ich lachend. »Du siehst auch anders aus.«

»Hoffentlich nicht im schlechten Sinne.«

»Wie du bereits sagtest. Älter. Größer. Vielleicht strahlender?«

»Strahlender?« Issy blickt irritiert drein.

»Ich kann es nicht erklären«, sage ich, denn es stimmt. Es ist, als wäre sie lebendiger als alle Menschen hier, obwohl sie so weit entfernt ist. »Du siehst gut aus.«

Jetzt müssen wir beide lachen.

»Seeeltsaaam«, sagt Issy, ein alter Insider. Früher haben wir es immer mit verstellter Stimme gesagt, in der Hoffnung, das Eis zu brechen und unsere Eltern zum Lachen zu bringen.

Und es funktioniert. Wir müssen beide grinsen.

»Total seltsam«, erwidere ich.

»War klar, oder? Es ist schon eine Weile her.«

»Ich wünschte, du wärst hier«, sage ich, denn jedes Mal, wenn ich auf mein Display blicke, möchte ich hineingreifen und sie herausziehen. Wie ein Magier, der ein Kaninchen aus seinem Hut zaubert.

»Das würde ich mir auch wünschen«, sagt Issy. »Sieht nach einer großartigen Party aus. Wie immer.«

»Du hast noch nicht mal die Hälfte davon gesehen«, entgegne ich.

Ich mache eine Tour durch den Garten. Dad und ein paar andere haben angefangen, am Lagerfeuer Musik zu machen. Dad singt Eric Claptons *Layla*, doch er hat den Namen zu »Maia« geändert. Grinsend schüttelt Mum den Kopf. Als der Song zu Ende ist, jubeln alle. Ich richte das Handy wieder auf mich.

»Hier hat sich nichts verändert, wie du siehst«, sage ich.

Damit meine ich eigentlich, *sie* haben sich nicht verändert. Dad. Mum. Wie sehr sie einander lieben.

Issy nickt. Sie versteht, was ich meine.

»Wie dein Dad deine Mum ansieht«, sagt sie. »Es ist …«

Ihre Stimme ist so leise, dass ich sie kaum hören kann. Ich gehe zurück zu den Lichterketten. »Es ist?«, hake ich nach.

»Wundervoll«, vervollständigt sie den Satz.

Kurz blickt sie traurig drein, und ich muss daran denken, was sie ihn ihren E-Mails über ihre Eltern geschrieben hat.

Wieder folgt Schweigen. Dann höre ich im Hintergrund jemanden rufen.

»Ich sollte jetzt besser auflegen«, sagt Issy. »Dad und ich müssen in einer halben Stunde los, um uns *Der Barbier von Sevilla* anzusehen. Ich habe noch nicht geduscht.«

»Dann sollten wir jetzt Schluss machen«, erwidere ich.

»Ich schreibe dir eine E-Mail«, sagt Issy. »Ich bin froh, dass du rangegangen bist.«

»Ich auch«, antworte ich.

Wir verabschieden uns. Dann gehe ich zu Finn hinüber, der mit seinem Bruder Lee und ein paar Mädchen, die ich nicht kenne, in den Gartenstühlen auf der Veranda abhängt. Ich setze mich zu ihnen. Finn erzählt, er mache dieses Jahr bei Movember mit. Lee stöhnt und sagt, keiner wolle sehen, wie Finn versucht, sich einen Schnurrbart wachsen zu lassen. Er würde ihm sogar Geld dafür geben, es NICHT zu tun. Wir lachen alle, und Finn tut beleidigt, als irgendein Typ zu uns herüberkommt und fragt: »Hey, bist du der Kerl mit dem fehlenden Bein?«

Er fragt so laut, dass alle aufhören zu lachen.

»Nathan.« Lee funkelt den Typen böse an. »Halt den Mund.«

Ich sehe den Kerl an, der nur ein paar Jahre älter ist als ich. Er muss einer von Lees Freunden sein.

»Sorry, Mann«, lallt Nathan. Sein Atem riecht nach Alkohol. »Ich wollte nicht unhöflich sein. Aber irgendjemand meinte, du seist der, der sein Bein verloren hat. Da bin ich eben neugierig geworden.«

Jetzt befinde ich mich in exakt dem Szenario, das ich immer im Kopf habe, wenn ich darüber *nachdenke*, auf eine Party zu gehen.

Meine Brust verengt sich. Alle in der Gruppe starren mich an. Am liebsten würde ich einfach abhauen, aber meine Muskeln fühlen sich an wie Wackelpudding.

Das ist der Moment, für den ich eine Antwort parat haben sollte. Aber mein Kopf ist wie leergefegt.

»Ernsthaft, Nathan. Halt jetzt den Mund«, raunt Lee.

Ich weiß, dass er mir nur helfen will, aber es macht die Sache nur noch schlimmer. Als könnte ich nicht für mich selbst sprechen.

»Kann ich es sehen?«, platzt es aus Nathan heraus. Bevor ich etwas erwidern kann, legt er die Hand auf mein rechtes Bein.

Sie liegt direkt unterhalb meines Knies. Zehn Zentimeter über meinem Stumpf, wo die Prothese beginnt. Er berührt sie nicht, aber es fühlt sich so an, denn der Bereich ist äußerst sensibel. Er ist mein intimster Körperteil. Der Körperteil, den ich nur meine Ärzte, Physiotherapeuten und Orthopäden anfassen lasse. Sonst keinen. Denn das bereitet mir die größte Angst.

Ich bin so schockiert von Nathans Verhalten, dass es sich kurz anfühlt, als hätte mein Geist meinen Körper verlassen. Ich stehe außerhalb meines Körpers in der Nähe der Lichterketten. Ich telefoniere wieder mit Issy und erzähle ihr von dem Idioten, der mir auf die Nerven geht. Wie ein Donnerschlag ist der alte Taylor zurück. Der Taylor, der niemals um eine Antwort verlegen war.

Der Schock weicht von mir, und ich blicke Nathan direkt in die Augen.

»An deiner Stelle würde ich mein Bein nicht anfassen«, sage ich. »Die Ärzte wissen noch nicht, ob sie die fleischfressenden Bakterien wirklich unter Kontrolle gebracht haben.«

Die Worte sprudeln so schnell aus mir heraus, dass ich mich kurz frage, ob ich sie wirklich gesagt habe. Nathans Hand hält inne, und er starrt mich an. Wahrscheinlich fragt er sich, ob ich ihn verarsche.

»Verrückt, nicht wahr?«, frage ich. »Diese Dinger sind wie unsichtbare Piranhas. Wenn sie dich einmal erwischt haben, geht es ruckzuck. Am einen Tag hatte ich mein Bein noch, und am nächsten war es fast bis zum Knie weg. BOOM.«

Das letzte Wort sage ich besonders laut. So laut, dass alle es hören können. Nathan macht einen Satz rückwärts, als hätte ich einen Piranha nach ihm geworfen.

Finn sieht mich an, als wollte er fragen *Was zur Hölle?* Das ist der Moment, in dem das alles anfängt, mir ein wenig Spaß zu machen.

»Du solltest sie sofort desinfizieren. Am besten über Nacht in Desinfektionsmittel einlegen«, fahre ich fort und mustere seine Hand besorgt. »Sollte es anfangen zu faulen oder übel zu riechen, musst du so schnell wie möglich einen Arzt aufsuchen.«

Nach dem letzten Kommentar verschwinde ich im Haus, denn ich kann unmöglich länger ernst bleiben. Ich stürme ins Badezimmer, dicht gefolgt von Finn. Ich kann gerade noch die Tür schließen, bevor wir in jaulendes Gelächter ausbrechen.

»Sein … sein … Gesicht!« Finn kann kaum sprechen. »Als du gesagt hast ›Wenn sie dich einmal erwischt haben‹ …«

»BOOM«, presse ich zwischen zwei Lachern hervor.

»Du solltest sie sofort desinfizieren!«, johlt Finn und tut, als würde er sich mit einer Flasche Desinfektionsmittel übergießen. Wir müssen so heftig lachen, dass wir uns am Waschbeckenrand festhalten müssen, um nicht das Gleichgewicht zu verlieren.

»Jetzt habe ich irgendwie ein schlechtes Gewissen«, sage ich nach ein paar Minuten und wische die Lachtränen weg.

»Auf keinen Fall«, erwidert Finn. »Was gibt ihm das Recht, dein Bein anzugaffen? Oder es anzufassen? Das sollte sich der Idiot beim nächsten Mal lieber zweimal überlegen.«

Dein Bein. Es sind nur zwei Wörter, doch ich sehe sie bildlich vor mir. Als wären sie in Großbuchstaben geschrieben.

Mein Bein, denke ich. Ein Teil von MIR. Scheiß drauf, »das Richtige« zu sagen. Ich darf sagen, was ich will. Wenn ich einen Witz reißen oder eine Geschichte erfinden will, um mich von dem Druck zu befreien, dann ist das mein gutes Recht. Wenn ich mich öffnen und Informationen preisgeben will, ist es meine Entscheidung. Wenn ich nichts dazu sagen will, muss ich nicht.

Ich weiß, dass das hier kein magischer Moment ist und ich nie wieder Angst und Unsicherheit spüren werde. Dass ich von nun an nicht jede soziale Situation mit dem Gefühl meistern werde, der König des Selbstbewusstseins zu sein. Aber ich fühle mich jetzt ein bisschen besser. Damit hätte ich heute Abend nicht gerechnet.

Finn und ich gehen wieder hinaus in den Garten. Dad und seine Band spielen noch immer. Gerade ist es ein Santana-Song mit ganz viel Gitarre, und die Leute tanzen.

Gegen eins ist die Party zu Ende. Alle gehen nach Hause, außer Finn. Statt aufzuräumen, legen wir uns mit meinen Eltern im Wohnzimmer auf den Teppich und hören das *Are You Experienced?*-Album von Jimi Hendrix, denn Dad findet, es ist das beste Album aller Zeiten. Ich schließe die Augen und spüre, wie der Bass durch den Fußboden und in meinen Knochen pulsiert. Ich spüre, wie Mum lächelt. Ich öffne die Augen und sehe sie an. Und ich habe recht. Selbst ihre Augen strahlen. Wie früher. Bevor Dad krank geworden ist.

Ich lächle ebenfalls, denn ich bin froh, dass wir diesen Moment teilen. Diesen Abend.

Taylors Smartphone

Sonntag, 28. Oktober, 12:04 Uhr

Isoldebyrne folgt dir jetzt auf Instagram.

Isoldebyrne hat dein Video kommentiert: Wirklich. BESTES. KOSTÜM. ALLER. ZEITEN.

Anatheballerina hat deinen Beitrag kommentiert: Endlich folgt ihr einander!! Wurde aber auch ZEIT!

Instagram-Chat

Sonntag, 28. Oktober, 14:32 Uhr

ANA ZHANG: Also ... Dass ihr euch jetzt gegenseitig folgt ...
ISOLDE BYRNE: Du wackelst gerade mit den Augenbrauen, nicht wahr?
ANA ZHANG: Wenn ich mir DIESES FOTO anschaue, auf jeden Fall. Gib's zu. Der breitschultrige Jäger-Look steht ihm.
ISOLDE BYRNE: Du hast echt eine Schwäche für Märchenfiguren.
ANA ZHANG: Du versuchst gerade, vom Thema abzulenken.
ISOLDE BYRNE: Nein, *du* versuchst, vom Thema abzulenken. Gib's zu.
ANA ZHANG: Wie auch immer ... War das Foto der Grund, warum du ihm endlich folgst? Ich weiß übrigens, dass du Profile stalkst.
ISOLDE BYRNE: Ähm, NEIN, TUE ICH NICHT. Und NEIN, das war nicht der Grund. Wir haben gestern Abend telefoniert.
ANA ZHANG: Und das sagst du mir erst jetzt?! War es seltsam? Gut?!?
ISOLDE BYRNE: Du tust, als würde es um meinen

ersten Kuss gehen ... Du bläst die ganze Sache viel zu sehr auf.

ANA ZHANG: ISSY, IHR HABT SEIT EUREM STREIT LETZTES JAHR NICHT MEHR MITEINANDER GESPROCHEN. Natürlich will ich wissen, wie es gelaufen ist. Übrigens bist *du* diejenige, die daraus eine große Sache macht, indem du so zugeknöpft bist.

ISOLDE BYRNE: Ich bin überhaupt nicht zugeknöpft!

ANA ZHANG: Jaja ...

ISOLDE BYRNE: NA SCHÖN. Wir haben geredet, und es war ...

ANA ZHANG: Was?!

ISOLDE BYRNE: Ich suche nach dem passenden Wort ... Merkwürdig, schätze ich?

ANA ZHANG: Merkwürdig im Sinne von lustig?

ISOLDE BYRNE: Auch. Irgendwie war es wie früher. Und dann wieder nicht. Und als ich ihn mir angesehen, *wirklich* angesehen habe, hat es mich total vom Hocker gehauen.

ANA ZHANG: Weil er jetzt noch heißer ist als früher, richtig?

ISOLDE BYRNE: NEIN. Ich meine, ja. Er ist inzwischen *noch* attraktiver geworden.

ANA ZHANG: Ich dachte, dieser Tag würde niemals kommen. Dass du zugibst, dass du Taylor attraktiv findest!

ISOLDE BYRNE: Ana, er ist mein bester Freund. Dass er attraktiv ist, ist eine Tatsache.

ANA ZHANG: Ach ja?

ISOLDE BYRNE: *Oh. Mein. Gott.* Er ist ein gut aussehender Typ, okay? Das war er schon immer. Es wäre seltsamer, wenn ich es *nicht* zugeben würde. Jedenfalls. Zurück zum Thema. Als ich ihn angesehen habe, hat es mich umgehauen, weil er ... Ich weiß nicht ... Er wirkte so erwachsen. Er ist größer, seine Lippen sind voller ...

ANA ZHANG: Du hast dir seine Lippen angesehen?

ISOLDE BYRNE: Ähm, ja. Weil er gesprochen hat und die Hintergrundgeräusche so LAUT waren. Ich habe versucht, Lippen zu lesen.

ANA ZHANG: So, so.

ISOLDE BYRNE: HÖR AUF MIT SOLCHEN KOMMENTAREN! Jedenfalls war es ein *gutes* Gespräch. Ein Gespräch, nach dem man die Person fünf Minuten später noch mal anrufen will, weil einem noch etwas eingefallen ist, das man sagen will.

ANA ZHANG: Wie bei uns.

ISOLDE BYRNE: Genau. Danach fühlte es sich irgendwie doof an, ihm nicht auf Insta zu folgen. Also habe ich heute Morgen auf den »Folgen«-Button geklickt.

ANA ZHANG: Und daher auch die Insta-Interaktionen. Du weißt schon, dass ich euch ab jetzt stalken werde, so süß, wie ihr seid.

ISOLDE BYNRE: Bitte nicht.

Isolde

Freitag, 2. November
Natürlich erzähle ich Ana von dem Telefonat. Aber ich erzähle ihr nicht, wie ich mich *danach* gefühlt habe.

Es ist seltsam, aber seit meinem Gespräch mit Taylor bin ich einfach nur glücklich. *Er hat gesagt, ich würde mehr strahlen. Strahlen.* Das bedeutet mir die Welt, nachdem ich mich die letzten Monate nur verblasst gefühlt habe.

Das Hochgefühl, mit meinem Kumpel gesprochen zu haben, begleitet mich durch die gesamte Oper. Ich wiege mich auf meinem Sitz zu Figaros Arie und muss so heftig über die Mätzchen auf der Bühne lachen, dass mir der Bauch wehtut.

Doch als ich am nächsten Morgen aufwache, habe ich das Gefühl, irgendwas würde fehlen. Ich bin traurig, aber es ist keine echte Traurigkeit.

Warum bin ich so traurig, nachdem ich mit ihm gesprochen habe?, frage ich mich die nächsten zwei Tage.

Es dauert bis Mittwoch, bis ich das Gefühl analysiert habe.

Es ist keine Traurigkeit. Es ist Heimweh. Dieser seltsame Schmerz in meiner Brust. Es ist die Sehnsucht, woanders zu sein. Es ist dasselbe Gefühl, das ich immer schon mindestens eine Woche vor dem Rückflug nach Sydney habe, wenn wir Taylors Familie besuchen.

Schon mein ganzes Leben lang ist ihr Haus mein Lieblingsort. Und seit ich Taylor, Maia, Tobi und Queenstown auf meinem Display gesehen habe, will ich nur noch bei ihnen sein.

Wenn ich an Taylors Haus denke, kommen mir so viele Erinnerungen in den Sinn.

Ich bin zehn Jahre alt. Ein befreundetes Paar, das ich noch nie zuvor gesehen habe, ist zu Besuch. Sie wollen wissen, wie sich Maia und Tobi kennengelernt haben.

Ich habe die Geschichte schon eine Million Mal gehört, aber ich liebe es, wenn jemand danach fragt, denn sie erzählen sie immer im selben Wortlaut. Manchmal sehen Taylor und ich uns an und sprechen die Sätze lautlos mit.

Taylors Dad fängt immer an.

»Es war in den späten Neunzigern. Meine Band *Atoms from Galaxies* war gerade dabei, den US-Markt zu erobern. Wir mieteten einen großen Bus und fuhren von New York nach L. A.«

An dieser Stelle sieht er Taylor und mich an.

»Das waren die Neunziger, Leute. Damals gab es noch kein Spotify und YouTube. Touren war die beste Möglichkeit, Radiosender dazu zu kriegen, deine Songs zu spielen. Jedenfalls wollte Bob, unser Manager, jemanden, der sich hinter den Kulissen um die Dinge kümmerte.«

»Und ich war das Mädchen aus Neuseeland, das Musik liebte und sich den Job unter den Nagel riss.« An dieser Stelle übernimmt dann Maia.

»Ein paar Stunden vor unserer ersten Show hatten wir auf der Bühne mit einem defekten Lautsprecher zu kämpfen – und da kam Maia herein. Noch bevor wir uns überhaupt vorgestellt hatten, sagte sie mir, ich solle SOFORT das Kabel aus der Hand legen, weil ich sonst einen Elektroschock bekäme. Sie hat meine Hand gepackt, um es mir wegzunehmen – und in dem Moment habe ich einen Mordsschlag bekommen. Als hätte ich an einen Elektrozaun gefasst. Natürlich hatte es nichts mit Strom zu tun. Es war allein sie. Jedenfalls, als sie wegging, konnte ich eine Sekunde lang nicht atmen. Aber sie war *nicht* an mir interessiert.«

»Ich bin davon ausgegangen, dass er arrogant ist.« Maia zuckt mit den Schultern. »Mit den ganzen Mädchen, die nach den Shows hinter der Bühne abhingen und ihm an den Lippen klebten. Ich hatte schon genug Band-Typen mit zu großem Ego kennengelernt.«

Es ist seltsam, Tobi in diesem Licht zu betrachten, denn für mich ist er einfach nur Taylors Dad, nicht der junge Kerl auf den Postern, die Mum zusammengefaltet in einem Ordner im Gästezimmer aufbewahrt.

»Während der Tour wurden wir eingeladen, auf der Halloweenparty von Sony Music aufzutreten«, erzählt Tobi.

»Die Band ist gegangen, um sich für die Party umzuziehen«, übernimmt Maia. »Der Raum war voller Menschen in kunstvollen Kostümen. Alles, was buchstäblich *cool* geschrien hat. Und dann kommt Tobi – als Vegemite-Schraubglas …«

Alle fangen an zu lachen.

»Ich dachte, es wäre etwas, woran man sich für immer und ewig erinnern würde!«, protestiert Tobi. »Wir waren eine australische Band. Was ist bitte australischer als Vegemite?«

Kichernd schüttelt Maia den Kopf. »Jedenfalls bin ich

in Gelächter ausgebrochen und dachte mir: *Vielleicht ist der Kerl ja doch ganz in Ordnung.*«

An dieser Stelle der Geschichte schüttelt Tobi den Kopf. »Acht Wochen hat es gedauert, bis ich sie küssen durfte. Doch die Tour war vier Wochen später schon vorbei, also musste ich ihr nach Auckland hinterherreisen, in der Hoffnung auf eine Chance bei ihr. Dann wollte sie über Weihnachten die Südinsel bereisen. Also musste ich da auch mit.«

An dieser Stelle hebt Maia immer eine Augenbraue. »Ich erinnere mich noch genau daran, wie *du* mit einem Campervan vor *meinem* Apartment aufgetaucht bist und gefragt hast: ›Zeigst du mir jetzt dein Kiwiland oder nicht?‹«

»Drei Wochen später war ich über beide Ohren in sie UND das Land verschossen. Alles, was ich wollte, war, sie zu heiraten und mich in Queenstown häuslich niederzulassen, denn ich war von beidem hin und weg.«

Neun Monate später verließ der Frontsänger die Band, um eine Solokarriere zu starten. Also nahm Tobi seinen Anteil der Tantiemen und kaufte auf der Kelvin-Halbinsel ein Stück Land.

»Und seither sind wir hier«, sagt Tobi. »In unserem kleinen Paradies.«

Am Ende der Geschichte küssen sie sich immer. An dieser Stelle hält sich Taylor die Augen zu, weil er Küssen ekelhaft findet. Ich habe mir über das Küssen noch keine Meinung gebildet.

Tobis und Maias Geschichten sind nicht wie die, die meine Eltern ihren Freunden erzählen. Wie Dad unsere Pässe in Hawaii verloren hat, oder Mum mit ihrem BMW in Dads Audi gefahren ist. Am Ende der Geschichten blicken Mum und Dad immer genervt drein. Und sie küssen sich auch nicht.

Aber wenn sie mit Maia und Tobi zusammen sind, sind sie anders. Besonders Mum. Dann ist sie die Mutter, die laut lachend mit uns *Twister* spielt und sich wie verrückt verrenkt, um die rechte Hand auf den blauen Kreis zu legen.

Und sie *singt* sogar. Fast jeden Abend holt Tobi seine Akustikgitarre heraus. Im Sommer geht die Sonne in Queenstown erst um 22:00 Uhr unter, also hängen wir nach dem Abendessen im Garten ab. Taylor und ich liegen zusammen in der Hängematte oder sitzen auf den Schaukeln am Rand des Grundstücks und tun so, als würden wir auf den Wakatipu-See hinausfliegen, denn der Abhang am Ende des Gartens ist so steil, dass es sich so anfühlt.

Mum und Tobi singen viel Jeff Buckley, denn als sie zusammen Musik studiert haben, war er total angesagt. Manchmal singen sie zusammen *Hallelujah*. Obwohl ich weiß, dass es ein trauriger Song ist, liebe ich es, ihn zu hören. Dann bin ich glücklich und traurig zugleich.

Taylor findet das ziemlich bescheuert, denn diese zwei Emotionen sind das exakte Gegenteil voneinander. Aber Tobi findet, dass ich genau das Richtige empfinde. Es gibt sogar ein Wort dafür – bittersüß. Und genau so sind die Songs von Jeff Buckley.

So fühle ich mich nicht immer, wenn ich Mum singen höre. Zu Hause singt sie nie.

Danach unterhalten sich Tobi und Mum manchmal über ihre Zeit an der Musikhochschule. Dann zaubert

Tobi ein altes Fotoalbum hervor, und Maia und Mum lachen über Mums Outfits.

Den alten Fotos folgen die alten Songs auf Spotify – und Mum, Dad, Maia und Tobi tanzen durchs Wohnzimmer. Sie tanzen, bis sie außer Atem sind und sagen, dass sie *alt werden*. Dann fallen sie aufs Sofa.

Ich frage mich, wie es sein wird, in sieben Monaten wieder bei ihnen zu sein. Statt zum Millionsten Mal durch die Wand zuzuhören, wie sich Mum und Dad streiten, schließe ich die Augen und stecke mir die Ohrstöpsel in die Ohren. Ich höre mir *Last Goodbye* an und stelle mir vor, wie Tobi dazu Gitarre spielt. Ich schiebe mein linkes Bein unter der Decke hervor und berühre mit den Zehen den Boden, wie ich es immer getan habe, wenn ich mit Taylor auf der Veranda in der Hängematte lag. Ich tue, als würde ich uns anschubsen, und stelle mir vor, wie unsere Schultern gegeneinanderstoßen, während wir mit den Ellbogen um Platz rangeln.

Fast könnte ich mir einbilden, nur noch Musik und Lachen zu hören.

Von: taylor_hellemann@gmail.com
An: IsoldeByrne@hotmail.com
Gesendet: Donnerstag, 15. November, 22:54 Uhr
Betreff: Wann videochatten wir wieder?!?

Je mehr ich mit dir spreche, desto mehr muss ich mit dir sprechen. Wir unterhalten uns ewig, und ich habe das Gefühl, wir hätten über alles gesprochen, und ich bin total zufrieden. Also legen wir auf. Und eine halbe Stunde oder Stunde später will ich schon wieder zum Telefon greifen und weiter mit dir plaudern.

Ich hoffe, ich jage dir damit keine Angst ein.

Aber mal im Ernst, es wäre schön, bald wieder mit dir zu skypen. Ich weiß, dass du gerade deine Proben für *Dornröschen* hast. (Ich glaube, Mum meinte, die Show sei schon in zweieinhalb Wochen?!) Lass mich einfach wissen, wann du Zeit hast.

Instant-Messenger-Unterhaltung

Freitag, 16. November, 18:43 Uhr

ISOLDE BYRNE: Ernsthaft, Ana. Langsam fange ich an, an eine höhere Macht zu glauben, die einen seltsamen Sinn für Humor hat. Denn die Ironie von *Dornröschen*, speziell im zweiten Akt, ist total daneben.
ISOLDE BYRNE: Ich als die Fliederfee, deren einziger Zweck es ist, im zweiten Akt aufzutauchen und Prinz Désiré (aka Aidan) eine wunderschöne Vision von Prinzessin Aurora (aka Steff) zu bringen. Dass mir Aidan Dutzende Male hinterherläuft, um die »Vision von reiner, tiefer Liebe« (wie Ms Morris ständig betont) klarer zu sehen, ist einfach ... *würg*
ISOLDE BYRNE: Sorry, dass ich dich zutexte ☹☹☹ Ich kann damit nur gerade nicht so gut umgehen, denn erstens proben wir diese Szene seit drei Stunden und zweitens hat Ms Morris genau dann eine Pause eingelegt, nachdem sie mir gesagt hat, ich würde wütend dreinblicken, was alle anderen zum Lachen gebracht hat.
ISOLDE BYRNE: Oh nein. Sie hat mir gerade gesagt, sie wolle mich nach der Probe sprechen. MIIIIIST.

Isoldes Smartphone

Freitag, 16. November, 19:31 Uhr

ANA: Verpasster Anruf

19:52 Uhr
ANA: Verpasster Anruf

20:39 Uhr
ANA: Ich mache mir Sorgen um dich ... Ruf mich zurück! ☹☹

Instagram-Chat

Samstag, 17. November, 08:15 Uhr

ANA ZHANG: Was ist mit Ms Morris passiert?! Ich bin total in Panik geraten, nachdem ich deine Nachrichten gesehen habe.
ISOLDE BYRNE: Ist es okay, wenn wir nicht darüber reden? Zusammenfassung: Sie hat mich nicht aus dem Stück geworfen. Aber sie will, dass ich härter arbeite.
ANA ZHANG: Hast du ihr gesagt, dass du die letzten drei Monate jede freie Sekunde im Studio verbracht hast?
ISOLDE BYRNE: Anscheinend ist das nicht genug. Du weißt ja, wie es ist.
ANA ZHANG: Ja ☹☹
ISOLDE BYRNE: Sie sagt, ich würde zu viel über jeden Schritt nachdenken. Ich wusste nicht, was ich darauf erwidern sollte. Dass ich nach dem Vortanzen angefangen habe, an mir zu zweifeln und es seither bergab geht?
ANA ZHANG: Das ist nur eine Phase. Mach dir keinen Kopf. Du bist eine großartige Tänzerin. Und Ms Morris weiß das. Sie will dir nur helfen.
ISOLDE BYRNE: Ich sollte besser los. Hör zu. Tut mir

leid, wenn ich die nächsten Wochen ein wenig untertauche.

ANA ZHANG: Mir musst du so etwas nicht erklären. Das ist Ballett. Ich verstehe dich.

Instant-Messenger-Unterhaltung

Sonntag, 18. November, 15:40 Uhr

FINN WILLIAMS: RATE MAL, WEN ICH BEIM BÄCKER GETROFFEN HABE? Ellie.
TAYLOR HELLEMANN: Und?
FINN WILLIAMS: Mann, ICH KENNE DICH. Jetzt tust du mega gelassen, dabei bist du es überhaupt nicht.
TAYLOR HELLEMANN: Ähm, doch, bin ich. Du hast sie also gesehen. Ich weiß nicht, was es für einen Unterschied macht, einfach am Süßwarenladen vorbeizugehen.
FINN WILLIAMS: Weil sie mich ANGELÄCHELT und »Hey« gesagt hat.
TAYLOR HELLEMANN: Findest du nicht, dass du die Sache ein wenig zu sehr aufbläst?
FINN WILLIAMS: Ich BLASE DIE SACHE AUF, weil sie DANN gesagt hat: »Ich habe euch schon lange nicht mehr im Laden gesehen.« SIE VERMISST UNS, MANN. Ich habe dir ja gesagt, dass es dumm war, nach dem Vorfall mit Slash nicht mehr hinzugehen.
TAYLOR HELLEMANN: Wahrscheinlich vermisst sie nur dein Trinkgeld.
FINN WILLIAMS: LASS MICH DIE GESCHICHTE ZU ENDE ERZÄHLEN. Dann hat sie gesagt: »Dein Kumpel ... Wie heißt er noch mal?« Sie kennt nicht mal

meinen Namen, will aber deinen wissen. Und ich sage: »Taylor. Er arbeitet im Laden zwei Häuser weiter.« Und sie sagt: »Outdoor-Ausrüstung, richtig?« Und ich erzähle ihr von Wander-, Kletter- und Schneeausrüstung und dass du Experte darin bist und dass sich jeder (also sie) von dir zum Thema Thermoschutz mit Daunenfüllung beraten lassen sollte.

TAYLOR HELLEMANN: Oh Mann.

FINN WILLIAMS: DAS KANNST DU MIR NICHT VERÜBELN. Du weißt, wie heiß sie ist. So heiß, dass man sich NICHT KONZENTRIEREN kann. Ich war froh, dass ich so viele Wörter rausgebracht habe. UND WEISST DU, WAS SIE DANN GESAGT HAT?

TAYLOR HELLEMANN: Dass Daunenfedern besonders warmhalten und dabei sehr leicht sind?

FINN WILLIAMS: Noch BESSER. Sie sagte: »Die Jacke, die ich mir in Kanada gekauft habe, gibt bald den Geist auf. Vielleicht gehe ich mal rüber und schaue, was sie haben.« Und ich schwöre BEI MEINEM LEBEN, dass sie ein bisschen rot geworden ist.

TAYLOR HELLEMANN: Vielleicht auch nur, weil sie sich UNTER DRUCK GESETZT gefühlt hat, nachdem du ihr fünf Minuten lang vorgeschwärmt hast, wie toll der Laden ist.

FINN WILLIAMS: Du solltest dich gefälligst freuen! Jedenfalls habe ich gesagt: »Das solltest du auf jeden Fall machen. Taylor gibt dir bestimmt gern einen Rabatt.«

TAYLOR HELLEMANN: FINN! Ich darf keinen Rabatt geben. Das darf nur Rob, der GESCHÄFTSFÜHRER.

FINN WILLIAMS: Und dann habe ich gesagt: »Warum

gehen wir nicht sofort zusammen hin? Taylor arbeitet heute. Im Moment gibt es tolle Frühlingsangebote.«

TAYLOR HELLEMANN: Ich sage Rob, dass er dich anstellen soll, um Werbung zu machen.

FINN WILLIAMS: Ja, das sollte er. ELLIE IST MIR DIREKT ZUM LADEN GEFOLGT.

TAYLOR HELLEMANN: Du verarschst mich.

FINN WILLIAMS: JETZT klingst du schon interessierter. Jedenfalls war es ziemlich seltsam, als ich mit Ellie dort aufgekreuzt bin und du nicht da warst, sondern Jared.

TAYLOR HELLEMANN: Hat er sie angemacht? Sag es mir lieber nicht. ICH WEISS, DASS ER SIE ANGEMACHT HAT. Bestimmt hat er ihr gesagt, wir hätten die Jacke im Moment nicht in ihrer Größe da, er würde sie aber anrufen, sobald sie wieder vorrätig sei, richtig?

FINN WILLIAMS: Japp. Aber sie hat ihm ihre Nummer nicht gegeben, sondern sich nur in die E-Mail-Liste eingetragen, weil er meinte, dann würde sie über Sonderangebote und Schlussverkäufe informiert werden.

TAYLOR HELLEMANN: Wenn ihre E-Mail-Adresse ihren Vor- und Nachnamen beinhaltet, hat er sie schon längst auf Instagram gefunden. Meistens trifft er sich eine Woche später mit den Mädels auf Dates.

FINN WILLIAMS: Gib nicht auf, Kumpel. Ellie meinte, sie würde ein andermal wieder vorbeikommen. Bestimmt, damit sie DICH sehen kann.

TAYLOR HELLEMANN: Danke für deine Mühe, Kumpel. Das weiß ich sehr zu schätzen.

Von: taylor_hellemann@gmail.com
An: IsoldeByrne@hotmail.com
Gesendet: Samstag, 1. Dezember, 11:20 Uhr
Betreff: Alles in Ordnung?

Ich hoffe, du hältst mich nicht für einen Stalker. Aber da ich seit ein paar Wochen nichts mehr von dir gehört habe, dachte ich, ich melde mich mal ...
Falls du momentan zu beschäftigt bist, ist das vollkommen okay. Ich wollte nur sichergehen, dass dich kein neuer Tsunami überrollt hat. Ich hoffe, Mr Schwachkopf bereitet dir keinen Schmerz mehr.
x Tay

Von: IsoldeByrne@hotmail.com
An: taylor_hellemann@gmail.com
Gesendet: Samstag, 1. Dezember, 09:22 Uhr
Betreff: RE: Alles in Ordnung?

Hey Tay,
tut mir leid, dass ich mich schon so lange nicht mehr gemeldet habe. ☹ Die letzten Wochen waren total verrückt. Meine einzige Ausrede ist, dass heute Abend die Premiere von *Dornröschen* ist.
Ich würde dir ja ein Foto von meinen Füßen schicken, als Beweis, dass ich rund um die Uhr getanzt habe, seit wir uns das letzte Mal gesprochen haben, aber glaub mir – die willst du nicht sehen. Mir fehlen zwei Zehennägel, und ich habe es aufgegeben, die Blasen zu zählen.

Können wir heute Abend nach der Show videochatten? ☺☺

Von: taylor_hellemann@gmail.com
An: IsoldeByrne@hotmail.com
Gesendet: Samstag, 1. Dezember, 14:16 Uhr
Betreff: Ja

Taylor

Samstag, 1. Dezember
Die Stunden bis zu unserem Chat-Date ziehen sich wie Kaugummi. Also beschließe ich, mein Zimmer ein wenig auszumisten.

Damit meine ich so Sachen wie alte Shirts und Teile von Computern, die ich längst nicht mehr besitze. Und all die Dinge, die mich an Natalia erinnern. Bisher habe ich es noch nicht fertiggebracht, sie wegzuwerfen. Sie liegen in einer Kiste, die ich in den hintersten Teil meines Schranks gestopft habe.

Als ich den Karton öffne, fallen mir die Tickets von unserem ersten Kinobesuch ins Auge und ihr Schal, der noch immer nach ihrem Parfum riecht – Black Orchid. Ich kann mich nur an den Namen erinnern, weil ich es ihr gekauft habe. Damals fand ich, das Parfum dufte wie sie – mysteriös und sexy. Jetzt empfinde ich es nur noch als … laut.

Ich werfe den Schal in die Kiste mit den Sachen für die Altkleidersammlung.

Das Geschenk, das sie mir im Gegenzug gemacht hat, befindet sich nicht in der Kiste. Es steht verkehrt herum ganz hinten in meinem Schrank. Es ist eines ihrer Modelbilder auf Leinwand.

Ich drehe das Bild um und betrachte es eine Weile. Seit über einem Jahr habe ich es mir nicht mehr angesehen. Ich warte darauf, von Gefühlen überschwemmt zu werden.

Von altem Herzschmerz, der der Grund war, warum ich das Bild im Schrank versteckt habe.

Aber es ist, als wäre es nur irgendein Model in einer Zeitschrift oder einer Werbung. Es fühlt sich anders an als früher, als das Bild regelrecht zum Leben erwachte, wenn ich es mir angesehen habe. Ich bildete mir ein, in ihren Augen Emotionen zu erkennen und dass ihr Lächeln nur mir galt.

Ich stelle die Leinwand beiseite, damit ich an die anderen Sachen rankomme, die sich noch in meinem Schrank befinden. Ich entdecke mein letztes Paar Snowboardboots, neben meinem schwarz-weißen Board. Kurz denke ich darüber nach, sie herauszunehmen und auf eBay zu verkaufen, denn ich brauche sie sowieso nicht mehr.

Aber ich tue es nicht. Ich lasse sie im Schrank und schließe die Tür.

Natalias Bild stelle ich zu der Kiste mit den Sachen, die weg müssen. Morgen bringe ich es zur Mülltonne. Wenn ich es heute Abend wegwerfe, werden Dad oder Mum es finden, wenn sie die Reste vom Abendessen runterbringen. Dann gratulieren sie mir bestimmt zu meiner Leistung, »Ballast abzuwerfen«.

Ich will meinen Entschluss, mein Leben weiterzuleben, nicht allzu sehr analysieren. Ich will es einfach tun.

Ich hoffe, Issy und ich können heute Abend eine Weile miteinander reden. Ich werde sie über meinen Laptop per Skype anrufen, also stelle ich ihn auf ein Kissen, das neben meinen Füßen liegt. Es gibt da nur ein Problem …

Man kann meine Beine sehen. Und meine Prothese habe ich vor Stunden abgenommen.

Seltsam, dass viele denken, ich würde das Ding rund

um die Uhr tragen. Dass ich damit schlafe. Aber das tue ich natürlich nicht.

Eine Prothese ist wie ein Paar Turnschuhe. Sie passen gut, man läuft gern in ihnen herum, aber irgendwann will man sie ausziehen. Wenn ich die Prothese abnehme, habe ich immer diesen Ahhh-Moment. Vor allem, wenn ich an dem Tag viel zu Fuß unterwegs war. Oder wenn es besonders heiß war.

Mein Stumpf beginnt schnell zu schwitzen, da sich in der Prothese viel Hitze staut. Wo soll sie auch hin? Manchmal bekomme ich Ausschlag oder eingewachsene Haare. In seltenen Fällen auch mal eine Blase, wenn die Reibung zu groß war.

Heute Abend habe ich wieder einen juckenden Ausschlag, ich will das Ding also auf keinen Fall noch mal anziehen.

Ich muss mit Issy skypen, ohne dass sie mein Bein sieht.

Ich schiebe noch ein paar Kissen unter den Laptop, um ihn höher zu positionieren, aber es funktioniert nicht. Also schlage ich die Bettdecke über meine Beine und kaschiere die Stelle, an der meine rechte Wade sein sollte, mit einem Kissen. Ich überprüfe, wie es über die Kamera aussieht. Scheint okay zu sein. Es wirkt einfach, als würde ich von Kissen umringt auf meinem Bett sitzen.

Es ist fast Mitternacht, als ich sie anrufe. Oder zumindest glaube ich, dass es fast Mitternacht ist. Ich bin so aufgeregt, mit Issy zu chatten, dass ich den Zeitunterschied total vergessen habe. Wenn bei mir in Neuseeland Mitternacht ist, ist es bei ihr in Australien 22:00 Uhr.

Ich rufe während ihres Auftritts an. Natürlich weiß ich

das nicht – bis sie in ihrem Tutu rangeht, mit einem halben Dutzend Ballerinen im Hintergrund. Sie ist ganz offensichtlich hinter der Bühne – und die Show noch lange nicht vorbei.

Als ich einen Blick auf meinen Wecker werfe, bemerke ich meinen Fehler. Mir entweicht ein Schimpfwort, bevor ich mich zurückhalten kann.

»Nette Begrüßung.« Issy hebt eine Augenbraue.

»Zeitverschiebung!« Ich schlage die Hand vor die Stirn. »Sorry, Goldie. Ich rufe dich später noch mal an.«

»Warte. Gerade ist die Pause vor dem dritten Akt. Wir können gern kurz plaudern.« Issy entfernt sich von den anderen Tänzerinnen und steht jetzt unter einem Spiegel, der von Glühbirnen umringt ist.

Erst jetzt fällt mir ihr Outfit auf, denn all die winzigen Pailletten glitzern im Licht. Die Lagen ihres Tutus wirken wie Blütenblätter in allen möglichen Lilatönen. Sie trägt violette Flügel und einen Blumenkranz in derselben Farbe.

»Du siehst aus wie eine Lupine«, bricht es aus mir hervor.

»Danke, schätze ich?« Issy lächelt. Sogar ihre blauen Augen schimmern irgendwie lila.

»Du weißt, dass das meine Lieblingsblumen sind, oder?«

Ich hätte sagen sollen: »Du siehst wunderschön aus.« Aber das wäre nicht ausreichend als Kompliment. Nicht dafür, wie sie heute Abend aussieht.

Sie nickt, und das Grübchen in ihrer Wange vertieft sich. »Ich soll Flieder darstellen. Ist fast dasselbe.«

»Kannst du dich noch an den Tag erinnern?«

»Natürlich.«

Ich muss nicht mal die Augen schließen, um mir die Bilder in Erinnerung zu rufen. Sie sind so lebendig, dass sie sofort vor mir auftauchen. So echt wie Issy auf dem Bildschirm.

Die Lilatöne ihres Kleids verwandeln sich in ein Feld von Lupinen. Die Blumen erstrecken sich bis hinunter zu einer alten Steinkirche, von der Dad behauptet, sie würde *Die Kirche des guten Hirten* heißen.

Goldie und ich sind nicht an der Kirche interessiert. Sie kann mit den Lupinen nicht mithalten. Das Ufer des Lake Tekapo ist gesäumt von Hunderten von Wildblumen. Lila, Rosa, Weiß. Sie alle neigen ihre Köpfe in der Sommerbrise.

Die Lupinen reichen uns bis zur Brust. Wir sinken auf die Knie und verschwinden so tief in ihnen, dass wir einander kaum noch sehen.

Dad und Onkel Bill kommen zu uns herüber. Ich liebe es, wenn er uns besucht. Nur leider kommt das nicht häufig vor, weil er immer »Aufträge« hat, was bedeutet, dass er die Welt bereist, um Fotos zu machen. Aber selbst wenn er bei uns ist, im Urlaub, hat er immer eine Kamera um den Hals hängen.

Heute auch. Ich blicke ihm über die Schulter, während er sein nächstes Bild vorbereitet. Er schießt ein Foto von Goldie. Kurz erscheint es auf dem Display, bevor er ein weiteres macht.

Sie blickt auf die Lupinen, wo Lila und Rosa auf das intensive Türkis des Sees treffen. Sie streckt die Arme gen Himmel und hebt das rechte Bein. Sie tanzt. Wie sie es immer tut, wenn sie glücklich ist.

Das Batteriezeichen, das mir sagt, dass mein Akku fast

leer ist, reißt mich aus meinen Gedanken und bringt mich zurück in die Realität. Ich drehe den Kopf und blicke zur Steckdose links neben meinem Bett. Der Schalter steht auf Aus.

Ich will nicht aufstehen, da ich die Bettdecke und das Kissen so sorgfältig arrangiert habe, also versuche ich, mich zu strecken. Gerade so erreiche ich den Schalter und setze mich wieder richtig hin. »Sorry. Bin wieder da.«

Issy lächelt. Kurz bin ich so von ihrem Grübchen abgelenkt, dass ich nicht merke, dass ihr Blick nicht mehr auf mein Gesicht gerichtet ist. Sie starrt nach links, und ihr Lächeln verschwindet.

Links. Ich sitze ihr gegenüber, also ist ihr Links mein Rechts …

Ich blicke nach unten und merke, dass die Decke von meinem Knie gerutscht ist. Ich bedecke es so schnell wie möglich, weiß aber, dass es bereits zu spät ist. Jetzt sieht sie mir wieder ins Gesicht. Ihre Wangen sind trotz des vielen Make-ups gerötet. Ich weiß, dass sie merkt, wie ich sie mustere, denn sie senkt den Blick und fummelt an ihrem rechten Träger herum.

Ich will sie nicht mehr ansehen. Ich will nicht, aber ich kann nicht damit aufhören. Ich will etwas sagen, doch es kommt nichts aus meinem Mund.

Alles, woran ich denken kann, ist: *Es schockiert sie.*

Es. Mein Bein. Mein Stumpf.

Ich. Ich schockiere sie.

Und dann wird alles nur noch schlimmer. Sie legt auf. Okay, sie hat nicht einfach aufgelegt. Sie hat gesagt: »Ich sollte jetzt besser auflegen. In zehn Minuten geht es weiter.« Aber ihre Worte klangen gehetzt, und sie wirkte …

Unsicher ist alles, was mir einfällt.

»Viel Glück«, ist das Einzige, was ich hervorbringen konnte, aber ich hätte besser »Hals- und Beinbruch« sagen sollen, denn »Viel Glück« bedeutet in der Welt des Balletts Pech. Normalerweise hätte sie mich korrigiert, aber Issy sagte nur »Danke« und beendete den Anruf.

Es ist, als wäre sie aus dem Zimmer gerannt, um vor mir zu fliehen.

Jetzt liege ich hier auf meinem Bett und habe das Gefühl, jemand hätte mir in den Bauch geboxt.

Mir ist schlecht. Aber ich habe nichts anderes erwartet. Genau das habe ich Claire schon eine Million Mal gesagt.

Keiner sieht mich mehr so an wie früher. Keiner wird mich jemals wieder so ansehen. MÄDCHEN werden mich nie wieder so ansehen.

Aber eins verstehe ich nicht: Ich habe doch damit gerechnet. Warum fühle ich mich dann wie damals, als das Flugzeug von Auckland nach Singapur innerhalb von zwei Sekunden um dreitausend Fuß gefallen ist, wenn ich an Isoldes Gesicht denke? Als hätte man mir mit einem Schlag alle Luft aus den Lungen gepresst. Als müsste ich dringend Atem holen – doch es geht nicht.

Vielleicht bin ich so durch den Wind, weil ich mir eingeredet habe, sie würde anders auf mein Bein reagieren. Wenn man bedenkt, wie es bisher zwischen uns gewesen ist. Was ich für sie empfinde. Was sie für mich empfindet.

Doch das hat sie nicht.

Gut, wenn man es realistisch (oder zynisch oder wie auch immer ihr mich nennen wollt) betrachtet, war es eigentlich klar. Aber wer will mit solchen Dingen bitte recht behalten?

Isolde

Samstag, 1. Dezember
Ich hätte nicht rangehen sollen. Es war nur Pause. Und obwohl ich wusste, dass Ms Morris draußen war, um sich mit den Eltern zu unterhalten, war mir trotzdem klar, dass sie fünf Minuten vor Beginn des dritten Akts hinter die Bühne kommen würde, um sicherzustellen, dass alle Tänzer bereit waren.

Hinter der Bühne mit jemandem zu skypen schreit nicht gerade *engagiert*, oder?

Seit ich vor ein paar Wochen meine ernste Unterhaltung mit Ms Morris hatte, habe ich mich durch nichts und niemanden ablenken lassen. Ich habe die Zähne zusammengebissen und versucht, Aidan und Steff lediglich als zwei Tänzer zu sehen, mit denen ich mir die Bühne teile. Ich werde ihnen nicht die Genugtuung geben, mich von ihnen aus dem Konzept bringen zu lassen.

Denk an die Premiere, habe ich mir immer wieder gesagt. *Die Aufführung.*

Ich kann das Gefühl nicht beschreiben, das ich habe, wenn ich auf die Bühne hinaustrete. Die Hitze der Scheinwerfer auf meinem Gesicht, die Stille des Publikums, die Musik, mein Herz, das beinahe zu platzen droht.

Tanzen geht weit über die Abfolge von Schritten hinaus. Es geht über Richtig und Falsch hinaus. Es geht viel weiter. Es ist eine Ausdrucksform ohne Worte. Als würde ich einen verletzlichen Teil von mir auf die Bühne hinaustragen und mit jedem teilen, der zusieht. Von diesem Moment an, bis ich zurück hinter die Bühne gehe, bekommt das Publikum alles von mir.

Nachdem sich in den letzten Monaten alles *falsch* angefühlt hat, bin ich am Ende des zweiten Akts plötzlich wieder voller Euphorie, und das tut mir so unendlich gut. Also gehe ich ran, als ich sehe, dass Taylor anruft. Selbst wenn es nur für ein paar Minuten ist. Ich will das, was ich gerade empfinde, mit meinem Lieblingsmenschen teilen. Unser Gespräch über Lupinen und *mich* und Tekapo bringt mich wie verrückt zum Lächeln.

Doch dann sehe ich *sie.*

Nun ja, ihr Foto.

Plötzlich sind die Emotionen von letztem Jahr wieder da.

Das Schlimmste ist Taylors Gesichtsausdruck. Als hätte ich etwas gesehen, das nicht für meine Augen bestimmt war. Mit einem Mal fühle ich mich nicht nur unwohl, sondern als würde ich nicht mehr mit der Situation klarkommen.

Obwohl es unhöflich ist, beende ich das Gespräch abrupt.

Nachdem ich aufgelegt und das Handy auf den Schminktisch gelegt habe, schließe ich kurz die Augen.

Reiß dich jetzt zusammen, Isolde. Du hattest einen tollen ersten und zweiten Akt. Versau jetzt nicht den dritten.

Tanzen ist das Einzige, was zählt.

Als ein paar Minuten später der Vorhang hochgeht, tue ich so, als würde der schwere Samt meine Gedanken wegfegen. Als der Vorhang später fällt und alle Tänzer an den

Bühnenrand treten, um den Applaus zu empfangen, lächle ich. Ich weiß, dass ich heute Abend alles gegeben habe. Das Beste, was ich als Tänzerin zu bieten habe. Nach all den dummen Fehlern der letzten Monate und nachdem ich zugelassen habe, dass mich die Trennung von Aidan so aus der Bahn wirft, ist es eine große Erleichterung.

Normalerweise schlafe ich nach einer Aufführung immer schnell ein. Danach ist mein Körper leichter. Als hätte ich auf der Bühne ein paar Schichten abgeworfen.

Aber heute ist es anders.

Ich muss die ganze Zeit an Taylor denken.

Instant-Messenger-Unterhaltung

Sonntag, 2. Dezember, 00:54 Uhr in Sydney, 02:54 in Queenstown

ISOLDE BYRNE: Bist du wach?

Taylor

Sonntag, 2. Dezember
Es ist 02:54 Uhr, als mein Handy piept.

Erst will ich ihr nicht antworten. Ich bin verletzt und fühle mich zurückgewiesen. Und ich will, dass sie sich genauso fühlt.

Und dann kommt:

Tut mir leid, wenn ich vorhin am Telefon seltsam war. Ich weiß nicht, wie ich es dir sagen soll …

Am liebsten würde ich zurückschreiben: »Spuck's einfach aus, Isolde. Wirklich.«

Als wir geredet haben …

»Isolde schreibt« zu sehen bringt mich um den Verstand. Ein Teil in mir würde das Handy gern umdrehen, damit ich es nicht sehe, wenn ich eine Nachricht bekommen habe.

Ich hätte mich nicht umsehen sollen, aber … Ich sage es jetzt einfach. Ich habe Natalias Foto neben deinem Schrank gesehen und das hat mich ein wenig aus dem Konzept gebracht. Okay, ich war … wütend. Oh Mann, das ist so peinlich.

Ich starre auf die letzten Zeilen ihrer Nachricht.

Jetzt komme ich mir vor wie ein Idiot.

Natalias Bild. *Das* war es, was sie angestarrt hat.

Bevor ich wieder ins Zweifeln gerate, nehme ich mein Handy und rufe sie an. Nicht per Videocall, denn es ist mitten in der Nacht und ich will nicht riskieren, dass meine Eltern aufwachen, wenn ich jetzt das Licht anknipse.

Sie geht sofort ran. »Hey.«

»Hey.«

»Tut mir leid wegen vorhin«, sagt sie. »Ich wusste nicht, was ich sagen sollte, als ich das Bild gesehen habe. Also habe ich einfach … aufgelegt. Und natürlich fallen mir jetzt, drei Stunden später, tausend Sachen ein, die ich hätte sagen *können.* Typisch Isolde, nicht wahr? Du kennst mich ja.«

»Ja, ich kenne dich«, erwidere ich und fühle mich noch schlechter, denn das tue ich *tatsächlich* – und ich lag völlig falsch.

»Ich glaube, ich habe mir immer gewünscht …« Ihre Stimme klingt so ernst.

»Was?«

»Das klingt jetzt total dumm.«

»Nur weil du etwas Dummes sagst, heißt das nicht, dass du dumm bist. Spuck's einfach aus, Issy.«

»Ich habe mir immer gewünscht … du hättest dich nicht in sie verliebt.«

»Ich auch«, erwidere ich trocken, und wir fangen beide an, wie verrückt zu lachen.

»Was ich damit meine, ist …«, fährt Issy fort, nachdem unser Lachen verebbt ist. »Du weißt, wie ich über sie denke.«

»Damit hast du nie hinterm Berg gehalten.«

»Ihr Bild zu sehen und mich zu fragen, ob du immer noch Gefühle für sie hast … Ich … Ich war plötzlich wieder so wütend auf sie. Und auf dich auch. Obwohl ich weiß, dass das dumm ist.« Issy stöhnt genervt. »Ich glaube, ich will, dass du über sie hinweg bist, weil …«

»Weil?«

»Weil mir seit der Trennung jeder sagt, Zeit würde alle Wunden heilen. Aber was, wenn das nur etwas ist, das man eben so sagt? Wie *Andere Mütter haben auch schöne Söhne.* Was, wenn das nicht stimmt? Was, wenn man sich jahrelang scheiße fühlt wegen EINEM schönen Sohn? Als ich ihr Foto gesehen habe, wurde meine Hoffnung, die ich in den letzten Wochen aufgebaut habe, dass Zeit vielleicht doch Wunden heilt, komplett zerstört.«

»Issy, damit eins klar ist«, fahre ich dazwischen, weil ich befürchte, dass sie sonst einfach weiterredet, ohne auch nur einmal Luft zu holen. »Natalias Foto stand neben einer Kiste voller Müll, den ich loswerden will. Ich werfe sie morgen buchstäblich in die Tonne.«

»Oh«, sagt sie. »Gut.«

Jetzt müssen wir wieder lachen.

Wir sprechen nicht lange über Natalia.

Wie kommt es, dass man im Dunkeln das Gefühl hat, man könne über alles reden? Dass man Geheimnisse, die man bei Tageslicht für sich behält, um drei Uhr nachts jemandem zuflüstern kann?

Ich sage ihr, was ich vorhin gedacht habe.

»Ich habe dein Bein überhaupt nicht gesehen.«

»Ich habe damit wohl … ein kleines Problem, schätze ich.«

»Das verstehe ich. Warte, nein. Es ist dumm, so etwas zu sagen. Es ist eine Beleidigung an alles, was du durchgemacht hast. Was ich meine, ist, wenn man so etwas Intimes mit jemandem teilt, hat man keine Garantie. Die

Welt ist nicht immer so, wie wir sie uns wünschen. Und die Menschen, die wir lieben, auch nicht.«

Ich schweige. Und sie auch.

»Tay?«

»Ja?«

»Das war jetzt nicht … brutal … oder deprimierend … oder?«

»Nein, es war ehrlich«, erwidere ich. »Danke, dass du ehrlich zu mir bist.«

»Ich möchte damit nicht sagen, dass Menschen immer schlecht reagieren.« Sie atmet laut aus. »Ich würde mich dafür hassen, wenn du das denken würdest.«

»Ich weiß, dass du es nicht so meinst«, antworte ich, »sondern viel mehr, dass ich nicht vorhersehen kann, wie Menschen reagieren werden. Was sie sagen und tun werden. Und das ist die Wahrheit. Ich hasse es, wenn jemand sagt: ›Mach dir keinen Kopf darum abends wegzugehen. Niemand wird dich komisch ansehen.‹ Denn das ist eine Lüge. Seien wir mal ehrlich. Neue Menschen kennenzulernen wird nicht immer eine positive Erfahrung sein.«

Ich erzähle ihr von Nathan und wie er die Hand auf mein Bein gelegt hat.

»Ich hatte immer Angst, dass ich mit so einer Situation nicht umgehen könnte. Aber ich habe es geschafft. Jetzt kennst du eine meiner größten Ängste.«

»Damit kann ich dich jetzt erpressen«, scherzt sie.

»Kann ich dir vertrauen?«, frage ich halb scherzhaft, halb ernst.

»Was denkst du?«

»Ich glaube, du bist eine sichere Bank. Wenn man bedenkt, wie gut du deine eigenen Geheimnisse hütest.«

»Da hast du wahrscheinlich recht.« Es klingt, als würde sie lächeln.

»Was ist deine größte Angst?«, frage ich. »Als wir das das letzte Mal gemacht haben, lagen wir auf meinem Trampolin. Wir waren sieben. Und deine größte Angst waren Spinnen. Ich wette, das hat sich inzwischen geändert.«

Ich höre sie leise atmen.

»Ich glaube, tief in meinem Innersten habe ich Angst, dass sich meine Eltern nicht mehr lieben. Obwohl … nein. Ich habe Angst, dass sie sich nicht mehr mögen, was noch viel schlimmer ist.«

Isolde

Sonntag, 2. Dezember

Er hört zu, während ich ihm erzähle, dass ich das Gefühl habe, dass dieses Jahr irgendetwas anderes Einzug bei uns gehalten hat. Etwas anderes als Verärgerung und Gereiztheit, die schon immer bei uns gelebt haben. Es ist größer. Und wirft einen riesigen Schatten. Einen Schatten, der alles kalt werden lässt. Man kann ihn nicht abschütteln oder so tun, als wäre er nicht da. Er hat sich im gesamten Haus ausgebreitet. Es ist nur noch ein Funken Wärme hier und da übrig. Aber nicht mehr an den Stellen, an denen sie früher zu finden war.

Er hört aufmerksam zu, ohne mir zu sagen, ich sei albern. Oder dass ich mir keine Sorgen machen soll. Oder dass ich aufhören soll zuzuhören, wie Mum und Dad sich streiten. Er erzählt mir, wie er an der Schlafzimmertür seiner Eltern gelauscht hat, nachdem bei seinem Dad das Non-Hodgkin-Lymphom diagnostiziert wurde. Weil er Angst hatte, sie würden ihm Dinge verschweigen. Wie weit der Krebs schon gestreut hatte zum Beispiel. Falls sein Vater starb, wollte er es wissen.

Bisher haben wir uns nicht oft über die Krankheit seines Dads unterhalten. Das war immer ein Tabuthema. Natürlich habe ich Sachen gefragt wie »Wie läuft's so?«, und er sagte »Wir machen einfach weiter«. Das Gleiche hat Maia zu Mum gesagt, wenn sie geskypt haben.

Er erzählt, dass ihm immer gesagt worden war, er solle nicht vom Schlimmsten ausgehen. Als sein Dad mit der Chemo begonnen hatte und seine Haare ausfielen, hieß es, er müsse *positiv bleiben.* Als er über den Badezimmerboden krabbelte, um sich in die Toilette zu übergeben, weil er zu schwach zum Gehen war. *Positiv bleiben.* Als seinem Vater das Blut aus der Nase lief. Als weder die erste Chemotherapie noch die zweite noch die dritte half. *Positiv bleiben,* obwohl manche Tumore immer noch da und weiter gewachsen waren.

Tay erzählt, er habe nach fünfzehn Monaten aufgegeben, an einen Gott oder einen höheren Sinn zu glauben. Davon ist er jetzt, nach seinem Unfall, noch mehr überzeugt. Aber er will nicht über seinen Unfall sprechen, nur über seinen Dad. Dass er sich jetzt, in den letzten Monaten, da sein Dad fast zwei Jahre krebsfrei ist, getraut hat, ein wenig Hoffnung zu schöpfen.

Irgendwann beginnt seine Stimme zu zittern, und ich frage mich, ob er weint. Aber ich frage ihn nicht, denn ich habe einen riesigen Kloß im Hals und bringe keinen Ton heraus.

Dann wechselt er das Thema und fragt mich nach der Aufführung.

Ich erzähle ihm von den letzten Wochen. Von dem Gespräch mit Ms Morris und wie sehr ich mich danach geschämt habe.

Ich erzähle ihm, wie ich mich heute Abend auf der Bühne gefühlt habe und dass ich mich frage, warum ich mich nicht immer so fühlen kann. Warum ich auf der Bühne so selbstbewusst bin, während der Proben aber immer an mir zweifle.

Ich erzähle ihm, dass ich Angst habe, mein Talent könne nicht ausreichen. Dass ich es nicht in mir habe. Ich sage ihm nicht, dass ich Angst habe, Ballett könne mich nicht mehr glücklich machen, denn das kann ich noch nicht laut aussprechen. Vielleicht werde ich es ihm eines Tages erzählen.

Taylor

Sonntag, 2. Dezember

Ich erzähle ihr nicht von Schritt fünfzehn. Ich erzähle ihr nicht, dass ich Angst habe, niemals den Mut dafür aufzubringen. Dass ich womöglich jeder Beziehung aus dem Weg gehen werde, um nichts zu riskieren.

Zwar habe ich das Gefühl, ich könnte es ihr erzählen, aber es geht gerade einfach nicht.

Vielleicht irgendwann mal.

Isolde

Sonntag, 2. Dezember

Ich schlafe mit dem Handy am Ohr ein. Wir verabschieden uns nicht. Wir schlafen einfach ein. Ich habe keine Ahnung, wann Taylor merkt, dass wir immer noch telefonieren und auflegt. Aber so gefällt es mir besser.

Er kennt mich gut genug, um zu wissen, dass ich Abschiede hasse.

Skype-Unterhaltung

Samstag, 8. Dezember, 21:30 Uhr in Sydney, 23:30 Uhr in Queenstown

ISOLDE BYRNE: Vermisst du sie manchmal?
TAYLOR HELLEMANN: Oh. Nicht wirklich. Jedenfalls nicht SIE. Aber manchmal vermisse ich es, schätze ich.
ISOLDE BYRNE: Es?
TAYLOR HELLEMANN: Küssen. Nähe. So Liebessachen eben. Vermisst du Aidan noch?
ISOLDE BYRNE: Nein. Ich hasse ihn.
TAYLOR HELLEMANN: Du weißt, dass das Gegenteil von Liebe nicht Hass ist, oder? Es ist Gleichgültigkeit. Wenn du deinen Ex siehst und nur mit den Schultern zuckst. Nach dem Motto: ACH, DER TYP. Und dann machst du da weiter, wo du aufgehört hast.
ISOLDE BYRNE: Kannst du nicht einfach sagen, dass es gesund ist, ihn zu hassen?
TAYLOR HELLEMANN: Nein, denn ich will, dass du *richtig* über ihn hinwegkommst.
ISOLDE BYRNE: Ich WILL ja über ihn hinwegkommen. Ich will, dass es schneller geht. Man sagt ja, es würde die Hälfte der Zeit dauern, die man mit jemandem verbracht hat. Laut dieser Regel hätte ich dieses Kapitel vor EINEM MONAT abschließen sollen.

TAYLOR HELLEMANN: Was die Leute alles erzählen. Ich war mit Natalia acht Monate zusammen. Und es hat mindestens acht Monate gedauert, um über sie hinwegzukommen.
ISOLDE BYRNE: Aber ich werde besser. Ich muss nicht mehr weinen. Und ich sehe mir keine Fotos mehr an oder liege nachts seinetwegen wach.
TAYLOR HELLEMANN: Lauter gute Zeichen.
ISOLDE BYRNE: Ich will nicht mehr mit ihm zusammen sein. Jetzt da ich weiß, was für ein Mensch er ist, finde ich die Vorstellung einfach ekelhaft. Aber manchmal wühlen mich kleine Dinge auf. Wie dieser eine dumme Song. Okay, er ist nicht dumm. Er ist wunderschön und TRAURIG. Jedes Mal, wenn ich ihn höre, denke ich: *Ich komme kein Stück vorwärts.*
TAYLOR HELLEMANN: Song?
ISOLDE BYRNE: T. Swift.
TAYLOR HELLEMANN: *I Knew You Were Trouble?*
ISOLDE BYRNE: Nein. *All Too Well.* Der, von dem alle sagen, es ginge um sie und Jake Gyllenhaal. Es bringt mich jedes Mal um, wenn ich ihn höre. Weil ich Angst habe, diese Person zu sein. Die Person, die für immer und ewig den Schal in der Schublade aufbewahrt.
TAYLOR HELLEMANN: Hör bloß auf.
ISOLDE BYRNE: Was??!!
TAYLOR HELLEMANN: Bei diesem Song bekommt jeder Herzschmerz. Ganz egal, ob er sich gerade frisch getrennt hat oder nicht. Wir müssen ein neues Etappenziel für dich festlegen.
ISOLDE BYRNE: Und das wäre?

TAYLOR HELLEMANN: Wie ich schon sagte. Er muss dir egal werden. Der Tag muss kommen, an dem du überhaupt nicht mehr an ihn denkst. Denn du hast andere Dinge, um die du dir Gedanken machen musst.
ISOLDE BYRNE: Und *wann* bitte soll das sein?
TAYLOR HELLEMANN: Wenn du bereit dazu bist. Wenn du alle Gefühle durchgemacht hast, die jeder normale Mensch empfindet, wenn er verlassen wurde. So etwas passiert nicht über Nacht. Und mach dir keinen Kopf wegen des Schals. Glaub mir. Eines Tages ziehst du das Teil hervor, und es wird kein bisschen mehr so riechen, wie du es in Erinnerung hattest. Dann wird es dir nicht mehr schwerfallen, es wegzugeben. Versprochen.

Von: taylor_hellemann@gmail.com
An: IsoldeByrne@hotmail.com
Gesendet: Montag, 17. Dezember, 09:16 Uhr
Betreff: Date Nummer zwei ☺

Siehst du dir einen Film mit mir an? Und ja, es hat etwas mit Weihnachten zu tun. *Die Hard.*

Von: IsoldeByrne@hotmail.com
An: taylor_hellemann@gmail.com
Gesendet: Dienstag, 18. Dezember, 11:33 Uhr
Betreff: Das ist ein WEIHNACHTSKLASSIKER

Hast du heute Abend Zeit? Vi kommt morgen Abend. Donnerstagmorgen fahren wir dann an die Südküste. Mum nimmt sich tatsächlich den 20. und 21. frei. Dad bezeichnet es als Weihnachtswunder.
Ich glaube, ich habe es dir bereits gesagt, aber wir sind bis zum 7. Januar weg. Familienzeit und so, bevor die Läden wieder aufmachen und Mum und Vi die Mission *Hochzeitskleid* starten.

Von: taylor_hellemann@gmail.com
An: IsoldeByrne@hotmail.com
Gesendet: Dienstag, 18. Dezember, 14:05 Uhr
Betreff: Passt

Die Info, dass ihr an der Südküste seid, habe ich schon vor Wochen bekommen, damit ich dein Geburtstagsgeschenk an Patrick schicken kann. Er ist

der Einzige, dem ich vertraue, was das Verstecken von Geschenken angeht.
Ja. Ich weiß genau, dass du während der Feiertage gern in Schränken herumschnüffelst.
Und japp, heute Abend geht klar.

Von: IsoldeByrne@hotmail.com
An: taylor_hellemann@gmail.com
Gesendet: Mittwoch, 19. Dezember, 17:00 Uhr
Betreff: Noch benehme ich mich

Ich habe nur zwei Fächer in Dads Regal durchgesehen. Dann habe ich aufgegeben, weil wir jetzt zum Flughafen fahren.
Meine Schwester wieder zu sehen bereitet mir dasselbe Gefühl, das ich früher immer am Weihnachtsmorgen hatte.
Vielleicht ist es sogar noch schöner.

Isoldes Smartphone

Freitag, 21. Dezember, 13:37 Uhr

VIOLETTA: Sie treiben mich in den Wahnsinn. Warum haben wir ihnen erlaubt, Zucker zu essen? Seitdem sind sie noch schlimmer.
ICH: Weil es ein Verbrechen ist, nicht beim berühmten Berry-Donut-Van anzuhalten. Weil: FRISCHE DONUTS! Sei froh. Zweieinhalb Stunden haben wir schon hinter uns. Also sind wir nur noch eine weitere Stunde in Gefangenschaft.
VIOLETTA: Mum hat jetzt schon genug von mir. Und das, obwohl ich, ihre Erstgeborene, FAST EIN JAHR nicht mehr zu Hause war. Das »Halt die Klappe, Vi« vorhin war ganz schön gemein.
ICH: Es liegt nicht an dir. Sie ist sauer auf Dad, weil er die Spitze des Weihnachtsbaums abgebrochen hat, als er ihn in den Halter stecken wollte. Jetzt lässt sie ihre Wut an uns allen aus.
VIOLETTA: Warum hast du mir nicht erzählt, dass sie *so* schlimm geworden sind?
ICH: Ich schätze, ich habe es nicht gemerkt. Du kennst sie doch. Sie haben sich schon immer gestritten.
VIOLETTA: Aber nicht so. Das ist wie mit Fingernägeln über eine Tafel zu kratzen. Nur zehntausendmal

schlimmer. Wir brauchen Musik. Hast du keine neue Playlist von Taylor?

ICH: Woher weißt du davon?

VIOLETTA: Mum hat's mir erzählt. Maia hat ihr verraten, dass Taylor Stunden damit verbringt, sie für dich zusammenzustellen. Und dass sie alle ein bestimmtes Thema haben und so. Das ist so süß.

ICH: Halt die Klappe, Vi.

VIOLETTA: Meine Güte. Zweimal innerhalb von zehn Minuten. Es gibt doch nichts Schöneres, als nach Hause zu kommen. Komm schon, Issy. BITTE?

ICH: Ich kann nicht. Ich habe vergessen, die Playlist herunterzuladen, bevor wir losgefahren sind. Mum ist ausgerastet, weil meine Internetkosten letzten Monat so hoch waren.

VIOLETTA: Wegen Tay?

ICH: Was willst du damit sagen?

VIOLETTA: Gar nichts. Im Ferienhaus gibt's übrigens WLAN. Dann hören wir sie einfach da. Und alles andere, was die beiden übertönt.

ICH: Ich glaube, ich habe kein Netz mehr.

VIOLETTA: Ich habe auch Probleme. Großartig. Jetzt sind wir WIRKLICH Geiseln.

Isolde

Donnerstag, 27. Dezember

In zwei Punkten habe ich Vi angelogen.

Zuerst wäre da die Playlist. Ich lade sie immer sofort herunter, sobald mir Taylor eine schickt, damit ich sie immer hören kann, wenn ich sie brauche, egal ob WLAN oder nicht.

Ich belüge sie, weil ich nicht will, dass Mum und Dad etwas Böses über Taylors *Ultimative-Sommer-Roadtrip-Playlist* sagen. Ich habe das Gefühl, sie würden die Songs, die fröhlich und sorgenfrei sein sollen, nur vergiften. Danach könnte ich sie nie wieder hören, ohne daran zu denken.

Die zweite Lüge war, dass ich behauptet habe, ich hätte die Veränderung zwischen Mum und Dad nicht bemerkt, seit Vi letzten Januar gegangen ist. Aber die Wahrheit ist, dass ich es ihr nicht sagen wollte. Nicht nur, weil sie meilenweit entfernt in Cambridge lebt, sondern auch, weil ich nicht will, dass sie sich so fühlt wie ich.

Natürlich wusste ich, dass Vi an Weihnachten nach Hause kommen würde. Aber irgendwie dachte ich, Mum und Dad würden sich dann wieder so benehmen, wie sie es getan haben, bevor sie nach England gezogen ist.

Dass sie ihr Schauspiel wieder aufnehmen würden.

Ich habe Vi nie gefragt, ob sie es merkt. Vielleicht habe ich gehofft, ich wäre die Einzige, die es sehen kann. Dass ich es nur in Mums Körpersprache sehe, weil ich jeden Tag im Ballettstudio verbringe.

Ich habe mal einen Artikel gelesen, in dem stand, dass Ballett vielleicht der einzige Sport sei, bei dem die Sportler so tun müssten, als hätten sie keine Schmerzen. Als würde nicht jeder Muskel ihres Körpers die ganze Zeit qualvoll pochen.

Ballett soll anmutig und schön sein. Für die Zuschauer soll es *einfach* aussehen. Natürlich nicht so einfach, dass sie denken, sie könnten es selbst, aber einfach genug, damit sie sich während der Aufführung entspannt zurücklehnen können, in dem Glauben, dass die Tänzer das liefern, was sie liefern sollen. Vor allem bei den Ticketpreisen.

Keiner will Angst haben, wenn er sich Ballett ansieht, erinnert uns Ms Morris immer wieder, wenn sie bei den Proben ein angespanntes oder müdes Gesicht sieht.

Als Tänzer verbringt man Stunde um Stunde damit, in den Spiegel im Studio zu starren und auf seine Haltung und seinen Gesichtsausdruck zu achten. Im Laufe der Zeit wird man ein Meister darin, seine Gefühle und Gedanken zu verbergen. Stattdessen schafft man es, so zu tanzen und dreinzublicken, wie es die Figur tun würde, die man verkörpert.

Ich habe mir antrainiert, die Perfomance über alles zu stellen. Wenn man das nicht tut, würde man vor lauter Schmerzen wahrscheinlich losheulen. Manche Mädchen tun das, wenn sie nach ihrem Auftritt hinterm Vorhang verschwinden.

Mir ist es auch schon ein-, zweimal passiert.

Aber nach jahrelangem Training bin ich auch Meisterin

darin geworden, hinter die Fassade zu blicken. So auch bei Mum und Dad.

Schon das ganze Jahr beobachte ich, wie sie blutend über die Bühne stolpern. Es ist in ihren Gesichtern und ihrer Körpersprache. Sie wünschen sich nichts sehnlicher, als die Show abzubrechen, weil sie nicht mehr auf der Bühne stehen wollen.

Vi sieht es jetzt auch. Deshalb ist sie die letzten Tage so ruhig gewesen.

Hätten wir Handyempfang, würde sie die ganze Zeit am Telefon hängen, um ihrem Jack davon zu erzählen. Aber hier in unserem Ferienhaus, Kilometer entfernt von der nächsten Stadt, das weiß getünchte Gemäuer an die Klippen geschmiegt, mit dem Meer, tief und stetig grollend, direkt vor uns, klappt das nicht. *Abgelegen* stand auf der Website. Deshalb hat Dad es ausgesucht. Ihm gefiel der Gedanke, »mal wegzukommen von allem«.

Ich liebe das Haus. Es hat hohe Decken, Sofas, in die man direkt versinkt, und einen Pool, der sich bis zum Horizont erstreckt.

Mum mag es nicht. Weil irgendwas mit dem WLAN nicht stimmt. Und da Weihnachten ist, konnte sich die Telefonfirma noch nicht darum kümmern. Die Anspannung ist so groß wie noch nie, weil Mum ihre E-Mails nicht checken kann. Ich glaube, langsam leidet sie unter Realitätsverlust, denn vorhin hat sie Dad beschuldigt, »irgendwas mit dem Internet gemacht zu haben«.

»Louise, ich bitte dich!«

»Letztes Jahr hast du damit gedroht, es abzuschalten. Du sagtest, wenn ich im nächsten Urlaub wieder E-Mails checken würde …«

»Du hast jede Sekunde vorm Computer verbracht«, murmelt Dad.

»Bestimmt hast du dem Vermieter gesagt, er soll das Internet abstellen. Damit ich mich entspanne. Ich fasse es nicht, Patrick. Du nimmst *nichts* ernst. Das hier sichert unser Überleben.« Mum hält den Laptop hoch. *»Dieser* Job. Weil du immer noch keinen hast!«

Als ich Vis Gesichtsausdruck und Dads Blick sehe, bricht es aus mir heraus.

»Sei jetzt einfach still, Mum! Natürlich hat Dad das Internet nicht sabotiert. Du bist echt fürchterlich!«

Ich verlasse das Haus und gehe den Weg zum Strand hinab.

»Schönster Familienurlaub aller Zeiten, was?«, fragt Vi, als sie auf mich zukommt und sich neben mich in den Sand setzt.

»Total.«

Bis siebzehn Uhr sitzen wir da, betrachten die Muster im Sand und beobachten den Ozean. Jetzt sollten Mums und Dads Freunde, Tina und Joseph, ankommen. Sie teilen sich das Ferienhaus mit uns über Silvester und haben Ana vom Flughafen in Illawarra mitgenommen. Als Vi und ich den Weg erreichen, der wieder zum Haus führt, hören wir das Knallen von Autotüren. Ana rennt auf mich zu und schlingt die Arme um meinen Hals. Jetzt da sie hier ist, wird der Urlaub bestimmt besser.

Taylors Smartphone

Samstag, 29. Dezember, 11:31 Uhr

GOLDIE: Verpasster Anruf

11:45 Uhr
GOLDIE: Verpasster Anruf

Von: IsoldeByrne@hotmail.com
An: taylor_hellemann@gmail.com
Gesendet: Samstag, 29. Dezember, 12:30 Uhr
Betreff: Ruf mich an, falls du Zeit hast ☺

Seit letztem Donnerstag bin ich von jeglicher Zivilisation abgeschnitten. Kein Handyempfang UND kein Internet. Ich kann dir nur schreiben, weil wir gerade in einem Café sitzen, das eine Stunde von unserem Ferienhaus entfernt ist, um zu meinem Geburtstag zu brunchen. In dieser Stadt gibt es wenigstens Empfang.

Deshalb habe ich deine Anrufe verpasst. ☹ Ich habe eben versucht, dich zurückzurufen, aber es klingelt einfach durch. Ich wollte mich für das tolle Geburtstagsgeschenk bedanken. Im Ernst. Dad musste in dem Zimmer, in dem Ana und ich schlafen, eines der Bilder von der Wand nehmen und stattdessen das

von dir aufhängen. Ich wollte nicht warten, bis ich wieder zu Hause bin.
Jedenfalls sind wir noch ungefähr eine halbe Stunde in der Stadt, um Lebensmittel und Silvesterraketen zu kaufen. Ruf mich an, falls du gerade Zeit hast, okay? Ich will dir schon mal ein gutes neues Jahr wünschen, denn ich weiß schon jetzt, dass das später nicht möglich sein wird.
Wir sind nur vier Stunden von Sydney entfernt, doch ich habe das Gefühl, am Ende der Welt zu sein.
xx Issy

Von: taylor_hellemann@gmail.com
An: IsoldeByrne@hotmail.com
Gesendet: Samstag, 29. Dezember, 15:30
Betreff: AAAAAAAAHHHHHHH

Dieses Geräusch habe ich gemacht, als ich gesehen habe, dass ich deine Anrufe verpasst habe. Und auch, als ich versucht habe, dich zurückzurufen und nur die Mailbox rangegangen ist.
AAAAAAAAHHHHHHH.
Mit meinem langen, qualvollen Brontosaurusschrei habe ich sogar ein paar Kunden erschreckt.
Ja, ich bin bei der Arbeit. Oder besser gesagt, ich *war* bei der Arbeit. Ich bin gerade mit meiner Schicht fertig geworden. Unser Chef, Rob, will, dass wir unsere Handys im Pausenraum einschließen, weil es vor den Kunden nicht gut aussieht, wenn wir an den Smartphones hängen.
Jetzt können wir uns kein gutes neues Jahr wün-

schen. Ich muss mich damit zufriedengeben, dass du diese E-Mail öffnest, sobald du wieder Internet hast. Das könnte Tage dauern. Dann ist das neue Jahr nicht mehr frisch, und alles, was ich dir Punkt Mitternacht sagen wollte, verliert an Bedeutung.

Aber ich versuche es trotzdem. Also:

Ich weiß, dass du in vielerlei Hinsicht kein gutes Jahr hattest. Dass Vi weggezogen ist und Ana nicht mehr da ist und Mr Schwachkopf ... nun ja, eben ein völliger *Schwachkopf* war. Dir wurde das Herz gebrochen. Wir wissen beide, dass so ein Jahr kein Anwärter für *Das beste Jahr aller Zeiten* werden kann. Ich weiß, dass du mir gesagt hast, du würdest ständig versagen. Vielleicht hat dir auch nur das Tanzen dieses Gefühl gegeben.

Mein Jahr? Bevor wir angefangen haben, uns wieder zu schreiben, war es zwar kein schlechtes Jahr (glaub mir, ich weiß, was ein *schlechtes* Jahr ist), aber es war ...vorhersehbar. Ich habe zu viel Zeit allein verbracht und zu viel nachgedacht.

Aber dann habe ich dir geschrieben, und du hast geantwortet. Und so ging es weiter. Vieles von dem, was ich im Kopf hatte, kam in unseren Mails und Skype-Anrufen aus mir heraus. In den letzten Monaten hat mein Gehirn begonnen, sich ... weniger überfüllt anzufühlen.

Aus irgendeinem Grund habe ich seither mehr Energie, um Dinge anzugehen. Energie, das Haus zu verlassen. Ich weiß, dass es sowieso irgendwann passiert wäre, aber deine Mails waren eine gute Starthilfe.

Es ist mir ein wenig peinlich es zuzugeben, aber du hast mein Jahr zu einem *guten* Jahr gemacht.
Wenn also um Mitternacht die Raketen hochgehen, dann wünsche ich mir, dass das neue Jahr ein gutes für DICH wird, Goldie.
Ich weiß, dass gute Zeiten vor dir liegen. Der Tag, an dem du hier in Queenstown ankommen wirst. Der Tag, an dem der erste Schnee fällt und ich neben dir stehe (diesen Winter wird es passieren, ich sag's dir). Vis Hochzeit.
Was ich damit sagen will, Issy: Ich hoffe, das neue Jahr wird für dich ein ganz besonderes.
Vielleicht feiern wir nächstes Jahr zusammen Silvester. In einem Jahr kann schließlich viel passieren.
xxx Tay

Taylor

Dienstag, 1. Januar
Silvester macht mich immer ein wenig nervös.

Vielleicht, weil ich der ganzen Sache nicht traue. Ihr wisst schon. Es ist das Tor zum neuen Jahr. Das Jahr, das angeblich »voller Möglichkeiten« steckt. Also begrüßen es die Menschen mit offenen Armen.

Aber was, wenn im neuen Jahr nur schlechte Dinge geschehen?

So habe ich mich nicht immer gefühlt. Früher habe ich mich auf Silvester gefreut. Da habe ich laut die letzten zehn Sekunden heruntergezählt und mir vorgestellt, was im neuen Jahr Tolles passieren würde. Snowboard-Competitions, die ich gewinne. Reisen nach Australien, um Goldies Familie zu besuchen. Vielleicht *endlich* der Hund, um den ich Mum und Dad schon so lange anbettle.

Gute Sachen eben. Keine Dinge, die so schrecklich sind, dass man gar nicht darüber nachdenken will. Krebs. Fast das Haus zu verlieren. Eine Beinamputation.

Nachdem *solche* Sachen passiert sind, wollte ich kein neues Jahr mehr willkommen heißen. Ich wollte die Jahre einfach überleben.

Seither möchte ich an Silvester immer so weit wie möglich vom Feuerwerk wegrennen. Auf ein Feld im Nirgendwo, um mir dort einen Bunker zu errichten. Natürlich gebe ich das nicht offen zu. Nicht einmal Mum und Dad ahnen das. Wüssten sie es, würde sich Mum Sorgen machen, dass meine Depressionen zurückgekommen sind. Und Dad würde mir lang und breit erklären, dass der Kalender bloß eine Erfindung der Menschheit ist und WIR einen Tag ausgewählt hätten, der besonders sein soll. Er würde reden und reden, um uns von der Tatsache abzulenken, dass der Krebs ihm immer noch ein schlechtes Gewissen macht. Obwohl er dafür wirklich nichts kann.

Deshalb habe ich ihnen nichts von meiner Anspannung erzählt. Ich habe das Gefühl beiseitegeschoben und bin mit den anderen in die Stadt gefahren, um zu feiern. Mum und ich standen mit Finn und dessen Familie an der Küste von Queenstown und lauschten Dads Auftritt. Dad und seine Band hatten eine unheimlich gute Zeit auf der Bühne, haben das Publikum zum Mitsingen und Klatschen animiert. Und Punkt zwölf ging dann das Feuerwerk mit viel KRACH, BUMM, PENG los.

Natürlich habe ich auch getanzt und alle umarmt. Sogar Lee, der sonst überhaupt nicht angefasst werden will. Doch obwohl ich Spaß hatte, ging die Nervosität nicht weg. Sie ist mir nach Hause gefolgt. Jetzt ist sie hier und teilt sich um zwei Uhr nachts das Kissen mit mir.

Was wird das neue Jahr bringen, Taylor?, fragt sie.

Ich will nicht darüber nachgrübeln, was passieren könnte. Aber mein Gehirn erlaubt mir nicht, an etwas anderes zu denken.

Also stelle ich mir stattdessen ein Silvester mit *ihr* vor.

Silvester erinnert mich immer daran, dass ich lüge, wenn ich sage, dass ich nie Gefühle für Isolde hatte.

Die Gefühle begannen, als ich vierzehneinhalb war. In diesem Jahr beschloss ich, dass ich Küssen nicht mehr eklig fand. Bis dahin war es für mich nur Spucke, Bakterien und einfach EKLIG gewesen. Wenn sich die Darsteller in Filmen zu küssen begannen, ging es ewig so weiter, und sie sagten sich die kitschigsten Dinge. Und wenn ihnen nichts mehr einfiel, drückten sie gefühlte Ewigkeiten die Münder aufeinander.

LANG-WEI-LIG.

Selbst mit zehn hielt ich mir an solchen Stellen noch die Augen zu, und Goldie versuchte, meine Hände zu senken. Sie meinte, ich würde mich wie der Junge aus *Die Braut des Prinzen* benehmen, der seinen Opa fragt, ob das ein »KÜSS-Buch« sei, und dass ich das Beste verpassen würde, wenn ich mich weiter so verhielte.

Sie liebt Romanzen. Je kitschiger, desto besser.

»Ich verpasse überhaupt nicht das Beste«, widersprach ich. »Ich warte auf die Schwertkämpfe und die Stelle, wo sie Westley auf die Streckbank spannen. Was, wenn ich mir das Rumgeknutsche nicht ansehe? Ist doch egal, wenn ich das verpasse.«

»Vielleicht willst du auch eines Tages jemanden küssen.« Goldie zuckte mit den Schultern. »Und dann wirst du nicht wissen, wie es funktioniert.«

»Ich werde NIEMALS jemanden küssen.« Ich verzog das Gesicht.

»Ich wette einhundert Dollar, dass du eines Tages jemanden küssen willst«, forderte mich Goldie heraus.

»Nein, werde ich nicht.«

»Dann schlag ein.« Goldie streckte mir ihre Hand entgegen. Ihr Gesicht sagte *Ich kenne dich, Taylor. Besser als du dich selbst.*

Sie hat unrecht, dachte ich. Also schlug ich ein und machte die Wette offiziell.

Natürlich hatte sie recht. Vier Jahre später konnte ich gar nicht mehr aufhören, ans Küssen zu denken.

Oder um ehrlich zu sein – ich konnte nicht aufhören, mir vorzustellen, wie es wäre, *sie* zu küssen. Goldie.

Im August, MONATE zuvor, war es wie aus dem Nichts gekommen, als die Byrnes uns besuchten und wir zusammen Skifahren gingen. Mum fuhr uns hoch zum Cardrona Alpine Resort, denn obwohl sich Dad gerade zwischen zwei Chemotherapien befand, hatte er nicht die Energie mitzufahren, wie er es normalerweise tun würde. Goldie und ich saßen zusammen in einem Sessellift. Ich spürte, wie meine Lippen von der Bergluft immer trockener wurden, also suchte ich in meinen Jackentaschen nach einem Pflegestift.

»Wonach suchst du?«, fragte Goldie.

»Nach meinem Labello. Ich glaube, ich habe ihn zu Hause vergessen.«

»Nimm meinen.« Sie zog eine kleine Tube aus ihrer linken Jackentasche und reichte sie mir.

Ich nahm den Deckel ab und begutachtete die Farbe. »Er ist rosa.«

»Das sieht nur so aus. Auf den Lippen ist er durchsichtig«, erwiderte Goldie. »Versprochen.«

Ich vertraute ihr. Also fuhr ich mir mit dem rosafarbenen Stift über die Lippen und gab ihn ihr zurück.

Sie nahm den Deckel wieder ab und fuhr sich damit ebenfalls über die Lippen. Zuerst über die Unterlippe, dann über die Oberlippe. Ich beobachtete sie. Plötzlich hatte ich dieses merkwürdige Gefühl im Bauch. Der Lipgloss, der gerade meine Lippen berührt hatte, berührte jetzt ihre.

Warum war mir ihr Mund noch nie zuvor aufgefallen? Er war wie eine kleine Erdbeere. Obwohl der Lipgloss durchsichtig war, hatten ihre Lippen in der Kälte die Farbe einer Erdbeere angenommen. Als sie sie aufeinanderpresste, fragte ich mich, ob sie auch so schmeckten.

Plötzlich wollte ich es unbedingt herausfinden.

Für den Bruchteil einer Sekunde hätte ich mich fast nach vorn gelehnt und sie geküsst. Doch dann merkte ich, dass Goldie den Sicherheitsbügel geöffnet hatte und mich verwirrt ansah, weil ich es ihr nicht gleichtat. Wir waren bereits oben und mussten aussteigen.

Auf halber Strecke den Berg herunter fiel ich mit meinem Board hin. Kurz lag ich im Schnee und hoffte, er würde mein Gehirn abkühlen, denn es war, als würde es brennen.

Was passiert gerade mit mir?, dachte ich.

Das fragte ich mich immer noch, als sie zurück nach Sydney flog. Bisher waren wir *Freunde* gewesen. Issy war für mich eine Freundin, mit der ich genauso gern abhing wie mit Finn. Aber jetzt? Sie war ein Mädchen. Ein Mädchen mit Lippen, die mir nicht aus dem Kopf gehen wollten.

Monate später, als wir ihre Familie vom Flughafen abholten, um zusammen Weihnachten zu feiern, dachte ich immer noch an ihre Lippen. Während sie weg gewesen war, hatte ich mich hin und wieder gefragt, ob es vielleicht daran lag, dass der Gedanke an ihre Lippen und sie zu küssen schöner war, als an meinen kranken Dad zu denken. Aber ich war nicht sicher, ob das wirklich der Grund war.

Ich erkannte den Grund in dem Moment, als sie mich am Flughafen in die Arme schloss. Da wusste ich es. *Sie* war es.

Und das war's. Ich beschloss, sie diesmal zu küssen.

Das war der einfache Teil. Der schwere Teil war, dass ich nicht wusste, *wie* ich es anstellen sollte. Und *wann.* Was ich sagen sollte. Wie ich anfangen sollte.

Ich wollte, dass der Kuss Goldie gefiel. Dass sie ihn romantisch fand. Ich wollte nicht, dass sie mich von sich schob und etwas sagte wie: »Das ist ja ekelhaft, Taylor.« Ich wollte das Timing nicht vermasseln und sie nicht so sehr überraschen, dass sie schockiert den Kopf wegdrehte und ich aus Versehen ihre Wange erwischte. Ich wollte mich nicht blamieren.

Am 30. Dezember wurde sie dreizehn. Als sie den Geburtstagskuchen anschnitt, das Messer schmutzig herauskam und Finn rief, sie müsse den Jungen neben sich küssen, errötete ich.

Denn ich war der Junge neben ihr.

Ich war ihr so nah, dass sich unsere Unterarme berührten. Ich hatte trotz dreiunddreißig Grad Gänsehaut. Goldies Gesicht war auch rot, als sie mich ansah. Kurz dachte ich, sie würde es tun.

Ein Teil in mir hoffte, sie würde es tun. Ein anderer Teil hoffte wiederum, sie würde es nicht tun, denn *alle* sahen zu. Ich hätte sie nicht richtig küssen können. Nicht so, wie ich es gewollt hätte. Nicht vor ihnen.

Sie sah mich an, und ich hatte das Gefühl, mein Gesicht stünde in Flammen. »Taylor hasst alles, was mit Küssen zu tun hat«, sagte sie laut.

»Wollen wir wetten?«, hörte ich Lee fragen. »Seht euch sein Gesicht an. Er ist rot wie eine Tomate.«

Ich funkelte ihn böse an. Währenddessen wandte sich Goldie ihrem Dad zu und küsste ihn auf die Wange. Dann standen wir alle da und aßen Kolibritorte. Aber ich war so verwirrt, dass ich überhaupt nichts schmeckte.

Was, wenn das meine Chance gewesen wäre?, dachte ich und sah sie an. *Was, wenn ich keine weitere bekomme?*

Am nächsten Morgen, als Mum und Dad überprüften, was die Stadt heute Abend an Silvester zu bieten hatte, wurde mir klar, dass es der perfekte Moment sein würde. Alle küssten sich um Mitternacht. Ich musste es nur irgendwie so hinbiegen, dass ich mit ihr allein sein würde.

Um 23:56 Uhr, als unsere Familien am Ufer standen, ergriff ich ihre Hand und sagte: »Komm mit.«

»Wohin gehen wir?«, rief sie, als ich mir einen Weg durch die Menge bahnte, als wäre ich eine Figur aus meinen Videospielen. Ich musste mich beeilen, damit uns die anderen nicht folgten.

Ich hatte ein schlechtes Gewissen, Finn kurz vor Mitternacht einfach stehen zu lassen. Aber ich hoffte, er würde es verstehen, wenn ich es ihm später erklärte.

»Näher zur Band«, rief ich zurück. Ich wollte, dass wir von Musik umgeben waren, wenn ich sie küsste. Wie in einer dieser Romanzen, die sie so sehr liebte.

»Noch zwanzig Sekunden bis MITTERNACHT!«, schrie der Sänger auf der Bühne.

Mir war schlecht vor Nervosität, doch davon wollte ich mich nicht aufhalten lassen.

»Okay, stopp!« Kurz vor dem Seil, das die Zuschauer von der Bühne trennte, blieb ich stehen. Zwar zog ich Goldie nun nicht mehr hinter mir her, aber ich ließ ihre Hand nicht los. Stattdessen verschränkte ich unsere Finger ineinander. Weil ich ihre Hand halten wollte, wenn wir uns küssten.

Goldie blickte auf unsere Hände hinab. So hatten wir noch nie Händchen gehalten.

»Zehn! Neun! Acht!«, schrie die Menge. »Sieben, sechs, fünf …«

Sie sah mich nicht an. Wie sollte ich sie küssen, wenn sie den Kopf gesenkt hielt und auf unsere Hände starrte?

»Isolde«, sagte ich.

Da sah sie auf. Ich hatte sie noch nie bei ihrem richtigen Namen genannt. Es klang so erwachsen. Und ich schätze, jemanden zu küssen, *war* erwachsen.

Sie trug ein Knicklicht auf dem Kopf. Einen leuchtenden Heiligenschein.

»Zähl!«, rief ich. »Drei …«

Dann stimmte sie mit ein. »Zwei …«

»Eins!«, sagten wir gemeinsam. Dann bewegte ich den Kopf in ihre Richtung. Ganz langsam, denn ich wollte mir jede Sekunde genau einprägen. Sie sah mir direkt in die Augen. Ihr Blick war weich. Einfach magisch. Noch eine Sekunde, dann würden wir uns so nahe sein, dass ich ihr nicht mehr in die Augen sehen konnte.

Ich wusste nicht, was dann passieren würde.

Dieser Gedanke explodierte in meinem Gehirn. Gleichzeitig ging neben uns eine Rakete hoch, und ich war wie festgefroren. Mir wurde klar, dass ich in den letzten

Wochen und Monaten nur daran gedacht hatte, sie zu *küssen*. Küssen. Das war alles.

Ich hatte nicht darüber nachgedacht, was ich wirklich tun würde. Dass es alles verändern würde. Wir waren immer nur Freunde gewesen. Was würde sie *nach* dem Kuss sagen? Wie würde ich mich fühlen?

Wenn ich sie jetzt küsste, kombiniert mit all den Gedanken, die ich mir die letzten Monate gemacht hatte und der Tatsache, dass ich sie wirklich mochte, würden bestimmt meine Knie nachgeben.

In diesem Moment dachte ich *Vielleicht liebe ich sie. Und vielleicht werde ich niemals in der Lage sein, damit aufzuhören.*

Alle Erwachsenen, die ich kannte, waren fasziniert davon, dass Dad und Louise nach ihrer Trennung Freunde geblieben waren. »Das passiert sonst nie«, sagten sie immer. Oder: »Man müsste mir eine Million Dollar bezahlen, damit ich mich weiter mit meiner Ex abgebe.«

Aber woher sollte ich wissen, was mit uns passieren würde? Falls ich Isolde jetzt küsste und wir zusammenkämen, würde sie mich vielleicht irgendwann verlassen, wie es Louise mit Dad gemacht hatte … Was, wenn wir danach keine Freunde mehr sein könnten? Oder noch schlimmer: Wenn wir keine Freunde mehr sein *wollten?*

Etwas Schlimmeres konnte ich mir nicht vorstellen. *Das darf ich nicht zulassen*, dachte ich.

Also nahm ich sie in den Arm, statt sie zu küssen. Ich hielt sie mindestens dreißig Sekunden lang fest, weil ich versuchte, eine glückliche Miene aufzusetzen. Dann ließ ich los und rief gemeinsam mit der Menge: »Frohes neues Jahr!«

Isolde hielt immer noch meine Hand, obwohl sie vor lauter Adrenalin ganz feucht und eklig war.

»Frohes neues Jahr, Taylor«, sagte sie leise.

Eine Sekunde lang verrieten ihre Augen, dass sie wusste, dass ich sie fast geküsst hätte. Sie blickten so enttäuscht drein, wie ich mich innerlich fühlte. Meine Traurigkeit spiegelte sich in ihrem Blick.

Sie blinzelte, und die Enttäuschung war verschwunden. Eine weitere Rakete flog in die Luft.

»Wir verpassen ja alles«, rief sie und blickte hinauf in den Himmel.

Ich tat es ihr gleich und sagte mir immer wieder, dass ich eben nur in ihren Augen gesehen hatte, was ich sehen wollte.

Isolde

Sonntag, 6. Januar
Während des gesamten Urlaubs fällt mein Blick jeden Morgen, wenn ich aufwache, zuerst auf Taylors Geschenk.

Zu Hause fällt mein erster Blick immer aufs Handy. Dann gehe ich meine Benachrichtigungen auf Instagram durch, lese die neueste E-Mail von Taylor oder unseren letzten Chatverlauf. Aber da ich hier keinen Empfang habe, ist das nicht möglich.

Ich sage Taylor nichts davon, aber sein Geschenk ist das erste, das ich an meinem Geburtstag öffne. Schon bevor Dad es aus seinem Versteck holt, sehe ich, wie riesig es ist. Auf sein Geschenk freue ich mich am meisten.

Allen entweicht ein »Oooohh«, als ich das Geschenkpapier aufreiße. Es ist ein Foto meines siebenjährigen Ichs.

Die Erinnerung ist sofort wieder da, denn Taylor hat davon gesprochen, als er mich im Dezember in der Pause von *Dornröschen* angerufen hat.

Und ich kann mich sehr gut daran erinnern, denn der Moment auf dem Lupinenfeld in Tekapo war einer der glücklichsten in meinem Leben.

Wir übernachteten im Hermitage im Aoraki Mount Cook National Park. Mount Cook steckte seit unserer Ankunft zwei Tage zuvor im Nebel. Taylors Onkel Bill war total enttäuscht. Wie jeder andere Fotograf, der den Nationalpark besuchte, hoffte auch er auf klare Sicht.

Beim Frühstück verkündete er, er wolle nach Tekapo, um Fotos zu schießen, und Tobi bot an, ihn zu fahren.

Taylor und ich wollten sie begleiten, also kletterten wir auf den Rücksitz des Jeeps. Tobi legte *Rumours* von Fleetwood Mac ein. Er und Onkel Bill konnten jede Zeile mitsingen, weil ihr Dad die Songs immer gespielt hatte, als sie noch klein waren.

Ich weiß nicht, warum dieser Tag einer meiner Lieblingstage ist. Vielleicht liegt es daran, wie ich mich gefühlt habe, als ich aus dem Autofenster geblickt habe. Die türkisfarbenen Seen. So ein Blau hatte ich noch nie gesehen. Es war so *leuchtend*, dass es fast unecht wirkte. Ein besseres Wort fällt mir nicht ein.

Vielleicht war es auch Taylors Gesicht, das mich an jenem Tag so glücklich machte. Er freute sich so sehr. Er war so gern in den Bergen, denn »da draußen gibt es Schnee und Eis und Abenteuer, Goldie. Lauter Dinge, die ich liebe.«

Und dann waren da die Lupinen, unten am See. Mehr Blumen, als ich mir je hätte vorstellen können. Blumen gehören noch immer zu meinen liebsten Dingen auf der Welt. Von Ballett abgesehen.

Taylor und ich rannten auf das Feld zu. Der *Blumenwalzer* begann in meinem Kopf zu spielen. Es ist aus *Der Nussknacker*, dem Weihnachtsballett. Aber ich hatte die Musik schon lange gekannt, bevor ich mit dem Tanzen angefangen hatte. Schon als Baby hat es mir mein Dad immer wieder vorgespielt.

Ich war inmitten der Lupinen so glücklich, dass ich meine Arme in die Luft reckte und mein Bein ausstreckte, sodass ich in der Arabesque stand. Ich konnte noch nicht auf den Zehenspitzen stehen wie die älteren Mädchen in meiner Klasse. Das durfte ich noch nicht, weil meine Beine und Füße noch nicht stark genug waren. Also tat ich nur so. Ich stellte mich so weit wie möglich auf die Zehen des rechten Fußes, überblickte die Lupinen und ließ den Blick hinaus auf den See und die Berge schweifen.

»Tolles Foto«, sagt Dad und reißt mich aus meinen Gedanken und zurück ins Strandhaus. »Das muss von Bill sein. Seht euch nur die Nachmittagssonne an, wie sie Issy umgibt.«

Er beginnt, über Fotografietechniken zu sprechen, doch ich höre nicht zu. Ich betrachte mich selbst auf dem Foto, umgeben von Sonnenlicht. Ich leuchte. So habe ich mich früher immer gefühlt, wenn ich getanzt habe.

Auf der Rückseite der Leinwand klebt eine kleine Notiz.

So sehe ich dich immer, wenn ich an dich denke. Ich hoffe, du denkst auch gern daran zurück. Alles Gute zum sechzehnten Geburtstag ☺
Hab dich lieb, Lupinenmädchen.
xxx Tay

Schnell verstecke ich die Notiz, damit Vi und Ana sie nicht sehen und mich damit aufziehen. Natürlich zieht mich Ana trotzdem auf. Also stelle ich sicher, dass ich das Foto nicht zu sehr anstarre, wenn sie in der Nähe ist. Zum Glück bin ich immer vor ihr wach. So habe ich ein wenig Zeit, es zu betrachten.

Je länger ich mir das Bild ansehe, desto mehr erkenne ich mich selbst.

Es ist vielleicht das beste Geschenk, was ich je bekommen habe, denn es erinnert mich daran, wer ich bin. Und das zu einem Zeitpunkt, an dem ich mich nur noch *verloren* fühle. Doch wenn ich die Isolde auf dem Bild sehe, denke ich: *Ich habe Lust zu tanzen.*

Und das habe ich tatsächlich. Jeden Morgen machen Ana und ich zusammen unser Sportprogramm, denn wir wollen über die Feiertage nichts an Kraft einbüßen.

Am fünften Januar mache ich gerade meine Pliés, als ich mich frage, wie Taylor wohl Silvester gefeiert hat. Kurz erinnere ich mich wieder an das Feuerwerk am Hafen von Queenstown. An das Jahr, als wir Hand in Hand durch die Menge gerannt sind. Plötzlich bin ich wieder traurig. Es ist dasselbe Gefühl, das mich immer überkommt, wenn ich an diesen Moment zurückdenke. Ich hebe die Arme in die fünfte Position und schiebe es beiseite.

Um die Traurigkeit zu vertreiben, versuche ich, mich auf das neue Jahr zu konzentrieren. Es hat gar nicht so übel angefangen. Die letzten Tage haben Mum und Dad nicht mehr gestritten. Keine Ahnung, ob es daran liegt, dass ich Mum so angeschrien habe. Vielleicht haben sie kapiert, dass ihre Streitereien Vi und mich verletzen, und beschlossen, wenigstens über die Feiertage damit aufzuhören.

Vielleicht liegt es aber auch daran, dass Tina und Joseph hier sind. Joseph bringt Mum immer zum Lachen. Und mit Tina, die auch mit Finanzen zu tun hat, versteht sie sich sowieso großartig.

Fast fühlt es sich an wie in alten Zeiten. Mum schlägt uns jeden Abend haushoch im Monopoly, während Dad bei jedem Würfeln fast sein ganzes Geld verliert. Dann zaubert er Trivial Pursuit hervor, um seine Ehre zu retten. Aber neuerdings gewinnt immer Vi. Danach folgt Uno, gepaart mit Rufen und Schreien, während wir alle darum kämpfen, die letzte Karte abzulegen.

Jetzt sitzen wir im Auto und fahren zurück nach Hause. Die Nachmittagssonne, die durch die Scheiben fällt, macht uns alle müde, außer Dad, der *Che Gelida Manina* aus *La Bohème*, seiner Lieblingsoper, mitsingt. Mum schläft und kann ihm nicht sagen, dass er aufhören soll.

Ich bin traurig, dass der Urlaub vorbei und Ana zurück nach Melbourne geflogen ist. Aber wenigstens bleibt Vi noch bis zum Australia Day. Ich versuche, weder an ihre Abreise zu denken noch an Ballett oder an die zehnte Klasse, die so schwierig sein soll, oder daran, wie ich alles unter einen Hut bringen soll. *Nach der neunten Klasse ist das der reinste Schock*, sagen die älteren Mädchen.

Stattdessen konzentriere ich mich darauf, nach Hause zu kommen, endlich mit Taylor zu skypen und ihm vom Urlaub zu erzählen. Ich will ihm sagen, dass ich gestern gemerkt habe, dass ich über eine Woche nicht an Aidan gedacht habe. Nicht einmal an Silvester um Mitternacht.

Instagram-Chat

Samstag, 19. Januar, 15:15 Uhr

ISOLDE BYRNE: Vi hat endlich ein Kleid gefunden.
Isolde hat ein Foto gesendet.
ANA ZHANG: Ich heule gleich. Wirklich. Sie sieht aus wie eine Prinzessin aus einer anderen Welt. Wie Arwen aus *Herr der Ringe.*
ISOLDE BYRNE: Ich habe es ihr gerade gesagt, und sie strahlt. *Herr der Ringe* sind ihre Lieblingsbücher. Sie und Jack haben für die Zeremonie einen Text von Tolkien ausgewählt, auch wenn Mum es für eine »törichte« Idee hält.
ANA ZHANG: TÖRICHT??!
ISOLDE BYRNE: Wer benutzt bitte dieses Wort?!? Jedenfalls ist es Jack und Vi egal, was Mum davon hält. Die Lesung bleibt drin. Aber du darfst keinem was verraten. Es soll eine Überraschung für die Hochzeitsgäste werden.
ANA ZHANG: Ich wünschte, ich wäre jetzt bei euch ☹
ISOLDE BYRNE: Ja, das würde ich mir auch wünschen ☹ Obwohl ich zugeben muss, dass die Kleiderjagd die ganze letzte Woche echt anstrengend war. Mum hat so oft geweint, als Vi Kleider anprobiert hat. Keine Ahnung, in wie vielen Läden wir waren. Aber vor zwanzig Minuten haben wir endlich DAS

KLEID gefunden. Als sie aus der Umkleide kam, haben wir ALLE geweint. Ich weiß, wie im Film, nicht wahr? Aber es war ein wirklich schöner Moment. Vi hofft, dass sich Jack auch die Augen ausheult, wenn er sie sieht ☺
ANA ZHANG: Das wird er auf JEDEN FALL.
ISOLDE BYRNE: Mist. Vi hat mich gerade misstrauisch angesehen und gesagt, ich soll dir auf keinen Fall Bilder schicken. Sie ist uns auf der Spur.
ANA ZHANG: DIESE UNTERHALTUNG HAT NIEMALS STATTGEFUNDEN.

Isolde

Freitag, 1. Februar
Als wir in der Abflughalle des Flughafens sind, fragt Vi, ob ich ihr einen Gefallen tun könne.

Ich sage automatisch Ja, weil ich davon ausgehe, dass es irgendwas mit der Hochzeit zu tun hat.

»Sei nicht so streng mit Mum«, sagt sie.

Ich verziehe das Gesicht, drehe Vi den Rücken zu und studiere eindringlich ein paar zollfreie Duftkerzen.

»Ich meine es ernst, Issy.« Vi dreht sich ebenfalls um. Ich weiß, dass sie mich anstarrt, obwohl ich gerade intensiv einen Diffusor begutachte. »Du gehst zu hart mit ihr ins Gericht.«

»*Du* bist diejenige, die sich die letzten fünf Wochen mindestens zehnmal am Tag mit ihr gestritten hat.«

»Da geht es aber nur um die Hochzeit«, erwidert Vi. »Ich muss eine Grenze ziehen. Sonst denkt sie, sie könnte die komplette Kontrolle übernehmen.«

»Sie steht die ganze Zeit unter Strom«, sage ich. »Alles dreht sich nur um Exceltabellen und To-do-Listen. Rund um die Uhr ist sie im Orga-Modus.«

»Ein Stück weit muss sie das auch sein. Sonst würde alles auseinanderfallen«, erwidert Vi. »Du weißt, dass ich Dad liebe. Aber mal im Ernst: Er ist mehr Kind, als wir es jemals waren. Mum hat es nicht leicht. Immer allein die Erwachsene sein zu müssen.«

Ich zucke mit den Schultern.

»Denk mal darüber nach«, sagt Vi, nimmt mir vorsichtig den Diffusor aus der Hand und stellt ihn zurück ins Regal. »Schließlich seid ihr jetzt nur noch zu dritt.«

Ich sehe meine Schwester an, die in zwanzig Minuten durch das Abflug-Gate verschwinden wird. Ich weiß, dass sie sich Sorgen um unsere Familie macht. Genau wie ich. Dass sie will, dass ich auf Mum aufpasse, weil sie es von der anderen Seite der Welt nicht kann.

»Ich weiß«, sage ich.

Eine halbe Stunde später beobachten Dad, Mum und ich, wie Vis Flugzeug abhebt. Auf der Heimfahrt ist es viel zu still im Auto.

Taylor

Mittwoch, 6. Februar
Ich wusste, dass Claire während der ersten Sitzung im neuen Jahr über Silvester sprechen würde. Sie weiß noch vom letzten Jahr, dass ich die Feiertage nicht sonderlich mag.

»Du hast in dein Tagebuch geschrieben, dass du immer noch Nervosität und Angst verspürst.«

Am liebsten würde ich die Augen verdrehen. Seit Tag eins der Therapie sprechen wir über meine Angst. Natürlich ist sie immer noch da. Warum sollte ich sonst noch zur Therapie gehen?

»Vielleicht gibt es ein paar Bewältigungsstrategien, die du in der Vergangenheit – vor dem Unfall – angewendet hast und die auch jetzt helfen könnten. Warum machen wir nicht eine Liste?«

»Ich will nicht.«

»Lass uns sehen, wohin es führt. Ohne Druck.«

»Ich sehe keinen Sinn in dieser Übung.«

»Das ist eine interessante Aussage. Warum sagst du, du würdest in einer Liste mit Strategien keinen Sinn sehen?«

»Weil vor dem Unfall das Snowboarden meine Strategie war. Und das MACHE ich jetzt nicht mehr.«

Dann wollte Claire darüber sprechen, *warum* ich nicht mehr snowboarde. Und diese Unterhaltung wollte ich nicht mit ihr führen.

Also nahm die Sitzung kein gutes Ende. Was blöd ist, denn sie hat gut angefangen. Ich habe ihr erzählt, dass mein neuester Schritt in Richtung »mehr rauskommen« sei, dem Fotografieclub von Queenstown beizutreten. Dass mich das Bild von Issy in den Lupinen daran erinnert hat, dass ich schon früher lernen wollte, wie man fotografiert, als ich Onkel Bill über die Schulter geschaut und seine Fotos bewundert habe. Das habe ich Dad ein paar Tage nach Weihnachten erzählt, und er hat Onkel Bill sofort angerufen, der mir umgehend eine alte Nikon und Objektive geschickt hat, die er nicht mehr benutzt. Onkel Bill meinte, er würde gern mit mir herumfahren, sobald er für sein jährliches viermonatiges Gastspiel nach Queenstown kommt.

Jetzt ist es schon nach Mitternacht. Eigentlich würde ich gern schlafen, aber mein Gehirn ist viel zu sehr damit beschäftigt, über *alles* nachzudenken. Es öffnet verschiedene Schubladen meines Geistes, wühlt in meinen Sachen herum, wirft alles in die Luft – und alles nur zum Vergnügen.

Wenn ich es nicht schaffe, meine Gedanken zu kontrollieren, kommen alte Erinnerungen zurück, die mir sauer aufstoßen. Immer wieder wälzt mein Gehirn dieselben Sorgen und Was-wäre-wenn-Fragen.

Snowboarden war das Einzige, was mein Gehirn zum Schweigen bringen konnte. Mit fünf Jahren habe ich Skifahren gelernt. Das klingt ziemlich jung, ist es aber nicht, wenn man in einer Gegend voller Schnee aufwächst. Manche Eltern stecken ihre Kinder hier in Skikurse, sobald sie laufen können, denn je jünger man ist, desto weniger

Angst hat man davor, sich zwei Latten unter die Füße zu schnallen und damit einen steilen Hang hinabzuflitzen.

Im dritten Jahr habe ich zu Snowboard gewechselt. Ich liebte es von Anfang an. Aber erst, als Dad krank und ich dreizehn wurde, wurde es etwas, das ich ständig tun MUSSTE.

Alle sagten, das Non-Hodgkin-Lymphom sei »der beste Krebs«, den man bekommen könne. Dass es gut auf Chemotherapie anspringen würde. Und dass die Überlebenschancen ziemlich gut stünden. Also dachte ich, Dad würde sofort nach seiner ersten Chemo in Remission gehen.

Es dauerte nicht lange, bis ich merkte, dass es so nicht laufen würde. Nach der ersten Chemo befand sich Dad zwar in Remission, aber nicht lange. Sein NHL war aggressiv, was bedeutete, dass die Tumore schnell wieder nachwuchsen. Ich lernte Wörter kennen wie »Rezidiv« und »Therapieresistenz«.

Therapieresistenz: Hartnäckig oder reagiert nicht auf die Therapie.

Diese Wörter brannten sich immer tiefer in mein Gehirn, je mehr ich über sie nachdachte.

Wann immer ich konnte, fuhr ich mit dem Bus hinauf nach Cardrona.

An den Wochenenden. In den Ferien. Ich habe mich zu allen möglichen Camps angemeldet. Skills Parks. Halfpipe. Slopestyle.

Big Air war das Beste von allen. Ich musste mich auf irgendetwas voll und ganz konzentrieren – nur nicht auf den Krebs. Und Big Air erfordert einhundertprozentige Konzentration. Du *kannst* an nichts anderes denken, wenn dein Körper eine Rampe hinabschießt. Wenn deine Gedanken zu wandern beginnen und du die Kontrolle über deinen Körper und den Trick verlierst, sind die Konsequenzen verheerend.

Snowboarden war meine Meditation. Immer wenn ich nicht auf der Piste war, durchströmte die Angst um Dad meinen Körper. Sie manifestierte sich in meinen Gliedmaßen, die wie verrückt zu zittern begannen.

Es war, als müsste sich jeder Teil meines Körpers bewegen, denn sich zu bewegen bedeutete, etwas zu *tun.* Und ich MUSSTE etwas tun. Jeden Tag. Jede Sekunde.

Die Stimme in meinem Kopf schrie, dass ich alles, was ich tun musste und wollte, jetzt tun müsse. Ich musste JETZT leben, denn seht nur, was mit Dad passiert ist.

Ich hasste mich dafür. Manchmal, wenn ich ihn ansah, so blass und dünn, flüsterte mein Gehirn: *Das könntest eines Tages du sein.* Schließlich hatte Dad Krebs, und sein Dad hatte auch Krebs gehabt, auch wenn es ein anderer gewesen war. Bauchspeicheldrüse. Es fühlte sich an, als gäbe es eine Verbindung, auch wenn das Non-Hodgkin-Lymphom nicht vererbbar ist.

Also raste ich ohne zu zögern die Rampen hinab. Denn jeder stirbt irgendwann, nicht wahr?

Wenn man so fährt, erweckt man Aufmerksamkeit. Bis zum nächsten Winter hatte ich mir auf dem Berg den Ruf erarbeitet, vollkommen furchtlos zu sein. Jeder Snowboarder weiß, dass »furchtlos« in diesen Kreisen ein riesiges Kompliment ist. Es bedeutet, dass man Mut hat. Dass man es draufhat.

Also habe ich alle glauben lassen, dass das nun mal Taylor Hellemann sei. Der Typ, der lässig mit den Schultern zuckt, bevor er einen verrückten Stunt abzieht. Die Furchtlosigkeit war Teil meiner DNA, nicht nur etwas, das aus meiner Angst vor dem Schlimmsten entstanden war.

Im Juli des nächsten Jahres begann ich, an Wettbewerben teilzunehmen. Im Oktober machte ich bei den Cardrona NZ Junior Ski und Snowboard Championships in zwei Disziplinen – Slopestyle und Big Air – den zweiten Platz.

Jetzt war ich jemand, den man »im Auge behalten« musste. Ich begann, durchs ganze Land zu reisen, um an Juniormeisterschaften teilzunehmen, und war immer unter den Top drei. Als ich bei den Junior Worlds im Big Air den vierten Platz belegt hatte, sah man mich plötzlich auf »internationalem Level«. Ich bekam meinen eigenen Coach, Joe, denn ich hatte »ernstzunehmendes Potenzial«. Ich bekam sogar Sponsorings für meine Ausrüstung.

Und in dem September, als ich fünfzehn wurde, bekam ich bei Audi Quattro Big Air die Bronzemedaille. Einen Monat später kam das Angebot, in den USA zu trainieren. Es war alles, was ich wollte, aber das Timing hätte nicht schlechter sein können. Im Dezember, als ich für sechs Monate in Colorado hätte sein sollen, hatte Dad den Termin für seine Stammzelltransplantation. Wie erhofft, hatte sich Onkel Bill als geeigneter Spender herausgestellt.

»Taylor, du musst gehen«, sagte Dad. »Das ist eine großartige Chance.«

»Nächstes Jahr vielleicht.«

»Vielleicht bekommst du dieses Angebot nächstes Jahr nicht mehr.«

»Es wären sechs Monate. Ich will nichts verpassen.«

Zeit mit dir, meinte ich, aber das konnte ich ihm nicht sagen. Ich wollte nicht, dass er wusste, was ich dachte. *Was, wenn es mit der Transplantation nicht funktioniert? Was, wenn uns nicht mehr viel Zeit als Familie bleibt?*

»Sechs Monate sind gar nichts. Du bist ruckzuck wieder hier.«

»Ich will aber bei euch sein.«

»Weißt du, woran ich denke, wenn ich mit der Infusion im Krankenhaus sitze?«

»Fick den Krebs«, sagte ich, bevor ich richtig darüber nachgedacht hatte.

Dad lachte. »Ja, das auch. Aber ich denke auch an die guten Dinge. An dich. Wie du bei den Spielen den Triple hingelegt hast. Mums Gesicht, wie sie dich beobachtet. Wie talentiert du bist. Dass du das tust, was du liebst. Und dieses Sponsoring … Das sind alles gute Dinge, an die ich denken kann.«

Was sollte ich dazu sagen? Mum wollte auch, dass ich ging. »Wo sollen wir das Geld auftreiben?«, fragte ich.

Das Sponsoring deckte einiges ab, aber es gab trotzdem noch Dinge, für die Mum und Dad aufkommen mussten.

»Wir lassen uns etwas einfallen«, erwiderte Mum. »Mach dir keine Sorgen.«

Am nächsten Abend kam sie in mein Zimmer und legte einen Zettel neben meine Tastatur. Es war ein Kontoauszug. Ich griff danach, sah die Summe und starrte Mum an.

»Siehst du? Auf dem Konto ist genug Geld für die USA. Und genug, um die Hypothek in den nächsten Jahren abzuzahlen.«

Ich fragte nicht, woher das Geld kam. Ich *wusste* es. Von Isoldes Eltern. Oder besser gesagt von Isoldes Mum.

Ich wusste, dass sie uns auch das Geld für die Stammzelltransplantation gegeben hatte. Also unterschrieb ich den Sponsoringvertrag und landete am zweiten November in Colorado.

Als mich Mum eines Nachmittags anrief, um mir zu sagen, dass Dad und Onkel Bill gerade aus dem OP-Saal geschoben worden waren, stand ich gerade auf der Spitze eines Bergs. Es hätte meine letzte Abfahrt des Tages werden sollen.

Stattdessen reichte ich Joe meinen Helm und ging zu Fuß den Berg hinab. Obwohl unten ein Airbag auf mich wartete, traute ich es meinem Körper in dem Moment nicht zu, die Bewegungen auszuführen.

Manche Patienten sterben während der Stammzelltransplantation. Dad lebte.

Und im Februar reagierten Onkel Bills Stammzellen auf wundersame Weise auf die aggressive Chemotherapie. Dad ging in Remission. Und zwar richtig diesmal. Zum ersten Mal, seit er krank geworden war, hatte ich das Gefühl, dass doch noch alles gut werden würde.

Dass sich das Blatt für unsere Familie gewendet hatte.

Und dann passierte im Juni der Unfall.

Aber ich hatte schon immer gewusst, dass es nun mal so lief. Du denkst, du hättest etwas – und dann nimmt es dir das Leben weg. Du denkst, du wüsstest, was auf dich zukommt, aber das stimmt nicht. Du denkst, alles würde ewig wehren, doch das ist falsch.

Man denkt, man könnte etwas immer wieder tun, obwohl es vielleicht das letzte Mal ist.

Das letzte Mal, dass man es tut.
Dass man es hat.
Es liebt.

Instant-Messenger-Unterhaltung

Samstag, 9. Februar, 11:51 Uhr

FINN WILLIAMS: Ich habe dich gesehen.
TAYLOR HELLEMANN: Eine gruselige Art, eine Unterhaltung zu beginnen. Bitte sag mir, dass das nicht der erste Satz ist, wenn du einem Mädchen schreibst.
FINN WILLIAMS: Haha. Wie ich schon sagte. Ich habe dich GESEHEN. Vor zwei Minuten. Im Blumenladen.
TAYLOR HELLEMANN: Sicher?
FINN WILLIAMS: Ich KENNE deine hässliche Fresse, Kumpel. Mum und ich sind gerade daran vorbeigefahren. Und ich habe dich gesehen. Umringt von Blumen.
TAYLOR HELLEMANN: Dad hat mich gebeten, Mum zum Valentinstag Blumen zu besorgen.
FINN WILLIAMS: Erstens sieht das deinem Dad gar nicht ähnlich, und zweitens kannst du mir nichts vormachen. In ganz Neuseeland gibt es nicht genug Schafe, deren Wolle du mir auf die Augen legen könntest. Und wir wissen beide, dass es in diesem Land siebenundzwanzig Millionen Schafe gibt. Macht sechs pro Person.

TAYLOR HELLEMANN: Es macht mir Angst, dass du die Schafstatistiken auswendig kennst.
FINN WILLIAMS: Jeder, der in Neuseeland lebt, kennt die Statistiken. Aber ZURÜCK ZUM THEMA. Sind die Blumen für sie?
TAYLOR HELLEMANN: Sie?
FINN WILLIAMS: Ellie, du Idiot. Du schickst ihr am 14. einen Strauß, richtig?
TAYLOR HELLEMANN: Sie sind nicht für Ellie.
FINN WILLIAMS: Oh Mann ... Sie sind für Isolde, nicht wahr?
FINN WILLIAMS: Hey, du kannst es nicht verheimlichen, indem du nicht mehr antwortest.
FINN WILLIAMS: Wow. Ich hätte nicht gedacht, dass das jemals passieren würde.
FINN WILLIAMS: Dass du ...
TAYLOR HELLEMANN: Dass ich was?
FINN WILLIAMS: Dass du es jemals zugeben würdest, dass du Gefühle für sie hast. Wird aber auch Zeit.
TAYLOR HELLEMANN: Ich habe keine Gefühle für sie.
FINN WILLIAMS: SAGT ER, während er rote Rosen aussucht.
TAYLOR HELLEMANN: Ich schicke ihr keine roten Rosen. Zu gewöhnlich. Sie bekommt lilafarbene Wildblumen.
FINN WILLIAMS: Oh, wow. Dich hat es schlimm erwischt. Du schickst sie aber anonym, oder?
TAYLOR HELLEMANN: Nein.
FINN WILLIAMS: SCHLECHTE Idee.
TAYLOR HELLEMANN: Warum?!?

FINN WILLIAMS: Denk doch mal darüber nach. Glaubst du nicht, dass sie das verwirrt? Wenn sie Blumen von dir bekommt? Vor allem, wenn man bedenkt, dass ihr euch neuerdings STÄNDIG schreibt? Ja, es ist niedlich und alles. Aber manchmal würde ich am liebsten dein Handy in den See werfen, weil du nur noch an dem Ding hängst. Man kann kein Gespräch mehr mit dir führen. Du bist total nutzlos geworden.

TAYLOR HELLEMANN: Wie nett. Einen Amputierten als nutzlos zu bezeichnen. Total politisch korrekt.

FINN WILLIAMS: Du WEISST, dass ich es nicht so meine. Und wechsle jetzt nicht das Thema. Du und Isolde seid neuerdings mega eng miteinander. Und dann schickst du ihr zum Valentinstag noch einen Blumenstrauß? Was sagt das aus?

TAYLOR HELLEMANN: Ich werde »WEIL DU BLUMEN VERDIENT HAST« auf die Karte schreiben.

FINN WILLIAMS: Jetzt mal im Ernst. Du hast KEINE GEHIRNZELLEN. Damit sagst du ICH LIEBE DICH. KOMM SCHON.

TAYLOR HELLEMANN: Ich ignoriere dich jetzt.

FINN WILLIAMS: Das solltest du nicht tun. Bist du sicher, dass du ihr sagen willst, dass du sie liebst? Willst du nicht lieber warten, bis du es ihr persönlich sagen kannst?

TAYLOR HELLEMANN: Ich sage überhaupt nichts. Sie WEISS, dass wir nur Freunde sind.

FINN WILLIAMS: Ja, weil dir für mehr der Mut fehlt.

TAYLOR HELLEMANN: Deine Argumentation ist sehr fadenscheinig, weißt du das? Zuerst sagst du, ich würde ihr durch die Blume sagen, dass ich sie liebe, und im nächsten Moment bezeichnest du mich als Feigling.

FINN WILLIAMS: Du bist ein Feigling, weil du das Ganze nur halbherzig angehst. Ziehst eine große Geste ab, stehst aber nicht dazu. Stehst nicht zu deinen GEFÜHLEN. Ich finde, du solltest ihr keine Blumen schicken. Dafür bist du nicht bereit.

TAYLOR HELLEMANN: Ich werde ihr die verdammten Blumen schicken.

FINN WILLIAMS: Aber heul dich nicht bei mir aus, wenn sie dann verwirrt ist.

TAYLOR HELLEMANN: Ich habe der Floristin bereits meine Kreditkarte gegeben. Zu spät.

FINN WILLIAMS: Du machst mich echt fertig.

Instagram-Chat

Donnerstag, 14. Februar, 19:45 Uhr

ANA ZHANG: Schick mir ein Foto von den Blumen.
ISOLDE BYRNE: Woher weißt du von den Blumen?!?!
ANA ZHANG: Grace hat mir geschrieben. Sie meinte, im Studio sei ein riesiger lilafarbener Strauß für dich abgegeben worden. Mitten im Unterricht. Sie meinte, Aidan sei die Kinnlade heruntergefallen, als der Bote deinen Namen gerufen hat.
ISOLDE BYRNE: Wirklich?!?
ANA ZHANG: Hast du Aidans Gesicht nicht gesehen? Oder Steffanies? Grace meinte, Steff sei sauer gewesen, weil Aidan ihr NICHTS zum Valentinstag geschenkt hat. Nicht einmal eine Karte.
ISOLDE BYRNE: Ich war zu sehr mit den Blumen beschäftigt.
ANA ZHANG: Hm.
ISOLDE BYRNE: Was soll das heißen?
ANA ZHANG: Es ist ein gutes *Hm.* Es ist ein gutes Zeichen, dass du nicht zu Aidan geblickt hast.
ISOLDE BYRNE: Ja, wahrscheinlich.
Isolde hat ein Foto gesendet.
ANA ZHANG: Die Blumen sind von Taylor, oder?
ISOLDE BYRNE: Woher weißt du das?!
ANA ZHANG: Wer sollte sie sonst schicken?

ISOLDE BYRNE: Danke, Ana.

ANA ZHANG: *So* habe ich es nicht gemeint. Sondern ... Irgendwie hatte ich es im Gefühl, dass er dir was schenken würde.

ISOLDE BYRNE: Denk jetzt nicht, das wäre romantisch. Er hat sie aufgrund einer Unterhaltung geschickt, die wir neulich geführt haben. Ich habe ihm vorgejammert, dass ich kein einziges Mal Blumen von Aidan bekommen habe, als wir zusammen waren. Es ist ein Mitleidsstrauß.

ANA ZHANG: Sieht mir nicht nach einem Mitleidsstrauß aus. Eher, als hätte er sich eine Menge Gedanken gemacht. Außerdem haben die Blumen dieselbe Farbe wie die auf dem Bild, das er dir zum Geburtstag geschenkt hat. Es *bedeutet* etwas.

ISOLDE BYRNE: Aber nicht *das*, Ana. Aber es bedeutet mir trotzdem viel. Ich rufe ihn jetzt an, um mich zu bedanken.

Skype-Unterhaltung

Donnerstag, 14. Februar, 20:30 Uhr in Sydney, 22:30 Uhr in Queenstown

ISOLDE BYRNE: Tut mir leid mit meinem Handy. Ana schreibt mir alle zwanzig Sekunden. Ich schwöre.
TAYLOR HELLEMANN: Finn auch.
ISOLDE BYRNE: Wirklich?
TAYLOR HELLEMANN: Ja. Fragt Ana nach den Blumen?
ISOLDE BYRNE: Ja ... Finn auch?
TAYLOR HELLEMANN: Du weißt bestimmt, dass er immer durchdreht, sobald ich Kontakt zum anderen Geschlecht habe. Natürlich ist er völlig aus dem Häuschen wegen des Straußes.
ISOLDE BYRNE: Oh, wirklich?
TAYLOR HELLEMANN: Witzig, oder?
ISOLDE BYRNE: Ja, total witzig. Ich weiß, dass du es nicht so gemeint hast.
TAYLOR HELLEMANN: Ja, nicht wahr? Aber ich bin froh, dass dir die Blumen gefallen, Issy. Die Floristin hat mir geholfen. Wir haben ungefähr eine Stunde gebraucht, um uns zu entscheiden.
ISOLDE BYRNE: Ich liebe die Blumen, Tay.

Von: taylor_hellemann@gmail.com
An: IsoldeByrne@hotmail.com
Gesendet: Sonntag, 24. Februar, 20:50 Uhr
Betreff: Falls ihr auch so schlimme Staus habt wie wir
Anhang: IMG376, IMG377

Von: IsoldeByrne@hotmail.com
An: taylor_hellemann@gmail.com
Gesendet: Sonntag, 24. Februar, 22:51 Uhr
Betreff: Meine liebste Art von Stau

Denn wie sauer kann man bitte auf einen Bauern sein, der versucht, zweihundert Schafen über die Straße zu helfen? So viele wackelnde Wollpopos bringen jeden zum Lächeln.
Hast du das Foto in Glenorchy gemacht?

Von: taylor_hellemann@gmail.com
An: IsoldeByrne@hotmail.com
Gesendet: Sonntag, 24. Februar, 23:17 Uhr
Betreff: Japp

Nur falls du dir Sorgen gemacht hast (oder Vi, da Onkel Bill ihr Hochzeitsfotograf ist und sie bestimmt nicht will, dass er sich ein paar Monate vorher den Arm bricht) – Onkel Bill saß *nicht* auf einem Pferd. Und er ist auch nicht gefahren, sondern ich. Ich bekomme bald meine eingeschränkte Fahrerlaubnis. Drück mir also die Daumen und die wunden Ballerinazehen, dass ich die praktische Prüfung bestehe.

Dann können wir ganz legal herumfahren, wenn du da bist.

Von: IsoldeByrne@hotmail.com
An: taylor_hellemann@gmail.com
Gesendet: Montag, 25. Februar, 08:19 Uhr
Betreff: Kann ich das Taylor-Uber schon vorbuchen?

Unsere erste Fahrt geht nach Glenorchy.

Von: taylor_hellemann@gmail.com
An: IsoldeByrne@hotmail.com
Gesendet: Montag, 25. Februar, 16:45 Uhr
Betreff: Ihre Buchung wurde bestätigt

Natürlich fahren wir nach Glenorchy.
Ich konnte nicht aufhören, an dich zu denken, als ich am Samstag mit Onkel Bill dort war, um Fotos zu machen. Jedes Mal, wenn wir mit meiner Familie hingefahren sind und die winzige Stadt in Sichtweite kam, hast du das Ortsschild vorgelesen und breit grinsend »Willkommen in Glenorchy – das Tor zum Paradies!« gerufen.
Onkel Bill und ich waren ewig dort und haben Unmengen an Fotos gemacht. Und ich dachte die ganze Zeit: *Irgendwas fehlt.*
Du natürlich.
Klingt zwar kitschig, aber das Paradies ist ohne dich kein Paradies, Goldie ☺

Von: IsoldeByrne@hotmail.com
An: taylor_hellemann@gmail.com
Gesendet: Montag, 25. Februar, 20:47 Uhr
Betreff: RE: Ihre Buchung wurde bestätigt

Nur damit du's weißt: Deine letzte E-Mail macht mich fertig.
Juni ist noch so weit weg. Ich will JETZT mit dir abhängen.
xx

Von: taylor_hellemann@gmail.com
An: IsoldeByrne@hotmail.com
Gesendet: Dienstag, 26. Februar, 18:17 Uhr
Betreff: Juni muss in die Gänge kommen und schon jetzt hier sein.

Noch neunzigmal schlafen, bevor wir uns wiedersehen.

Von: taylor_hellemann@gmail.com
An: IsoldeByrne@hotmail.com
Gesendet: Freitag, 15. März, 09:00 Uhr
Betreff: Lust, dir heute Abend einen Film mit mir anzusehen?

Keine Ahnung, was es Neues auf Netflix gibt, aber wir finden bestimmt eine romantische Komödie, über die wir uns lustig machen können.

Taylor

Samstag, 16. März

Obwohl es schon nach Mitternacht ist, legen wir nicht auf, als der Film zu Ende ist. Stattdessen hören wir Musik. Ich stelle Issy auf Lautsprecher und spiele ihr übers iPad meinen neuesten Lieblingssong vor.

Wonderwall von Ryan Adams. Es ist ein Cover von Oasis, aber es fühlt sich nicht an wie ein Cover, sondern wie ein komplett neuer Song.

Issy hat ihn noch nie gehört, deshalb lauschen wir schweigend. Während des Refrains verknoten sich immer die Fasern in meinem Herzen, obwohl mein Kopf weiß, dass einen keiner retten kann. So funktioniert das Leben nicht. Aber wer stellt sich bitte nicht gern ein Zauberwesen vor, das einen rettet?

Als der Song zu Ende ist, drücke ich auf Pause.

»Wie findest du es?«

Kurz schweigt sie, und ich frage mich, ob sie den Song überhaupt mag.

»Ich glaube, das wird mal mein Hochzeitslied«, sagt sie dann.

»Das könnte ein Problem werden«, erwidere ich grinsend.

»Warum?«

»Weil ich vor drei Tagen beschlossen habe, dass *Wonderwall* mal *mein* Hochzeitslied wird.«

Es folgt eine Pause.

Ich liebe ihre Pausen. Andere antworten immer sofort, aus Angst vor dem Schweigen. Sie legen sofort los, wenn man den Mund zumacht. Als hätten sie ihre Antwort schon die ganze Zeit vorbereitet. Das gibt mir das Gefühl, als hätte die andere Person gar nicht richtig zugehört. Issy lässt sich immer ein wenig Zeit. Als würde sie sich deine Worte auf der Zunge zergehen lassen, bevor sie antwortet.

»Dann haben wir jetzt ein Problem«, erwidert sie ernst. »Und nur zwei Möglichkeiten.«

»Schieß los.« Ich lehne mich zurück, lege den Kopf aufs Kissen und mache es mir bequem.

»Entweder verzichtet einer von uns auf den Song oder …«

Wieder folgt eine Pause. Aber ich merke, dass es keine ihrer üblichen Pausen ist. Ich weiß, dass sie genau weiß, was sie sagen will. Sie sagt es nur nicht.

»Oder was?«

»Oder *wir* müssen heiraten.«

»Oh.«

Auch das liebe ich an ihren Pausen. Man weiß nie, was sie antworten wird.

Oder wir müssen heiraten.

Ich starre zur Zimmerdecke hinauf, als würden ihre Worte dort geschrieben stehen. Mein Gehirn hat das Signal verloren. Es versucht, einen Sender zu finden, sich eine Antwort auszudenken, aber da ist nichts als Rauschen.

Plötzlich lande ich auf Humor FM. »Dann hast du mich ein Leben lang an der Backe, was?«

»Genau?!«

»Also, welcher wird dein neuer Hochzeitssong, Goldie?«, frage ich und fange an zu lachen. Und sie auch. Ich drücke noch mal auf Play und stelle auf Shuffle.

»Das müssen wir noch klären.« Ihre Stimme dringt durchs Telefon und vibriert in meinem Brustkorb.

Spotify spielt *Young Blood* von The Naked and Famous.

»Das ist ein alter Song«, sagt sie.

»*Super*alt.«

Wir schweigen beide. Ich weiß, dass sie daran denkt, wie ich Dad jedes Mal, wenn er uns auf die Skipiste gefahren hat, dazu gezwungen habe, den *The Art of Flight*-Soundtrack zu spielen.

Oder vielleicht erinnert sie sich daran, wie wir immer auf meinem Bett saßen und Travis Rice und Co dabei beobachtet haben, wie sie in Patagonien aus Helikoptern steigen, sich auf ihren Snowboards einen kilometerlangen Berghang hinabstürzen und ihre Freudenschreie im Tal widerhallen.

Ich habe den Film schon mindestens hundertmal gesehen. Dic meisten Snowboarder haben das. Es ist DIE Snowboard-Doku. Obwohl Goldie keine Snowboarderin war, liebte sie den Film auch. Wegen der Berge und des Soundtracks. Und des Gefühls, dabei zu sein, die eigenen Grenzen zu überwinden und das Hochgefühl mitzuerleben.

»Vermisst du es?«

Sie muss es gar nicht aussprechen. Ich weiß, dass sie Snowboarden meint.

»Ja.«

»Darf ich dich was fragen?«

Ich sage Ja, obwohl ich lieber Nein sagen würde. Vielleicht will ich die Unterhaltung einfach hinter mich bringen, bevor sie im Juni kommt.

»Ich habe dich nie gefragt, ob du es noch mal probiert hast. Nach dem Unfall.«

»Ja, habe ich.« Ich schließe die Augen. »Letzten Juni. In Cardrona. Sie haben dort ein Wintersportprogramm für Körperbehinderte. Die Coaches waren super … Es war nur …«

Ich weiß nicht, wie ich es ihr erklären soll, denn so ganz verstehe ich die Gefühle immer noch nicht, die ich in dieser Woche auf dem Berg hatte.

»Es war nicht dasselbe«, fahre ich fort. »Es war nicht wie vor dem Unfall. Ich weiß, das hätte ich auch nicht erwarten dürfen. Aber ich glaube, ich wollte der Realität nicht ins Auge sehen.« Ich räuspere mich. »Als ich im Krankenhaus war und solche Schmerzen hatte, und später in der Reha, wo ich wieder laufen lernte, war mein Kopf die ganze Zeit ein einziges Chaos. Der einzige Gedanke, an den ich mich klammern konnte, war: *Ich muss wieder auf den Berg.* Du weißt schon. Damit ich mich endlich wieder wie ICH fühlen konnte.«

»Und was ist passiert?«

»Dann wurde es Winter. Ich ging auf den Berg und … hatte Probleme. Es ist anders. Mit einer Prothese zu boarden. Du sagst immer, deine Spitzenschuhe würden sich ›richtig‹ anfühlen, nicht wahr?«

»Ja, natürlich«, erwidert Isolde, ohne zu zögern. »Schon seltsam. Viele Leute glauben mir nicht, wenn ich ihnen erzähle, wie wichtig es ist, meine Schuhe vorzubereiten. Aber sonst ist die Verletzungsgefahr groß. Mit deinen

Stiefeln ist es bestimmt das Gleiche, oder? Sie müssen sich wie ein Teil deines Körpers anfühlen.«

»Ja, genau das ist es«, antworte ich. »Ich war es gewohnt, dass sich mein Stiefel anfühlt wie ein Teil von mir. Dass er und das Board auf jede noch so kleine Bewegung und Gewichtsverlagerung reagieren.«

»Intuitiv eben«, bemerkt Isolde.

»Ja. Und plötzlich hat man eine Prothese als Fuß. Man kann den Boden nicht mehr durch den Stiefel spüren. Und statt eines Knöchels, den man drehen kann, hat man nur noch einen Drehwinkel von zehn bis zwölf Grad. Alle Muskeln, die bisher auf das Terrain reagiert haben – du weißt schon, um plötzlich eine Kurve zu fahren oder sonst wie zu reagieren –, waren mit einem Mal nicht mehr da. Statt nur den Fuß zu drehen, musste ich jetzt den ganzen Körper einsetzen und die Energie durch die Prothese leiten und in meinen Stiefel. Selbst die Art, wie ich mich immer auf das Board gestellt habe. Du weißt schon, meine Haltung, die fundamental war. Sie war nicht mehr richtig, weil sich mein Schwerpunkt verlagert hat.«

Keine Ahnung, ob ich das alles richtig erkläre. Ich halte kaum inne, um Luft zu holen. Aber ich habe diese Geschichte so lange für mich behalten, dass es sich jetzt anfühlt, als wäre in mir ein Damm gebrochen.

»All das gab mir das Gefühl, keine Kontrolle mehr über mein Board zu haben. Die Angst hat sich in meiner Haltung widergespiegelt. Du weißt schon. Wenn man sich ganz weit zurücklehnt und vom Berg zurückweicht, statt ihn zu attackieren. Es war einfach … beschissen. Ich begann zu denken: *Taylor, wenn du nicht mal mehr eine grüne Piste schaffst, wirst du dich bei Big Air umbringen.*«

Natürlich hatte ich auch vor dem Unfall Angst gehabt. Und das, obwohl ich *Hellfire Hellemann* war.

Wenn die Leute zum ersten Mal von Big Air hören oder es im Fernsehen sehen, denken sie immer das Gleiche: *Diese Boarder müssen vollkommen furchtlos sein, um so etwas Verrücktes abziehen zu können.*

Aber das sind wir ganz offensichtlich nicht. Wir sind Menschen. Jeder Mensch hat Angst, wenn er auf einer fünfundzwanzig Meter hohen Rampe steht. Auf olympischem Level sind es sogar fast fünfzig Meter hohe Monster. Diese unfassbar steile Rampe gibt einem die Geschwindigkeit und die Höhe, die man braucht, um sich wie eine Supernova in die Luft zu katapultieren. Aber so schnell unterwegs zu sein, birgt auch Risiken.

Man muss nach dem Trick richtig aufkommen. Auch wenn die Landezone ein Gefälle hat, trifft man trotzdem auf harten Schnee. Landet man falsch, können die Konsequenzen verheerend sein. Kreuzbandriss. Knochenbrüche. Rückenverletzungen.

Solche Sachen verdrängt man, denn sie sind zu schrecklich, um darüber nachzudenken. Selbst mit Helm kann man an einer Gehirnverletzung sterben.

Wenn man also während eines Wettbewerbs auf der Rampe steht, muss man einen Weg finden, mit der Angst umzugehen. Manche Boarder machen Atemübungen. Andere denken daran, wie oft sie den Trick schon geschafft haben. Ich? Ich habe die Angst dafür genutzt, um mich mit Adrenalin vollzupumpen. Ich fühlte mich dadurch lebendig.

Wenn nach dem Start etwas schiefgeht, geht es *schnell* schief. Dann kann man nicht mehr viel machen. Diesen

Gedanken fand ich immer irgendwie beruhigend. Eine Art Schicksalsergebenheit. *Es kommt, wie es kommt.*

Aber das war vor dem Unfall. Jetzt weiß ich, wie es sich anfühlt, wenn der eigene Körper zerbricht. Die alte Gelassenheit war dahin. Genau wie das Vertrauen, es schon zu schaffen.

Allein wenn ich darüber nachdenke, bekomme ich feuchte Hände. Issy schweigt noch immer. Das ist das Einzige, was es mir erlaubt fortzufahren.

Es sprudelt nur so aus mir heraus. Der innere Druck. Dass ich letzten Juni auf dem Berg so geschwitzt habe und so frustriert war, dass ich am liebsten die ganze Zeit geflucht hätte, stattdessen aber das Gefühl hatte, lächeln zu müssen. Der Phönix aus der Asche sein zu müssen.

Ich musste so tun, als wäre alles in Ordnung, obwohl überhaupt nichts mehr in Ordnung war.

Ich erzähle Issy, dass sich Snowboarden – was immer meine Rettung gewesen war – für mich in dieser Woche in etwas anderes verwandelte. Es war keine Strategie mehr, um meine Angst zu bewältigen, denn ich hatte währenddessen die ganze Zeit Angst. Es war keine Ablenkung mehr. Nicht mehr meine Form der Meditation, weil mein Körper nicht mehr auf Autopilot schaltete, wenn ich die Rampe hinabsauste.

Stattdessen musste ich jedes Mal, wenn mein neues Bein nicht das tat, was es sollte, an mein altes denken.

Wie gut es gewesen war.

Jede Sekunde, die ich auf diesem Berg verbracht habe, dachte ich: *Es wird nie wieder so sein wie früher.*

»Sieben Tage später habe ich beschlossen, dass ich nicht mehr snowboarden will. Nicht, wenn ich mich dadurch nur schlecht fühle. Also habe ich mein Board und die Stiefel in den Schrank gestellt und sie seither nicht mehr angerührt.«

Isolde fragt nicht: *Warum hast du dich nicht mehr angestrengt?* Das ist die Frage, die ich mir selbst immer wieder stelle. *Sieben Tage, Taylor. Hast du dem Ganzen wirklich eine Chance gegeben?*

Vielleicht bist du einfach ein Feigling, flüstert mein Gehirn – wie immer, wenn ich richtig deprimiert bin.

»Es war bestimmt richtig schwer, es aufzugeben«, sagt Isolde.

Ich habe einen Kloß im Hals. Kurz kann ich nicht sprechen. Ich starre zur Zimmerdecke hinauf, bis ich endlich einen Ton herausbringe.

»Ja, war es.«

»Denkst du oft darüber nach?«

»Ich versuche, es nicht zu tun. Manchmal träume ich davon, oben in den Bergen zu sein.« Ich erzähle ihr nicht, dass ich dann immer heulend aufwache.

»Meinst du, du wirst es irgendwann noch mal probieren? Ich meine, nicht professionell. Nur für dich. Zum Spaß?«

Manchmal macht sie mir Angst mit ihrer Fähigkeit, Gedanken zu lesen. Sie findet das Einstichloch eines Gefühls, das ich mir bisher nicht eingestehen wollte.

Das Gefühl, das ich seit diesem Monat habe, wenn ich meine Kamera auf die Remarkables richte und den Eindruck habe, einen alten Freund zu sehen, der mir aus der Ferne zuwinkt. Wie ich jeden Tag merke, dass der Herbst näher rückt. Allein an der Luft, die nun frischer und kühler ist. Als würde man sie nicht atmen, sondern trinken.

Wie ein Glas Eiswasser. Der Himmel ist so blau, dass einem fast schwindlig wird. All diese Dinge wecken in mir das alte Gefühl, das ich früher zu dieser Jahreszeit in den Knochen gespürt habe.

Vorfreude. Aufregung. Rastlosigkeit.

Denn ich weiß: Der Winter kommt. Der *Schnee* kommt.

»Manchmal«, gebe ich zu. »In letzter Zeit vielleicht ein bisschen öfter.«

Ich muss Issy nicht sagen, dass ich nicht mehr reden will. Sie weiß es. Also liegen wir da, in verschiedenen Betten, zwischen uns ein Ozean, und hören mitten in der Nacht dieselbe Musik. Nachdem wir aufgelegt haben, denke ich weiter über ihre Worte nach.

Meinst du, du wirst es irgendwann noch mal probieren? Ich meine, nicht professionell. Nur für dich. Zum Spaß?

Ich bin noch nicht bereit, diese Frage zu beantworten. Mal sehen, wie ich mich im Winter fühle.

Isolde

Samstag, 16. März
Ich kann nicht einschlafen, nachdem wir uns Gute Nacht gesagt haben. Normalerweise schlafe ich *besser*, wenn ich mit Taylor gesprochen habe. Aber heute nicht.

Vielleicht, weil es sich falsch anfühlt, allein in meinem Zimmer zu liegen, nachdem er sich mir anvertraut hat. Diese ehrlichen Worte, die ungeschliffen aus ihm herauskamen. Als hätte er sie noch nie jemandem gesagt. Nur mir. Es fühlt sich an, als sollte ich neben ihm liegen und seine Hand halten.

Ich habe dieses Gefühl. Das ungute Gefühl, das einen auf dem Weg zum Flughafen überkommt und man überzeugt ist, etwas vergessen zu haben, obwohl der Koffer direkt neben einem steht, der Ausweis im Rucksack steckt und das Smartphone in der Hand.

Ich weiß, dass *er* es ist, den ich vermisse. Und ich kann deshalb nicht schlafen. Also höre ich *Wonderwall* in Dauerschleife, bis mir endlich die Augen zufallen.

Von: taylor_hellemann@gmail.com
An: IsoldeByrne@hotmail.com
Gesendet: Sonntag, 17. März, 13:15 Uhr
Betreff: Danke

Du weißt, wofür.
Nachdem ich gestern Nacht so viel geredet habe, fehlen mir heute irgendwie die Worte. Oder vielleicht finde ich auch einfach nicht die richtigen, um dir zu sagen, wie viel mir unsere nächtlichen Gespräche bedeuten.
Stattdessen habe ich dir eine Playlist gemacht.
Oder besser gesagt, *uns*.
Die *Issy und Taylor mitten in der Nacht*-Playlist.

Issy und Taylor mitten in der Nacht

Half of You	Leland & Bram Inscore
Honey and Milk	Andrew Belle
Up All Night	Matt DiMona
Hewlett's Comet	Dustin Tebbutt
TALK ME DOWN	Troye Sivan
Next 2 U	Matt DiMona & Kiki Halliday
Atlas	Shannon Saunders
When the Night Is Over	Lord Huron
Change It All	Harrison Storm
Empty Streets (Accoustic Version)	Kota Banks & MOZA
Cologne	Haux

Von: IsoldeByrne@hotmail.com
An: taylor_hellemann@gmail.com
Gesendet: Sonntag, 17. März, 19:27 Uhr
Betreff: RE: Danke

Tay, du weißt, dass mir unsere Gespräche auch die Welt bedeuten, oder?
Ich sollte diejenige sein, die sich bei dir bedankt. Dafür, dass du das mit mir geteilt hast. Mir geht es genau wie dir. Mir fehlen auch die Worte, um meine Gefühle zu beschreiben, die ich nach unserem Telefonat empfunden habe.
Die Playlist, die du mir geschickt hast, ist bisher meine liebste. Der beste Song? *Up All Night* von Matt DiMona.
Es ist zwar ein Liebeslied, aber es fühlt sich einfach nach *unserem* Song an.

Von: taylor_hellemann@gmail.com
An: IsoldeByrne@hotmail.com
Gesendet: Sonntag, 17. März, 23:04 Uhr
Betreff: Liebeslied, was? ☺

Aber mal im Ernst, Issy. Dieser Song ist ... na ja, du hast es ja schon gesagt. Das sind *wir.*

Taylors Smartphone

Sonntag, 7. April, 16:12 Uhr

ICH: Bist du in der Stadt, Finn?
FINN: Ja. Bei meinem Dad im Büro. Soll ich dich von der Arbeit nach Hause fahren?
ICH: Könnte in fünf Minuten da sein. Treffen wir uns an der Küste an der Mauer?
FINN: Auf keinen Fall. Es ist beißend kalt. Komm einfach ins Büro. Die Heizung ist an.
ICH: Können wir uns draußen treffen?
FINN: WARUM? Ich habe meinen Schal vergessen. Ich will nicht draußen stehen ☹☹
ICH: Du kriegst *meinen* Schal, du Baby. Komm einfach raus.
FINN: Nenn mir einen guten Grund.
ICH: Ellie kam heute in den Laden. Sie hat gefragt, ob wir zusammen ausgehen. Oder zumindest glaube ich das. Vielleicht hat sie es auch einfach nur nett gemeint.
FINN: BIN AUF DEM WEG.

Skype-Unterhaltung

Montag, 8. April, 20:00 Uhr

FINN WILLIAMS: Hast du Ellie schon geschrieben?
TAYLOR HELLEMANN: Noch nicht.
FINN WILLIAMS: Sie hat dir vor über vierundzwanzig Stunden ihre Nummer gegeben. Das Zeitfenster schließt sich langsam, falls du mit ihr ausgehen willst.
TAYLOR HELLEMANN: Sagt wer?
FINN WILLIAMS: Sagt das Finn Williams Dating-Programm.
TAYLOR HELLEMANN: Und wie ist die Erfolgsquote deines Programms? ☺
FINN WILLIAMS: Halt den Mund. Aber jetzt mal im Ernst, Mann. Ellie hat Mut bewiesen. Sie hat dir ihre Nummer gegeben. Also respektiere das. Wenn du mit ihr ausgehen willst, schreib ihr. Falls nicht, sag ihr wenigstens ab. Ich verstehe nicht, warum du zögerst.
TAYLOR HELLEMANN: Es ist nur ...
FINN WILLIAMS: Was?
TAYLOR HELLEMANN: Das klingt jetzt böse. Aber ich habe seit Monaten nicht mehr an Ellie gedacht. Ich habe nicht damit gerechnet, dass sie in den Laden

kommt. Und ganz bestimmt nicht damit, dass sie mit mir ausgehen will. FALLS sie das überhaupt will.

FINN WILLIAMS: Mann. Sie hat dich gefragt, ob ihr oben bei der Bergbahn Sterne beobachtet. STERNE BEOBACHTEN. Das ist ein Date. Willst du? Oder willst du nicht?

TAYLOR HELLEMANN: Ich weiß es nicht.

FINN WILLIAMS: Jetzt mal ehrlich. Liegt es an Issy?

TAYLOR HELLEMANN: Warum sollte Issy irgendwas damit zu tun haben?

FINN WILLIAMS: Nun ja, Ellie ist echt heiß. Das letzte halbe Jahr hast du von ihr geschwärmt. Und vor zwei Sekunden sagst du mir, dass du nicht mehr an sie denkst. Seit Monaten. Vielleicht wegen deiner Fernbeziehung mit Issy?

TAYLOR HELLEMANN: Wir führen KEINE Fernbeziehung.

FINN WILLIAMS: *Hust* Lügner *hust*. Ihr habt zweimal die Woche ein »Skype-Date«.

TAYLOR HELLEMANN: Wir NENNEN es nur so.

FINN WILLIAMS: Wie auch immer. Ich habe keine Lust, zum VIERZIGSTEN Mal diese Unterhaltung zu führen. Alles, was ich sagen will, ist: Wärst du NICHT in Isolde verliebt, hättest du Ellie GESTERN ABEND geschrieben.

TAYLOR HELLEMANN: Nur weil ich ihr noch nicht geschrieben habe, heißt das nicht, dass ich es nicht noch tun werde.

FINN WILLIAMS: Du hast aber keine Angst, nach deinem Unfall wieder zu daten oder so?

TAYLOR HELLEMANN: Weißt du was? Ich schreibe Ellie sofort, wenn es dich glücklich macht.
FINN WILLIAMS: Ich will nicht, dass du Ellie schreibst, um MICH glücklich zu machen. Nur wenn es DICH glücklich macht. Falls du aber lieber mit Issy zusammen sein willst, geht das für mich klar. Ich LIEBE Issy.
TAYLOR HELLEMANN: Ich habe Ellie gerade geschrieben. Lässt du mich jetzt in Ruhe?
FINN WILLIAMS: Na schön. Nur damit du's weißt. Insgeheim habe ich gehofft, dass Issy und du ein Paar werdet.
TAYLOR HELLEMANN: Finn, HÖR JETZT AUF.

Taylors Smartphone

Montag, 8. April, 20:10 Uhr

ICH: Hey, Ellie. Ich habe die Zeiten bei Skyline gecheckt. Diesen Monat findet jeden Abend um 21:30 Uhr eine Tour statt. Jede Menge Möglichkeiten. ☺ Wann passt es dir am besten?
ELLIE: Samstag wäre super! ☺
ICH: Da kann ich. ☺ Wollen wir uns um 19:00 Uhr unten an der Seilbahn treffen? Dann können wir den Sonnenuntergang von der Aussichtsplattform beobachten. Noch ein Muss, wenn man in QT ist.
ELLIE: Klingt super. Freue mich, dich zu sehen. ☺☺
ICH: Ich mich auch.

Taylor

Sonntag, 14. April

Es ist zwei Uhr nachts, und ich kann nicht schlafen. Alles, woran ich denken kann, ist: Ich wünschte, Ellie wäre nicht in den Laden gekommen.

Das wurde mir klar, als Issy mir gestern um 17:45 Uhr geschrieben hat.

ISOLDE: Lust, heute Abend zu skypen? ☺

Ich muss es ihr sagen. Es ist seltsam, wenn ich es nicht tue. Ich erzähle ihr *alles.*

ICH: Ich habe ... heute schon was vor.
ISOLDE: Was denn?
ICH: Ein Date, schätze ich. Oder zumindest glaube ich, dass es ein Date ist. Haha.

Kurz kommt keine Antwort. Dann »Isolde schreibt«.

ISOLDE: Oh, wow. Wie aufregend! ☺☺

Plötzlich will ich nur noch mit ihr reden. Ihre Stimme hören. Sie *sehen.*

ICH: Hey, ich muss erst in einer Stunde los. Hast du jetzt Zeit?
ISOLDE: Solltest du dich nicht besser für dein Date fertig machen?!?
ICH: Vielleicht :/ Würdest du mir helfen, ein Outfit auszusuchen? Ich bin aus der Übung. Und ich bin ziemlich nervös, um ehrlich zu sein. Dumm, oder?

Keine Ahnung, warum ich vor Issy zugeben kann, dass ich nervös bin, aber nicht vor Finn. Warum sich das, was sich wie ein großes Loch in meiner Rüstung – eine große Verletzlichkeit – anfühlt, bei ihr zu Offenheit wird.

ISOLDE: Dafür gibt es keinen Grund. Sei einfach du selbst. Dann wird sie dich lieben.
ICH: Das klingt zu einfach.
ISOLDE: Vertrau mir. So funktioniert das bei dir. ☺
ICH: Hey, Issy, hör zu ...
ISOLDE: Muss Schluss machen, Tay. Mum ruft nach mir. Heute Abend kommen ein paar ihrer Kollegen zu Besuch. Ich muss ihr mit dem Essen helfen.
ICH: Morgen reden?
ISOLDE: Klar. Viel Spaß bei deinem Date. ☺

Sie reagiert total gelassen. Keine Ahnung, warum ich Ewigkeiten auf unseren Chat starre, nachdem sie die Unterhaltung beendet hat.

Um 18:15 Uhr wird mir klar, dass ich mich jetzt verdammt noch mal zusammenreißen muss. Ich muss noch duschen und ein Outfit aussuchen. Dad fährt mich in zwanzig Minuten hin. Bei der Seilbahn angekommen, ist Ellie bereits da. Sie steht beim Eingang und winkt mir zu.

Ich hätte früher hier sein sollen. Oder wenigstens hätte ich dafür sorgen sollen, dass Dad auf dem Beifahrersitz sitzt. Ellie ist ein halbes Jahr älter als ich. Hier bin ich – und steige mit fast achtzehn Jahren aus dem Auto meines Dads.

Es scheint sie jedoch nicht zu kümmern. Sie lächelt mich breit an, als ich auf sie zugehe. Da es mir immer noch peinlich ist, wie ein Kind von meinem Dad herumgefahren zu werden, bestehe ich wenigstens darauf, die Tickets für die Seilbahn zu kaufen.

Wir steigen in die Gondel. Anscheinend sind wir außerhalb der Stoßzeiten hier, denn wir sind allein. Wir sitzen nebeneinander auf der Bank, damit wir beide die Aussicht genießen können, während wir auf den Berg hinauffahren. Der Anstieg ist so steil, dass mein Magen kribbelt. Vielleicht sind es aber auch die Nerven. Immerhin ist es mein erstes Date seit dem Unfall.

Oben angekommen gehen wir durch das Restaurant und betreten die Aussichtsplattform. In der Ferne geht die Sonne unter, vor uns liegt ein 180-Grad-Panorama des Sees. Die lila-blauen Berge fallen steil zum Wasser hin ab.

»Von dieser Aussicht werde ich nie genug kriegen«, sagt Ellie und schüttelt den Kopf.

»Ich auch nicht, obwohl ich schon mein ganzes Leben lang hierherkomme«, sage ich offen.

Als die Sonne untergegangen ist, wird es zu kalt, um länger draußen zu bleiben. Wir gehen hinein und setzen uns an einen Fensterplatz.

»Heiße Schokolade?«, frage ich, ohne nachzudenken. Ellie fängt an zu lachen.

Doch es ist nicht die Art von Lachen, bei der ich mir dumm vorkomme. Sie hat kleine Fältchen um die Augen. Und ihr Lachen ist ansteckend.

»Ähm, vielleicht lieber etwas anderes?« Sie zuckt mit den Schultern.

Wir entscheiden uns für Kaffee. Wir umklammern unsere Tassen mit beiden Händen, und zum ersten Mal konzentrieren wir uns nicht auf die Aussicht, sondern sehen einander an. Ellie trägt einen plüschigen weißen Pullover, den man am liebsten anfassen würde. Ihre Wangen sind rosa von der Kälte draußen. Heute sieht sie noch hübscher aus als neulich im Laden.

Unsere Pommes werden serviert. Während wir sie verschlingen, scherzen wir die ganze Zeit.

Beim zweiten Kaffee merke ich, dass ich tatsächlich Spaß habe.

Um 20:45 Uhr gehen wir zum Treffpunkt für die Sternbeobachtungstour. Auf der Bergspitze beim Teleskop angekommen, sagt unser Guide Justin: »Jetzt hat jeder die Möglichkeit, Saturn zu bewundern«, und winkt die Gruppe näher zu sich.

»Du hattest recht. Das muss man wirklich mal gemacht haben.« Ellie lächelt mich an, nachdem sie an der Reihe war.

Ich trete ans Teleskop. Da ist er. Saturn. Natürlich kenne ich den Planten aus Schulbüchern und Dokus. Aber das hier ist anders. Saturn ist geschwungen, fast 3-D. Und farbenfroh. Ein Gemisch aus Orange, Gelb und Weiß umringt den Planeten. Ich muss an meine dreifarbigen Murmeln denken, mit denen ich als Kind gespielt habe.

Unglaublich, dass es da draußen einen Planeten mit Ringen aus EIS gibt. Er ist tatsächlich echt. Das übersteigt meine Vorstellungskraft.

Ich höre, wie Ellie irgendwas zu mir sagt. Ihr Kopf muss ganz nah an meinem sein, denn ich kann ihr Shampoo riechen. Aber ich kann nur daran denken, wie ich Issy den Saturn beschreibe, wenn ich mich später bei ihr melde. Doch meine E-Mail kann noch so poetisch und ausgeschmückt sein – es wird ihm nicht gerecht werden. Sie muss herkommen und ihn mit eigenen Augen sehen. Wenn sie im Juni kommt, werde ich mit ihr hochfahren.

Oh Mist.

Ich habe gerade ein Date und stehe neben einem wunderschönen Mädchen. Einem lustigen, klugen, netten, hübschen Mädchen. Und meine Gedanken sind eine Million Meilen entfernt. Bei Isolde.

Ich hebe den Kopf und trete vom Teleskop zurück. Ich richte den Blick zum Himmel hinauf. Mir ist schwindlig, doch es hat nichts mit den abertausenden Sternen zu tun, die auf mich herunterstarren.

Den Rest des Dates bin ich wie ein Zombie.

Dad wartet im Auto, um mich abzuholen. Wir nehmen Ellie mit zu ihrer Schwester.

»Es war ein sehr schöner Abend«, sagt sie, als wir auf dem Bordstein stehen.

Ich fühle mich schrecklich, denn ich sehe ihr an, dass sie es nicht nur aus Höflichkeit sagt. Sie hatte *tatsächlich* einen schönen Abend. Wir umarmen uns kurz und wünschen einander eine gute Nacht.

Auf dem Heimweg versucht Dad, Details aus mir herauszuquetschen.

»Kein Klatsch und Tratsch für deinen Dad? Du musst sie wirklich mögen.« Er zwinkert.

Ich werde ihn jetzt nicht korrigieren, denn sonst will er wissen, warum. Und ganz ehrlich: Es gibt keinen einzigen Grund, warum ich nicht in Ellie verliebt sein sollte.

Doch sie ist nicht der Grund. Es ist Issy.

Sofort als ich nach Hause komme, mache ich das Licht aus und lege mich ins Bett. Hinter geschlossenen Augen kann ich immer noch den Saturn mit seinen Ringen sehen. Natürlich wusste ich, dass ich Gefühle für Isolde entwickelt habe. Ich bin ja kein Idiot. Seit Monaten spüre ich, wie die Gefühle langsam um die Ecke gekrochen kommen.

Das Kribbeln in meinem Körper, wenn ich eine E-Mail von ihr bekomme. Wie ich mich fühle, wenn ich mitten in der Nacht ihre Stimme höre. Wie mein Herz gepocht hat, als ich für die Blumen bezahlt und mir ihr Gesicht vorgestellt habe, wenn sie die Karte mit »Alles Liebe, Taylor« sehen würde.

Das macht mein Herz jedes Mal, wenn ich an Juni denke und daran, dass sie dann hier bei mir in Queenstown sein wird.

Ein kleiner Teil in mir wusste, dass ich mich allmählich wieder fühle wie damals im Sommer, als ich vierzehn war. Aber ich dachte, ich könnte meine Gefühle kontrollieren. Eine Entscheidung treffen wie damals an Silvester, als ich mich dazu entschlossen habe, sie *nicht* zu küssen. Unsere Freundschaft so zu belassen, wie sie war.

Ich weiß nicht, warum es diesmal anders ist. Warum mir richtig schlecht geworden ist, als mir Ellie letzten

Sonntag die Karte mit ihrer Nummer gegeben hat und ich nur denken konnte:

Ich will das nicht.

Ich will sie. ISSY. Keine andere.

Instant-Messenger-Unterhaltung

Sonntag, 14. April, 09:03 Uhr in Sydney, 11:03 in Queenstown

TAYLOR HELLEMANN: Hey, bist du schon wach?
ISOLDE BYRNE: Hey. Bin gerade auf dem Weg zum Pilates.
TAYLOR HELLEMANN: Können wir reden, wenn du wieder da bist?
ISOLDE BYRNE: Heute ist es ein bisschen schwierig ... Kann ich dich morgen anrufen?
TAYLOR HELLEMANN: Klar. Freu mich. ☺

Isolde

Montag, 15. April
Als ich sagte, ich würde ihn morgen anrufen, meinte ich es auch so.

Aber dann wurde aus morgen heute. Als ich nach meinem Handy griff … konnte ich einfach nicht.

Taylor

Mittwoch, 17. April

Am Montag hat sie nicht angerufen.

Dienstag auch nicht.

Ich habe es heute Abend bei ihr probiert, doch sie ist nicht rangegangen.

Ich kann nicht auf ihre Mailbox sprechen. Ich habe keine Ahnung, was ich sagen soll, obwohl *ich* derjenige war, der reden wollte. Aber ich warte trotzdem, bis sich die Mailbox einschaltet.

Ich schätze, ich wollte einfach ihre Stimme hören. Denn mein Herz denkt, das würde alles lösen.

Taylor

Samstag, 20. April
Ich habe offiziell den Verstand verloren. Während ich mich ständig frage, wann sie mich zurückrufen wird, habe ich heute Nachmittag angefangen, auf Spotify eine Playlist mit dem Titel *Ich kann nicht aufhören, an sie zu denken* zusammenzustellen.

Seither liege ich hier, höre Musik und erlaube mir, über alles nachzudenken, worüber ich bisher nicht nachdenken wollte. Ich schließe die Augen und stelle mir vor, wie Isolde neben mir liegt, ihr dunkles Haar auf dem weißen Kissen. Ich strecke die Hand aus und tue, als wollte ich ihre Hand ergreifen oder ihre Wange streicheln.

Ich stelle mir vor, wie ich sie küsse.

Ich halte es kaum aus.

Keine Ahnung, wie viele Stunde ich so daliege und tagträume.

Ich merke nicht, dass aus dem Nachmittag Abend geworden ist, bis Finn in mein Zimmer kommt und mich auf dem Bett liegen und zur Zimmerdecke starren sieht, während ein trauriges Liebeslied läuft.

Japp. Total klischeehaft.

»Das würde ich keinen gesunden Samstagabend nennen. Nur, damit du's weißt«, sagt er und grinst wie die Katze aus Alice im Wunderland.

»Halt die Klappe.«

Er legt sich zu mir und beginnt, auf seinem Handy durch Instagram zu scrollen. Ich habe keine Lust, nach meinem Smartphone zu greifen. Dann werde ich nur wieder daran erinnert, dass sie sich nicht gemeldet hat.

Mum ruft von unten, dass sie jetzt Popcorn macht. Also hieve ich mich zum ersten Mal seit Stunden aus dem Bett und gehe in die Küche, um ihr zu helfen. Als ich zehn Minuten später mit einer Schüssel Butterpopcorn zurückkomme, liegt Finn immer noch so da, komplett in seinem Display verloren.

»Das würde ich nicht als gesunden Samstagabend bezeichnen. Nur, damit du's weißt.«

»Haha«, sagt er, die Nase immer noch in Instagram vergraben.

Hoffnungsvoll greife ich nach meinem eigenen Handy. Aber nichts.

Ich öffne Instagram, um mich abzulenken. Ich sehe, dass Finn eine Story gepostet hat und tippe sie an. Es dauert kurz, bis ich kapiere, *was* er gepostet hat. Ein Screenshot von meinem iPad. Von Spotify, um genau zu sein. Dazu hat er geschrieben: *Wenn dein bester Freund eine verdammt kitschige Playlist hat.*

Ich drehe mich zu ihm und packe seinen Unterarm. »Bist du denn total bescheuert?«, schreie ich, reiße ihm das Smartphone aus der Hand und lösche den Post.

»Hey!«, kreischt Finn mit aufgerissenen Augen.

»Was ist nur los mit dir?«, frage ich und wedle mit dem Handy.

»Du meinst wohl, was ist mit DIR los?« Finn reibt sich den Arm, der von meinem festen Griff ganz rot ist.

»Du postest *meine* Playlist in *deiner* Story!«

»Ich wollte nur Spaß machen. Mich über deinen Musikgeschmack lustig machen. Warum rastest du jetzt so aus?«

Warum kapiert er es nicht?

»Hast du nicht darüber nachgedacht, dass die Playlist vielleicht privat sein könnte? Da ich sie *Ich kann nicht aufhören, an sie zu denken* genannt habe?«

»Ich dachte, es wäre nur irgendeine Playlist. Ich wusste nicht, dass es *deine* ist. Okay, jetzt fühle ich mich schlecht. Aber beruhig dich wieder, Mann. Ellie ist nicht bei Instagram, schon vergessen? Als wir letztes Jahr nach ihr gesucht haben, konnten wir sie nicht finden. Sie hat den Post nicht gesehen.«

»Aber Isolde ist bei Instagram. Sie folgt dir. *Sie* hat ihn vielleicht gesehen.«

Ich weiß, dass ich mich gerade verrate. Jetzt weiß er wahrscheinlich, warum ich so ausraste.

»Und? Du hast gesagt, du hättest ihr von deinem Date erzählt und sie habe total cool reagiert. Worüber regst du dich also auf?«

Oder auch nicht.

»Es geht um SIE, Finn. Isolde. Ich kann nicht aufhören, an *sie* zu denken. Du hattest recht, okay? Ich habe Gefühle für sie.«

»Oh.«

»Ja.«

Wir schweigen beide.

»Es war nur fünf Minuten online«, sagt er irgendwann.

»Können wir nachsehen, wer die Story gesehen hat?«

Fünf Minuten sind nicht lang. Wahrscheinlich hat sie es nicht gesehen. Bleib ruhig, solange du es nicht sicher weißt.

»Nein. Du hast es gelöscht.«

Ich sage ein Wort, das ich nicht sagen sollte. Und zwar fünfmal hintereinander.

Isolde

Samstag, 20. April
Ich liege auf meinem Bett, scrolle durch Instagram um mich abzulenken, als ich es plötzlich sehe.

Finns letzte Story.

Wenn dein bester Freund eine verdammt kitschige Playlist hat.

Ich halte die Story gedrückt, damit es nicht zur nächsten springt.

Ich kann nicht aufhören, an sie zu denken.

Ich weiß, dass Taylor der Freund ist.

Ich weiß, dass er *sie* meint.

Ich dachte, Playlisten wären *unser* Ding.

Aber anscheinend nicht.

Instant-Messenger-Unterhaltung

Sonntag, 21. April, 16:02 Uhr

FINN WILLIAMS: Hat sie sich gemeldet?
TAYLOR HELLEMANN: Nope.
FINN WILLIAMS: Willst du sie nicht lieber anrufen, statt darauf zu warten, dass sie dich anruft?
TAYLOR HELLEMANN: Und was soll ich dann sagen? »Oh, falls du die Story gesehen hast, die mein bescheuerter Kumpel gestern Abend gepostet hat, ignorier sie einfach?« Das wäre KEIN BISSCHEN seltsam. Und was, wenn sie sich nicht meldet, weil sie mir aus dem Weg gehen will? Wenn sie WEISS, dass es um sie geht und nicht WILL, dass es um sie geht?
FINN WILLIAMS: Du verlierst langsam den Bezug zur Realität. Natürlich denkt sie nicht, dass es in der Playlist um sie geht. Denn:
1. DU HAST IHR NICHT GESAGT, DASS ES UM SIE GEHT.
2. Die Playlist heißt nicht *Ich kann nicht aufhören, an ISOLDE zu denken.*
3. Als würde sie das wirklich glauben. Hallo? Du hattest letzte Woche ein Date mit einer anderen!
TAYLOR HELLEMANN: Großartig. Dann denkt sie also, dass es um Ellie geht. Das ist ja noch schlimmer.

Ich habe gerade jede winzige Chance vermasselt, mit Issy zusammenzukommen.

FINN WILLIAMS: Na ja, das hast du vermutlich schon, als du dich mit Ellie getroffen hast.

TAYLOR HELLEMANN: Damit hilfst du mir gerade ÜBERHAUPT NICHT.

Isolde

Sonntag, 21. April

Bisher habe ich versucht, mich nicht zu sehr in die Sache hineinzusteigern. Ich schätze, ich hatte gehofft, es wäre nur ein Date, das fürchterlich schiefgeht.

Aber offensichtlich ist es das nicht.

Ich hasse die Tatsache, dass es mir die Luft zum Atmen genommen hat, als er mir vor acht Tagen von seinem Date erzählt hat. Ein paar Wörter zwischen zwei Kurznachrichten. Dass er damit so locker umgegangen ist, hat mich mehr verletzt als alles andere. Aber ich schätze, »locker« ergibt Sinn, oder? Schließlich war es nur ein Kumpel, der einer Freundin erzählt, dass er ein Date hat.

Also habe ich ebenfalls locker reagiert. Jedenfalls nachdem die dreißig Sekunden schreiende Stille in meinem Gehirn vorüber waren. Ich habe mich genug zusammengerissen, um so zu tun, als würde ich mich für ihn freuen und habe ein paar lachende Smileys eingeworfen.

Aber »Sei einfach du selbst. Sie wird dich lieben.« hätte ich nicht sagen sollen. Das war der ehrliche Teil von mir.

Amateurin. Inzwischen sollte ich das Ganze besser beherrschen. Schließlich habe ich das alles schon mal durchgemacht.

Mit zwölf war ich so verschossen in Taylor. Ich weiß noch genau, wann es angefangen hat. Wenn ich die Augen schließe, bin ich sofort wieder da. An Ostersonntag in Taylors Garten hinterm Haus.

Wir sitzen auf seinem Trampolin und brechen Stücke aus einem gigantischen Schokoei. Taylor erzählt, er glaube, er könne schneller rennen als ein T-Rex.

»Jetzt übertreib mal nicht«, sage ich mit vollem Mund. »Das würdest du nie schaffen.«

»Wenn ich sprinte, vielleicht schon. Etwas so Großes kann sich nicht so schnell bewegen.«

»Ähm, und was ist mit einem Elefanten? Die können bis zu vierzig Stundenkilometer schnell laufen.«

Taylor verdreht die Augen. »Das sind Elefanten. Kein T-Rex.«

»Ich sag's dir, ein T-Rex ist schneller als ein Elefant.«

»Wer weiß das schon so genau? Es ist noch nie jemand gegen einen Dinosaurier angetreten.«

Wir versuchen zu googeln, wie schnell ein T-Rex rennen kann, doch die Artikel widersprechen einander.

»Nun ja, BuzzFeed sagt, man müsse Usain Bolt sein, um einen T-Rex zu schlagen. Keine Ahnung, wie viele Rennen du schon in der Schule gewonnen hast, aber du bist nicht Usain Bolt.« Ich zucke mit den Schultern.

»Aber bergab würde ich bestimmt gewinnen.«

Er hat immer eine Antwort parat, selbst wenn er weiß, dass er verliert. Es treibt mich in den Wahnsinn.

Ich mustere sein Siegerlächeln und wie er die Arme vor der Brust verschränkt, als hätte er gerade gewonnen. »Du bist der nervigste Mensch aller Zeiten.«

»Ich kann noch mehr nerven.« Taylor steht auf und fängt an zu springen, sodass ich auf und ab hüpfe.

»Hör auf!« Ich werfe den Rest des Schokoeis nach ihm und treffe ihn damit am Kopf.

Er schafft es, ein Stückchen Schokolade mit dem Mund zu fangen. »Mmh, lecker! Danke, Goldie!«

Ich greife nach seinen Knien, denn es ist meine einzige Chance auf Revanche. Er landet direkt neben mir. Ich sehe ihn an. Sein Kopf ist nur dreißig Zentimeter von meinem entfernt, und er hat immer noch dieses nervtötende Grinsen auf den Lippen. An seiner Wange klebt ein wenig Schokolade. Anscheinend ist er mit dem Gesicht auf einem der Schokostückchen gelandet, die um uns verteilt auf dem Trampolin liegen.

Ich sehe in sein grinsendes Gesicht – und das war's. In dieser Sekunde verwandelt sich Taylor vom nervigsten Menschen der Welt in etwas anderes.

An diesem Abend stehe ich unter der Dusche und lasse das Wasser einfach zehn Minuten lang laufen, während ich mich frage: *Mag ich ihn, oder MAG ich ihn?* Als Vi an die Tür hämmert, weil sie aufs Klo muss, weiß ich die Antwort.

Ich habe Gefühle für ihn.

Nicht-freundschaftliche Gefühle.

Verliebtheitsgefühle.

Er wird es bestimmt merken. Er wird merken, dass meine Hand zittert und ich die erste Runde versaue, wenn er mir beim Xbox-Spielen den Controller reicht. Und er wird merken, wie ich immer wieder zu ihm hinüberspähe, wenn wir auf seinem Bett liegen und *The Art of Flight* sehen. Wie ein nervöser Tic.

Es ist seltsam, wenn man plötzlich so auf jemanden reagiert, den man schon sein ganzes Leben lang kennt. Wie kann es sein, dass er es noch nicht gemerkt hat?

Aber er ist immer noch derselbe Taylor. Er wirkt kein bisschen unsicher, während ich manchmal das Gefühl habe, vor Scham zu sterben.

Der peinlichste Moment ist, als ich an meinem dreizehnten Geburtstag die Torte anschneide. Ich sehe Vis amüsiertes Grinsen, obwohl sie versucht, es hinter ihren Händen zu verstecken. Sie ist mir auf den Fersen. Das ist sie schon, seit ich am Flughafen so rot geworden bin, als ich Taylor umarmt habe. Auf dem Weg zum Ausgang schloss sie zu mir auf und tippte sich an die rechte Wange.

»Du bist ganz rot«, flüsterte sie.

Aber an meinem Geburtstag ist Taylor derjenige, der rot wird, als Finn irgendwas von schmutzigen Messern erzählt und dass ich den Jungen neben mir küssen müsse. Da wird mir klar, dass sich für Taylor nichts verändert hat. Während ich seit acht Monaten in ihn verliebt bin, findet er immer noch alles eklig, was mit Liebe zu tun hat.

»Taylor verabscheut alles, was mit Küssen zu tun hat«, sage ich. Damit ist er aus dem Schneider.

Während ich meinen Geburtstagskuchen esse, beschließe ich aufzugeben. Dass Taylor an Silvester meine Hand ergreift und mich durch die Menge zieht, wäre das Letzte gewesen, womit ich gerechnet hätte.

Bitte lass nicht los, bete ich, als wir am Ufer stehen bleiben und er sich lächelnd zu mir dreht. Vier Sekunden lang glaube ich, nicht glücklicher sein zu können. Dann ist es Mitternacht. Als sich sein Kopf auf mich zubewegt, fühle ich mich wie ein Ballon, der gleich platzt.

Gleich wird er mich küssen, denke ich. Genau, wie ich es

mir schon so lange vorgestellt habe. Aber er tut es nicht. Stattdessen umarmt er mich. Als er mich loslässt, habe ich so damit zu kämpfen, meine Enttäuschung zu verbergen, dass ich nichts anderes tun kann, als den Blick in den Himmel zu richten.

Du hast alles falsch interpretiert, du Idiotin, sage ich mir selbst.

Als ich aber eine Stunde später im Dunkeln im Bett liege und mich daran zurückerinnere, wie er unsere Finger ineinander verschränkt und meinen Namen gesagt hat, weiß ich es:

Ich habe es mir nicht eingebildet. Er *hat* Gefühle für mich.

Aber vielleicht ist er noch nicht bereit. Vielleicht muss ich einfach noch ein bisschen länger warten.

Im Winter werden wir wieder hier sein, denke ich. *Sechs Monate. Das ist nicht so lange. Dann wird er bestimmt immer noch so empfinden.*

Doch dann sagt Mum im April, dass wir im August nicht zum Skifahren nach Queenstown fliegen werden. Sie hat zu viel zu tun und kann sich keinen Urlaub nehmen. Ich weiß, dass sie lügt. Letzten Monat habe ich gehört, wie sie und Dad gestritten haben. Ihr Job ist nicht der Grund, warum wir nicht nach Queenstown fliegen. Dad ist sauer, weil Mum den Hellemanns angeboten hat, ihnen Geld für Tobis Stammzelltherapie zu leihen.

»Es ist unangebracht, Louise«, hörte ich Dad sagen, als ich vor ihrer Schlafzimmertür stand.

»Unangebracht? Ohne diese OP wird er sterben, Patrick. Könntest du dann mit deinem Gewissen leben?«

Dad gab ein paar Schimpfwörter von sich. »Ich sage

nicht, dass wir ihnen kein Geld leihen sollen. Es geht mir darum, dass du nicht zuerst mit mir darüber gesprochen hast.«

»Zuerst haben wir uns überhaupt nicht über Geld unterhalten. Und er hat mich nicht danach gefragt, falls du dich damit wohler fühlst.«

»Louise, fang jetzt nicht so an.«

»Dann benutz nicht das Wort ›unangebracht‹. Er hat mich nicht darum gebeten. Ich habe es ihm angeboten, weil ich wusste, dass er nicht fragen würde. Er ist zu stolz, Patrick. Die Wahrheit ist jedoch, dass sie ihr gesamtes Eigenkapital aus der Hypothek in die Chemotherapie gesteckt haben. Woher hätten sie das Geld für die Stammzelltherapie nehmen sollen?«

»Genau. *Das* Geld, das du angeboten hast, ohne mit mir darüber zu sprechen.«

Inzwischen schrien sie sich an. Lauter und heftiger, als ich es jemals gehört hatte. Ich ging weg, weil mir schlecht wurde.

Ich hoffe auf Weihnachten. Vielleicht würde er bis dahin keine Gefühle mehr für mich haben, aber vielleicht kämen sie zurück, wenn wir wieder zusammen wären. Ich habe das Gefühl, dass ich es schaffen könnte. Schließlich reden wir immer noch ständig und skypen alle paar Tage.

Und im September sagt mir Mum, dass wir über Weihnachten nach Noosa fahren werden. Sie meint, es stünde überhaupt nicht zur Debatte, was bedeutet, dass sie sich immer noch mit Dad über das Geld für Tobi streitet, obwohl sie es den Hellemanns bereits überwiesen haben.

Ich rufe Taylor an, um ihm zu sagen, dass wir uns an

Weihnachten nicht sehen werden. Obwohl ich mir vorkomme wie eine Idiotin, fange ich an zu heulen.

»Schon okay, Goldie«, sagt er. »Ich habe auch Neuigkeiten, was Weihnachten betrifft. Ich werde dieses Jahr nicht in Queenstown sein. Ich werde diesen Winter in Aspen trainieren. Das ist eine große Sache, Goldie. Wirklich groß.«

Ich weiß, dass es eine große Sache ist. Und ich freue mich für ihn, obwohl mir Google verrät, dass er dann 13.230 Kilometer von mir entfernt sein wird. Und er wird erst nächstes Jahr im Mai zurückkommen.

Darauf freue ich mich bis Oktober. Doch dann erzählt er mir von diesem Mädchen, das er am Flughafen in Auckland kennengelernt hat, nachdem er sich mit seinen Sponsoren getroffen hat.

Natalia.

Im November kommt er nach Sydney, ein kurzer Stopp, bevor er in die USA fliegt. Und sie ist dabei. Dad und ich holen sie vom Flughafen ab und gehen mit ihnen essen, bevor sie nachmittags ihren Anschlussflug nehmen.

Sie ist atemberaubend. Ich kann überhaupt nicht aufhören, sie anzustarren.

Dass ich sie nicht mag, hat nichts mit ihrem Aussehen zu tun. Ich mag sie nicht, weil ich weiß, dass sie Taylor nicht seiner selbst willen liebt. Ich sehe es an der Art, wie sie ihn ansieht. Und an ihren Posts auf Instagram. Sie liebt ihn, weil er ein aufstrebender Snowboarder ist und gut aussieht.

Ich sage Taylor nicht, was ich von ihr halte. Ich beiße mir auf die Zunge und hoffe, dass er es selbst herausfinden wird. Aber das tut er nicht. Auch im nächsten Jahr sind sie noch zusammen. Im Februar sagt er mir mitten in einem nächtlichen Skype-Gespräch, dass er ihr seine Liebe gestehen will.

»Du klingst nicht sehr erfreut«, meint er, nachdem ich nur ein »Oh« zustande gebracht habe.

Das ist sie. Meine letzte Chance, laut auszusprechen, was ich für ihn empfinde, bevor es zu spät ist.

Zu sagen: »Weil ich will, dass du mit *mir* zusammen bist. Nicht mit ihr.«

Aber ich lasse es bleiben. Ich habe zu große Angst. Stattdessen sage ich ein paar Sachen über Natalia. Sachen, die ich mir besser verkniffen hätte. Aber es platzt einfach aus mir heraus. Und er will es nicht hören.

Das »Ich liebe dich« bahnt sich natürlich seinen Weg. Aber nicht das richtige. Es ist ein wütendes *Du weißt, dass ich dich liebe, Taylor. Was für eine Freundin wäre ich, wenn ich einfach den Mund halten und nichts tun würde?*

Er sagt nicht: »Ich liebe dich auch.« Er sagt: »Wenn du mir eine gute Freundin sein willst, dann lass mich meine Entscheidungen selbst treffen.«

Jetzt klingt er verärgert. Er ist sauer auf mich. Und ich hasse es.

»Du meinst wohl, dumme Entscheidungen«, sage ich, bevor ich mich zurückhalten kann.

Seine Antwort kommt genauso schnell: »Du hattest noch nie eine Beziehung, tust aber so, als wüsstest du alles über meine!«

Mein Blut brodelt vor schlimmen Wörtern. Dann platzt meine Haut auf, und die allerschlimmsten quellen hervor.

»Ich weiß, dass sie dich abservieren wird, sobald sie einen Besseren findet. So eine ist sie nämlich.«

Ich hasse mich für diesen Satz. Ich sehe in seinen Augen, wie sehr ich ihn damit verletzt habe.

»Lass es einfach gut sein, Isolde! Du bist verdammt stur, weißt du das?«, kontert er. »Mir tut der Kerl, der mal dein Freund sein wird, jetzt schon leid.«

Ich weiß, dass er damit eigentlich sagen wollte: »Du bist herrisch. Sag mir nicht, was ich zu tun habe.« Aber das hört mein Herz nicht. Seine Worte brennen sich ein wie ein glühendes Eisen.

Mir tut der Kerl, der mal dein Freund sein wird, jetzt schon leid.

Als wäre es das Letzte, was er jemals wollen würde. Als wäre ich das letzte *Mädchen*, das er wollen würde. Es macht mich so wütend, dass mir der Kragen platzt.

»Weißt du was? Ruf mich bloß nicht an, um dich bei mir auszuheulen, sobald dich Natalia abserviert hat. Ruf mich überhaupt nicht mehr an. Ich will nie wieder von dir hören.«

Ich lege auf, und er ruft auch nicht zurück. Nicht am nächsten Tag, nicht nächste Woche, nicht nächsten Monat.

Und ich rufe ihn auch nicht mehr an. Wir sind keine Freunde mehr.

Das ist der schlimmste Schmerz, den ich je ertragen musste. Und dann passiert im Juni der Unfall, was jeden vorstellbaren Schmerz bei Weitem übersteigt. Ein paar Tage lang hängt sein Leben am seidenen Faden. Wir alle beten für ihn – Mum, Dad, Vi, Tobi, Maia.

Als Maia per Skype anruft, um uns mitzuteilen, dass er

über den Berg ist, muss ich Mums Arbeitszimmer verlassen, weil ich nicht aufhören kann zu weinen. Vi folgt mir.

»Isolde, hast du nicht gehört, was Maia gesagt hat?«

Ich weiß nicht, wie ich ihr erklären soll, dass es Tränen der Erleichterung sind.

Als die Tränen endlich versiegen, weiß ich eines ganz sicher: Ich will Teil seines Lebens sein. Egal wie.

Aber anscheinend will er das nicht.

Immer wenn ich ihn anrufe, geht die Mailbox ran. Maia sagt, ich solle es weiter probieren. Dass er Probleme habe, den Verlust seines Beins zu akzeptieren. »Er telefoniert gerade mit niemandem. Vielleicht solltest du ihm stattdessen lieber schreiben?«, schlägt sie vor.

Keine Ahnung, wie viele Briefe ich ihm geschickt habe. Eine Menge.

Im Oktober bekomme ich endlich eine Nachricht. Sie umfasst neun Wörter. Ich schreibe zurück. Keine Antwort. Drei Wochen später probiere ich es noch mal. Dann zwei Wochen später noch mal. Schweigen.

Als er sich an meinem Geburtstag im Dezember nicht meldet, gebe ich schließlich auf.

Als Aidan drei Monate später mein Kinn hebt, sodass sich unsere Lippen beinahe berühren, gebe ich ihm den Kuss, den ich so lange für Taylor aufbewahrt habe. Ich sage Ja, als mich Aidan fragt, ob ich mit ihm gehen wolle. Ich sage »Ich liebe dich«, weil es nicht mehr so furchteinflößend ist. Ich habe schon bei Taylor alles aufs Spiel gesetzt und das schlimmste Ergebnis erzielt.

Ich sage Aidan die drei Worte, obwohl ich weiß, dass es da draußen einen Jungen gibt, den ich immer mehr lieben werde.

Und dann macht Aidan Schluss. Und Taylor kontaktiert mich. Ich schreibe zurück, obwohl mir mein Herz sagt, dass ich es nicht tun sollte. Der Kreis schließt sich. Plötzlich habe ich wieder diese Gefühle, obwohl ich alles getan habe, um sie zu ersticken.

Die Zeichen sind eindeutig. Das Kribbeln in meinem Bauch, als wir das erste Mal miteinander geskypt haben. Dass ich an Silvester gemerkt habe, dass er der Einzige ist, mit dem ich den Countdown herunterzählen will. Wie ich wie eine Besessene zweimal täglich das Wasser in der Vase wechsle, in der sein Valentinsstrauß steht, in der Hoffnung, dass die Blumen dadurch ewig halten. Dass ich die letzten Monate nur noch an Juni, Queenstown und an uns denken kann. Nach zwei Jahren endlich wieder vereint.

Und sechs Wochen davor muss ich miterleben, wie er sich wieder in ein Mädchen verliebt. Zum zweiten Mal lächeln und so tun, als würde ich mich für ihn freuen.

Denn ich liebe ihn und will das Beste für ihn, nicht wahr? Auch wenn ich das Gefühl habe, dass *ich* das Beste für ihn bin.

Instant-Messenger-Unterhaltung

Dienstag, 23. April, 21:31 Uhr

VIOLETTA BYRNE: Kannst du Mum holen? Der Sitzplan treibt mich in den Wahnsinn ... Was sind das für Geräusche im Hintergrund?
ISOLDE BYRNE: Mum und Dad streiten sich.
VIOLETTA BYRNE: Ich dachte, es wäre inzwischen besser geworden?
ISOLDE BYRNE: War es auch. Das heißt, wenn sie sich treffen. Mum ist momentan ständig im Büro, weil sie dem Executive General Manager mit den Finanzen für eine »kritische« (ihre Worte, nicht meine) Vorstandspräsentation helfen muss.
VIOLETTA BYRNE: Und Dad treibt sich in der Stadt herum und sieht sich Aufführungen an.
ISOLDE BYRNE: Du meinst, er SCHREIBT REZENSIONEN. Die Saison hat gerade angefangen.
VIOLETTA BYRNE: Ich wünschte, Dad würde ein bisschen mehr an Mum denken. Hast du sie dir mal angesehen? Sie ist erschöpft.
ISOLDE BYRNE: Natürlich denkt Dad an sie. Er hat für nächstes Wochenende eine Überraschungsreise zum Hochzeitstag geplant.
VIOLETTA BYRNE: Oh. Das ist irgendwie süß.
ISOLDEY BYRNE: Mum findet das nicht. Als er ihr

heute Abend davon erzählt hat, wurde sie wütend. Kannst du dir das vorstellen? Sie meinte, sie könne so kurz vor der Präsentation nicht wegfahren, obwohl sie nur Freitagabend ins Hunter Valley fahren und Sonntagmorgen zurückkommen würden. Dad ist ziemlich angefressen. DESHALB streiten sie sich. Er meinte, die Tickets hätten ein Vermögen gekostet.

VIOLETTA BYRNE: Tickets?

ISOLDE BYRNE: Für ein Konzert. *Oper in den Weinbergen* oder irgendwas. Ein Ticket hat er als Kritiker umsonst bekommen, aber für das andere musste er bezahlen.

VIOLETTA BYRNE: Das heißt, Mums Geschenk zum 26. Hochzeitstag ist ein Ticket für eine Show, die ihr nicht mal gefallen wird?

ISOLDE BYRNE: Das ist gemein, Vi.

VIOLETTA BYRNE: Nein, es ist ehrlich. Wenn er ihr etwas NETTES zum Hochzeitstag hätte schenken wollen, hätte er etwas organisieren können, das ihr auch gefällt. Ich verstehe, dass sie wütend ist. Das wäre ich auch.

ISOLDE BYRNE: Du bist immer auf ihrer Seite.

VIOLETTA BYRNE: Nur, wenn es gerechtfertigt ist. Zum Beispiel, wenn Dad sich egoistisch verhält.

ISOLDE BYRNE: Nun ja, ich finde es egoistisch von IHR, dass sie ihren Hochzeitstag lieber mit der Planung einer Präsentation verbringt.

VIOLETTA BYRNE: Sie übernimmt Verantwortung, Isolde. Damit sie nicht gefeuert wird. Wie Dad.

ISOLDE BYRNE: Er wurde nicht GEFEUERT. Seine Stelle ist weggefallen.

VIOLETTA BYRNE: Darauf haben er und Mum sich geeinigt, weil ihm das, was wirklich passiert ist, zu peinlich ist.
ISOLDE BYRNE: Woher willst du das wissen?
VIOLETTA BYRNE: Mum hat es mir ERZÄHLT. Ich liebe Dad. Ich liebe es, wie er sich darum bemüht, dass alles Spaß macht. Aber man kann nicht rund um die Uhr Spaß haben.
ISOLDE BYRNE: Im Gegensatz zu Mum, die nie Spaß haben kann.
VIOLETTA BYRNE: Ich habe genug von dieser Unterhaltung. Hol einfach Mum.
ISOLDE BYRNE: MUM! Lass Dad in Ruhe und hilf BRIDEZILLA!!!
VIOLETTA BYRNE: NETT.
ISOLDE BYRNE: Versuch du mal, in diesem Haus zu leben und bei guter Laune zu bleiben.

Notiz auf der Küchentheke der Byrne-Familie

Freitag, 26. April

Louise,
ich bin nach Hunter gefahren. Falls du dich umentscheidest und unseren Hochzeitstag gemeinsam verbringen willst, habe ich dir die Adresse des Hotels und die Route hinterlassen.
Patrick

Isolde

Sonntag, 28. April

Das Telefonat mit Vi am Samstagabend beginnt total merkwürdig. Wir sind immer noch sauer aufeinander. Und da wir beide zur Byrne-Familie gehören und unheimlich stur sind, lässt sich keine dazu herab, sich zu entschuldigen.

Ich habe eher das Gefühl, dass sie mir sagen will: *Siehst du, ich hab's dir ja gesagt.* Und seien wir mal ehrlich. Sie hätte recht. Bleiben wir bei den Fakten: Als ich Freitagabend vom Ballett nach Hause kam, habe ich Dads Notizzettel auf der Küchentheke gefunden. Als Mum nach Hause kam und ihn gelesen hat, konnte ich in ihrem Gesicht allerhand Gefühlsregungen erkennen. Wut. Ekel. Schmerz. Und dann hat sie wieder ihren *Louise-hat-alles-unter-Kontrolle*-Ausdruck aufgesetzt.

Mum hat Dad nicht angerufen. Oder ihm geschrieben. Ich weiß es, weil ich Samstagmorgen ihr Handy gecheckt habe, als sie unter der Dusche stand.

Heute ist ihr Hochzeitstag.

Als Tante Marie zum Kaffee vorbeikommt, höre ich Mum sagen: »Er respektiert mich nicht, Marie.«

Als Dad nach Hause kommt, wirkt er, als müsste er sich gleich übergeben.

Schlechtes Gewissen, schätze ich. Mum will nichts von ihm wissen. Und ich kann es ihr nicht verübeln. Nach dem fünften »Es tut mir leid« unterbricht sie ihn und befiehlt ihm, vor dem Abendessen unter die Dusche zu steigen.

Nach zwei Bissen springt Dad vom Tisch auf. Die Toilettentür im Flur knallt zu, gefolgt von Würgegeräuschen.

Kurz tut er mir leid. Doch dann wird mir klar, dass er bestimmt einen Kater hat, weil er in Hunter zu viel Wein getrunken hat. Weil er *ohne* Mum Spaß hatte. Jetzt ist es vorbei mit dem Mitleid.

Geschieht ihm recht, denke ich.

Dad liegt jetzt im Gästezimmer mit einem Eimer neben sich. Für den Notfall, obwohl er sich nicht mehr übergeben musste. Mum sitzt wieder in ihrem Arbeitszimmer.

Um 22:30 Uhr, als ich gerade meine Tasche fürs Training morgen packe, klingelt mein Handy.

Taylor.

Ich will nicht rangehen. Ich bin erschöpft nach diesem Wochenende. Die Wut auf Dad, die Sorge um Mum und die Frage: *Was passiert jetzt?* Denn es ist kein gutes Zeichen, dass sie ihren Hochzeitstag nicht gemeinsam verbracht haben. Überhaupt kein gutes Zeichen.

Du musst rangehen, sagt mein Kopf. *Du musst das Pflaster abreißen.*

Ich hole tief Luft und wische über das Display.

»Hey«, meldet sich Taylor überrascht. »Ich habe dich erwischt.«

Mein Mund ist staubtrocken vor Nervosität.

Sag was. Irgendwas.

Ich schlucke schwer. »Ja, hast du.«

Siehst du? Du kannst das, Isolde.

»Es ist schon zwei Wochen her! Meine Güte, wie ich dich vermisst habe.«

Wie ist es möglich, dass seine Stimme *das* mit mir macht? Ich habe das Gefühl, mein Herz würde sich an den Kanten nach innen wölben, um seine Worte zu umarmen.

Eine Weile unterhalten wir uns über alles Mögliche.

Wir lachen über eine Geschichte, die er mir über seinen Hund erzählt.

Ich weiß, dass ich es bei einer lockeren Unterhaltung belassen könnte, wenn ich wollte. Aber dann würde ich mir selbst etwas vormachen, nicht wahr? Ich muss das Thema ansprechen, damit die Stille meinerseits nicht so verdächtig wirkt.

»Und?«, frage ich. Mir wird sofort schlecht. »Wie war dein Date?«

Ich glaube, mit der Frage hat er nicht gerechnet, denn es wird still in der Leitung. Das Schweigen scheint Ewigkeiten zu dauern.

Dann sagt er schließlich: »Ähm, es war okay. Sie war nett. Aber wir hatten keine wirkliche Verbindung. Also kein zweites Date.«

Seine Stimme klingt seltsam. Die Worte verschwimmen ineinander, als versuche er, den ganzen Satz in einem Atemzug herauszubringen.

Da ich keine Ahnung habe, was ich sagen soll, entscheide ich mich für die allgemeingültigste Antwort. »Oh. Das ist ja schade.«

»Ich weiß, wie sich so etwas anfühlen sollte«, sagt er nun langsamer. »Und da hat etwas gefehlt.«

Warum tut er das? Warum sagt er, er würde sich nicht für sie interessieren, wenn ich doch von der Playlist weiß. Dass er *nicht aufhören kann, an sie zu denken?* Er belügt mich, und ich verstehe nicht, warum. Freunde lügen einander nicht an. Oder zumindest *wir* nicht.

Wahrscheinlich, weil er denkt, ich würde nicht gut darauf reagieren. Er hat Angst, ich würde mich einmischen und sagen, das andere Mädchen sei nicht gut genug für ihn.

So bin ich nicht, würde ich am liebsten sagen. *Ich KANN mich für dich freuen. Es tut verdammt weh, aber ich kann es.*

Lügt er, weil er denkt, ich würde eifersüchtig werden? Ich spüre, wie bei dem Gedanken meine Wange, die sich gegen das Handy drückt, zu glühen beginnt.

»Aber genug davon«, sagt er. »Was gibt es bei dir Neues? Bestimmt etwas Großes, wenn du so lange abtauchst.«

Schweigend wartet er auf meine Antwort. Ich kann ihm nicht die Wahrheit sagen. Oder zumindest nicht die Wahrheit in Bezug auf *ihn.* Also erzähle ich ihm stattdessen von Mum und Dad. Meine Stimme wird immer lauter, weil ich sauer bin auf Dad. Aber ich weiß, dass es auch an meiner Wut auf Taylor liegt.

»Hör zu, Issy …« Kurz hält er inne. Ich frage mich, ob er mir jetzt die Wahrheit sagen will, obwohl wir inzwischen das Thema gewechselt haben. Aber so ist er. Springt von einem Thema zum nächsten.

»Glaubst du, deine Mum und dein Dad … trennen sich vielleicht?«

Das hätte ich von Taylor nicht erwartet. Nicht in der Art, wie er es gerade gesagt hat. Das Wort, was er benutzt hat. *Trennen.* Ein Wort, das scheinbar kein Gewicht hat. Doch das, was gerade in diesem Haus passiert, wiegt so schwer, dass ich das Gefühl habe, davon zerquetscht zu werden.

»Warum sagst du das?«, erwidere ich schließlich so ruhig wie möglich.

»Issy, es tut mir leid. Ich hätte nichts … Es ist nur … Deine Mum und dein Dad wirken so unglücklich.«

»Also sollten sie sich trennen«, antworte ich, »weil dann plötzlich alles besser wird?«

»Das habe ich nicht gesagt, Issy.« Jetzt klingt er aufgebracht. »Ich kenne die Antwort nicht. Finns Eltern waren nach der Scheidung glücklicher.«

Als ich das Wort »Scheidung« höre, platze ich.

»Wir reden aber nicht von Finns Eltern«, platzt es aus mir heraus. »Es geht um *meine* Familie. Weißt du, was Trennung bedeutet? Es bedeutet, dass Menschen auseinandergerissen werden. Erzähl mir also nicht, dass es vielleicht das Beste sei.«

»Dreh mir nicht das Wort im Mund um«, erwidert Taylor. »Das habe ich so nicht gesagt.«

Seine Stimme klingt jetzt scharf, und es tut weh.

»Du hast keine Ahnung, was ich gerade durchmache«, presse ich hervor, den Tränen nahe. »Deine Familie ist perfekt.«

»Meine Eltern streiten sich vielleicht nicht wie deine, Isolde, das bedeutet aber nicht, dass hier alles eitler Sonnenschein ist. Denkst du etwa, die letzten Jahre wären perfekt gewesen?«

Wir schweigen. Wut dringt von beiden Seiten durch die Leitung.

»Ich lege jetzt auf«, sage ich, als ich mich endlich wieder zu sprechen traue.

»Na schön. Okay. Tschüss.«

»Tschüss.«

Von: taylor_hellemann@gmail.com
An: IsoldeByrne@hotmail.com
Gesendet: Donnerstag, 2. Mai, 18:54 Uhr
Betreff: Es tut mir leid

Ich hätte nicht so tun sollen, als wüsste ich, was zwischen deinen Eltern vorgeht. Das tue ich nämlich nicht.
Ich glaube, mein Kopf malt sich manchmal die schlimmsten Dinge aus. Aber das ist meine abge %&* Denkweise, nicht das wahre Leben. Also vergiss, was ich gesagt habe.
Bist du mir wegen irgendwas anderem böse? Es ist nur ... Du hast auch schon vor der Trennungssache irgendwie sauer gewirkt. Habe ich in den letzten Wochen irgendwas gesagt, das dich verärgert hat?
Habe ich irgendwas falsch gemacht?
Denn das will ich nicht. Ich hoffe, du sagst es mir, falls das der Fall sein sollte.
x Tay

Isolde

Freitag, 3. Mai
Die Worte in seiner E-Mail springen mich förmlich an.

Er weiß, dass es nichts gibt, was er seit unserer letzten Unterhaltung hätte sagen oder tun können, das mich verärgert hätte.

Ich glaube, er durchschaut mich. Er weiß, dass ich Gefühle für ihn habe. Wie demütigend.

Von: IsoldeByrne@hotmail.com
An: taylor_hellemann@gmail.com
Gesendet: Montag, 6. Mai, 21:17 Uhr
Betreff: Nein

Du bildest dir da was ein.
Und ich kann nicht einfach »vergessen«, was du gesagt hast. Du konntest schon immer einfach so tun, als wäre nichts passiert. Das ist deine Art. Aber ich bin da anders.

Von: taylor_hellemann@gmail.com
An: IsoldeByrne@hotmail.com
Gesendet: Montag, 6. Mai, 23:31 Uhr
Betreff: Okay

Okay, Isolde. Ich verstehe schon. Du bist stur. Und du wirst so lange sauer auf mich sein, wie ich es deiner Meinung nach verdient habe. Nur, weil ich etwas Falsches gesagt habe.
Dann werde ich dich jetzt in Ruhe lassen.

Isolde

Mittwoch, 15. Mai

Ich habe mir die E-Mail, die ich letzte Woche an Taylor abgefeuert habe, schon mindestens hundertmal durchgelesen. Ich weiß, dass ich schroff war. Vor allem, nachdem er sich entschuldigt hat.

Ich hätte einfach sagen sollen, dass ich eine kleine Auszeit brauche. Denn ganz ehrlich? Das brauche ich tatsächlich. Ich habe noch neunzehn Tage, um meine Einstellung zu ändern. Ich sollte mich freuen, Taylor am Flughafen von Queenstown zu sehen.

Ich will einfach glücklich sein. Nicht wütend darüber, was er über Mum und Dad gesagt hat. Oder eifersüchtig, weil er Gefühle für eine andere hat.

Ich will ihn in die Arme schließen und mich einfach freuen. Schließlich ist er mein bester Freund, und ich habe zweieinhalb Jahre darauf gewartet, ihn wiederzusehen.

Außerdem muss ich mich zusammenreißen, weil diese Woche der Termin für das Vortanzen in Sydney für die National Ballet School bekanntgegeben wurde. Samstag, 29. Juni. Noch sechs Wochen und drei Tage. Dreizehn Tage nach unserer Rückkehr aus Queenstown.

Das Timing ist echt mies. Wenn es mir jetzt schon schlecht geht – wenn ich an den Streit mit Taylor denke oder an die Playlist, die Finn gepostet hat, beginnt meine Brust zu schmerzen und meine Hände zittern –, wie werde ich mich erst fühlen, wenn ich mit Taylor im selben Raum bin und er mich wie einen Kumpel behandelt? Wenn das Mädchen, an das er nicht aufhören kann zu denken, bei ihm zu Hause vorbeikommt? Muss ich dann lächeln und hallo sagen? Was, wenn ich beobachten muss, wie sie zusammen lachen. Sich umarmen. Küssen.

Es ist *das* Vortanzen. Das Vortanzen, auf das ich schon mein ganzes Leben hinarbeite. Ich darf mich nicht noch mal von einem Typen und Herzschmerz aus der Bahn werfen lassen. Das lasse ich nicht zu.

Ich muss endlich über Taylor hinwegkommen.

Als ich die Anmeldung fürs Vortanzen ausfülle und auf den »Senden«-Button klicke, beschließe ich, dass ich jetzt nicht mehr an ihn denken kann.

Von nun an wird Ballett wieder meine ganze Welt sein. Ich werde so tun, als hätte es nie etwas anderes gegeben.

Instagram-Chat

Freitag, 24. Mai, 21:46 Uhr

ANA ZHANG: Hey, Fremde! ☺☺ Wo steckst du?
ISOLDE BYRNE: Im Studio. Abwärmen.
ANA ZHANG: So spät noch?
ISOLDE BYRNE: Hey, ich habe in sechsunddreißig Tagen ein Vortanzen. Schon vergessen?
ANA ZHANG: Und du wirst sie umhauen.
ISOLDE BYRNE: Das hoffe ich.
ANA ZHANG: Du schläfst hoffentlich genug?
ISOLDE BYRNE: Ich weiß nicht, wovon du sprichst.
ANA ZHANG: Pass auf, dass du nicht schon vor dem Vortanzen ausbrennst. ☹
ISOLDE BYRNE: Ja, ich weiß. Hey, kann ich dich was fragen?
ANA ZHANG: Klar.
ISOLDE BYRNE: Es ist all das wert, oder?
ANA ZHANG: Issy, wenn du erst mal hier bist, denkst du an nichts mehr, was vorher war. Versprochen.

Isolde

Samstag, 25. Mai
Ich habe Ana nicht gesagt, dass ich heulend im Studio auf dem Boden saß, als ich ihre Nachricht bekommen habe.

Ich wollte sie unbedingt fragen: *Hast du schon mal darüber nachgedacht aufzuhören?* Aber ich habe es nicht fertiggebracht. Vielleicht, weil ich ihr damit keine Angst einjagen wollte. Sie freut sich so sehr, dass ich mich zum Vortanzen angemeldet habe. Aber wahrscheinlich liegt es eher daran, dass ich Angst habe, die Frage zu stellen.

Wie kann ich dem, was ich schon immer wollte, so nah sein und trotzdem ans Aufgeben denken?

So sollte ich mich nicht fühlen. Die anderen Tänzer können überhaupt nicht mehr aufhören, vom 29. Juni zu reden. Ihre Stimmen sind voller Vorfreude. Natürlich sind sie auch nervös, aber wenn man bedenkt, was für uns alle auf dem Spiel steht, ist das normal.

Aber dieses schreckliche Gefühl ist es nicht.

Keine Ahnung, warum mir am Freitag die Tränen kamen. Vielleicht vor Erschöpfung. Ich hätte eigentlich nicht mehr im Studio sein sollen. Nach fünf Tagen Training. Aber ich war es, denn das Training scheint nicht mehr genug zu sein. Nicht, wenn ich den Ansprüchen nicht gerecht werde.

Vielleicht habe ich auch aus Frust geweint.

Zwar mache ich nicht mehr dieselben Fehler wie letztes

Jahr, aber so kurz vor dem Vortanzen bin ich trotzdem noch nicht da, wo ich sein will. Ich weiß, was ich kann. Wozu ich in der Lage bin. Ich kann mehr als das. Aber egal, wie viel ich gebe, es ist nie genug.

Ich bin so müde, schreit mein Körper, als ich mich abwärme. Meine Arme und Beine zittern vor Erschöpfung. Kurz wird mir schwindlig.

Du musst aufhören.

Ich beuge mich herunter, damit das Blut in meinen Kopf fließt.

Reiß dich zusammen, Isolde!, schreit mein Gehirn. *Du hast nur noch einen Monat Zeit. Ausruhen kannst du dich danach.*

Vielleicht liegt es aber auch am Timing. Dass ich direkt vor Vis Hochzeit meine Bestleistung abliefern muss. Die ganzen aufgeregten Gespräche, die Mum und Maia mit Vi führen – ich verpasse alles: der Junggesellinnenabschied, den Mum am Wochenende vor dem Abflug für Vi organisiert – bisher konnte ich kaum helfen. Jede freie Minute außerhalb des Studios fließt in Hausaufgaben, die sich immer zu verdreifachen scheinen, sobald ich ein bisschen Zeit habe.

Ich habe das Gefühl, eine furchtbare Schwester zu sein. Ein furchtbarer Mensch. Ein egoistischer Mensch. Ich habe nichts mehr übrig, was ich anderen geben kann.

Deshalb muss es die Strapazen wert sein. Die Jahre voll blutender, wunder Füße, schmerzender Gelenke und Muskeln, Tränen und Wut. Alles, was ich bisher geopfert habe. Zeit mit meiner Familie, Freundschaften, Liebe, *Normalität.* Es muss für irgendwas gut gewesen sein.

Ich weiß nicht, warum ein kleiner, verborgener Teil in mir den Glauben daran verloren hat.

Bisher war *Die roten Schuhe* mein Lieblingsfilm gewesen. Als ich sieben war und Dad meinte, ich müsse ihn sehen, weil er ein Klassiker sei, verzog ich das Gesicht. Ich wollte etwas Modernes sehen, wie *Center Stage* oder die *Dance Academy*-Serie. Keinen Film aus den Vierzigern.

»Dad, der Film ist älter als du. Der ist bestimmt langweilig.«

»Glaub mir. Du wirst ihn lieben, Issy.« Dad drückte auf Play und reichte mir die Schüssel mit dem Popcorn.

»Na schön.« Ich seufzte und glaubte ihm kein Wort.

Fünfzehn Minuten später hatte ich das Popcorn vollkommen vergessen. Ich hatte alles vergessen. Ich konnte mich nur noch auf den Film konzentrieren. Die Farben auf dem Bildschirm waren so kräftig. Wie ein Bild, das zum Leben erwacht. Und als ich die Musik hörte, wollte ich tanzen.

Aber ich liebte nicht nur die Tanzszenen. Ich liebte es, dass die Hauptfigur, Victoria, den gleichen Traum hatte wie ich – die beste Tänzerin der Welt zu sein. Aber vor allem liebte ich es, wie der Film das Gefühl einfing, das ich für das Ballett empfand. Eine Liebe, die alles verzehrte. Tanzen war alles, woran ich denken wollte. Was ich tun wollte. Denn wenn ich tanzte, verstrichen die Stunden wie im Nu, und ich ging voll und ganz in etwas auf. Schönheit. Gefühl. Kunst.

Diese Liebe war so stark, dass es keine andere Möglichkeit gab, als ihr mein ganzes Leben zu widmen.

Es gibt eine Szene im Film, in der der Ballettdirektor, Boris, Victoria fragt: »Warum willst du tanzen?«

»Warum willst du leben?«, erwidert Victoria, als wäre es offensichtlich.

Jedes Mal, wenn ich den Film gesehen habe, also alle paar Monate, habe ich diesen Satz mitgesprochen. Jetzt ertrage ich es nicht mehr, ihn anzuschauen.

Ich will nicht sehen, wie Victoria zwischen dem Mann, den sie liebt, und dem, was sie liebt, steht. Ich hasse es, dass sie sich entscheiden muss. Dass sie nicht beides haben kann. Oder ein bisschen von beidem. Aber es ist entweder das eine oder das andere. Und das, wofür sie sich *nicht* entscheidet, stirbt.

Was mir früher wie Liebe und Hingabe vorkam, fühlt sich jetzt an wie Obsession und Zerstörung. Denn ich verstehe es nun. Die schönen rubinroten Spitzenschuhe, die nahezu schimmern vor Magie und die ich irgendwann einmal so gern angezogen hätte, halten einen für immer auf den Zehenspitzen. Man tanzt und tanzt und tanzt. Ganz egal, wie erschöpft und unglücklich man ist.

Die roten Schuhe kennen keine Müdigkeit.

Vielleicht kann ich mir den Film nicht mehr ansehen, weil ich mich inzwischen wie Victoria fühle, als die Schuhe sie dazu zwingen, über den Bahnsteig und vor den Zug zu tanzen.

Ich will stehen bleiben, aber ich weiß nicht, wie.

Taylor

Samstag, 1. Juni
Am Mittwoch eröffnete Claire die Therapiestunde mit der Frage, wie ich mich wegen der Fahrprüfung am nächsten Tag fühlte.

»Ganz gut.«

»Nervös?«

Ich zuckte mit den Schultern. »Wenn ich durchfalle, kann ich die Prüfung in ein paar Wochen wiederholen. Keine große Sache.«

Was ich aber eigentlich damit sagen wollte, war: *Mach bitte keine große Sache daraus.*

Das ist Stufe elf – *meinen Führerschein bekommen.*

Ich weiß, dass sie mich danach fragt, weil Autofahren vor einem Jahr das Letzte war, was ich tun wollte. Ich konnte auf dem Beifahrersitz sitzen. Na ja, zumindest wenn ich dem Fahrer vertraute, wie Mum, Dad oder Finns Eltern. Erwachsene, die seit Jahrzehnten Auto fuhren. Doch selbst dann brach mir manchmal der Schweiß aus. Vor allem im Winter, wenn die Straßen glatt waren. Dann drückte ich mit dem rechten Fuß auf eine imaginäre Bremse und bildete mir ein, ich könnte das Auto, das ich nicht selbst steuerte, verlangsamen.

Dad hat ein paarmal versucht, die Sache mit dem Führerschein anzusprechen. Vor dem Unfall konnte ich es gar nicht erwarten, endlich meine Fahrerlaubnis zu bekommen. Die Theorieprüfung hatte ich direkt an meinem sechzehnten Geburtstag abgelegt. Einen Führerschein zu haben, bedeutete, dass ich jederzeit allein nach Cardrona fahren konnte, statt in einem Bus zu sitzen, der im Schneckentempo den Berg hinaufkroch.

»Ich *brauche* keinen Führerschein mehr«, sagte ich zu Dad, als er das Thema zum sechsten Mal anschnitt.

»Jeder braucht einen Führerschein«, erwiderte Dad. »Du hast einen neuen Job in der Stadt. Wie kommst du da hin?«

»Du kannst mich fahren.«

»Was, wenn ich mit deiner Mum in Wanaka bin, um für eine Hochzeit aufzubauen? Das ist nicht gerade um die Ecke.«

Ich zuckte mit den Schultern. »Ich weiß nicht. Dann bringst du mich eben früher hin oder so.«

Langsam wurde ich wütend. Ich wollte nicht auf der Straße sein. Ich hasste die Straße. Verstand Dad das denn nicht? Dass das Geräusch quietschender Bremsen oder der grässliche Gestank verbrannter Reifen alles in einem Sekundenbruchteil zurückbringen konnten?

»Und was, wenn du mal eine Freundin hast? Mädchen stehen nicht darauf, vom Dad ihres Freunds herumgefahren zu werden.«

Ich wusste, dass er versuchte, seine liebevolle Strenge einzusetzen, doch in diesem Moment hasste ich ihn. Als wäre es überhaupt möglich, dass ich jemals wieder eine Freundin haben könnte.

»Das wird (Schimpfwort) nicht passieren«, erwiderte ich und schenkte Dad einen bösen Blick.

Dad ließ das Thema fallen, doch ein paar Wochen später, am Dienstag nach Ostern, tauchte er in einem gebrauchten 2008 Barina in unserer Einfahrt auf. Das Gaspedal hatte man extra auf die linke Seite montiert. Das Auto war ein verfrühtes Geschenk zum siebzehnten Geburtstag von Mum, Dad, den Byrnes und Finns Eltern.

Was sollte ich dazu sagen? Danke, aber nein danke?

Dann würde ich wohl lernen müssen, damit zu fahren.

Auf dem Nummernschild stand BAE, also wie in »before anyone else« – und Finn zog mich ständig damit auf.

»Oh heeeeeey, Bae! Meine Süße«, rief er die nächsten sechs Monate jedes Mal, wenn er das Auto sah. Und jedes Mal wackelte er dabei mit den Augenbrauen. »Du fährst einen Liebeskäfer, Kumpel.«

»Das ist kein VW, du Idiot. Es ist ein BARINA.«

»Dann eben einen Liiieeebes-Barina.«

»Halt die Klappe.«

Während der ersten Fahrstunden war ich ziemlich angespannt. Ich umklammerte mit zorniger Miene das Lenkrad, während Dad mit den Zähnen knirschte, wenn ich mal wieder Gas und Bremse verwechselte. Zum Glück war keiner vor uns auf der Straße. Als ich ein bisschen besser wurde und die Nebenstraßen unseres Wohnviertels verlassen konnte, fuhren wir vorbei an Jack's Point, die Kingston Road hinab, entlang an den Remarkables bis hinunter zu Devil's Staircase.

»Nicht viele Kids lernen das Autofahren in so einer schönen Landschaft, weißt du?«, sagte Dad freudig.

»Ich hasse es«, murmelte ich und verzog bei den ganzen Serpentinen das Gesicht. Und auf der Rückfahrt schützte uns lediglich eine fadenscheinige Straßenbegrenzung davor, im Lake Wakatipu zu landen. Am meisten Angst bereiteten mir jedoch die breiten Campervans, die meinem kleinen Barina entgegenkamen und häufig die Mittellinie überquerten. Ich traute den anderen Fahrzeugen einfach nicht.

Nach einem Jahr verlor sich meine Wut ein wenig, und ich begann zu verstehen, was Autofahren bedeutete.

Unabhängigkeit.

Mit einem Führerschein konnte ich überall hinfahren. Wenn ich auf den Remarkables den Sonnenuntergang beobachten wollte, konnte ich es.

Und ich würde mit Issy herumfahren können, wenn sie hier war.

Letzteres war seit ein paar Wochen keine Option mehr, aber ich habe mich trotzdem zur Fahrprüfung angemeldet.

Die Prüfung hat eine Stunde gedauert. Mit ein paar Sachen bin ich unzufrieden, wie zum Beispiel dem seitwärts Einparken. Der Prüfer hat sein Pokerface aufgesetzt. Keine Ahnung, wie es gelaufen ist.

Ich bin schockiert, als sie mir mitteilen, dass ich bestanden habe. Als ich es endlich realisiere, würde ich am liebsten alle Mitarbeiter der Verkehrsbehörde küssen. Auf dem Weg zurück zum Auto lächelt Dad, doch auf dem Heimweg wird er ernst.

»Werd jetzt aber nicht leichtsinnig«, sagt er, als wir an Frankton vorbeifahren. »Chris' Tochter hatte zwei Stunden, nachdem sie ihren Führerschein bekommen hat, einen Unfall auf einem Parkplatz. Jetzt musst du besonders vorsichtig sein.«

»Dad, ich *weiß*, wie gefährlich Autos sein können.«

»Schon klar«, erwidert Dad.

Als wir in die Einfahrt fahren, wartet Mum bereits mit

ängstlichem Gesicht auf uns. Als Dad einen Daumen nach oben hält, fängt sie an zu jubeln.

»Entspann dich mal«, sage ich lächelnd und umarme sie.

Mum zwingt mich dazu, vor Bae für ein Foto zu posieren und auf meinen Führerschein zu deuten. Als wir für Kaffee und Kuchen ins Haus gehen, zücke ich mein Handy, um Issy zu schreiben. Ich freue mich so über die bestandene Prüfung, dass ich ganz vergessen habe, dass wir nicht mehr miteinander reden. Ich habe »Uber-Taylor ist jetzt bereit!« in die Textzeile geschrieben, bevor ich es überhaupt gemerkt habe.

Kurz denke ich darüber nach, die Nachricht trotzdem abzuschicken. Ich vermisse sie. *Vielleicht ist sie nicht mehr sauer auf mich?* Es ist schon fast fünf Wochen her, dass wir uns gestritten haben.

Mein Daumen verweilt über dem »Senden«-Button.

Sie kommt am Mittwoch. Vielleicht ist es besser, wenn wir uns persönlich versöhnen.

Ich lösche den Text. Buchstabe für Buchstabe, bis nichts mehr übrig ist.

Isolde

Samstag, 1. Juni
Heute hätte ich ihn fast angerufen.

Ich stehe vor meinem Frisiertisch und trage Lippenstift auf, als Vi mein Zimmer betritt.

»Da ist jemand kein Kind mehr«, bemerkt Vi, stellt sich neben mich vor den Spiegel und richtet den weiß-rosafarbenen Blumenkranz auf ihrem Kopf. Mum hat sie vor einer Stunde mit dem Kranz überrascht und ihr mitgeteilt, dass sie einen Junggesellinnenabschied organisiert hat.

Vi sieht so hübsch aus in ihrem weißen Kleid mit der Lochstickerei. Es ist eine verrückte Vorstellung, dass sie in nur einer Woche ein Brautkleid tragen wird.

»Du weißt schon, dass ich *sechzehn* bin«, erwidere ich und ziehe eine Grimasse. »Ich trage seit Jahren Lippenstift.«

»Ich meine doch nicht dich, du Dummerchen. Ich meine Taylor.«

»Hä?«

»Tay hat jetzt seinen Führerschein«, sagt sie und reicht mir ihr Handy.

Ich sehe mir die Fotos an, die Maia auf Facebook gepostet hat. Taylor steht grinsend vor seinem kleinen roten Auto und deutet auf das »P«, das an der Windschutzscheibe klebt.

Ich sehe sein Lächeln, und all der Schmerz und die

Wut, die ich die letzten Wochen gespürt habe, verschwinden augenblicklich.

Ich denke zurück an den Tag vor fast zwei Jahren, als uns Maia mitgeteilt hat, dass er überleben wird. Ich erinnere mich, wie ich mich in dem Moment gefühlt habe. *Ich will Teil seines Lebens sein. Egal, wie.* Und daran hat sich nichts geändert. Auch wenn er in mir nie mehr als eine Freundin sehen wird, will ich unsere Freundschaft. Ich will das, was wir haben.

Ich gebe Vi das Handy zurück und greife nach meinem eigenen.

Ruf ihn an, sage ich mir selbst. *Vertragt euch wieder, bevor du am Mittwoch ins Flugzeug steigst. Dann habt ihr zwölf ganze Tage miteinander. Und keine Sekunde ist wegen eines dummen Streits verloren.*

Ich will Vi gerade um ein wenig Privatsphäre bitten, damit ich ihn anrufen kann, als es an der Tür klingelt.

»Das ist bestimmt die Dame mit dem Kuchen!«, ruft Mum aus ihrem Zimmer.

»Ich mache auf!«, ruft Vi zurück.

»Nein, Isolde macht auf!«, sagt Mum und erscheint im Türrahmen. Eine Hälfte ihres Haars ist gewellt, die andere geglättet. »Die Glasur fehlt noch. Du darfst den Kuchen erst später sehen.«

Es klingelt erneut.

»Isolde!« Hektisch deutet Mum auf die Treppe.

Ich werfe das Handy aufs Bett und gehe hinunter, um die Tür zu öffnen. Das hier ist Vis Junggesellinnenabschied. Heute geht es nur um sie. Nicht um Ballett, Taylor oder sonst irgendwas.

Ich werde ihn bald anrufen.

Isolde

Dienstag, 4. Juni

Es ist schon nach 23:00 Uhr, als mir einfällt, dass ich Mum noch nicht gefragt habe, ob sie ihren Föhn eingepackt hat. Ich gehe in Richtung ihres Schlafzimmers. Ich will gerade klopfen, als ich Mums Stimme höre.

»Und wenn wir noch mal einen Termin bei Michelle vereinbaren? Die Sitzungen haben geholfen.«

Michelle. Die Eheberaterin. Ich weiß, dass meine Eltern vor ein paar Jahren bei ihr waren. Ich habe ein Telefonat zwischen Mum und Tina belauscht.

»Ich … ich kann das einfach nicht mehr, Lou. Ich bin erschöpft. Du nicht?«

Dads Stimme ist so leise, dass ich mich kurz frage, ob ich ihn richtig verstanden habe. Mum erwidert nichts. Die Stille ist unerträglich. Alles, was ich hören kann, ist mein Puls, der in meinen Ohren rauscht.

»Warum müssen wir ausgerechnet heute Abend darüber reden?«, fragt Mum schließlich. »Wir haben gesagt, wir würden es nicht tun. Nicht vor der Hochzeit.«

Ich höre an ihrer Stimme, dass sie weint.

»Du hast recht«, sagt Dad leise. »Reden wir jetzt besser nicht darüber.«

»Erst, wenn wir wieder zurück in Sydney sind«, erwidert Mum. »Denk an die Mädchen.«

»Versprochen«, sagt Dad.

Taylor

Mittwoch, 5. Juni

Es ist kurz nach eins, als mein Handy auf dem Nachttisch zu vibrieren beginnt. Natürlich bin ich hellwach, weil ich nur an *morgen* denken kann. Nur noch dreizehn Stunden.

Schon bevor ich einen Blick auf das Display werfe, weiß ich, dass es Issy ist. Kein anderer ruft mitten in der Nacht an. Ungeduldig pulsiert das Smartphone in meiner Hand. Ich weiß nicht, was ich sagen soll. Ich weiß nur, dass ich mit ihr reden will.

Also drücke ich auf den grünen Knopf. »Hey.«

Doch da ist nichts am anderen Ende der Leitung. Nur Schweigen. Vielleicht hat sie mich aus Versehen angerufen? Ich gebe mir Mühe, nicht zu enttäuscht zu sein.

Doch dann höre ich sie atmen. Ich weiß sofort, dass irgendwas passiert ist. Etwas Schlimmes.

»Issy? Alles okay?«

»Du hattest recht«, flüstert sie. Diese drei Wörter sind alles, was sie hervorbringt, bevor sie in Tränen ausbricht.

Isoldes Smartphone

Mittwoch, 5. Juni, 08:45 Uhr

VIOLETTA: Ist mit Mum alles in Ordnung? Ich habe eben mit ihr gesprochen, und sie klang irgendwie komisch.
ICH: Alles okay. Sie ist nur gestresst, weil die GANZE WELT heute Morgen am Flughafen ist und wir so lange an der Zollabfertigung warten mussten.
VIOLETTA: Aber ihr seid jetzt durch, oder?
ICH: Japp, alles gut. Boarden gleich. Ich schalte besser schon mal das Handy aus.
VIOLETTA: Bis bald! Du wirst das Haus, das wir gemietet haben, LIEBEN!! Xxxx

Isolde

Mittwoch, 5. Juni

Im Flugzeug starre ich auf die Textnachrichten, die ich Vi vorhin geschickt habe.

Alles gut.

Ich sehe zu Mum hinüber, die neben mir sitzt, Kopfhörer auf, die Augen geschlossen. Dad neben ihr sieht sich auf seinem Bildschirm das Video mit den Sicherheitshinweisen an, als würde sein Leben davon abhängen. Seit wir heute Morgen losgefahren sind, haben sie kaum ein Wort miteinander gewechselt.

Ich muss wieder an gestern Nacht denken, als ich vor ihrem Schlafzimmer stand und Dad versprochen hat, erst nach Queenstown über ihre Probleme zu sprechen.

Taub vor Schock bin ich zurück in mein Zimmer geschlichen. Erst als ich wieder in der Dunkelheit lag, habe ich mich langsam aus der Schockstarre gelöst.

Dann habe ich darüber nachgedacht, was als Nächstes passieren würde. Das, wovor ich schon so lange Angst habe – dass sich Mum und Dad trennen. Unsere Familie. Vorbei.

Es könnte tatsächlich passieren. Jetzt ist es Wirklichkeit. Nicht länger eine unbestimmte Angst, die ich im Hinterkopf habe.

Alles, was ich wollte, war ein weiterer Tag. Nur noch ein Tag, an dem das Geschehene noch nicht passiert ist.

Ein Tag, den ich mit Mum, Dad und Vi verbringen kann. Wir vier zusammen als Familie. Zwar würde ich wissen, was kommt, und ich könnte es nicht verhindern. Aber wenigstens könnte ich den Tag so leben, wie ich es getan hätte, wenn ich schon vorher gewusst hätte, was passieren würde.

Doch jetzt ist alles schon in Trümmern.

Der Schmerz in meiner Brust war so schlimm, dass ich nicht atmen konnte. Bis ich Taylors Nummer wählte und seine Stimme hörte. Er war für mich da, wie schon Hunderte Male zuvor. Endlich bekam ich wieder Luft.

Doch ich atmete viel zu schnell und zu flach. Ich konnte ihm nur sagen, dass er recht hatte, bevor ich zusammengebrochen bin.

»Ich fasse es nicht.«

Ich hörte das Entsetzen in seiner Stimme. Da wurde mir klar, dass er selbst nicht daran geglaubt hatte, dass sich Mum und Dad tatsächlich trennen würden, obwohl er es vor ein paar Wochen selbst gesagt hatte.

Wir telefonierten bis drei Uhr nachts. Selbst als ich nichts mehr zu sagen hatte, blieb er am Handy.

»Ich sollte dich jetzt besser schlafen lassen«, sagte ich irgendwann.

»Ich lege nicht auf, wenn du mich brauchst, Issy. Ist doch egal, wenn ich morgen müde bin.«

Dann schwieg er kurz und ich auch.

»Es ist die letzte Nacht, die wir getrennt verbringen«, sagte er leise.

»Ja, nicht wahr?«

Plötzlich ist mir wieder zum Heulen zumute, und ich weiß gar nicht, warum. Vielleicht, weil ich darüber nachdenke, wie viele Jahre vergangen sind, seit wir uns das letzte Mal gesehen haben. Und wie viel in der Zwischenzeit passiert ist. Jetzt sitze ich im Flugzeug und bin auf dem Weg zu ihm.

Ich blicke wieder zu Mum und Dad hinüber. Sie sehen aus, als wären sie seit gestern um zwanzig Jahre gealtert. Ich ertrage es nicht, sie lange anzusehen. Als das Flugzeug beschleunigt und abhebt, drehe ich den Kopf und lasse meinen Blick aus dem Fenster schweifen.

Ich beobachte, wie sich das offene Meer in Berge verwandelt. Spitze, schneebedeckte Gipfel, die hier und da aus dem Nebel herausragen.

Aotearoa. Das Land der langen weißen Wolke.

Ich lege die Hand an die Fensterscheibe und spüre, wie die Kälte von außen in meine Fingerspitzen kriecht. Wir fliegen weiter über die Neuseeländischen Alpen und Glenorchy, bis sich unter uns Lake Wakatipu erstreckt und ich in der Ferne Queenstown sehen kann. Ich merke, dass ich weine, wie ich es immer tue, wenn ich meinem Lieblingsort so nah bin.

Ich will nicht mehr an Mum und Dad denken. Ich denke an Taylors Stimme am Telefon. An das Letzte, was er zu mir gesagt hat, bevor wir aufgelegt haben:

Ich kann es nicht erwarten, dich zu sehen, Issy.

Taylors Smartphone

Mittwoch, 5. Juni, 14:12 Uhr

FINN: Spielen die Nerven noch mit, Bro?
ICH: Gerade so. Ihr Flugzeug ist eben gelandet. Ich kann es SEHEN. Passagiere kommen die Treppe herunter und aufs Rollfeld. Mein Herz hämmert wie ein Dubstep-Track.
FINN: BERUHIG DICH. Dir ist schon klar, dass du dir diese Situation seit zehn Monaten ausmalst und du jetzt ein KRITSICHES LEVEL erreicht hast, oder? Es könnte sein, dass sie aus dem Flugzeug steigt und kein bisschen mehr so ist, wie du sie in Erinnerung hast.
FINN: Vielleicht stimmt zwischen euch die Chemie überhaupt nicht mehr.
ICH: Ich kann sie sehen. Sie geht übers Rollfeld.
FINN: Und?!!!!!!! Warum sitze ich jetzt in der SCHULE UND VERPASSE ALLES??
FINN: Warum schreibst du nicht zurück?????!!!! Sie müsste inzwischen schon durch die Passkontrolle sein.
FINN: Ernsthaft, Bro. ICH WILL EIN UPDATE.
ICH: Oh Mann, ich bin ein hoffnungsloser Fall.
ICH: Sie ist ... umwerfend. Nicht nur ihr Aussehen. Alles. Einfach sie. ICH HALTE ES NICHT AUS.

Isolde

Mittwoch, 5. Juni

»*Kia ora* und willkommen in Queenstown. Es ist 14:15 Uhr, und es herrschen sieben Grad Celsius.«

Wir sind da.

Während wir darauf warten, dass die Flugbegleiterinnen die Türen öffnen, habe ich Schwierigkeiten, ruhig zu atmen. Ich fühle mich, wie wenn ich nach dem ersten Akt von der Bühne tanze. Als würde ich keine Luft mehr bekommen. Meine Wangen glühen vor Adrenalin und Aufregung.

Endlich öffnen sich die Kabinentüren, und wir strömen ins Freie. Als ich den oberen Treppenabsatz betrete, füllt frische Bergluft meine Lungen.

Ich kann wieder atmen.

Wir gehen übers Rollfeld. Zu meiner Linken türmen sich die Remarkables auf. Das obere Drittel der Spitze ist mit Schnee bedeckt. Das strahlende Weiß hebt sich vom Blau des Himmels ab.

Die Berge spiegeln sich in der Fensterfront des Flughafens. Ich weiß, dass Taylor auf der anderen Seite steht. Falls er gerade zum Fenster hinausblickt, sieht er mich bestimmt.

Es ist sicher nicht gut für mein Herz, so schnell zu schlagen, denke ich, als wir unsere Koffer abholen und in die Ankunftshalle gehen.

»Louise!«

Ich höre Maia, bevor ich sie sehe. Ich drehe den Kopf nach rechts – und da sind sie. Ich sehe Tobis Lächeln, Maias kirschroten Schal und dann nur noch ihn.

Taylor.

Er ist bei mir, bevor ich überhaupt einen Schritt machen kann. Er schlingt so schnell die Arme um mich, dass ich keine Zeit habe, darüber nachzudenken, wie ich ihn umarmen soll, um den kleinen, seltsamen Tanz aufzuführen, wenn zwei Menschen sich nach langer Zeit wiedersehen.

Stattdessen legen sich meine Arme um seinen Hals, als würden sie dort hingehören. Meine Brust drückt sich gegen seine, und ich frage mich, ob er meinen Herzschlag spüren kann.

»Goldie«, sagt er.

Ich kann nichts erwidern. Mir fehlen die Worte. Ich bin verloren – in der Wärme seines Körpers, dem Geruch seines Sweatshirts, der Art, wie sich mein Kinn an seine Schulter schmiegt. Das ist neu. Früher waren wir gleich groß. Und jetzt ist er einen halben Kopf größer als ich. Aber vor allem bin ich verloren in meinen Gefühlen.

Seine Arme fühlen sich nach Zuhause an.

Schließlich lösen wir uns voneinander.

»Hey«, sagt er grinsend.

Er macht einen Schritt zurück, und ich mustere ihn genau. Seine Augen – das warme Goldbraun, bei dem ich immer an einen Löwen denken muss – und sein Haar – das immer ein bisschen zu lang ist, ihm aber perfekt steht – sind immer noch gleich. Doch andere Dinge sind jetzt anders.

Seine Größe. Die breiten Schultern. Der markante Kiefer.

Natürlich habe ich ihn schon über Skype gesehen und bereits gewusst, dass er jetzt noch süßer ist als vor zweieinhalb Jahren. Aber jetzt steht er vor mir. Ich spüre, wie meine Zehen in meinen Stiefeln zittern.

»Hey«, sage ich. Ich könnte nicht breiter grinsen. Und trotzdem muss ich noch mehr lächeln. So sehr, dass ich es kaum ertrage.

Schalt mal einen Gang runter, Isolde.

»Lass mich deinen Koffer tragen«, sagt Tay.

Als wir beide danach greifen, rutscht Mums Laptop, der auf dem Koffer liegt, herunter und landet auf Taylors rechtem Turnschuh.

»Oh mein Gott!«, rufe ich und greife nach dem Haltegriff des Koffers, damit er nicht auch noch umfällt. »Alles in Ordnung?«

Lachend hebt Taylor den Laptop auf. »Gut getroffen.« Dann deutet er mit dem Kopf auf seinen rechten Fuß. »Zum Glück spürt der nichts.«

Mein Gesicht glüht.

»Wirklich, Issy. Alles gut.« Jetzt ist Taylor auch ein wenig rot geworden. Es ist ihm peinlich, dass es mir peinlich ist.

Er hat versucht, es mit einem Scherz abzutun, du Idiotin. Und du hast es vermasselt.

Ich will irgendwas Lustiges sagen, um die merkwürdige Stimmung zu durchbrechen, doch Taylor lädt bereits gemeinsam mit Tobi unsere Koffer auf einen Gepäckwagen. Wir verlassen die Ankunftshalle und gehen zur Autovermietung.

Mum und Dad liefern die beste Perfomance aller Zeiten ab, als sie sich fröhlich mit Tobi und Maia unterhalten, während wir auf die Autoschlüssel warten.

»Ich bin in die letzte Auswahlrunde für eine Stelle als GM bei einem großen Pharmakonzern gekommen«, erzählt Dad. »Hoffen wir mal, dass sie sich die nächsten Tage bei mir melden.«

»Diesmal klappt es bestimmt«, sagt Mum mit falscher Zuversicht und hält die Schlüssel in die Höhe. »Dann wollen wir mal.«

Wir folgen ihr hinaus an die frische Luft und beladen den Highlander.

»Willst du bei uns mitfahren?«, fragt Taylor, während Mum den Kofferraumdeckel fester zuschlägt, als sie es normalerweise tun würde.

Ich weiß, dass er die kleinen Zeichen erkennt, die die beiden verraten. »Klar.«

Ich folge Taylor, Maia und Tobi zu ihrem Subaru. Taylor öffnet mir die hintere Tür, und ich steige ein. Ich weiß nicht mehr, wie man sich richtig hinsetzt. Meine Arme und Beine, nein, mein ganzer Körper fühlt sich komisch an. Wie damals mit zwölf. Ich brauche mindestens zwanzig Sekunden, um mich anzuschnallen.

Wir verlassen das Flughafengelände und biegen links in Richtung Kelvin Heights ab. Tobi und Maia haben uns zum Kaffee eingeladen, bevor wir unser Ferienhaus auf dem Queenstown Hill beziehen.

»Sie haben eine neue Brücke gebaut«, bemerke ich, als wir den Kawarau River überqueren. Ich hasse Small Talk, aber wenn ich einfach schweigend neben Taylor auf dem Rücksitz sitze, ist es auch seltsam.

Das hätte ich nicht erwartet. Bisher hat er mich immer mit Fragen bombardiert, nachdem ich aus dem Flugzeug gestiegen bin.

»Queenstown verändert sich«, erwidert Tobi, blickt in den Rückspiegel und verzieht das Gesicht. »Das Verkehrschaos auf der anderen Straßenseite, das sind die Touristen, die von den Remarkables herunterkommen. Die alte, einspurige Brücke hat dafür nicht ausgereicht.«

»Aber immer noch nicht so schlimm wie in Sydney, oder?«, sage ich, und alle lachen.

Taylor ist immer noch still.

Ist er sauer wegen vorhin?, frage ich mich und muss wieder an den Vorfall mit dem Koffer denken. Doch er wirkt nicht angefressen. Er lächelt mich immer wieder an und schweigt.

Du könntest auch etwas sagen. Das würde ich gern, aber ich bin furchtbar schüchtern. Werde ich mich die ganze Zeit so fühlen?

Taylor

Mittwoch, 5. Juni
Ich hatte ganz vergessen, wie stark Issy ist. Wie muskulös vom jahrelangen Tanzen. Ich hatte ihre aufrechte Haltung vergessen und wie sie einem direkt in die Augen sieht, ohne zu zögern.

Auf der gesamten Fahrt nach Hause haben mich ihre Augen sprachlos gemacht. Ich habe sie immer wieder angesehen, wollte eine Unterhaltung beginnen. Doch sobald sich unsere Blicke trafen, war mein Kopf wie leergefegt.

Sie anzulächeln war alles, was ich tun konnte. Ich wusste, sie würde sich fragen, was mit mir los sei. Denn normalerweise bin ich so aufgedreht, wenn wir die Byrnes abholen, dass ich nicht aufhören kann zu plappern.

Jetzt sitzen wir bei uns zu Hause im Wohnzimmer. Sie hat sich mir gegenüber in den Sessel sinken lassen und streichelt Slash. Sie hat die langen Beine übereinandergeschlagen und lacht über irgendwas, das Dad gerade erzählt hat. Ich bin eifersüchtig auf meinen eigenen Vater, denn *ich* will derjenige sein, der sie so zum Lachen bringt, dass sie den Kopf in den Nacken wirft. Ich will derjenige sein, der das Grübchen in ihrer linken Wange aus seinem Versteck lockt.

»Tobi und ich fahren zur Location, um zu sehen, wo der Blumenschmuck angebracht werden soll«, sagt Mum. »Willst du mitkommen, Louise? Ich weiß doch, dass du es kaum erwarten kannst, den Saal mit eigenen Augen zu sehen.«

Mum hat den Satz kaum ausgesprochen, da erwidert Louise: »Auf jeden Fall. Patrick kann ja schon mal zum Haus fahren und die Koffer ausladen.«

Ich beobachte, wie Isolde ihre Eltern beobachtet. Wie vorsichtig Louise spricht, vor allem, als sie »Patrick« sagt. Wie sie einander nicht ansehen. Selbst dann nicht, als Patrick antwortet.

»Klar«, sagt er und lächelt stattdessen meine Mum an. Während Louises Stimme zurückhaltend ist, scheint Patricks Stimme umso enthusiastischer zu sein, um es auszugleichen.

»Issy, warum fahren wir nicht gemeinsam zum Haus und packen schon mal für Mum aus? Dann hat sie diese Woche eine Sorge weniger.«

Isolde schweigt. Jetzt sieht sie nicht mehr ihre Eltern an, sondern starrt in die leere Kaffeetasse in ihren Händen. Die Finger ihrer rechten Hand zittern kaum merklich.

»Issy und ich wollten eine Spritztour machen«, sage ich zu Patrick.

Issy sieht mich dankbar an.

»Seid aber zurück, bevor es dunkel wird«, sagt Mum.

»Mum, ich darf bis 22:00 Uhr fahren«, erwidere ich eher amüsiert als verärgert, während ich vom Sofa aufstehe. »Aber ja, wir werden rechtzeitig zurück sein. Wollen wir los, Issy?«

Ich halte ihr die linke Hand hin, und ihre rechte legt sich in meine. Ich drücke sie, um ihr zu versichern, dass ich für sie da bin. Das Zittern ihrer Finger verebbt. Kurz bin ich wieder unten am See in der Silvesternacht.

Dann ziehe ich Isolde hoch und führe sie hinaus zu meinem Auto.

Isolde

Mittwoch, 5. Juni

Wir fahren wieder über die Brücke, diesmal jedoch in Richtung Innenstadt. Taylor hat eine Playlist angemacht. Wir sind beide still. Die Landschaft übernimmt das Reden. Wir fahren die Frankton Road hinab in Richtung Queenstown. Cecil und Walter Peak befinden sich direkt vor mir, und in der Ferne schimmert der See.

»Unglaublich«, sage ich und starre fasziniert aus dem Fenster. »Noch schöner, als ich es in Erinnerung hatte.«

»Danke, Goldie. Du schmeichelst mir«, erwidert Taylor.

Sein Blick ist auf die Straße gerichtet, doch er grinst einseitig.

»Die Aussicht, du Idiot.« Ich verdrehe die Augen, spüre jedoch, wie ich erröte.

Danach ist das Schweigen nicht mehr seltsam, sondern angenehm.

Ich frage ihn nicht, wohin wir fahren. Ich weiß es. Während *Ends of the Earth* von Lord Huron spielt, passieren wir die Stadt. Dann befinden wir uns auf der sich windenden Straße nach Glenorchy. Ich öffne das Fenster, um die kühle Luft auf meinem Gesicht zu spüren. Je weiter wir uns von meinen Eltern entfernen und je mehr sich die Landschaft vor uns ausbreitet – Himmel und See, soweit das Auge reicht –, desto besser geht es mir.

Wie alle anderen halten auch wir am Bennetts Bluff. Aber im Gegensatz zu allen anderen machen wir keine Fotos. Wir stehen einfach da und lassen das Panorama auf uns wirken. Fotos werden der Aussicht ohnehin nie gerecht. Die Berge sind größer, der See breiter, die ganze Aussicht wilder und mysteriöser, als sie jemals auf Fotos rüberkommt. Die Tatsache, dass auf der anderen Seite des Sees nur Berge steil in den Himmel ragen, haut mich jedes Mal um.

Als wir Glenorchy erreichen, ist es schon zu spät, um uns ins Café zu setzen. Wir holen uns noch schnell zwei Kakaos, bevor sie zumachen, setzen uns damit ans Ende des Piers und beobachten die schwarzen Schwäne auf dem Wasser. Hinter einer Schwanenmutter schwimmen vier Babys, die ihr alles nachmachen.

»Da braut sich was zusammen«, sagt Taylor und deutet auf die dunklen Wolken, die sich hinter dem Dart River bei Paradise auftürmen.

»Ich kann es spüren«, erwidere ich und vergrabe das Kinn in meinem Mantelkragen. In meiner Eile, von Mum und Dad wegzukommen, habe ich meinen Schal vergessen.

»Ist dir kalt?« Taylor sieht mich an. Der Wind bläst ihm das Haar ins Gesicht. Ich spüre, wie meine Fingerspitzen zucken, denn am liebsten würde ich die Hand heben und es ihm aus der Stirn streichen.

»Ein bisschen«, gebe ich zu.

»Hier.« Taylor schlüpft aus dem rechten Ärmel seiner Jacke. Kurz denke ich, er will sie mir ganz geben und nur in seinem Pullover dasitzen, was verrückt wäre, denn es sind nur noch ungefähr vier Grad. Ich schüttle bereits den

Kopf, als er näher rückt und die Distanz zwischen uns schließt, bis sich unsere Oberschenkel berühren. Dann legt er seine Jacke um uns beide.

Jetzt kann ich ihn nicht mehr ansehen. Ich fühle einfach zu viel.

Ich weiß, dass es für ihn nur eine nette Geste ist. Zwei Freunde, die sich in der Kälte aneinanderschmiegen. Aber für mich? Ich spüre genau, wo mein Schenkel aufhört und seiner beginnt. So nah sind wir uns.

»Wie kann ich helfen, Issy?«

Der Wind wird nun stärker, und seine Stimme ist leise. Der Satz ist schnell verschwunden, aber Taylor ist mir so nah, dass ich seine Worte spüren kann. Und ich fühle, wie sein Herz für mich schmerzt. Wegen des Moments vorhin mit Mum und Dad, wegen allem, was ich ihm gestern Nacht am Telefon erzählt habe.

»Ich kann … noch nicht darüber sprechen …«

Ich weiß nicht, warum ich gestern Nacht darüber sprechen *musste.* Es war, als wäre Reden das Einzige, was mich davon abhielt, den Verstand zu verlieren. Und heute schmerzt mein Hals, wenn ich auch nur versuche, ein Wort herauszubringen. Vielleicht liegt es daran, dass Queenstown für mich immer der Ort gewesen war, an dem ich am glücklichsten war. Der Ort, an dem es Mum und Dad irgendwie besser ging. Oder zumindest schien es so. Aber jetzt ist ihnen das Unglück hierher gefolgt. Es hat keinen Zweck mehr, es zu leugnen.

Taylor ergreift meine Hand und drückt sie. Der Kloß in meinem Hals wird ein bisschen kleiner.

»Kannst du mich ablenken?«, frage ich.

»Das ist ein großartiger Plan.«

Taylor

Mittwoch, 5. Juni
Ich könnte für immer mit ihr hier sitzen, auf den See hinausblicken und beobachten, wie die Wolken und der Nebel vom Norden heraufziehen. Außerhalb meiner Jacke, die wir uns teilen, wird es langsam kälter. Als würden uns ein paar Gänsefedern und ein bisschen Nylon vor allem schützen, was kommen mag. Ihre Hand in meiner. Warm, weich und *richtig*. Ihr linkes Bein, das sich gegen mein rechtes drückt. Ihre Wade berührt meine Prothese.

Darüber habe ich nicht nachgedacht, als ich die Jacke über unsere Schultern gelegt habe. Ich wollte ihr nur nahe sein. Doch jetzt, da ich darüber nachdenke, beginnt mein Herz wie wild zu pochen. Ich muss den Blick geradeaus auf den See gerichtet halten und mich beruhigen.

Dann beginnt es zu regnen. Zuerst ignorieren wir es, denn es ist nur ein bisschen Nieselregen. Aber innerhalb von Minuten wird er stärker.

»Wir sollten besser gehen«, sage ich, nicht weil ich will, sondern weil ich mir Sorgen mache um nasse Straßen und weil es langsam dunkel wird.

Auf dem Heimweg sind wir still. Ich versuche, uns sicher nach Hause zu bringen, und Issy ist in Gedanken versunken.

»Glaubst du, es wird schneien?«, fragt sie schließlich. »In der Stadt, meine ich.«

»Es ist zwar eiskalt, aber es ist nicht die richtige Kälte«, erwidere ich und werfe einen Blick auf die Temperaturanzeige, auf der nun zwei Grad steht. Ich weiß genau, welche Art von Kälte Schnee mit sich bringt. Ich kann es spüren.

»Schneeflüsterer, was?«, scherzt Issy.

»Vielleicht. Aber es wird nicht mehr lange dauern«, sage ich. »Laut Wetterbericht kommt nächste Woche eine Schlechtwetterfront auf.«

»Hoffentlich sind wir dann zusammen, wenn sie kommt«, erwidert Issy.

Zusammen. Ich muss an eben denken, als wir zusammen auf dem Pier saßen und ich ihr meine Gefühle gestehen wollte. Aber natürlich war es der falsche Zeitpunkt.

Ein Grund, warum ich hinaus auf den See gestarrt habe, war, dass ich sie geküsst hätte, wenn sie mich angesehen hätte, ihr Kopf so nah an meinem, Schulter an Schulter. Und das wäre so was von unsensibel und egoistisch gewesen. Sie braucht jetzt einen Freund, keinen Typen, der sie angräbt.

»Hoffentlich«, erwidere ich und halte den Blick auf die Straße gerichtet.

Fahrt ins Paradies mit dir

Ends of the Earth	Lord Huron
Spirit Cold	Tall Heights
No Rush	Guy Burns
All My Love	Imaginary Future
Frames	Luke Thompson
Forever Ago	Woodlock
Mountains	Jome
Snow	Jome
Glassy Blue	Hammock
Turn Away and Return	Hammock

Instant-Messenger-Unterhaltung

Mittwoch, 5. Juni, 21:12 Uhr

FINN WILLIAMS: Du musst tiefer durchatmen, Kumpel. Dieses Lachen eben? Das klang, als würdest du seit einem Jahr Helium inhalieren.
TAYLOR HELLEMANN: Du liebst diesen Rollentausch, nicht wahr? All die Jahre habe ich *dir* Ratschläge gegeben, was Mädchen angeht. Und jetzt sitzt du da mit arrogantem Gesichtsausdruck und spinnst dir was zusammen.
FINN WILLIAMS: Ich liebe es, dass zwischen uns die besten Makkaroni mit Käse der Welt stehen und du so verliebt in das Mädchen gegenüber bist, dass du sie total vergisst und sie ALLEIN MIR GEHÖREN.
TAYLOR HELLEMANN: Du weißt schon, dass bei dem Dinner nur ich, meine Eltern, die Byrnes und Jacks Familie hätten sein sollen, oder? Du bist einfach uneingeladen hereingeplatzt.
FINN WILLIAMS: Ich bin dein Wingman/Coach/der Typ, der dir sagt, dass du dich zusammenreißen sollst. Du brauchst mich.
TAYLOR HELLEMANN: Nein, tue ich nicht.
FINN WILLIAMS: Ähm, doch, tust du. Wer hat dir vorhin in die Rippen gepikst, damit du den Mund zumachst, als sich Issy an den Tisch gesetzt hat? Sie

sieht tatsächlich umwerfend aus in dem Kleid. Ich verstehe, warum du so gegafft hast, als die Byrnes angekommen sind. Und warum du vorhin das Weinglas deines Dads umgeworfen hast. Und warum du »Vack und Ji« statt »Jack und Vi« gesagt hast.

TAYLOR HELLEMANN: Könntest du bitte nach Hause gehen, bevor du mir auch noch den letzten Rest Selbstvertrauen raubst?

FINN WILLIAMS: Und dieses UNGLAUBLICHE Steak verkommen lassen?

TAYLOR HELLEMANN: Iss jetzt und hör auf, mir zu schreiben. Ich muss die ganze Zeit herunterstarren, um deine Nachrichten zu lesen. Das sieht merkwürdig aus.

FINN WILLIAMS: Verdächtig, meinst du.

TAYLOR HELLEMANN: Das war's. Ich werde dir nicht mehr antworten. Ich konzentriere mich jetzt auf SIE.

FINN WILLIAMS: Dann bist du wohl nicht mehr an deinem Steak interessiert? Ich ziehe einfach mal deinen Teller zu mir herüber ... Da haben wir's! ☺ Herzlich willkommen auf Finns Teller, Baby! DAS ist Liebe.

Instant-Messenger-Unterhaltung

Donnerstag, 6. Juni, 21:55 Uhr

ANA ZHANG: Wann hast du endlich gemerkt, dass du in Taylor verliebt bist?
ISOLDE BYRNE: Entschuldigung ... bitte, was?
ANA ZHANG: Issy, komm schon. Als er heute Abend die Tür aufgemacht hat, hast du gestrahlt wie ein Weihnachtsbaum.
ISOLDE BYRNE: Sei nicht albern.
ANA ZHANG: Und schon wieder! Als er dir eben den Kakao gereicht hat.
ISOLDE BYRNE: Mein Gesicht ist völlig *normal. Ich* bin normal.
ANA ZHANG: Issy, ich liebe dich, aber du bist gerade so was von unnormal.
ISOLDE BYRNE: Meinst du, er merkt es?
ANA ZHANG: Nope. Wenn du ein beleuchteter Weihnachtsbaum bist, dann ist er eine Metallstange, die vom Blitz getroffen wurde. Noch viel offensichtlicher. Als du ihm vorhin beim Essen gesagt hast, dass dir sein Pulli gefällt, war es, als hättest du ihn zum König der Welt gekrönt.
ISOLDE BYRNE: Er hat nur gelächelt, Ana.
ANA ZHANG: Sein Lächeln war so breit, dass mir vom Hinsehen das Gesicht wehgetan hat.

ISOLDE BYRNE: Wir sind nur Freunde. Er sieht mich nicht so.
ANA ZHANG: Erkennst du nicht, wie er gerade dreinblickt? Er sitzt da und SCHMACHTET dich an.
ISOLDE BYRNE: Es gibt da ein anderes Mädchen. Er hat eine Playlist für sie gemacht.
ANA ZHANG: Habt ihr euch *deshalb* gestritten? Egal, was passiert ist – ich kann dir versichern, dass die Playlist Schnee von gestern ist, Issy.
ISOLDE BYRNE: Wir müssen jetzt aufhören zu schreiben. Finn versucht die ganze Zeit, näher an dich heranzurücken. Gleich sitzt er auf deinem Schoß UND SIEHT UNSERE NACHRICHTEN. Ich will nicht, dass Taylors bester Freund weiß, dass ich Gefühle für Tay habe.
ANA ZHANG: Er weiß es, Issy. Alle können den Weihnachtsbaum im Zimmer sehen.
ISOLDE BYRNE: Wie wäre es, wenn wir über DEIN Gesicht sprechen, jetzt, da dir Finn wie ein Sechsjähriger in den Arm pikst und versucht, deine Aufmerksamkeit auf sich zu ziehen?

Taylor

Freitag, 7. Juni

Die Berge sind heute Morgen verschwunden. Oder zumindest wirkt es so. Als ich kurz nach acht meine Vorhänge öffne, kann ich nicht mal mehr die Häuser auf der gegenüberliegenden Seite des Sees erkennen. Über Nacht ist eine tiefe lange Wolke aufgezogen, und es nieselt.

Später am Morgen fahren Mum, Dad und ich zur Location, wo die Hochzeitsfeier stattfindet. Inzwischen hat die Wolke beinahe die Remarkables erreicht.

»Sieht nicht gut aus für morgen, was?«, fragt Dad, als wir mit eingeschaltetem Fernlicht in die Maori Jack Road einbiegen.

»Positiv denken, Tobi«, erwidert Mum und stellt die Scheibenwischer eine Stufe höher.

Das Haus, in dem Vis Hochzeit stattfinden wird, sollte man nicht als Haus bezeichnen. Es ist ein Anwesen. Würde man es von oben betrachten, würde man sagen, es sehe aus wie ein Tarnkappenbomber, mit zwei riesigen Flügeln auf jeder Seite. Im Moment kann man außer den grauen Wolken nicht viel sehen, aber man erkennt trotzdem, dass der »Rasen« eine riesige Fläche mit freier Sicht über die ganze Halbinsel ist. Es ist verrückt, wenn man bedenkt, dass manche Menschen tatsächlich so leben.

Mum, Dad und ich helfen Judith, der Floristin, mit dem Empfangsbereich. Auf der anderen Seite des Raums stehen Kisten voller Blumen, die in Wasser stehen, damit sie bis morgen frisch bleiben.

Die Byrnes kommen um 13:30 Uhr an, zusammen mit Vis Brautjungfern, Jacks Trauzeugen und der Zelebrantin, um die Zeremonie durchzugehen. Die ersten Minuten kann ich mich nur auf Issy fokussieren, doch dann sage ich mir, dass ich nicht so offensichtlich sein darf und mich mehr auf das Geschehen um mich herum konzentrieren muss.

Man sieht Vi an, dass sie das Haus liebt. Sie schwärmt von den großen Glastüren im Empfangssaal, dem steinernen Kamin und der riesigen Veranda, auf der Mum nach der Zeremonie Drinks und Canapés aufbauen wird. Natürlich nur, falls es morgen nicht regnet.

»Das Bergwetter ändert sich ständig«, versichert Mum. »In einer Stunde könnten sich die Wolken bereits aufgelöst haben.«

»Und was, wenn nicht?« Vis Lächeln von vorhin, als sie hier angekommen ist, ist nun verebbt, da sie in den Regen hinaus starrt, der über die Veranda peitscht. »Was, wenn es so ist wie jetzt und wir die Zeremonie nicht draußen abhalten können?«

»Dann richten wir dort drüben an der Steinmauer einen Bereich ein. Mit Kerzen und Stoffen überall«, erwidert Mum. »Es wird wundervoll.«

Die Brautgesellschaft spielt die Zeremonie durch und tut so, als gäbe es einen Mittelgang, der zur Steinmauer führt. Issy bildet als letzte Brautjungfer das Schlusslicht und blickt ernst drein. *Zu* ernst. Als sie ihren Platz in der Reihe der Brautjungfern eingenommen hat, treffen sich unsere Blicke, und ich ziehe die lustigste Grimasse, die ich zustande bringe – schielend und mit verdrehter Zunge. Sie fängt an zu kichern.

»Das solltest du morgen lieber nicht machen«, sagt sie, als sie nach der Probe zu mir kommt und mich leicht gegen den Arm boxt.

»Und wenn ich es doch tue?«

Ich kann einfach nicht anders, als sie zu necken. Ich will, dass sie mich noch mal berührt. Seit wir in Glenorchy Händchen gehalten haben, kann ich nur noch daran denken, wie ich ihr näherkommen kann.

Gestern konnte man vergessen. Die Mädels waren den ganzen Tag im Spa, und als Finn und Ana zum Abendessen zu uns kamen, war ich viel zu unsicher, um etwas zu unternehmen.

»Dann kriegst du mächtig Ärger«, sagt Isolde und pikst mich in die Schulter.

»Ach ja?« Spielerisch packe ich sie am Handgelenk. »Es sei denn, ich bin zu schnell für dich.«

»Du meinst, wie ein T-Rex?«, fragt sie und meint damit den Streit, den wir als Kinder mal hatten.

»Ganz genau.« Ich brülle wie ein Dinosaurier, und es hallt durch den ganzen Raum. Jacks Trauzeugen drehen die Köpfe und blicken uns seltsam an.

»Du bist so ein Spinner«, prustet Issy.

Wir grinsen einander dämlich an, während wir Händchen halten.

»Isolde!«, ruft Louise. »Wir müssen jetzt los.«

»Dann sehen wir uns morgen«, sage ich und lasse nur zögerlich ihre Hand los. »Wenn du zum Altar schreitest.«

»KEINE GRIMASSEN, okay?« Sie sieht mich gespielt ernst an.

»Ich werde dich einfach fasziniert anstarren«, sage ich, als würde ich einen Scherz machen.

»Das hoffe ich doch.«

Isolde

Freitag, 7. Juni
Als ich Vis Zimmer betrete, um sie zu fragen, ob sie ein Heißgetränk möchte, sitzt sie weinend auf ihrem Bett. »Vi, vielleicht ist morgen das schönste Wetter«, sage ich und setze mich zu ihr.

Ich weiß, dass sie sich Sorgen macht, seit wir die Location verlassen haben. Ich mache mir ebenfalls Sorgen. Mir ist heute erst klar geworden, wie viel Zeit und Mühe in die Organisation geflossen sind. Mums Zeit, Maias Zeit, Vis Zeit. Zwei lange Jahre. Alles nur für einen einzigen Tag. Und dann sind da noch all die Gäste, die in den letzten drei Tagen extra angereist sind, aufgeregt Fotos auf Facebook posten und sich wie verrückt auf die Hochzeit freuen.

Ich verstehe jetzt, warum Vi will, dass der Tag morgen so perfekt wie möglich wird.

»Es ist nicht das Wetter«, erwidert Vi und wischt die Tränen weg. »Ich weiß nicht, was es ist. Ich musste einfach weinen. Irgendwie fühle ich mich seltsam. Was, wenn …«

»Wenn was?«

»Wenn mit Jack und mir das Gleiche passiert wie mit *ihnen?* Mum und Dad?«

Kurz werde ich still. »Vi, das wird nicht passieren. Ihr seid kein bisschen wie sie.«

»Sie waren auch mal glücklich«, entgegnet sie.

Und sie hat recht. Das waren sie. Man sieht es auf ihren Hochzeitsfotos. Wenn sie nicht in die Kamera gestrahlt haben, haben sie lachend die Köpfe nach hinten geworfen, übersprudelnd vor Glück.

Keiner ist von Anfang an unglücklich.

»Vi, ihr werdet nicht zulassen, dass das passiert.« Ich weiß, dass meine Stimme leicht zittert, obwohl ich versuche, so ruhig wie möglich zu klingen. »Ihr werdet es anders machen.«

»Meinst du?«

»Aber natürlich.«

Wir halten uns an den Händen, weil wir nicht wissen, wie wir sonst mit der Angst umgehen sollen, die wir schon immer hatten.

Liebe hält nicht ewig.

»Hey, was ist hier los, Mädels?« Mum steht mit zwei Tassen Tee im Türrahmen.

»Vi hat kalte Füße«, erwidere ich, als Dad ebenfalls im Türrahmen erscheint.

»Dagegen gibt es ein einfaches Mittel.« Dad nimmt ein Paar Wollsocken aus der Kommodenschublade und setzt sich zu ihr. Dann zieht er ihr die Socken an und reibt ihre Füße, als würde er versuchen, ein Feuer in Gang zu bringen.

»Besser?«, fragt er.

Vi stöhnt, schafft es aber trotzdem zu lächeln.

»So haben wir auch die Füße eurer Mutter am Abend vor der Hochzeit warm bekommen«, erzählt er. »Fragt sie ruhig.«

»Das stimmt überhaupt nicht.« Vi verdreht die Augen.

»Sie waren wie zwei Eisklötze.« Traurig schüttelt Dad

den Kopf. »Man kann es ihr nicht verübeln. Zu wissen, dass sie ihr Leben mit so einem Kerl verbringen muss.«

»Hattest du Angst?«, will Vi von Mum wissen.

Mum klettert zu uns aufs Bett und beginnt, Vis Schultern zu massieren, damit sie sich entspannt. »Natürlich hatte ich Angst.«

»Jeder hat am Abend vor seiner Hochzeit Angst.« Dad drückt Vis Fuß. »Das ist ganz normal. Es bedeutet, dass du es ernst meinst.«

»Ihr bereut es nicht, oder?«, fragt Vi. Obwohl ihr Ton nun leichter klingt als vorhin, merkt man, dass sie die Frage ernst meint.

Mum senkt den Kopf. Vi kann es nicht sehen, ich aber schon. Sie schluckt schwer. Sie versucht, nicht zu weinen. Ich sehe weg, damit ich nicht auch weinen muss.

»Wie könnte ich es jemals bereuen, eure Mutter geheiratet zu haben?«, fragt Dad. »Für wie bescheuert haltet ihr mich?«

»Ziemlich«, erwidert Vi grinsend.

»Möchtest du wirklich eine Antwort darauf hören?«, frage ich und versuche, Vi zuliebe so locker wie möglich zu klingen.

»Weißt du, Jack könnte mal einen Bierbauch bekommen«, sagt Dad. »Vielleicht solltest du die Sache doch besser abblasen.«

Vi bewirft ihn mit einem Kissen. Mum und ich tun es ihr gleich. Die reinste Kissenschlacht bricht aus, bis wir alle lachend auf dem Bett liegen.

Taylor

Samstag, 8. Juni
Wir warten draußen auf dem Rasen auf die Braut. Es ist 14:55 Uhr, und alle Gäste sitzen auf ihren Plätzen. Jack und seine Trauzeugen stehen in ihren Anzügen neben dem Blumenbogen. Jack lächelt, auch wenn man ihm anmerkt, dass er ein wenig nervös ist.

Die Gäste drehen sich auf ihren Stühlen. Ich spähe hinüber zum Haus und sehe etwas Weißes blitzen.

»Die Braut ist nun hier«, verkündet Janet, die Zelebrantin. »Ich möchte Sie bitten aufzustehen, um sie zu begrüßen.«

Wir erheben uns von unseren Stühlen. Ich sitze ganz innen, links in der zweiten Reihe, neben Dad. Die Musik setzt ein. Ich spüre, wie mein Herz klopft. Ich kann mir gar nicht vorstellen, wie sich Jack gerade fühlen muss.

Issy ist die letzte Brautjungfer am Ende des Mittelgangs. Ihr Kleid hat die Farbe von Pinot, dem rubinroten Wein, den sie im Gibbston Valley herstellen. Ihre Lippen haben denselben Ton. Sie lächelt mich an, als wäre ich der Einzige, der hier sitzt. Ich vergesse ganz, den Kopf zu drehen, um wie alle anderen Ausschau nach der Braut zu halten.

Dann fällt es mir wieder ein.

Als ich sechs war, habe ich Isolde einen Heiratsantrag gemacht.

Ich habe nicht wirklich gefragt, um ehrlich zu sein. Ich bin einfach davon ausgegangen, dass wir irgendwann heiraten würden.

Ich kann uns sehen, wie wir bei ihr zu Hause in Sydney im Wohnzimmer sitzen. Wir haben uns gerade *Snow Dogs* angesehen, den Disney-Film, in dem es um Huskys geht, die Schlittenrennen fahren.

»Sobald wir geheiratet haben, sollten wir uns mindestens drei Huskys zulegen«, sage ich. »Dann haben wir ein Sprintteam und können mit ihnen an Wettbewerben teilnehmen.«

»Wie kommst du auf die Idee, dass wir mal heiraten?«, unterbricht mich Isolde.

»Beste Freunde heiraten *immer.*« Ich zucke mit den Schultern. »So funktioniert das nun mal.«

»Aber was, wenn ich einen anderen liebe?«

Ich verziehe das Gesicht. »Ich liebe dich am meisten.«

Kurz schweigt sie. Der Abspann und die Musik enden. Aus der Küche dringt Geschrei. Zuerst die Stimme ihrer Mum, dann die ihres Dads. Sie streiten sich häufig.

»Ich glaube nicht, dass ich mal heiraten will«, sagt sie und greift nach der Fernbedienung. Sie drückt erneut auf Play und dreht die Lautstärke hoch.

Isolde

Samstag, 8. Juni

Ich kann den Blick nicht von meiner Schwester abwenden. Alles um uns herum ist atemberaubend. Der Himmel, die Berge, der See. Aber sie ist am allerschönsten.

Mum ist völlig fertig. Dad auch. Sie sitzen beide weinend in der ersten Reihe. Dad hält Mums Hand in seiner. Ich kann sie nicht ansehen, sonst muss ich auch heulen. Also halte ich den Blick auf Jack und Vi gerichtet, denn für sie ist im Moment alles perfekt.

Winzige Vögel flattern um uns herum und füllen mit ihrem Gezwitscher die Pausen während des Eheversprechens. Als sich Jack und Vi küssen, stößt er triumphierend die Faust in die Luft. Als sie den Mittelgang hinabgehen, werden sie von den Gästen mit roten und weißen Rosenblättern beworfen.

Auf dem Rasen in der Nähe der Veranda verteilen Kellner Champagner und Glühwein. Alle umarmen und küssen sich.

»Ich bin vielleicht ein wenig voreingenommen, aber das war die schönste Zeremonie, die ich je gesehen habe«, sagt Tay und umarmt mich. »Es war magisch.«

Taylor, Ana, Finn und ich stehen am Tisch mit dem Käse, als das Brummen beginnt. Zuerst denke ich, es wäre ein tieffliegendes Flugzeug, doch dann fällt es mir wieder ein. Es ist ein Helikopter, der Vi und Jack zu ihrem Fotoshooting in den Bergen abholt.

Während Maia den Hubschrauber einwinkt, wirbeln die Rotorblätter die Rosenblüten auf. Wie Schneeflocken tanzen sie um uns herum.

Alle Gäste beginnen zu jubeln, während Vi und Jack auf den Helikopter zugehen. Nachdem sie eingestiegen sind, beginnen die Blätter wieder zu rotieren, und er hebt ab. Wir sehen ihnen nach, bis sie nur noch ein winziger Punkt in der Ferne sind. Schließlich verschwinden sie über den Bergkamm.

Taylor

Samstag, 8. Juni
Nach der letzten Rede stehen Vi und Jack, die am Ende der Tafel sitzen, auf. Sie nicken Dad und der Band zu, und die ersten Töne von *One, Two, Three*, ihrem ersten Song, zu dem sie tanzen werden und den Dad geschrieben hat, erfüllen den Saal.

Kurz hat das Brautpaar die Tanzfläche für sich. Sie sind verloren ineinander, bevor sich Louise und Patrick traditionsgemäß zu ihnen gesellen.

Ich sehe Issy an, die neben mir sitzt. Sie starrt ihre Eltern an. Ich spüre ihren Schmerz.

»Issy, würdest du mit mir tanzen?«, frage ich und halte ihr meine Hand hin, bevor ich den Mut verliere.

Sie sieht mich an. Dann legt sie lächelnd ihre Hand in meine.

Isolde

Samstag, 8. Juni
»Nur, damit du's weißt«, sagt Taylor, als wir am Rand der Tanzfläche stehen und einander merkwürdig ansehen. »Ich habe keinen blassen Schimmer, was ich hier tue.«

Er wirkt ein wenig verstört, und ich kann mir das Lachen nicht verkneifen. »Ich auch nicht«, gestehe ich.

»Du bist Tänzerin!«

»Ballett«, entgegne ich. »Kein Standardtanz.«

»Dann lass uns mit den Basics anfangen«, sagt er und legt meine linke Hand auf seine Schulter und seine rechte an meine Hüfte. Wir fassen uns an den freien Händen. »Und dann«, Taylor ist mir nun ganz nah, sein Mund an meinem Ohr, »bewegen wir uns einfach zur Musik.«

Ich blicke nicht zu Mum und Dad. Stattdessen lasse ich mich von der Musik ergreifen und erinnere mich wieder daran, wie schön der Songtext ist. Er handelt vom Verlieben und von Neuanfängen.

Als der Refrain einsetzt, habe ich bereits die Augen geschlossen. Ich weiß nicht, wie es passiert ist, aber jetzt sind wir uns so nahe, dass mein Kopf an seiner Schulter liegt. Wir halten nicht mehr nur Händchen, unsere Finger sind ineinander verschränkt, genau wie vor all den Jahren. Ich spüre, wie sein Herz klopft und frage mich, ob er meins ebenfalls spürt. Denn es flattert wie zuvor die Rosenblätter. Nicht mehr viel, und ich schwebe davon.

Taylor

Samstag, 8. Juni
Warum hat Dad nicht noch mehr Strophen geschrieben?, denke ich, als der Song endet. Ich bin nicht bereit, Issy loszulassen.

Die Band legt eine kurze Pause ein, und Issy und ich gehen hinaus auf die Veranda. Es ist eiskalt. Aber es ist eine willkommene Abwechslung zu drinnen, denn der Raum ist überhitzt von all den tanzenden Körpern.

Ich will mir gerade den Mond anschauen, als ich etwas völlig anderes entdecke. Ich muss mir das Lachen verkneifen.

»Issy«, flüstere ich und deute auf den Bogen mit den Blumen, der noch auf dem Rasen steht. »Sieh mal.«

Unter dem Bogen stehen Finn und Ana und machen miteinander rum.

Issy schlägt die Hand vor den Mund, um ihr Lachen zu ersticken.

»Soll ich sie erschrecken?«, frage ich und mache einen Schritt nach vorn.

»Sei nicht gemein«, sagt sie immer noch kichernd.

»Na schön.«

Würde ich mit Issy dort stehen und sie küssen, würde ich Finn umbringen, wenn er uns unterbrechen würde. Doch als Ana und Finn Händchen haltend den Weg entlangkommen, kann ich mich nicht länger zurückhalten.

»Auf Mr und Mrs Williams!« Grinsend tue ich so, als würde ich das Glas erheben.

»Wie alt bist du? Fünf?«, fragt Finn, legt Ana einen Arm um die Schultern und führt sie wieder hinein.

»Ihr müsst nicht auf uns warten«, rufe ich ihm hinterher, als die Tür hinter ihnen zufällt.

»Mir gefällt es hier draußen«, meint Issy und lächelt mich an.

»Mir auch«, erwidere ich. Gemeinsam stehen wir da und beobachten die Wolken, die über die Berge kriechen.

Es sind Schneewolken. Ich kann es spüren.

Isolde

Sonntag, 9. Juni

Die Feier ist um Mitternacht zu Ende, aber keiner will nach Hause gehen. Mum, Dad, Tobi, Taylor und ich steigen in Maias Allrad. Da sie nichts getrunken hat, fährt sie uns zu unserem Ferienhaus. Vi und Jack übernachten in einem Hotel, um dort ihre Hochzeitsnacht zu verbringen.

»Warum kommt ihr nicht noch kurz mit zu uns?«, fragt Mum, als wir an Frankton vorbeifahren.

Bitte sagt Ja, denke ich und richte den Blick aus dem Fenster, damit Taylor meine hoffnungsvolle Miene nicht sieht. Ich weiß, dass es mir ins Gesicht geschrieben steht.

»Hey, die Nacht ist noch jung«, sagt Tobi schulterzuckend, und Maia und Mum jubeln. Ich würde gern miteinstimmen, entscheide mich aber lediglich für ein kleines Grinsen.

Es ist eiskalt, als wir aus dem Auto steigen. Winselnd eilen wir zur Haustür. Drinnen schaltet Mum sofort die Heizungen an und schürt den Kamin ein.

Obwohl wir auf der Feier eine Menge gegessen haben, machen Dad und Tobi um halb zwei noch Rührei mit Pesto. Wir setzen uns mit unseren Tellern ins Wohnzimmer und erzählen uns von den schönsten Momenten des Tages. Irgendwann haben die Erwachsenen die Macht über Spotify an sich gerissen und geben die größten Hits der Neunziger wider.

Dad versucht, zu *U Can't Touch This* von MC Hammer zu tanzen, stolpert jedoch über den Couchtisch. Er hat auf der Feier eindeutig zu viel Pinot getrunken.

Als Nirvana läuft, bleiben Taylor und ich noch. Selbst bei *Macarena* versuchen wir mitzutanzen, obwohl wir nur die ersten fünf Sekunden des Tanzes kennen, während unsere Eltern *alle* Bewegungen draufhaben – selbst Tobi, der immer vorgibt, Popmusik zu hassen. Doch als *I'll Make Love to You* von Boys II Men erklingt, werfen wir einander Blicke zu.

»Jetzt wird's seltsam«, stellt Taylor fest und steht auf, während unsere Eltern den Refrain trällern und sich die Hände auf die Herzen pressen.

»Ich halte das auch nicht aus.« Stöhnend halte ich mir die Ohren zu.

»Sollen wir uns davonschleichen?«, fragt er.

Ich nicke, und wir schnappen uns unsere Jacken vom Kleiderhaken und schleichen uns hinaus auf die Veranda. Da sie sich direkt vor dem Wohnzimmer befindet, dringt die Musik immer noch durch die Scheiben, obwohl wir die Tür hinter uns zugezogen haben.

Wir lehnen uns gegen das Holzgeländer und machen uns über unsere Eltern lustig. Unser Lachen sendet eine Dampfwolke gen Himmel.

»Endlich ein *guter* Song«, bemerkt Taylor, als *Wonderwall* von Oasis zu spielen beginnt.

»Mir gefällt die Version von Ryan Adams besser«, sage ich.

»Kein Problem.« Taylor zückt sein Handy, sucht nach dem Song und drückt auf Play. Dann legt er das Telefon neben uns aufs Geländer.

Als die Akustikgitarre einsetzt, rückt er näher an mich heran. Ich blicke zu ihm auf. Letztes Mal, als wir den Song gehört haben, waren wir Tausende Kilometer voneinander entfernt – und jetzt sind wir uns so nah.

»Dazu müssen wir tanzen«, sagt Taylor leise.

Ich nicke nur, weil mir die Worte fehlen.

Diesmal müssen wir uns nicht umständlich in Position stellen. Es ist, als würden sich unsere Körper sofort wieder erinnern. Wir halten einander wie vorhin auf der Feier. Ich habe die Arme um seinen Hals geschlungen und spüre seine Hände auf meinem Steißbein, die mich zu ihm ziehen. Ich schließe die Augen und atme seinen Duft ein.

»Ich glaube, dein Wunsch ist in Erfüllung gegangen.« Seine Worte sind ein Murmeln in meinem Ohr, kurz nach dem Refrain.

Woher weiß er, dass ich mir das gewünscht habe? Am Ende des Abends in seinen Armen zu liegen?

Ich öffne die Augen. Plötzlich bin ich ganz schüchtern. Ich sehe zu ihm auf, in der Hoffnung, seinen Gesichtsausdruck lesen zu können. Zu wissen, was er gerade denkt. *Fühlt.* In diesem Moment verstehe ich.

Es schneit.

Jede Schneeflocke ist ein Adagio, ein langsamer Tanz aus dem dunklen Nachthimmel zu uns herab. Ich strecke die Hand aus, um eine zu fangen, denn ich bin sicher, dass es nur eine Illusion ist. Doch als die Flocke innerhalb eines Herzschlags auf meiner Fingerspitze schmilzt, weiß ich, dass es echt ist.

Jetzt wird es mir klar. Der letzte Tag, den ich mir neulich gewünscht habe, der Tag, an dem ich weiß, dass das

Ende naht und ich jeden Moment in mir aufsauge, bevor er wegschmilzt – dieser Tag ist *heute.*

Ich muss daran denken, wie Mum und Dad auf der Hochzeitsfeier miteinander getanzt haben und fange an zu weinen.

»Tut mir leid.« Ich senke den Kopf. »Es ist nur … Heute war …«

»Ich weiß, Issy«, sagt Taylor sanft. »Ich weiß.«

Taylor

Sonntag, 9. Juni

Ich halte sie, denn es ist das Einzige, was ich gerade für sie tun kann.

Wir bewegen uns weiter zur Musik. Schneeflocken setzen sich auf unsere Wimpern, bis auch die letzte Note verklungen ist.

Instant-Messenger-Unterhaltung

Sonntag, 9. Juni, 13:26 Uhr

FINN WILLIAMS: Warum muss das Schicksal nur so grausam sein??????
TAYLOR HELLEMANN: Das ist kein Schicksal, Mann. Das ist das Wetter.
FINN WILLIAMS: WARUM RUINIERT MIR DAS WETTER MEIN LEBEN?
TAYLOR HELLEMANN: Du weißt, dass es nichts Persönliches ist, oder?
FINN WILLIAMS: Du hast leicht reden. Du bist MIT DEM MÄDCHEN, DAS DU MAGST, EINGESCHNEIT. Und mein Mädchen ist auf der anderen Seite des Sees. Ich fasse es nicht, dass das Frühstück abgesagt wurde.
TAYLOR HELLEMANN: Was hättest du tun wollen? Mit Langlaufskiern hinfahren?
FINN WILLIAMS: Vielleicht.
TAYLOR HELLEMANN: Da draußen herrscht die Schneeapokalypse. Keiner geht irgendwohin, bevor die Straßen nicht wieder frei sind.
FINN WILLIAMS: Sagt er fröhlich. Ihr sitzt gerade mit heißer Schokolade am Feuer, nicht wahr? Und ihr füßelt unterm Couchtisch, richtig? UND DU HAST KEIN

MITGEFÜHL MIT DEINEM BESTEN FREUND, der einsam und allein hier drüben in Jack's Point sitzt.
TAYLOR HELLEMANN: ☺☺☺
FINN WILLIAMS: Jetzt schickt er mir auch noch Smileys.

Taylor

Sonntag, 9. Juni

Bis 16:00 Uhr sind die Straßen wieder frei, aber wir bleiben noch zum Abendessen bei den Byrnes.

Ich habe unheimliche Nackenschmerzen, nachdem ich gestern Nacht auf dem Sofa schlafen musste, weil Mum und Dad während ihrer 90er-Party zu viel Wein getrunken haben und nicht mehr nach Hause fahren konnten. Sie haben in Vis und Jacks Zimmer übernachtet, während ich mich auf das L-förmige Sofa gelegt und beobachtet habe, wie sich die Schneeflocken in ein Schneechaos verwandelt haben.

Als Issy und ich am nächsten Morgen wie zwei Kinder an Weihnachten auf die Veranda stürmen, liegt über der gesamten Stadt eine Schneedecke. Louise hängt den halben Morgen am Telefon, um Familie und Freunden mitzuteilen, dass der Brunch ausfällt.

»Wir werden was für morgen organisieren«, sagt sie. »Ich halte euch auf dem Laufenden.«

Bis 20:00 Uhr wurde beschlossen, dass wir morgen alle zusammen in Cardrona Skifahren gehen. Aus dem Augenwinkel sehe ich, wie Mum und Dad in der Küche einen Blick tauschen und kurz zu mir herüberspähen.

Issy und ich liegen ausgestreckt und mit vollen Bäuchen auf dem Sofa, nachdem wir Louises Puttanesca vernichtet haben. Issys rechter Fuß berührt meinen, und ich habe Mühe, mich auf irgendwas anderes zu konzentrieren.

»Was willst du morgen machen?«, fragt sie.

»Wir könnten alles Mögliche unternehmen«, erwidere ich. »An den Moke Lake fahren. Oder zum Goldwaschen nach Arrowtown, wie früher als Kinder. Oder wir machen einen auf Touri und fahren mit dem Jetboot.«

Louises Stimme dringt zu uns herüber. »Auf dem Berg gab es über fünfzig Zentimeter Neuschnee.«

»Sie werden legendären Powder da oben haben«, sage ich zu Issy.

»Ja, nicht wahr?«, antwortet sie.

Dann schweigen wir beide.

»Hey …«, sagt Issy langsam. »Willst du mit auf den Berg fahren?«

Sie sieht es mir bestimmt an. Ich habe nicht damit gerechnet, heute den alten Drang zu spüren, als es nicht mehr aufgehört hat zu schneien. Dieses Kribbeln in meinem Körper. Wenn man an nichts anderes mehr denken kann, als auf den Berg zu kommen und im Schnee zu sein.

Ich will morgen mitfahren. Und dann auch wieder nicht.

Ich will nicht, denn ich habe Angst, dass es wieder nicht so sein wird wie früher, wenn ich auf mein Board steige. Dann bin ich nur wieder wütend und frustriert.

Und dann ist da noch dieser andere Teil von mir, der an Neuschnee denkt, wie ich mit meinem Board darübergleite und es dieses »sssscchhhh«-Geräusch macht. Die kalte Bergluft, die mich in der Nase kitzelt. Das Hochgefühl, das ich nur habe, wenn ich den Berg hinabfahre. Ich denke mir: *Vielleicht geht es mehr um Spaß, wenn wir mor-*

gen alle zusammen fahren. Nicht darum, dass ich dort ansetze, wo ich aufgehört habe.

Mein Magen rumort, während ich versuche, mit meinen Gefühlen klarzukommen.

»Nein … Du bist nur noch eine Woche hier«, erwidere ich schließlich. »Ich will, dass wir die Zeit gemeinsam verbringen. Ich kann ein andermal auf den Berg fahren.«

Sie blickt mich an. Ich weiß, dass sie sieht, dass meine Gedanken wie Gladiatoren in meinem Gehirn gegeneinander kämpfen.

»Und … wenn ich auch mitfahre?«, fragt sie.

»Aber du fährst nicht mehr Ski. Du hast es aufgegeben. Und du hast in ein paar Wochen dein Vortanzen …«

»Tay«, unterbricht sie mich. »Glaub mir. Das habe ich nicht vergessen.«

»Hast du keine Angst, dich zu verletzen?« Ich starre sie an, als wäre sie verrückt geworden. Ich bin so verwirrt. Dieses Vortanzen bedeutet ihr alles.

»Hör zu …« Ihr Blick wandert zu ihren Eltern hinüber, bevor sie wieder mich ansieht und die Stimme senkt. »Ich glaube, ich werde aufhören, wenn ich wieder zu Hause bin.«

Isolde

Sonntag, 9. Juni
Zuerst denkt er, ich würde Witze machen. Als er jedoch merkt, dass es kein Scherz ist, zieht er mich hinaus auf die Veranda und schließt die Tür hinter uns. »Issy, das ist verrückt. Du kannst nicht aufhören. Ich weiß, ich bin kein Ballettlehrer, deshalb bedeutet es nicht viel, wenn es von mir kommt, aber ich weiß, dass du das gewisse Etwas hast.«

»Tay … bitte hör mir kurz zu.« Ich drehe dem Haus den Rücken zu, richte den Blick in die Ferne und versuche, meine Gedanken zu sortieren, damit er versteht, was ich sagen will. »Ich … ich will das nicht mehr. Immer alles verpassen. Wofür denn?«

»Weil du Tänzerin sein willst«, erwidert Taylor. Er klingt aufgebracht. »Ich weiß, dass du es willst. Issy, ich weiß, wie es sich anfühlt, Opfer zu bringen. Aber letztendlich ist es das wert.«

»Das ist es ja«, sage ich. Kurz kann ich nicht weitersprechen, weil ich Angst habe, sonst in Tränen auszubrechen. Ich richte den Blick auf den Horizont und bereite mich darauf vor, meine Erklärung weiter auszuführen. »Ich glaube nicht mehr, dass es das wert ist. Das letzte Jahr … die ganzen letzten Jahre hatte ich kaum Zeit für meine Familie. Und jetzt fällt alles auseinander. Und ich … ich bekomme diese Zeit nicht zurück, Tay.«

Plötzlich ist mir nicht mehr zum Heulen zumute. Ich bin wütend.

»Ich weiß nicht, was passieren wird, wenn wir wieder zu Hause sind. Ich will die Zeit hier einfach genießen. Ich will das Gefühl haben, zu *leben.*«

Taylor schweigt. Ich sehe ihm an, dass er mir Dutzende Fragen stellen will, doch er tut es nicht. Irgendwann nickt er. »Verstehe.«

»Können wir also morgen bitte auf den Berg fahren?«

»Natürlich.«

Isolde

Montag, 10. Juni
»Sind deinen Eltern die Kinnladen heruntergefallen?«, fragt Taylor am nächsten Morgen, als ich auf den Rücksitz des Wagens seiner Eltern klettere.

»Bis zum Boden«, erwidere ich und schnalle mich an.

»Die beiden haben einen auf cool gemacht«, flüstert Taylor und deutet mit dem Kopf auf seine Eltern. »Sie werfen mir über die Seitenspiegel ständig Blicke zu, als könnte ich jeden Moment ›Verarscht‹ rufen.« Jetzt grinst er.

Es ist noch früh. Am Horizont geht langsam die Sonne auf, während wir den Shotover River überqueren. Falken fliegen über Felder mit wolligen Schafen. Wir biegen in die Crown Range Road ein und arbeiten uns nach oben. Auf dem Bergpass fällt die Temperatur auf minus zwei Grad, und es fängt wieder an zu schneien. Die kleinen Eisbrocken auf dem Autodach klingen wie Kieselsteine, die vom Himmel regnen.

Am Eingang des Cardrona-Skigebiets steht ein tanzender Schneemann mit einem Schild in der Hand, auf dem steht *Schneeketten an allen Fahrzeugen, inklusive Allräder.* Tobi fährt rechts ran und bringt mit Taylor die Schneeketten an. Nachdem sie wieder ins Auto gestiegen sind, legt Tobi Jimi Hendrix auf. Zu jammernder Gitarrenmusik fahren wir weiter den Berg hinauf. Die Schneeketten verhindern, dass wir ins Rutschen kommen.

»Ich vergesse immer wieder, dass es hier oben kaum Leitplanken gibt«, sage ich und verziehe das Gesicht. Ich sitze links. Es geht so steil bergab, dass mir ganz schwindlig wird.

Maia blickt lächelnd über die Schulter. »Es hat keinen Sinn, welche anzubringen. Die Straßenkante bröckelt jeden Winter weg. Die Leitplanken würden ebenfalls abstürzen.«

Taylor ist ganz still geworden. Ich sehe die Anspannung in seinem Kiefer, während er aus dem Fenster starrt. Wir fahren vorbei am Valley View Quad, wo sich bereits ein paar Snowboarder auf einer schwarzen Piste ihren Weg nach unten bahnen.

Ich weiß, dass er jetzt nicht reden will, also lege ich meine Hand auf seine und drücke sie.

Taylor

Montag, 10. Juni
Als Dad am Valley View Quad vorbeigefahren ist, wäre ich am liebsten aus dem Auto gesprungen und mit dem Schneeschieber wieder den Berg hinuntergefahren.

Ich habe mir um etliche Dinge Sorgen gemacht. Dass mich jemand erkennt. Dass ich aus dem Sessellift falle. Dass ich auf der grünen Piste auf die Nase falle. Oder dass ich generell falle. Ich hatte nicht nur Angst, mir wehzutun, sondern auch, wie ein Idiot dazustehen.

Aber der Tag wird ganz anders als erwartet.

Um 9:00 Uhr erreichen wir Cardrona und gehen zum Skiverleih, um die Ausrüstung für Issy zu holen. Finn und Ana sind bereits da. Finns Dad hat sie heute Morgen hergebracht.

Ich muss immer noch verarbeiten, dass wir heute zwei Balletttänzerinnen dabeihaben, die ihre Knochen aufs Spiel setzen. Ana meinte, sie wolle nur die Anfängerpisten fahren. Sie sind zwar nicht besonders steil, aber ich mache mir trotzdem Sorgen.

Das Erste, was mich aus der Bahn wirft, ist die Tatsache, dass alle snowboarden wollen.

»Finn meint, es sei einfacher als Skifahren«, sagt Ana, während der Kerl beim Skiverleih ihre Füße ausmisst.

»Man macht leichter Fortschritte, meinst du. Es zu lernen ist aber nicht einfacher«, erwidere ich und werfe Finn einen Blick zu. Ich weiß, dass er irgendwas im Schilde führt. Er will den Tag mit Ana verbringen und mit seinen »Fähigkeiten« – aka schlechten Angewohnheiten – prahlen. »Wollt ihr nicht lieber Ski fahren?«

Aber Finn hat Ana Snowboarden bereits schmackhaft gemacht, und Issy will nicht allein Ski fahren. Also ist es jetzt offiziell – wir werden heute alle snowboarden.

»Sie brauchen noch Helme«, sage ich dem Verleihtypen. Dann deute ich mit dem Kopf auf Finn. »Und er besonders. Er stellt ein ernsthaftes Sicherheitsrisiko dar.«

Ich habe meine eigene Ausrüstung dabei. Jacke, Hose, Board, Stiefel, Handschuhe – das alles habe ich aus meinem Schrank hervorgezaubert.

»Das ist seltsam«, sagt Isolde und setzt sich neben mich auf die Bank. Mit einer Kopfbewegung deutet sie auf Finn und Ana, die neben dem Kleiderständer mit den Schneejacken stehen und knutschen.

»Ich glaube, davon werden wir heute einiges zu sehen bekommen.« Ich mache einen Kussmund wie ein Fisch, und wir müssen beide lachen.

»Ziehst du deine Stiefel an?«, fragt Issy.

Ich hatte gehofft, Finn würde mit den Mädels schon mal vorgehen, um sich mit Mum zu treffen, damit ich das in Ruhe machen kann. Oder so ruhig es eben geht in der Ecke des Skiverleihs. Oder im Café. Ich will nicht draußen in der Kälte sitzen, auch wenn dort weniger Menschen sind. Doch dann werden meine Finger taub, und alles dauert doppelt so lange.

Ich blicke wieder zu Finn. Seine Lippen kleben förmlich an Anas Gesicht. Na toll.

»Ja, klar«, erwidere ich. Langsam ziehe ich die Schuhe aus und starre auf meine Socken herunter.

»Du kannst dich noch an Skisocken erinnern, oder?« Issy blickt verwirrt drein. Sie wundert sich ganz offensichtlich, warum ich dasitze und auf meine Füße starre.

Aus der Nummer kommst du nicht raus, Mann.

Zuerst ziehe ich die linke Socke aus. Dann hole ich tief Luft und ziehe auch die rechte aus.

Bisher hat Issy meine Prothese nicht gesehen.

Sie hat denselben Hautton wie mein linker Fuß. Oder fast zumindest. Der Orthopäde hat wirklich ganze Arbeit geleistet. Der Fuß hat sogar Zehen und sieht ziemlich realistisch aus. Aber er ist nicht aus Fleisch und Knochen.

Ich blicke zu Issy auf, während ich die Skisocken aus der Tasche ziehe. Sie wirkt vollkommen unbeeindruckt.

Das war der einfache Teil, denke ich und schlüpfe in meine Socken. Ich weiß, was als Nächstes kommt.

Ich habe immer gedacht, ich würde mein Bein zum ersten Mal vor einem Mädchen abnehmen – übrigens Schritt 14 –, wenn wir beschließen würden, im selben Bett zu schlafen.

Ich hätte nie gedacht, dass es in einem Ski-Shop passieren würde, umringt von Kindern, die weinen und schreien, weil ihre Finger und Zehen von der Kälte schmerzen.

»Es erscheint dir vielleicht merkwürdig, aber es ist die einfachste Art, den Fuß in den Stiefel zu bekommen«, erkläre ich, als müsste ich sie vorwarnen. Ich will sie nicht vorwarnen. Ich will nicht das Gefühl haben, die Leute vorwarnen zu müssen. Ich will einfach mein Bein abnehmen können, ohne mich darum zu scheren, was die anderen denken. *Dein Problem, wenn du damit nicht umgehen kannst,* würde ich mir am liebsten denken. Ein Teil in mir fühlt bereits so. Der starke Teil, der begonnen hat, die Prothese als das zu sehen, was sie ist – das Ding, das ich jeden Morgen anziehe, bevor ich damit in die Welt hinausgehe. Nichts, was mich weniger wert macht als die anderen.

Aber ich habe auch Angst.

Jetzt da ich hier auf der Bank sitze und auf meine Beine herunterstarre, muss ich an das letzte Mal denken, als mich ein Mädchen ohne Prothese gesehen hat. Der Moment mit Natalia. Die Erinnerung daran ist nie verblasst. Wie sie mich angesehen hat.

Jetzt, zwei Jahre später, nachdem ich genug Selbstbewusstsein entwickelt habe, um darüber nachzudenken, nächsten Sommer Shorts zu tragen – scheiß auf die Blicke –, bekomme ich Panik, wenn ich darüber nachdenke, einem anderen Mädchen meinen Stumpf zu zeigen. Dem Mädchen, in das ich verliebt bin.

Bring's einfach hinter dich, schreit mein Gehirn.

Mit zitternden Fingern ziehe ich meine Skihose hoch, entriegle meine Prothese und halte den Knopf gedrückt, während ich meinen Stumpf herausziehe.

Jetzt liegt meine Prothese auf dem Boden und mein Stumpf vor mir und Issy.

Er ist nicht nackt. Ich trage noch das Innenfutter mit dem Stift unten, der in die Prothese einrastet. Aber ich fühle mich entblößt und verletzlich, denn jetzt kann ich mich nicht mehr verstecken.

Es sind nur sie und ich – und mein Körper, wie er jetzt ist.

Ich sehe Issy an. Sie blickt auf mein Bein. Kein flüchtiger Blick oder ein Spähen aus dem Augenwinkel. Ein richtiger Blick. Dann sieht sie mir in die Augen.

In ihrem Gesicht liegt kein Ekel. Keine Scham. Sie sieht mir direkt in die Augen.

»Und was machst du als Nächstes?«, fragt sie interessiert.

Ich muss lachen, obwohl ihre Frage nicht lustig war. Es ist ein erleichtertes Lachen.

»Dann versuchen wir, das Ding«, ich deute auf den Fuß der Prothese, »in den Stiefel zu kriegen. Das ist gar nicht so leicht, wie es klingt.«

Ich beginne, mit dem Fuß und dem Stiefel zu kämpfen. Das ist immer schwierig. Im Gegensatz zu meinem linken Fuß kann ich den rechten nicht biegen oder strecken oder sonst irgendwas, das das Anziehen eines Stiefels erleichtern würde. Letztendlich muss man strategisch vorgehen und ein wenig Gewalt anwenden, um den Fuß in den Stiefel zu bekommen. Issy hilft mit. Sie fragt zuerst, was ich wirklich zu schätzen weiß. Schließlich müssen wir beide lachen.

»Geschafft!«, verkünde ich.

Wir schlagen ein. Dann stecke ich das Bein wieder in die Prothese, bis es einrastet, und stehe auf.

»Fertig«, rufe ich Finn und Ana zu. »Schluss jetzt, ihr beiden. Lasst uns rausgehen.«

Isolde

Montag, 10. Juni

Ich werde nie vergessen, wie Taylor mich angesehen hat, als er seine Prothese abgenommen hat. Sein Gesichtsausdruck war der Grund, warum ich plötzlich einen Kloß im Hals hatte. Sein Blick war durchbohrend, seine Kiefermuskeln angespannt. Als würde er sich für eine negative Reaktion wappnen. Oder noch schlimmer: Als würde er erwarten, dass ich schockiert oder angewidert bin.

Die Frage brennt mir auf der Zunge: *Wer hat dich so angesehen?* Aber ich kenne die Antwort bereits.

Kurz steigt Wut in mir auf, als ich an sie denke. An jeden, der ihn behandelt, als wäre er weniger wert.

Sein Bein ist jetzt anders, als ich es gekannt habe. Ich werde nicht so tun, als wäre nichts passiert. Er hat etwas verloren, aber er hat überlebt. Einen Unfall, der ihn fast das Leben gekostet hätte.

Es gibt so vieles, was ich gern sagen würde. Aber ein überfüllter, lauter Ski-Shop ist nicht der richtige Ort dafür. Alles, was ich tun kann, ist, ihn so anzusehen, wie ich es immer getan habe. Als wäre er Taylor. Mein bester Freund. Der Mensch, den ich so gut kenne. Und ich will Teil dessen sein, was er mit mir geteilt hat.

Und das will ich wirklich. Ich will wissen, wie sein neues Bein funktioniert. Ich will alles wissen, was er mit mir zu teilen bereit ist.

Taylor

Montag, 10. Juni

Nachdem wir den Skiverleih verlassen haben, steuern Finn, Issy, Ana und ich direkt auf die Anfängerpiste zu. Oben angekommen, schließen wir die Schnallen. Ich habe keine Zeit, meine Fahrweise zu analysieren. Ich bin damit beschäftigt, auf Issy aufzupassen, ihre Hand zu halten und mit ihr gemeinsam den Hang hinabzufahren.

»Streck den Hintern ein bisschen weiter raus«, sage ich. »Dann kannst du die Balance besser halten.«

»Nicht auf meinen Hintern starren!«, schimpft sie.

»Sieh nicht *mich* an, sondern bergab«, sage ich und muss über ihren Gesichtsausdruck lachen. »Und ich starre nicht auf deinen Hintern. Ich versuche, dir zu helfen.«

»Genaaau, Kumpel.« Finn zwinkert und fährt neben uns her. Mit einer Hand lasse ich Isolde los und schubse ihn.

»Hey!«, ruft er und purzelt in den Schnee.

»Pass besser auf!«, rufe ich zurück.

Keine Sekunde später verliert Issy die Balance, und wir fallen beide hin. Finn rutscht in uns hinein, und auch Ana kann dem Haufen nicht mehr ausweichen. Wir müssen alle so heftig lachen, dass wir nicht mehr aufstehen können.

In diesem Moment merke ich, dass ich Spaß habe.

Isolde

Montag, 10. Juni
Der Morgen vergeht wie im Fluge, während wir immer wieder die Anfängerpiste hinunterfahren und öfter auf unseren Hintern landen, als ich zählen kann.

Um 13:00 Uhr essen wir im Café zu Mittag. Ich trinke gerade den letzten Schluck meiner heißen Schokolade, als Finn aufsteht.

»Wir sollten besser los, Ana«, sagt er seufzend.

Ana muss um 15:00 Uhr am Flughafen sein, um ihren Flieger zurück nach Melbourne zu erwischen.

»Ich will nicht, dass du gehst«, jammere ich, während ich sie umarme.

»Schreib mir *alles*«, flüstert Ana. »Vor allem, wenn er dich endlich küsst. Ich will alle Details.«

»Pssst!« Mein Blick wandert zu Taylor. Hoffentlich hat er nichts gehört. Aber zum Glück reißen er und Finn gerade Witze und haben nichts mitbekommen.

Finn und Ana gehen und winken uns ein letztes Mal zu.

»Das ging viel zu schnell«, sage ich traurig und weiß, dass es mir bald genauso gehen wird.

Ich will nicht daran denken, nach Hause zurückzufliegen. Was passieren wird, wenn Mum und Dad nicht mehr so tun müssen, als wären sie noch glücklich miteinander.

»Wie wäre es, wenn wir mit dem Sessellift weiter nach

oben fahren und den Skyline Trail wagen?«, fragt Taylor und greift nach vorn, um meinen Helm zu schließen.

»Wenn du willst, bin ich dabei«, erwidere ich, und wir machen uns auf den Weg zum Sessellift.

Oben angekommen wirkt der Hang unglaublich steil. Ich weiß, dass mir mein Kopf einen Streich spielt, denn es ist eine grüne Piste und ich bin sie als Kind schon eine Million Mal auf Skiern heruntergefahren. Aber jetzt da ich wieder hier oben stehe, bin ich nervös. Die Gedanken, die ich auf der Anfängerpiste noch weglachen konnte, sind jetzt wie rote Ausrufezeichen. *Was, wenn ich mir die Achillessehne zerre? Was, wenn ich mir das Bein breche?*

Ich versuche mich abzulenken und sehe zu Taylor hinüber. Und sein seltsamer Gesichtsausdruck entgeht mir nicht.

»Alles okay?«, frage ich und mustere ihn genauer.

»Ja, klar. Warum?«, fragt er stirnrunzelnd.

»Du wirkst …«

Ich halte inne. Mir wird klar, dass ich nicht aussprechen kann, was ich denke.

»Wie denn?«

»Du willst nicht, dass ich es sage. Glaub mir.« Ich schüttle den Kopf und presse die Lippen aufeinander, damit ich nicht kichere.

»Spuck's aus, Goldie.« Jetzt wirkt er irritiert.

»Du wirkst ein wenig angespannt. Als hättest du … Verstopfung.« Das letzte Wort klingt ziemlich schrill, während ich ihn entschuldigend ansehe.

Er starrt mich an, und ich frage mich, ob ich ihn beleidigt habe. Doch dann wirft er den Kopf in den Nacken und lacht so heftig, dass er sich den Bauch halten muss.

»Du kannst dich wohl noch daran erinnern, wie das aussah, was? Als ich noch vor dir aufs Töpfchen gegangen bin?«

»Hör auf!«, presse ich hervor und halte mir nun selbst den Bauch. »Dieses Bild brauche ich nicht in meinem Kopf.«

»Es besteht wohl keine Hoffnung mehr, dass du mich irgendwann cool findest, oder?«, fragt Taylor und wischt die Lachtränen weg.

»Ähhhm«, erwidere ich und zucke mit den Schultern.

»Bereit, dass ich dich den ganzen Weg nach unten auslache?«, fragt er und rutscht mit dem Board nach vorn, bereit loszufahren.

»Ich werde dich einfach ignorieren«, erwidere ich, während ich nur im Schneckentempo vorankomme.

Taylor fährt Bögen um mich und versetzt die Skianfänger um uns herum in Angst und Schrecken.

Auf halber Strecke sehe ich zu ihm hinüber. Seine Augen glänzen, und er lächelt breit. Es ist das breiteste Lächeln, das ich diesen Urlaub an ihm gesehen habe. Ich weiß, dass er nicht will, dass ich aus heute eine große Sache mache, und das werde ich auch nicht, aber es ist großartig, ihn wieder auf dem Berg zu sehen. Dass er das tut, was er liebt.

Ich plumpse noch mindestens ein halbes Dutzend Mal hin, obwohl der Skyline Trail eine sanfte Piste ist, die sich die Bergseite hinabschlängelt. Als es Nachmittag wird, habe ich keine Angst mehr vorm Hinfallen. Allmählich kann ich mich während der Abfahrten entspannen. Da ich früher Ski gefahren bin, mache ich schneller Fortschritte als ein blutiger Anfänger. Manche Passagen kann ich jetzt schneller fahren, obwohl ich im Vergleich zu Taylor, der hier und da die Piste verlässt, um ein wenig Powder mitzunehmen, immer noch eine Schnecke bin.

»Ich habe das Gefühl, dich aufzuhalten«, sage ich, als wir unten stehen bleiben, um ein Foto zu machen. Von hier aus kann man bis nach Queenstown blicken.

»Sei nicht albern«, erwidert Taylor und knipst grinsend ein Foto von mir.

»Willst du nicht lieber auf die andere Seite gehen, wo die schwierigeren Pisten sind?«

Alle anderen sind drüben bei Captain's – Tobi und Maia, Mum und Dad, Vi und Jack und ein paar ihrer Freunde.

»Mir gefällt es hier mit dir«, sagt er und wirft einen Schneeball nach mir.

»Dann werde ich dich wohl nicht so einfach los«, erwidere ich und werfe einen zurück.

Wir schaffen noch drei weitere Abfahrten, bevor der Sessellift schließt.

»Der *qualmt* ja förmlich«, sage ich und starre auf den Dampf, der aus Taylors linkem Stiefel steigt, als er ihn beim Auto auszieht.

»Du willst nicht an meiner Socke riechen«, antwortet er und sieht mich frech an. Er hat die Socke in seiner Faust zusammengeknüllt, als wollte er mich damit bewerfen.

»Wage es bloß nicht.«

Wir ziehen uns bis auf die Thermounterwäsche aus und klettern auf den Rücksitz.

»Toller Tag, was?«, fragt Taylor und lächelt mich an, während wir uns anschnallen.

Jeder Muskel in meinem Körper schmerzt. Morgen

wird mein Hintern von blauen Flecken übersät sein. Meine Waden sind so verkrampft, dass ich es kaum noch zum Parkplatz hinunter geschafft habe. Und ich weiß, dass mein Gesicht von der Kälte und der Anstrengung knallrot ist.

So gut habe ich mich seit Jahren nicht mehr gefühlt.

»Der beste.« Ich grinse ihn an.

»Und?«, fragt er. »Morgen noch mal?«

Taylor Smartphone

Dienstag, 11. Juni, 14:13 Uhr

FINN: Wo seid ihr?
ICH: Gleich auf dem Weg zu Captain's.
ICH: Wo bist du, Finny-Boy? Ach ja, stimmt. IN DER SCHULE ☺☺
FINN: Ich hasse dich. Ihr Homeschooling-Kids verdient euren Ruf als Faulpelze.
FINN: Hast du sie schon geküsst?
ICH: Als würde ich dir das erzählen.
FINN: Also nicht.

Taylor

Dienstag, 11. Juni

Manchmal frage ich mich, ob Finn einen sechsten Sinn hat. Oder einen Taylor-Tracker oder so was. Denn vorhin war ich *so* nah dran, Issy zu küssen, kurz bevor er angefangen hat, mir damit auf die Nerven zu gehen.

Wir saßen im Captain's Express Quad Chair-Sessellift. Wir boardeten auch zwischen zwölf und dreizehn Uhr weiter, als die meisten Familien zum Mittagessen gingen. Also hatten wir den Lift für uns allein.

Ich weiß nicht, was es war. Vielleicht lag es daran, dass wir in der Warteschlange des Lifts wie zwei Idioten zur Musik getanzt haben. Vielleicht lag es auch daran, dass sie mir fast den Ellbogen in die Weichteile gerammt hat, als wir eingestiegen sind und sie mindestens zwei Minuten lang nicht aufhören konnte zu kichern.

Vielleicht liegt es aber auch daran, dass ich heute so verdammt glücklich bin. Heute ist der Himmel blau, und der Schnee glitzert unter uns. Wir haben den ganzen Morgen hier auf den grünen Pisten verbracht, die sich teilweise mit den blauen überschneiden.

Aber das hier ist kein Hollywoodfilm. Nur weil ich mich dazu entschlossen habe, wieder auf mein Board zu steigen, heißt das nicht, dass die Dinge, die mich letzten Juni so frustriert haben, auf magische Weise verschwunden sind. Ich habe immer noch nicht so viel Kontrolle und Stabilität, wie ich gern hätte. Mein Schwerpunkt ist jetzt ein anderer als vor dem Unfall. Ich muss noch viel ausprobieren, um wieder den richtigen Stand zu finden. Ich muss jetzt andere Muskeln benutzen und meine Hüften und Knie mehr einsetzen, wenn ich Kurven fahre oder anhalte.

Ich muss viel herumexperimentieren.

Natürlich bin ich schon etliche Male hingefallen. Goldie aber auch. Immer wieder lachen wir uns gegenseitig aus und wagen uns trotz feuchter Hände und ängstlicher Haltung an immer steilere Abhänge.

»Lehn dich gegen den Berg!«, rufe ich Issy zu, während wir den Eagle's Rock hinabfahren.

»Lehn du dich doch gegen den Berg«, kontert sie. »Hast du mal auf *deine* Körperhaltung geachtet?«

»Das überlasse ich gern dir.«

»Werd jetzt bloß nicht arrogant«, schnaubt sie und errötet.

»Wirst du etwa rot?«

»*Nein.*«

Vielleicht ist es das. Dass ich sie zum erröten gebracht habe. Das war die letzte Abfahrt, doch ich konnte mich nur auf eine Frage konzentrieren: *Könnte es sein, dass sie mich auch mag?* Und meine Beine haben sich in Wackelpudding verwandelt.

Im Sessellift stelle ich mir noch immer dieselbe Frage und sehe sie an. Wir sitzen ganz dicht nebeneinander, obwohl links und rechts genug Platz wäre.

Von oben fällt ein wenig Schnee herab und landet auf ihrer linken Wange. Sie dreht den Kopf zu mir.

»Ups«, sagt sie.

Meine Hand ist an ihrer Wange, bevor sie ihre heben

kann. Sie sieht mich an, und ihre Wangen werden wieder genauso rot wie vor zehn Minuten. Da ich keine Handschuhe mehr trage, spüre ich ihre Wärme. Mir wird ebenfalls heiß.

Sie sieht nicht weg.

Alle Gedanken um mögliche Konsequenzen sind wie weggeblasen.

Jetzt ist es so weit. Ich werde sie küssen.

Keine Sekunde später macht es plötzlich WUSCH – und der gefrorene Schnee, der sich auf der Stange über uns festgesetzt hat, landet auf unseren Köpfen.

Isolde

Mittwoch, 12. Juni

Jetzt bin ich süchtig nach dem Berg. Danach, dass sich Boarden manchmal anfühlt wie Fliegen. Danach, wie mein Körper instinktiv zu reagieren beginnt. Wie er selbstständig das Gewicht verlagert und mich den Hang hinabführt, ohne dass ich viel darüber nachdenken muss.

Vielleicht ist es das. Sobald wir auf der Piste sind, sind all die Gedanken, die mich in letzter Zeit so belastet haben, verschwunden.

Ich denke nicht mehr an Mum und Dad. An Ballett und das Vortanzen. Ich konzentriere mich nur darauf, wie herrlich sich die Berge ins Unendliche erstrecken. Das Geräusch meines Atems und die kalte Luft in meinem Hals. Es ist das intensive Gefühl, am Leben zu sein. In diesem Moment ist alles strahlender und intensiver.

»Flow«, sagt Taylor, als wir uns auf dem Heimweg über das Gefühl unterhalten. »Es ist ein Snowboard-Begriff. Es ist die Art, wie sich dein Gehirn beim Boarden fühlt. Man könnte auch ›Man lebt im Moment‹ sagen.«

»Das hatte ich früher beim Tanzen auch«, erwidere ich.

Manchmal habe ich es immer noch. Auf der Bühne. Aber nicht mehr im Unterricht oder wenn ich im Studio trainiere.

»Glaubst du, du gehst zu dem Vortanzen?«, fragt Taylor.

Ich weiß nicht, denke ich.

»Lass uns nicht darüber reden«, erwidere ich.

Also unterhalten wir uns über andere Dinge.

Ich liebe die Fahrten jeden Morgen von Queenstown nach Cardrona und abends zurück. Endlich können wir uns persönlich über die Dinge unterhalten, die wir uns sonst nur schreiben oder per Skype besprechen können. Wir vertrauen uns gegenseitig Geheimnisse an, während sich das Auto von Arrow Junction nach unten schraubt, flauschige Kaninchen über die Felder neben der Straße hoppeln und Lake Hayes in Sichtweite kommt. Immer wieder breche ich Schokostückchen ab und schiebe sie in Taylors Mund, während er den Blick auf die Straße gerichtet hält. Ich versuche, den Kiwi-Akzent des Radiomoderators nachzuahmen.

Und natürlich haben wir auch wieder eine Playlist. Taylor hat uns eine neue zusammengestellt – *Die Jagd nach dem Powder.* Manche Lieder sind alte Songs aus Snowboard-Filmen wie *That's It, That's All* und *The Art of Flight.* Aber es sind auch andere Songs dabei. Troye Sivan. Andrew Belle. Und dieser Maala-Song namens *Crazy*, der von einem Jungen handelt, der in seine beste Freundin verliebt ist. Jedes Mal, wenn er läuft, ist mein Gehirn ein einziges Wirrwarr, weil ich dann nur noch an Tay und mich denken kann.

»Ganz schön viele Liebeslieder«, bemerke ich, als der Song zu Ende ist.

»An Liebesliedern ist doch nichts verkehrt«, erwidert Taylor. »Oder magst du sie nicht?«

»Ich liebe sie«, gebe ich zu. Die Nachmittagssonne fällt durch die Windschutzscheibe und wärmt meinen Körper.

Als wir am Mittwoch nach Hause fahren, kommen wir auf unsere Verflossenen zu sprechen.

»Seltsam, wenn man jetzt darüber nachdenkt. Kannst du dich noch daran erinnern, als wir diese Höhlentour in Te Anau gemacht haben? Wie wir mit dem kleinen Boot in die Grotte gefahren sind, der Tourguide die Taschenlampe ausgemacht hat und an der Decke Tausende Glühwürmchen leuchteten?«

»Ja, stimmt«, erwidere ich. Wir waren sieben oder acht.

»Ich erinnere mich noch, wie ich mir eingebildet habe, es wären Sterne. In der Dunkelheit konnte man es fast glauben. Fast. In mir war nur dieser winzige Teil, der immer wieder gesagt hat *Taylor, das sind keine Sterne.* Und so war es auch mit Natalia. Zwischen uns war zwar etwas, aber ich wusste immer, dass es nicht das Richtige war.«

Das hat er mir noch nie erzählt. Ich weiß, dass es all die Jahre später keine Rolle mehr spielen sollte, aber ein verletzter Teil von mir fühlt sich jetzt besser.

»Bei Aidan ging es mir genauso«, gestehe ich.

»Was haben wir bloß getan?«, fragt Taylor lachend. »Wir waren wohl Idioten, was?«

»Zu schnell zu viel vielleicht?«, erwidere ich und muss ebenfalls lachen. »Du lernst jemanden kennen und hast sofort Gefühle für ihn, obwohl du ihn nicht mal richtig kennst.«

»Inzwischen glaube ich, dass es besser ist, wenn man zuerst befreundet ist«, fährt Taylor fort. Jetzt lacht er nicht mehr, und seine Stimme wird ernster. Da er nach vorn auf die Straße blickt, sieht er nicht, wie meine Halsschlagader pulsiert.

»Oder was glaubst du?«, fragt er.

»Ergibt Sinn«, antworte ich. Mir ist bewusst, dass meine Stimme seltsam klingt.

Dann breitet sich Schweigen zwischen uns aus. Im Auto wird es plötzlich so warm, als hätte jemand ein kleines Feuer entfacht.

Jagd nach dem Powder

Young Blood	The Naked And Famous
Punching in a Dream	The Naked And Famous
Ghosts ›n‹ Stuff (NERO Remix)	deadmau5, Rob Swire & NERO
We Own the Sky	M83
Radioactive	Imagine Dragons
Whatever It Takes	Imagine Dragons
Mountain at My Gates	Foals
WILD	Troye Sivan & Alessia Cara
In My Head	MAALA
Crazy	MAALA
Love You Better	Feki & Glades
You Got Me	Feki & Dom Vino
Down	Andrew Belle
In Your Eyes	Nick Wilson

Instant-Messenger-Unterhaltung

Mittwoch, 12. Juni, 18:43 Uhr

TAYLOR HELLEMANN: Du wirst nicht glauben, was eben passiert ist. Issy und ich sind in die Stadt gefahren. Sie ist zur Drogerie gegangen, und ich habe mich beim Burgerladen in die Schlange gestellt. Und rate mal, wer direkt hinter mir stand! ELLIE.
FINN WILLIAMS: Oh! Wie geht es ihr? Hast du sie von mir gegrüßt?
TAYLOR HELLEMANN: Nein, habe ich nicht.
FINN WILLIAMS: Wie unhöflich.
TAYLOR HELLEMANN: Es hat einfach keine Rolle gespielt, Mann. Vor allem, weil ihr Freund auch in der Schlange stand.
FINN WILLIAMS: Okay, DAS ist ein wenig merkwürdig.
TAYLOR HELLEMANN: War es nicht. Ich glaube, ich habe es dir nicht erzählt, aber ich war nach unserem Date ehrlich zu Ellie. Ich habe ihr gesagt, dass ich sie toll finde, aber Gefühle für eine Freundin habe. Und sie hat total cool reagiert und meinte, ich solle ihr meine Gefühle gestehen. Jedenfalls hat sie anscheinend jemanden kennengelernt, den sie mag, was super ist. Ihr Freund schien ein netter Typ zu sein. Wir haben uns ein wenig unterhalten, während wir auf unsere Bestellungen gewartet haben.

FINN WILLIAMS: Und was ist dann das Problem, wenn ihr jetzt beste Burger-Freunde seid?
TAYLOR HELLEMANN: Gerade in dem Moment, als mich Ellie gefragt hat, ob ich dem Mädchen meine Liebe gestanden habe, kam Isolde dazu.
FINN WILLIAMS: %&*
TAYLOR HELLEMANN: Nicht wahr?!!?? Ich habe ihr einen *Sei-bloß-still*-Blick zugeworfen. Zum Glück hat sie kapiert, dass Issy DAS Mädchen ist. Dann hat sie sich ihr vorgestellt und schnell das Thema gewechselt.
FINN WILLIAMS: Gut gemacht.
TAYLOR HELLEMANN: Ja, aber der Schaden war schon angerichtet. Issy hat gehört, was Ellie gesagt hat. Ich habe es ihr angesehen. Sie WEISS ES, Finn. SIE WEISS ES.
FINN WILLIAMS: Und?!!? Ist es denn so schlimm, dass Isolde weiß, dass du Gefühle für sie hast?
TAYLOR HELLEMANN: Ich wollte es ihr sagen. Das habe ich heute auf der Rückfahrt beschlossen. Wir hatten diese Unterhaltung. Über Freunde und mehr als Freunde. Und ... ich wollte es ihr sagen. Ich weiß, wir leben in verschiedenen Ländern und es wird furchtbar kompliziert. Aber ich würde es mir nie verzeihen, wenn ich es ihr NICHT sage.
FINN WILLIAMS: Ich würde es dir auch nicht verzeihen, nachdem ich seit Monaten deinen Beziehungsberater spiele. Jetzt sag schon, was passiert ist.
TAYLOR HELLEMANN: Ich wollte es ihr sagen. Ich. Taylor. Und jetzt hat ELLIE meiner besten Freundin erzählt, dass ich sie liebe.

FINN WILLIAMS: Und was hat Issy gesagt?
TAYLOR HELLEMANN: Nichts. Wir sind mit den Burgern zu ihr gefahren, und jetzt servieren sie und Vi Eis, ALS WÄRE NICHTS PASSIERT. Ich bin am Boden zerstört. Sie hat keine Gefühle für mich. Sonst würde sie nicht so tun, als wäre das mit Ellie nicht passiert.
FINN WILLIAMS: Weißt du, WARUM sie nichts sagt? Weil sie will, dass du es ihr selbst sagst. Nach all der Zeit bist du es ihr schuldig. Also, wann wirst du es ihr sagen?
TAYLOR HELLEMANN: Ich glaube, während des Ausflugs nach Mount Cook.
FINN WILLIAMS: Okay, GUT. Und weißt du schon, wie?
TAYLOR HELLEMANN: Nope.

Isolde

Donnerstag, 13. Juni
»Und? Hast du dem Mädchen gesagt, dass du Gefühle für sie hast?«, will das wunderschöne Mädchen von Taylor wissen, als ich auf sie zukomme. Mir rutscht das Herz in die Hose. Aus dem Augenwinkel sehe ich, wie ihr Taylor einen *Sei-still*-Blick zuwirft.

Natürlich meinetwegen.

Ich muss an all die Dinge denken, die wir uns die letzten Tage erzählt haben. Da war kein Filter zwischen uns.

Aber über diese eine Sache will er nicht mit mir sprechen.

Ich setze mein bestes Pokerface auf, als sich das Mädchen vorstellt. *Ellie.* Wir unterhalten uns kurz über Cardrona. Sie denkt darüber nach, gemeinsam mit ihrem Freund morgen zum ersten Mal hinzufahren.

Dann gehen Taylor und ich mit den Burgern zurück zum Auto.

»Sie scheint nett zu sein«, sage ich.

Ich versuche es mit Small Talk, aber es fällt mir schwer. Seit ich in Queenstown gelandet bin, hat Taylor jeden Tag mit mir verbracht. Außer Finn oder seinen Eltern hat ihn niemand angerufen oder ihm geschrieben. Deshalb nahm ich an, die Sache mit dem anderen Mädchen, das, für das er die Playlist gemacht hat, hätte sich, wie Ana bereits meinte, erledigt.

Nicht angenommen. Das ist eine Lüge. Ich habe mich selbst davon *überzeugt.*

Schlimmer noch – ich habe die Hoffnung zugelassen, dass er vielleicht Gefühle für *mich* haben könnte. Wie er mich an dem Abend von Vis Hochzeit draußen auf der Veranda gehalten hat, während wir im ersten Schnee getanzt haben. Wie er mir im Sessellift den Schnee aus dem Gesicht gestrichen hat. Sein Blick in diesem Moment.

Unser Gespräch im Auto heute Nachmittag.

Du hast nur gesehen, was du sehen wolltest. Genau wie vor drei Jahren.

»Ja, sie ist ziemlich cool«, erwidert Taylor und reißt mich aus meinen Gedanken.

»Woher kennt ihr euch?«, frage ich, während wir den Weg zum Parkplatz hinabgehen.

Warum blickt er so seltsam drein?, denke ich und mustere ihn. Vielleicht hat er das Gefühl, ich wollte ihn ausspionieren.

»Ähm, sie ist das Mädchen, mit dem ich mich im April getroffen habe. Du weißt schon. Die, bei der ich meinte, wir hätten keine wirkliche Verbindung.«

Mein Kopf dreht sich. Ich muss zu Boden blicken, sonst verliere ich womöglich noch den Halt.

Ellie. Das Mädchen von eben, das mit dem Freund.

Ich höre an seiner Stimme, dass er die Wahrheit sagt. Es war tatsächlich nur ein Date.

Und? Hast du dem Mädchen gesagt, dass du Gefühle für sie hast?

In dieser Playlist ging es um jemanden.

Nicht um Ellie. Um ein anderes Mädchen.

Inzwischen glaube ich, dass es besser ist, wenn man zuerst befreundet ist. Was meinst du?

Ich blicke auf und stelle fest, dass er mich anstarrt. Doch sobald sich unsere Blicke treffen, richtet er die Augen nach vorn auf das Auto. Dann zückt er die Schlüssel und drückt auf den »Entriegeln«-Knopf.

Während der dreiminütigen Fahrt den Berg hinauf kriege ich kein einziges Wort heraus. Zu Hause schalte ich auf Autopilot, hole Teller aus dem Schrank und zwinge meine Finger dazu, nicht zu zittern.

Ich kann es nicht sein, denke ich wieder. *Es kann einfach nicht sein.* Wir waren diese Woche so oft allein. Wenn er so für mich empfinden würde, hätte er dann nicht schon längst etwas gesagt oder getan?

DU hast auch nichts gesagt, Isolde, denke ich.

Weil ich zu viel Angst habe. Was, wenn er mich nur als Freundin sieht?

Aber vielleicht denkt er das Gleiche.

Taylor

Donnerstag, 13. Juni
Die Fahrt von Queenstown nach Mount Cook dauert über drei Stunden. Issy fährt bei ihren Eltern mit, ich bei meinen. Als wir in Twizel eine Kaffeepause einlegen, wechselt Issy das Auto. Sie lächelt mich an, als sie auf den Rücksitz steigt, doch ihre Augen sind traurig.

»Alles okay?«, frage ich leise.

Sie deutet mit dem Kopf auf ihre Eltern. Ich merke, dass sie nicht darüber reden will.

Dad startet das Auto, und wir fahren weiter in Richtung Mount Cook National Park. Ich ziehe das Handy aus der Hosentasche und reiche Issy einen meiner Ohrstöpsel. Sie steckt ihren in ihr linkes, ich meinen in mein rechtes Ohr. Wir hören *We Own the Sky* von M83, meinen Lieblingssong aus der Doku *That's It, That's All*, während Mount Cook in unser Sichtfeld rückt.

Wir haben nun den flachen, langen Teil der Straße erreicht. Zu beiden Seiten ragen die Berge Tausende von Metern in den Himmel. Der Mittelstreifen ist wie ein gelber Steinweg, der direkt zu Mount Cook führt.

Aoraki, korrigiere ich mich selbst, denn es ist das Maori-Wort für den Berg. Aoraki ist eine Figur aus den Maori-Legenden, der Sohn von Vater Himmel. Für die Maori der Südinsel, die Ngai Tahu, ist Aoraki der heiligste aller

Vorfahren, die Verbindung zwischen der Welt der Götter und der der Menschen.

Es kommt selten vor, dass man Aoraki ohne Wolken sieht. Aber heute hat er seinen Nebelmantel abgelegt und zeigt seine ganzen 3.724 Meter.

Louise ruft auf Dads Handy an.

»Perfekter Tag für einen Helikopterflug«, sagt sie durch die Lautsprecher.

Wir denken alle, sie würde Witze machen, doch dann sehen wir, wie ihr Auto vor uns in Richtung Aerodrome abbiegt.

»Louise, was hast du vor?« Mum lacht. Patrick streckt die Hand aus dem Fenster und bedeutet uns, ihnen zu folgen.

Ich sehe Issy an und frage mich, ob sie weiß, was hier passiert. Auf ihren Lippen zeichnet sich ein winziges Lächeln ab, obwohl sie versucht, ihr Pokerface zu bewahren.

Als wir Mount Cook vor Jahren gemeinsam besucht haben, haben wir aus der Ferne einen Helikopter beim Abheben beobachtet und wie er dann in Richtung Nationalpark davonflog.

»Können wir das auch machen?«, fragte ich Dad.

Dad und Mum lachten. »Diesmal nicht. Das ist ein bisschen zu teuer«, erwiderte Dad.

»Stellt euch nur die Aussicht vor.« Mum schüttelte den Kopf.

»Eines Tages werden wir es machen«, versprach Dad.

»Alle zusammen«, fügte Louise hinzu.

Anscheinend kann sich Louise auch an diesen Moment erinnern, denn das Nächste, was man über den Lautsprecher hört, ist: »Seid ihr heute bereit für ein Abenteuer?«

Isolde

Donnerstag, 13. Juni

Maia und Tobi wirken beschämt, als Mum auf dem Parkplatz des Aerodromes auf uns zukommt.

»Louise, das ist viel zu teuer«, sagt Maia kopfschüttelnd.

»Sei nicht albern«, widerspricht Mum, als wir das Gebäude betreten. »Ich weiß, wie viele Überstunden in die Hochzeit geflossen sind.«

Tobi und Maia wollen weiter protestieren, doch Mum will nichts davon hören. Also lassen sie es gut sein und fangen an, sich zu freuen, während uns das Team vor unserem zweieinhalbstündigen Flug wiegt.

Taylor und ich gehen raus. Er knipst ein Foto von dem schwarzen Helikopter und schickt es Finn mit dem Text »Fortbewegungsmittel des Tages«.

»Das ist fies«, bemerke ich lachend.

»Ich kann mich gerade unmöglich zurückhalten.« Taylor grinst. »Ich bin noch nie in einem Helikopter geflogen.«

Ich auch nicht. Wir beide sitzen vorn, ich in der Mitte zwischen Taylor und dem Piloten, was ganz schön eng ist. Wir setzen unsere Kopfhörer auf, damit wir den Piloten während des Flugs hören können. Dann beginnen die Rotorblätter, sich zu drehen, immer schneller und schneller. Ich kann die Vibration im ganzen Körper spüren. Ich hätte einen Ruck oder einen Satz nach vorn erwartet, doch wir schweben in der Luft, bevor mir überhaupt bewusst ist, dass wir abgehoben haben.

Wir winken Vi und Jack zu, die noch unten auf dem Landeplatz stehen. Sie hatten ihren »Heli-Moment« bereits am Tag ihrer Hochzeit.

Innerhalb weniger Sekunden sind sie nur noch zwei kleine Punkte in der Ferne.

»Das ist total verrückt!«, sagt Taylor über das Mikrofon.

Und das ist es tatsächlich. Von hier oben können wir den gesamten Nationalpark überblicken. Man sieht, wie sich die Flüsse den Gletscher hinabschlängeln und in den grünen Tasman Lake ergießen. Die schneebedeckten Bergspitzen reflektieren das Sonnenlicht so stark, dass es blendet.

Wir nähern uns Aoraki. Hunderte von Metern in der Luft. Und man spürt, wie der Hubschrauber gegen den Wind ankämpfen muss.

Wir sind so winzig, denke ich. *Wir sind nichts im Vergleich zu den Naturgewalten da draußen.*

Kurz steigt Panik in mir auf. Mir wird klar, dass alles Mögliche passieren könnte. Würden die Rotorblätter aufhören, sich zu drehen, würden wir vom Himmel stürzen. Innerhalb von Sekunden würden wir ins Tal fallen und zerbersten.

Taylor ergreift meine Hand. Als er mich anlächelt, fange ich an, mich zu entspannen.

Ich werde es ihm sagen, solange wir noch hier sind, denke ich. *Ich werde nicht länger warten.*

Taylor

Donnerstag, 13. Juni

Seit der Hubschrauber losgeflogen ist, muss ich wie verrückt grinsen. Nicht nur, weil ich den Nationalpark aus dieser Perspektive betrachten kann, sondern weil Issys Hand in meiner liegt.

Der Pilot steuert die Ostseite von Aoraki an und macht sich bereit, uns am Fuß des langen weiten Tasman-Gletschers abzusetzen. Sobald es sicher ist, bin ich zur Tür hinaus. Ich reiche Isolde die Hand, damit auch sie herunterspringen kann. Meine Füße sind bereits im Schnee versunken. Wir arbeiten uns voran, weg vom Helikopter. Der Wind pfeift über den Gletscher. Ich lege den Kopf in den Nacken und bestaune die Wände aus Fels, Eis und Schnee, die sich zu allen Seiten in den Himmel erstrecken. Als ich in der Ferne sechs Snowboarder entdecke, glaube ich zuerst, ich würde es mir nur einbilden.

»Heli-Boarding«, erklärt der Pilot. »Ziemlich beliebt zu dieser Jahreszeit.«

»Beim nächsten Mal?«, fragt mich Issy lachend.

»Auf jeden Fall«, erwidere ich scherzhaft.

Aber insgeheim stelle ich mir vor, wie es wäre, hier in der Abgeschiedenheit zu snowboarden. Wie unglaublich es sein muss.

Eines Tages, verspreche ich mir selbst.

Auf dem Rückflug bin ich völlig high vor Glück. Und

Issy auch. Ich sehe ihr die Freude an, selbst als der Helikopter bereits wieder gelandet ist.

»Ich will nicht zurück ins richtige Leben«, sagt sie im Auto, als wir zum Mount Cook Hotel fahren.

Die Freude ist verschwunden, jetzt wirkt sie traurig. Ich weiß, dass sie an nächste Woche denkt, wenn sie mit ihren Eltern wieder in Sydney ist.

»Denk jetzt nicht darüber nach«, erwidere ich. »Lass uns die Gegend erkunden. Ich würde mir gern diesen blauen Gletschersee ansehen, über den wir geflogen sind.«

»Tasman Lake?«

»Ja. Im Heli-Büro habe ich auf einer Karte gesehen, dass es dort oben einen Aussichtspunkt gibt.«

Issys Gesicht erhellt sich. Im Hotel überlassen wir es unseren Eltern einzuchecken. Dad gibt mir die Wagenschlüssel, und Issy und ich fahren über lange Brücken, die sich über steinige Flussbetten ziehen, bis wir den Parkplatz des Tasman-Gletschers erreichen.

»Fünfzehn Minuten Fußweg«, bemerke ich, nachdem wir das Schild vor dem Pfad gelesen haben.

Vom Aussichtspunkt wirkt der See sogar noch blauer als vom Helikopter aus. Hier und da schwimmen Eisschollen, ein eindeutiges Zeichen dafür, wie eiskalt das Wasser sein muss. Der Boden unter unseren Füßen ist schwarzer Stein, der sich zu beiden Seiten des Sees zu Bergen auftürmt. Ich blicke hinauf zur linken Bergspitze. Es dauert kurz, bevor ich merke, dass das, was ich für eine Wolke gehalten habe, Schnee ist, der vom Bergkamm geweht wird.

In der Ferne hört man ein Grollen.

»Kleine Lawinen«, sagt Issy und deutet nach rechts, wo

ein Gemisch aus Eis, Stein und Schnee den Hang hinabstürzt.

Wir setzen uns auf einen großen Felsen. Von hier aus haben wir eine großartige Sicht. Wir bleiben, solange es geht, mindestens jedoch eine Stunde, und blicken hinaus in die Weite, die sich vor uns erstreckt. Der Wind lässt unsere dicken Jacken rascheln und kitzelt uns in den Nasen. Immer wieder öffne ich den Mund, um Isolde meine Liebe zu gestehen. Doch jedes Mal bekomme ich Angst, dass sich meine Worte im Wind verlieren. Gegen 17:00 Uhr bekommen wir eine Nachricht von unseren Mums mit jeweils einer Version von *Bleibt nicht mehr zu lange draußen, es ist eiskalt. Ihr werdet sonst krank!*

»Sollen wir los?«, fragt Issy und steht auf.

»Wäre wohl besser, nehme ich an.«

Auf halber Strecke des Weges bleibe ich stehen. Und sie auch.

»Wow«, sagt Issy und lässt den Blick über das Tal schweifen, das nun halb im Schatten liegt. Am Horizont hat sich der Himmel über den Bergen lila verfärbt.

»Wie dein Kostüm, Lupinenmädchen«, sage ich lächelnd.

Isolde dreht den Kopf.

Es ist nicht ihr Lächeln, das ausschlaggebend ist. Es ist die Art, wie sie mich ansieht. Als wäre ich spektakulärer als die Aussicht vor uns. Mein Herz ist voll von ihr und mein Körper voll Adrenalin. Es liegt nicht nur an dem Helikopterflug heute, sondern daran, dass ich mit Isolde zusammen bin. An ihrer Art, ihrem Geist, *wer* sie ist.

Ich ziehe sie zu mir und küsse sie.

Ich weiß, dass ich sie überrumpelt habe. Kurz habe ich Angst, sie könnte sich losreißen. Doch sie tut es nicht.

Sie küsst mich ebenfalls.

Wir sind nur noch kalte Nasen und heißer Atem. Ich weiß nicht, wie ich jemals wieder damit aufhören soll. Ich kann nicht aufhören. Wir küssen uns, bis ich nach Luft schnappen muss, weil ich sonst ohnmächtig werde.

Als ich die Augen öffne, ist sie immer noch in meinen Armen und blickt zu mir auf. Ich traue mich nicht zu sprechen, denn ich bin vollkommen überwältigt.

Ihr Atem klingt zittrig – wie meiner.

Ich kann ihren Blick nicht deuten.

Habe ich das Falsche getan? Es fühlt sich nicht falsch an.

»Ich dachte, du würdest es nie tun«, sagt sie lächelnd.

Diesmal lehnt *sie* sich nach vorn, um *mich* zu küssen.

Isoldes Smartphone

Donnerstag, 13. Juni, 19:13 Uhr

ICH: Es ist passiert ☺
ANA: Ruf mich sofort an!!!!!
ICH: Ich kann nicht. Wir essen gerade zu Abend. Alle sind hier.
ANA: Dann später??? ICH WILL ALLES WISSEN.
ICH: Ich kann es nicht beschreiben. Mir wird schon schwindlig, wenn ich nur daran denke.
ANA: So gut? ☺
ICH: So gut ☺☺

Donnerstag, 13. Juni, 20:13 Uhr

TAYLOR: Ich glaube, die Leute hier am Tisch unterhalten sich gerade, aber sicher bin ich nicht. Ich höre nur die Dean-Lewis-Version von *Adore.* Die Zeile, in der er singt, dass er will, dass die ganze Straße verschwindet, damit er mit seinem Mädchen allein sein kann.
TAYLOR: Ich will, dass das ganze Dorf verschwindet. Du sitzt direkt neben mir. Alles, was ich will, ist, mit dir darüber zu reden, was passiert ist und warum ich das Gefühl habe, jemand hätte mir einen Stromschlag verpasst. Auf gute Weise. Aber das geht jetzt

nicht, weil deine Schwester gegenübersitzt und alles mitbekommen würde.
TAYLOR: Und küssen kann ich dich auch nicht.
TAYLOR: Ich weiß, dass du versuchst, das Gespräch mit Vi am Laufen zu halten, damit sie nicht merkt, was passiert ist. Aber dein Lächeln und wie du heimlich auf dein Handy starrst ... bedeutet mir einfach alles ☺☺☺

Isolde

Freitag, 14. Juni

Gestern Abend hatten wir nicht viel Zeit allein. Von unseren Eltern, Vi und Jack abgesehen, nahmen noch mindestens fünfzehn andere Leute an der Sternbeobachtung im Planetarium des Aoraki Mackenzie International Dark Sky Reserve teil.

Aber unter der Konstellation des südlichen Himmels hatten wir endlich zehn Minuten für uns. Taylor zeigte mir Saturn durch das Teleskop. Danach erzählte er mir im Dunkeln vom letzten Mal, als er ihn oben auf Queenstown Hill gesehen hatte und was ihm dort klarwurde.

Als ich nachts im Bett lag und nicht schlafen konnte, weil ich an meine Eltern denken musste und die Trauer schwer auf meiner Brust lag, war seine Geschichte das Einzige, was mein Herz über Wasser hielt.

Jetzt sind wir auf dem Heimweg, und ich sitze wieder im Auto der Hellemanns. Taylors Jacke liegt zwischen uns, darunter halten wir Händchen. Taylor hat mir die *Ich kann nicht aufhören, an sie zu denken*-Playlist geschickt.

Das ist jetzt deine xxx, schreibt er mir.

Lass sie uns zusammen hören, antwortete ich.

Wir teilen uns die Kopfhörer. Die Playlist wird zum Soundtrack einer langen Heimfahrt.

Ich kann nicht aufhören, an sie zu denken

Sink In	Amy Shark
Lovers	Anna of the North
So It Goes …	Taylor Swift
DKLA	Troye Sivan & Tkay Maidza
Meet in the Middle	Ta-ku & Wafia
Hesitate	Golden Vessel & Emerson Leif
Give Me Tonight	Dustin Tebbutt
Let Me Hold You	Nick Wilson
Sweetest Thing	Allman Brown
Shine to Rust	Cameron Jones
Ocean Eyes (Live)	Flawes

Von: taylor_hellemann@gmail.com
An: IsoldeByrne@hotmail.com
Gesendet: Freitag, 14. Juni, 21:43 Uhr
Betreff: Möchtest du morgen Abend mein Date sein?

Location: Queenstown ☺☺
Aktivität: Japanisches Teppanyaki-Dinner. Ich will mir mit dir einen Teller teilen und mich mit meinen Essstäbchen blamieren ☺

Taylor

Samstag, 15. Juni

Ich wünschte, ich hätte es ihr früher gesagt, denke ich die ganze Zeit, während ich Isolde beim Abendessen gegenübersitze. Dann hätte ich schon früher ihre Hand halten können. Wie jetzt. Ich hätte ihr öfter in die Augen sehen können, ohne mir Sorgen darüber zu machen, sie könnte mir meine Gefühle ansehen. Wir hätten mehr Abende wie diesen verbringen, gemeinsam salzige Edamame-Bohnen essen, Ramen schlürfen und über den alten Taylor, die alte Issy und all die hitzköpfigen Diskussionen der letzten Jahre lachen können. Vieles, was vor ein paar Wochen noch so schmerzhaft erschien, ist jetzt amüsant.

»Ich habe deine Nachrichten immer wieder gelesen. Als wären sie ein Buch, das ich nicht beiseitelegen kann«, gestehe ich und verdrehe beschämt die Augen, während der Kellner unsere Teller abräumt.

»Ich habe immer noch den alten Lipgloss, den du mal im Sessellift benutzt hast«, beichtet Issy.

»Nein, hast du nicht.«

»Doch!«, sagt sie mit roten Wangen. »Er ist in meiner Ballerina-Schmuckschatulle, die ich in dem Jahr, als ich zu tanzen begonnen habe, von Mum und Dad zu Weihnachten bekommen habe.«

Als sie ihre Eltern erwähnt, werden wir beide still.

Isolde schüttelt den Kopf. »Ich frage mich, ob … es

noch Hoffnung gibt. Mum und Dad haben nichts zu Vi gesagt, bevor wir sie und Jack zum Flughafen gebracht haben. Sie wissen, dass uns Vi vor Weihnachten nicht mehr besuchen wird. Falls sie sich tatsächlich trennen wollen …«

Isolde hält inne. Ich sehe ihr an, dass es ihr schwerfällt, nicht in Tränen auszubrechen.

»Sie würden es ihr doch nicht am Telefon oder per Skype sagen, oder? Das wäre total doof. Vielleicht probieren sie es ja doch noch mal.«

»Das hoffe ich«, sage ich und drücke ihre Hand.

Sie senkt den Blick. »Lass uns nicht mehr darüber sprechen. Ich will die Zeit mit dir genießen.«

Sie sagt nicht »Bevor ich morgen gehen muss«, aber ich weiß, dass wir es beide insgeheim denken.

Bis 21:30 Uhr bleiben wir im Restaurant, lachen und halten Händchen. Doch dann müssen wir los, weil ich nur bis 22:00 Uhr fahren darf.

Zurück zu Hause sitzen unsere Eltern am Feuer. Issy und ich steuern auf das Trampolin am Ende des Gartens zu. Wir kuscheln uns unter die Decke, die wir mit rausgebracht haben, um die Kälte abzuwehren. Unsere Köpfe berühren sich, und ihr Körper schmiegt sich an meinen.

»Woran denkst du?«, fragt sie irgendwann, als wir uns gerade nicht küssen.

»Wie ich auf diesem Ding früher Tricks gemacht habe«, erwidere ich.

Auf dem Trampolin habe ich meine Moves geübt, die ich auf dem Berg machen wollte. Wenn kein Schnee lag, habe ich die Seiten meines Boards abgeklebt, um das Trampolin nicht kaputtzumachen, und Stunden auf dem

Teil verbracht. Einen weichen Untergrund zu haben bedeutete, dass ich mich schneller daran gewöhnte, längere Zeit in der Luft zu bleiben.

»Deine Mum und ich hatten immer ganz feuchte Hände, wenn wir dich dabei beobachtet haben«, sagt Issy.

»Sie hatte immer Angst, ich könnte herunterfallen und auf dem Kopf landen. Bei den Big-Air-Wettbewerben war es dasselbe. Da hat sie sich wohl um die falschen Dinge Sorgen gemacht, was?«, bemerke ich ironisch.

So kommt es, dass wir über den Unfall sprechen. Ich denke in letzter Zeit öfter daran. Wahrscheinlich, weil es am 25. Juni zwei Jahre her ist.

Natürlich weiß Issy grob, was passiert ist. Dass Brad, Connor und ich in dieser Nacht von einer Party zurückkamen. Wir waren in Wanaka auf einer vereisten Landstraße. Unser Auto verlor den Halt, rutschte in die Mitte der Fahrbahn und drehte sich immer wieder um die eigene Achse. Uns kam ein kleiner Truck entgegen, zu schnell, um ausweichen zu können. Beide Fahrzeuge knallten in die Leitplanke.

Hätte ich hinten rechts gesessen, wäre ich jetzt nicht mehr hier. Der Truck war direkt hineingekracht und hatte das Auto zusammengedrückt wie eine Blechdose, die man in der Faust zerquetscht.

Aber die Details kennt Isolde nicht. Noch nicht.

An das, was direkt nach dem Aufprall passiert ist, erinnere ich mich kaum, denn ich habe immer wieder das Bewusstsein verloren. Aber ich weiß noch, dass ich überhaupt keinen Platz hatte. Dass ich eingeklemmt war zwischen dem Van zu meiner Rechten und der Autotür zu meiner Linken. Ich erinnere mich an die Hitze und den Geruch verbrannter Bremsen, die es nicht geschafft hatten, gegen das Glatteis anzukommen. Wie mein rechtes Ohr immer wieder seinen Hörsinn verlor.

Aber am besten kann ich mich an die Panik erinnern.

Ich habe nicht genug Platz. Ich kann mich nicht bewegen. Nicht richtig atmen.

Die Tür geht nicht auf.

Ich komme hier nicht raus. Ich werde niemals hier rauskommen.

Ich weiß nicht, wo Connor und Brad sind. Ich sehe sie nicht auf den Vordersitzen. Vielleicht wurden sie rausgeschleudert.

Ich werde hier hinten sterben. Allein.

Meine Augen fallen zu. Als ich sie wieder aufschlage, bin ich nicht mehr im Auto. Ich spüre Kälte unter meinem Körper, doch das ist alles. Alles andere ist taub.

Ich blicke hinauf in den Winterhimmel. Alles ist voller Sterne.

Ich liege auf der Straße, wird mir klar. Über mir sind zwei Köpfe, die miteinander reden. Ich kenne sie nicht.

Irgendjemand schreit. Der Schrei zerreißt mir das Trommelfell. Er ist so schrill, dass mir das Gehirn blutet.

Wie kann es sein, dass mir die Schreie eines anderen solche Schmerzen zufügen?

Ich will mir die Ohren zuhalten, damit ich die Schreie nicht mehr höre. Ich will, dass das Gefühl aufhört, die Schreie würden mir das Fleisch in Fetzen vom Leib reißen. Aber ich kann meine Hände nicht spüren. Ich weiß nicht, wo sie sind.

Jemand setzt mir eine Maske auf, und die Geräusche

verstummen. Jetzt wird mir klar, dass die Schreie von mir kommen.

»Ich habe später erfahren, dass fünf Minuten nach dem Unfall ein weiteres Auto vorbeigekommen ist. Ein Ehepaar«, erzähle ich Issy. Die Frau war Ärztin. Gemeinsam mit ihrem Mann zog sie mich aus dem Auto, weil sie Angst hatten, der Motor des Trucks könnte in Flammen aufgehen. Die Ärztin tat genau das Richtige. Dinge, die Brad und Connor, die unter Schock am Bordsteinrand saßen, nicht hätten tun können. Zwanzig Minuten später traf dann der Krankenwagen ein.

»Ich weiß nicht mehr, was passiert ist, nachdem ich auf der Straße gelegen habe«, fahre ich fort. »Irgendwann bin ich im Krankenhaus aufgewacht und habe festgestellt, dass mein rechtes Bein nicht mehr da ist.«

Die Chirurgen haben alles getan, um mein Bein zu retten. Doch es war so zerschmettert, dass sie es fünfzehn Zentimeter unterhalb des Knies amputieren mussten.

»Und danach … war alles taub«, sage ich.

Kurz schließe ich die Augen, um die Erinnerungen aus meinem Kopf zu verdrängen. Issy drückt meine Hand so fest, dass es wehtut. Doch dann tut es auch wieder nicht weh, denn mein Körper spürt, dass sie nicht vor dem Schmerz unter meiner Oberfläche zurückschreckt.

»Ich war lange Zeit wie betäubt«, sage ich und sehe sie an. »Doch es hat sich Stück für Stück verändert. Inzwischen fühle ich mich viel mehr wie *ich* als letztes Jahr um diese Zeit. Und darauf will ich mich konzentrieren. Darauf, das Leben wieder zu genießen. Wieder auf dem Berg zu sein. Mit dir zusammen zu sein.« Ich ziehe sie auf meine Brust, und sie sieht auf mich herunter.

Es entsteht eine Pause, bevor wir uns küssen.

»Tay.« Sie legt die Hände an meine Wangen. Ich spüre, wie ihre Finger leicht zittern, was wohl an dem liegt, was ich ihr gerade erzählt habe.

Tay.

Es ist nur mein Name, doch in ihren Augen sehe ich noch drei andere Worte.

Ich erwidere sie mit einem Kuss.

Isolde

Sonntag, 16. Juni
Es gibt keine gute Art, sich zu verabschieden.
»Bucht ja die Tickets, um im Oktober über das lange Wochenende zurückzukommen«, sagt Maia zu Mum, während wir an Gate 3 auf unseren Flug zurück nach Australien warten.

Oktober. Ich sollte froh sein, dass wir so schnell wieder in Queenstown sein werden, aber dreieinhalb Monate fühlen sich gerade an wie eine Ewigkeit.

»Ich komme dich vorher besuchen«, verspricht Taylor, während wir am Fenster stehen und beobachten, wie das Gepäck verladen wird. »Nenn mir einfach ein Wochenende, nachdem du dein Vortanzen mit Bravour gemeistert hast. Durch meinen Job im Laden konnte ich dieses Jahr ein bisschen Geld sparen. Ich kann mir den Flug leisten.«

Ich nicke. Am liebsten würde ich sagen *Ich wünschte, du könntest jetzt mit uns kommen*, aber das ist dumm.

»Letzter Aufruf für den Flug A320 von Queenstown nach Sydney«, verkündet der Steward über das Mikrofon.

»Wir schaffen das«, flüstert mir Tay ins Ohr, als wir uns umarmen.

Er hat recht. Wir können telefonieren, skypen, uns schreiben. Wie immer. Aber ich werde ihn nicht bei mir haben wie die letzten elf Tage. Und vor allem die letzten drei. Seit er mich geküsst hat.

Jetzt küssen wir uns wieder. Es ist wie unser erster Kuss. Ein Kuss, mit dem man gar nicht mehr aufhören will. Ich weiß, dass uns unsere Eltern wahrscheinlich beobachten, aber wir haben das Versteckspiel schon gestern Abend aufgegeben, als wir zusammen auf dem Trampolin lagen.

Ich löse mich von Taylor. Wir gehen zurück zu unseren Eltern, und ich umarme Tobi und Maia zum Abschied. Ich weiß, dass ich ganz rot bin vor Scham.

»Du kannst uns jederzeit besuchen, Süße«, sagt Maia und drückt mich. »Auch wenn deine Mum arbeiten muss.«

Als ich mit Mum und Dad auf das Rollfeld hinaustrete, schaffe ich es nicht, Taylor einen letzten Blick zuzuwerfen.

Von: taylor_hellemann@gmail.com
An: IsoldeByrne@hotmail.com
Gesendet: Sonntag, 16. Juni, 16:10 Uhr
Betreff: Du

Du bist seit einer Stunde weg. Es ist total klischeehaft, so etwas zu sagen, aber: Ich vermisse dich jetzt schon wie verrückt.

Von: IsoldeByrne@hotmail.com
An: taylor_hellemann@gmail.com
Gesendet: Sonntag, 16. Juni, 20:10 Uhr
Betreff: RE: Du

Klischees sind mir egal. Ich vermisse dich auch wie verrückt, Tay.

Von: taylor_hellemann@gmail.com
An: IsoldeByrne@hotmail.com
Gesendet: Mittwoch, 19. Juni, 19:45 Uhr
Betreff: Wie ist es zu Hause?

Mit deiner Mum und deinem Dad?
Willst du darüber reden?

Von: IsoldeByrne@hotmail.com
An: taylor_hellemann@gmail.com
Gesendet: Donnerstag, 20. Juni, 21:10 Uhr
Betreff: RE: Wie ist es zu Hause?

Sie reden nicht viel, abgesehen von Alltäglichem wie:

Patrick, kannst du den Müll rausbringen? und *Danke fürs Abendessen, Louise.*
Ich weiß ehrlich gesagt nicht, worauf ich noch hoffen soll.

Von: taylor_hellemann@gmail.com
An: IsoldeByrne@hotmail.com
Gesendet: Freitag, 21. Juni, 08:55 Uhr
Betreff: RE: Wie ist es zu Hause?

Am liebsten würde ich jetzt ins Flugzeug springen und dich umarmen. Issy, ich weiß, dass wir gestern am Telefon darüber gesprochen haben, dass ich dich im August besuchen komme, aber wenn du willst, buche ich sofort ein Ticket, okay?
Hast du noch mal über das Vortanzen nachgedacht? Sorry, ich will dich nicht unter Druck setzen. Aber ich finde, du bist großartig und solltest es probieren.

Von: IsoldeByrne@hotmail.com
An: taylor_hellemann@gmail.com
Gesendet: Samstag, 22. Juni, 19:10 Uhr
Betreff: Ich werde nächsten Samstag am Vortanzen teilnehmen

Ich will es machen. Nicht, weil ich versuchen will, einen Platz an der National Ballet School zu ergattern. Sondern weil ich mein ganzes Leben darauf hingearbeitet habe. Das Vortanzen war mein Jahresziel. Und das will ich jetzt durchziehen.
Warst du noch mal auf dem Berg? ☺

Von: taylor_hellemann@gmail.com
An: IsoldeByrne@hotmail.com
Gesendet: Sonntag, 23. Juni, 18:43 Uhr
Betreff: Bin gerade zurückgekommen ☺

Ich war mit Finn oben in Cardrona. Über Nacht gab es fünfzehn Zentimeter Neuschnee. Im Sessellift hat mich wieder eine Schneelawine erwischt – aber diesmal war ich nicht kurz davor, jemanden zu küssen. ☺ Im Gegensatz zu dir ist Finn nicht süß, wenn er rot wird. ☺
P.S.: Für das Vortanzen schicke ich dir zehn Bärenumarmungen. Du weißt es zwar schon, aber ich bin so stolz auf dich.

Isolde

Samstag, 29. Juni

Ich habe es Taylor nicht erzählt, aber ein Grund, warum ich heute am Vortanzen teilnehme, ist, dass es mir Sicherheit gibt, meiner Routine zu folgen.

Bisher ist mir nicht richtig klar gewesen, wie sehr unser Leben – Mums, Dads, meins – einer Routine folgt. Mums To-do-Liste auf dem Whiteboard, der wöchentliche Sonntagsbraten, das Skype-Telefonat dienstags mit Vi und Jack, wenn wir uns zum Frühstück zusammensetzen oder für den Freitagabend-Netflix-Film Popcorn machen – das ist die Uhr, nach der unser Familienleben tickt.

Meine Welt – zumindest an der Oberfläche – ist bisher immer stabil gewesen. Und dann auch wieder nicht.

Mittlerweile frühstücken wir nicht mehr zusammen.

Letzten Montag hat Dad einen Anruf von dem Pharmakonzern bekommen, bei dem er sich beworben hat: eine Zusage. Zwei Tage später hat er dort angefangen. Er arbeitet jetzt in einem Büro in der Stadt. Seine Kaffeetasse und Müslischüssel stehen schon eine Stunde, bevor Mum sich und mir Kaffee einschenkt, in der Spülmaschine.

Mum kocht immer noch zu Abend, aber wir sitzen nicht mehr am Tisch wie eine Familie. Wir essen jetzt vor dem Fernseher. Vielleicht, weil es die Stille füllt.

Letzten Freitag, als wir eigentlich unseren wöchentlichen Film sehen sollten, stand ich vor Mums Bürotür und hörte, wie sie auf der anderen Seite leise weinte.

Ich habe das Gefühl, dass alles, was bisher stabil war, jetzt wie ein Kartenhaus in sich zusammenfällt. Die Schritte sind alles, was noch übrig ist. Erste Position. Zweite. Dritte, vierte und fünfte. Das Training an der Stange, das ich seit über zehn Jahren mache – es ist eine Konstante, an der ich mich festhalten kann. Im Studio zu sein bedeutet, dass ich von zu Hause wegkomme und nicht auf meinem Bett liege, an die Decke starre und mich frage, was als Nächstes mit Mum und Dad passieren wird. An meiner *Attitude Devant* zu arbeiten, mir immer wieder zu sagen: *Schultern runter, Rippen geschlossen, Waden angespannt* gibt mir etwas, worauf ich mich konzentrieren kann. Wenn ich meine Jetés mache und durch den Raum fliege, klopft mein Herz von der Anstrengung und der Übung, statt das Gefühl zu haben, zu zerbrechen.

Das Einzige, was wir seit unserer Rückkehr aus Queenstown zusammen unternommen haben, war, heute Morgen gemeinsam zu meinem Vortanzen zu fahren.

»Du wirst brillieren, Issy-Schätzchen«, sagt Dad vor dem Studio, in dem das Vortanzen in Sydney stattfindet. »Du *schaffst* das. Lass dir von deinem Kopf nichts anderes einreden.«

»Ich bin so stolz auf dich, Liebes«, sagt Mum und drückt meine Hände.

Von Emotionen überwältigt nicke ich nur und öffne die Tür zu einem Raum, den sie nicht betreten dürfen.

Es ist verrückt, dass man sich ein ganzes Jahr lang – beziehungsweise zehn ganze Jahre – auf etwas vorbereitet, das schon nach hundertzwanzig Minuten vorbei ist. Für ein Vortanzen, bei dem es um alles geht.

Sie suchen nach Potenzial, hat uns Ms Morris öfter gesagt, als ich zählen kann.

Jede Tänzerin hat ein Nummernschild auf der Brust. Ich bin Nummer dreiundzwanzig. Letztes Jahr war ich Nummer neun. Ich erinnere mich daran, wie sich der Zettel an meiner Brust hob und senkte, obwohl ich versucht habe, ruhig zu bleiben.

Du versuchst nicht, einen Platz zu ergattern, denke ich mir jetzt. *Gib einfach dein Bestes. Darum geht es.*

Dann beginnt das Training. Wie ich es die letzten zwei Wochen im Studio getan habe, konzentriere ich mich auf meine Schritte statt mich zu fragen, was passieren wird. Es sind nur Schritte. Schritte, die ich *kenne.* Über die mein Körper nicht zweimal nachdenken muss.

Wir machen ein paar Dehnübungen und ein wenig Fußarbeit. Dann setzen wir uns auf den Boden, Beine ausgestreckt, Füße nach außen gedreht. Danach folgt die Arabesque. Es fühlt sich an, als müssten wir sie Ewigkeiten halten, während die Prüfer durch den Raum gehen und jeden begutachten. Dann folgen ein paar Übungen an der Stange ohne Schuhe, damit sie unsere Füße sehen können. Ich weiß, dass sie gleichzeitig unsere Größe bewerten, unsere Rücken, unsere gesamte Haltung. Wir beenden das Training mit Spitzentanz und Sprüngen. Letztes Jahr hatte ich bei zwei Übungen Probleme.

Doch dieses Jahr nicht. Mein Geist ist ruhig, und mein Körper übernimmt die Führung.

Dann ist das Vortanzen vorbei. Einfach so. Ich gehe zur Tür hinaus. Mum und Dad warten draußen vor dem

Gebäude. Ich sehe an ihrer Körpersprache, dass sie angespannt sind.

Dad hält einen Strauß Rosen in der Hand. Wie jedes Mal nach einer Aufführung, seit meiner ersten Perfomance mit fünf Jahren als Maus im *Nussknacker*, sind sie auch diesmal rosa – wie meine Spitzenschuhe.

Wenigstens das ist gleichgeblieben.

Ich will nicht weinen, aber ich kann die Tränen nicht zurückhalten.

Dad schlingt die Arme um mich, dann Mum. Wir halten uns gegenseitig fest, während etliche Tänzerinnen an uns vorbeiströmen.

»Ich habe mein Bestes gegeben«, sage ich und wische die Tränen weg, als ich mich schließlich aus der Umarmung löse.

Ich hatte noch nie das Gefühl, dass mein Bestes genug war. Vielleicht liegt es in meiner Natur. Vielleicht ist es aber auch typisch für eine Ballerina. Denn *perfekt* ist die Messlatte, und sie wandert immer weiter nach oben, je besser man wird. Aber mein Bestes bedeutete heute, die Arabesque zu halten, zu wissen, dass mein Bein über neunzig Grad nach oben gestreckt war, mein Fuß gespannt, mein Rücken durchgestreckt und mein Blick geradeaus gerichtet. Es bedeutete, die Sprünge hinzukriegen. An der Stange zu stehen und den Anweisungen des Trainers zu folgen, wie ich es immer tue. Mich nicht unter Druck setzen zu lassen.

Ich habe das Vortanzen so durchgezogen, wie *ich* es wollte. So, wie ich es mir seit dem Vortanzen letztes Jahr Nacht für Nacht im Bett vorgestellt habe.

Das war alles, was ich heute wollte.

Taylor

Montag, 1. Juli
Ich fahre gerade um die Kurve, vorbei am Sessellift, als ich ihn sehe. Er steht oben an der Gravity-Cross-Piste und zurrt seine Bindungen fest. Im Gegensatz zu meiner Prothese, die unter meiner Skihose ziemlich »realistisch« ist, ist seine komplett anders. Sie ist schwarz-weiß, ohne kosmetischen Überzug, mit einer Art Federungssystem, wie ich es noch nie gesehen habe. Ich kann sehen, dass sein Bein oberhalb des Knies amputiert wurde, nicht unterhalb wie bei mir.

Ich fahre auf die linke Seite des Sessellifts und bleibe stehen. Ich habe ein schlechtes Gewissen, weil ich so starre, denn ich weiß genau, wie es sich anfühlt. Aber ich kann nicht anders. Dann fährt er los. Er fliegt nahezu durch die Luft und ist innerhalb von Sekunden verschwunden.

Meine Güte, wie schnell er ist.

Ich bin diesen Winter noch nicht auf der Gravitiy Cross gewesen. Racing war noch nie wirklich mein Ding. Ich stand auf Big Air und Slopestyle, das waren die Disziplinen, auf die ich mich konzentrierte. Aber die letzten Male hatte ich immer ein Hochgefühl, wenn ich eine Piste schneller geschafft habe als das Mal zuvor.

Vielleicht probiere ich die Gravity Cross nächste Woche mal aus.

Isolde

Donnerstag, 11. Juli
Mum und Dad schlafen noch immer im selben Zimmer. Das ist das Einzige, was mich daran hindert, die Hoffnung komplett aufzugeben.

Taylor

Montag, 15. Juli

Nach meinem sechsten Run die Gravity Cross herunter entdecke ich Joe, meinen alten Coach. Er sieht mich auch und winkt mich zu sich. Neben ihm steht ein weiterer Coach, den ich nicht kenne, und der Boarder mit der krassen Prothese, den ich jetzt schon ein paarmal gesehen habe. Als ich auf sie zugehe, stelle ich fest, dass sein Bein von Nahem noch viel cooler ist.

»Die letzten drei Runden hattest du ordentlich Speed drauf«, meint Joe, bevor ich überhaupt Hallo sagen kann.

»Du hast mich gesehen?« Ich setze meinen Helm ab, damit ich ihn besser höre.

»Ich habe dich die letzten Wochen öfter hier gesehen. Diese Tatort-Jacke ist nicht zu übersehen, Kumpel.«

Ich muss lachen. Joe hat mich schon immer mit meiner Jacke aufgezogen. Sie ist weiß mit roten Spritzern.

»Taylor war vor ein paar Jahren mein Big-Air-Star«, erklärt Joe dem anderen Coach. »Krasse Stunts. War erst fünfzehn und hat bei den Audi Quattro Finals Bronze geholt.«

»Hellemann, richtig?«, fragt der andere Coach und schüttelt mir die Hand. »Ich erinnere mich daran, dich bei den X-Games gesehen zu haben. Der junge Kiwi, der große Sachen macht.«

»Da hat er in Big Air den sechsten Platz belegt«, sagt

Joe. »Nicht schlecht, wenn man gegen einen Max Parrot oder Mark McMorris antritt, was? Taylor, das ist Dave Tobin. Er ist Liams Coach.«

»Liam Lawson.« Liam gibt mir ebenfalls die Hand. »Bereitest du dich auf die Audi Games vor?«

Liam ist auch ein Kiwi. Er ist älter als ich, vermutlich Anfang zwanzig.

»Nee, Mann, ich habe nur ein wenig Spaß.« Ich zucke mit den Schultern.

»Joe hat uns erzählt, man rede bereits darüber, dass du wieder auf dem Berg bist«, sagt Dave. Anhand seines Tonfalls und der Art, wie er mich ansieht, erkenne ich, dass Joe ihm und Liam von dem Unfall und meinem Bein erzählt hat.

»Es ist cool, zurück zu sein.« Ich lasse den Blick über den Berg schweifen und beobachte, wie die Leute in der Nachmittagssonne die Hänge hinabflitzen.

»Taylor«, sagt Joe. »Willst du einen Kaffee mit uns trinken?«

Wir setzen uns in das Café gegenüber dem Sessellift. Dave erzählt, dass er bisher mit Liam in Ruapehu auf der Nordinsel trainiert hat. Deshalb habe ich ihn nie gesehen, als ich noch mit Joe hier oben war.

»Seit Liam in Pyeongchang den siebten Platz belegt hat, haben wir begonnen, im neuseeländischen Winter hier in Cardrona zu trainieren und im Winter der nördlichen Hemisphäre in Calgary, Kanada.«

Pyeongchang. Dave spricht von den Paralympics. Ich habe sie mir noch nie angesehen. Und auch nicht die Olympischen Winterspiele letztes Jahr, weil ich damals noch zu depressiv war. Die Olympischen Spiele waren irgendwann einmal auch mein Ziel gewesen.

Liam erwischt mich dabei, wie ich versuche, so unauffällig wie möglich sein Bein zu inspizieren.

»Tut mir leid, Mann. Ich wollte nicht starren«, sage ich peinlich berührt.

»Ziemlich cool, was?«, fragt Liam unbeeindruckt. »Mir haben schon etliche Typen gesagt, mein Bein habe eine bessere Federung als ihre Autos.«

Wir lachen beide.

»Bist du oberhalb?«, fragt er.

»Unterhalb«, erwidere ich.

»Ich habe ein Moto-Knie, von Mike Schultz designt.« Liam sieht mich an, als müsste ich den Namen kennen.

Doch er merkt schnell, dass ich keine Ahnung habe, von wem er spricht.

»Er ist früher bei den X-Games im Schneemobilrennen angetreten«, erklärt Liam. »Dann hatte er einen Unfall und verlor sein Bein. Oberhalb des Knies. Wie ich. Er wollte eine Prothese bauen, die widerstandsfähig ist und mit genug Flexibilität für Actionsport. Du weißt schon. Mit Stoßdämpfern und so. Warte nur, bis du siehst, wie sich der Knöchel bewegt«, fährt er fort. »Er hat eine Dorsalflexion von dreißig Grad.«

»Im Ernst?«

In den letzten Wochen habe ich mich allmählich daran gewöhnt, dass Snowboarden jetzt anders ist, und habe versucht herauszufinden, wie ich das Beste aus meinem neuen Bein herausholen kann. Aber manchmal habe ich meinen alten Knöchel vermisst. Die Art, wie meine Muskeln dazu beigetragen haben, die Kontrolle über das Board zu bewahren.

»Ich zeig's dir. Da ist ein Stoßdämpfer eingebaut«, Liam deutet auf seinen Fuß, »der den Zehendruck und den Knöchelwiderstand kontrolliert. Für den Knöchel gibt es vier verschiedene Einstellungen. Je nachdem, was man braucht. Der Bewegungsradius ist unglaublich.«

»Zum Glück ist das Bein so robust«, scherzt Dave. »Liam schont es nicht unbedingt.«

»Ich will's denen ohne Behinderung eben zeigen.« Lachend zuckt Liam mit den Schultern. »Keiner von denen kann sich auf der Sprungschanze den Knöchel verdrehen, ohne etwas zu spüren. Das macht mich zu Ironman, nicht wahr?«

Jetzt muss auch ich lachen.

»Frag mal deinen Orthopäden danach«, schlägt Liam vor.

»Das mache ich«, erwidere ich lächelnd. »Ich will auf jeden Fall Fortschritte machen.«

Ich spüre Daves und Joes Blicke auf mir.

»Taylor«, sagt Joe, »würdest du gern wieder antreten?«

Ein paar Sekunden lang starre ich sie an, unsicher, ob sie es wirklich ernst meinen.

Dann erzählen sie mir von den Möglichkeiten, die die Paralympics NZ bieten. Von der örtlichen ParaFed-Organisation und deren Verbindung zum Adaptive-Snow-Sports-Programm hier in Cardrona. Joe erwähnt ein Förderprogramm für Hochleistungssportler.

»Bei deiner Vorgeschichte wäre das perfekt. Wir haben uns letztes Jahr schon mal darüber unterhalten«, sagt er. »Ich weiß, dass du damals kein Interesse hattest, aber vielleicht hat sich das inzwischen geändert? Ich würde wirklich gern wieder mit dir arbeiten, Taylor.«

Joe merkt, dass sich mir der Kopf dreht. »Denk mal darüber nach«, meint er und steht auf. »Du hast ja meine Nummer.«

»Hier hast du auch meine«, schiebt Dave hinterher und zückt eine Visitenkarte. »Meld dich bei mir. Ich beantworte dir gern alle Fragen.«

»Danke«, erwidere ich. Dann verlassen sie das Café.

Liam und ich bleiben noch eine Weile sitzen. Er erzählt mir, er sei Skateboarder gewesen, bevor er krank wurde.

»Osteosarkom«, erklärt er.

Knochenkrebs. Ich kenne den Begriff, weil ich während Dads Chemotherapie viel Zeit mit ihm im Krankenhaus verbracht habe.

»Blöd, mit vierzehn so eine Entscheidung treffen zu müssen. Ich oder mein Bein. Das war eine Zeit lang ziemlich schlimm. Dann war ich mit ein paar anderen Kids von der Reha beim Skifahren. Davor hatte ich noch nie auf einem Snowboard gestanden. Ich habe mich sofort verliebt. Mein Gesicht war bei jedem Run so.« Liam grinst mich übertrieben breit an. »Dann habe ich beim ACC Paralympics Open Day in Auckland Dave kennengelernt und angefangen, an Wettbewerben teilzunehmen. Es ist der Hammer, Mann. Und die Menschen, die man kennenlernt – andere Para-Snowboarder und sonstige Leute aus der Community – sind großartig.«

Liam gibt mir ebenfalls seine Telefonnummer.

Auf der Rückfahrt habe ich Mühe, mich auf die Straße

zu konzentrieren. Ich habe so viele Gefühle in mir, und jedes versucht, sich in den Vordergrund zu drängen.

Die letzten Wochen ging es mir beim Snowboarden nur darum, Spaß zu haben. Sachen auszuprobieren. Es zu genießen, endlich wieder auf der Piste zu sein. Aber an Wettbewerben teilzunehmen ist etwas anderes. Das weiß ich aus Erfahrung. Bin ich dafür bereit?

Druck. Einsatz. Ranglisten.

Angst. Selbstzweifel. Denn manchmal ist es schwierig, sich nicht nur über den Sport zu definieren.

Aber es gibt auch die guten Seiten.

Liams Begeisterung, als er mir davon erzählt hat, was er jeden Tag tut – ich weiß noch, wie es sich anfühlt. Wie toll es war, mit einem Coach zu trainieren. Gemeinsam an etwas zu arbeiten. Tag für Tag. Die schmerzenden Muskeln, die einen zufrieden machten. Die Momente, als man endlich Fortschritte sehen konnte und sich die Puzzleteile zusammenfügten. Den Stolz, den man dann spürte.

All diese positiven Seiten, die auch außerhalb eines Sieges, einer Medaille oder des Platzes auf dem Podium existierten – sie fehlen mir.

Isolde

Mittwoch, 17. Juli
Eigentlich hätte ich heute nicht so früh zu Hause sein sollen. Um 16:15 Uhr stecke ich für gewöhnlich mitten in meinen Übungen an der Stange, zusammen mit dem Rest meiner Klasse. Aber nach der Schule hatte ich fürchterliche Kopfschmerzen. Ich habe letzte Nacht nicht gut geschlafen. Neuerdings schlafe ich überhaupt nicht mehr gut.

Ich will nach Hause gehen und mich hinlegen, denke ich.

Bisher habe ich trotz Kopfschmerzen, Erkältungen, Übelkeit und Halsschmerzen getanzt. Selbst wenn ich eine Verletzung hatte, wie zum Beispiel einen verstauchten Knöchel – ich bin trotzdem ins Studio gegangen, habe mich dort auf den Boden gesetzt und die anderen beobachtet, um nichts zu verpassen.

Nach dem Vortanzen habe ich weitergetanzt. Vor ein paar Wochen habe ich mich noch gefragt, ob ich aufhören würde, sobald ich mein Ziel erreicht hätte. Aber das habe ich nicht. Jetzt da der Druck weg ist, genieße ich das Training richtig. Ich erinnere mich wieder daran, dass Tanzen auch Spaß machen kann. Dass Ballett einfach ein Teil von mir ist.

Vielleicht möchte ich eines Tages Ballettlehrerin werden, wie Ms Morris. Vielleicht nicht direkt nach der Schule – Taylor und ich denken darüber nach, mit dem Rucksack durch Europa zu reisen, sobald ich mit der Highschool fertig bin –, aber irgendwann. So kann ich jeden Tag das tun, was ich liebe, auch wenn ich nicht in einer Ballettkompanie bin.

Ich glaube, das wäre in Ordnung für mich.

Und es ist auch in Ordnung, heute früher nach Hause zu gehen, beschließe ich, als ich in den Bus steige. Eine Trainingsstunde zu verpassen bedeutet nicht mehr das Ende der Welt.

Als ich die Tür aufschließe, kommen mir Mum, Dad und Selene entgegen. Selene ist eine Freundin von Mum – aber sie ist auch Anwältin. In der Hand trägt sie einen Aktenkoffer.

Das einzige Mal, dass sie ihren Aktenkoffer dabeihatte – statt ihn im Auto zu lassen –, war, als sie Mum und Dad vor ein paar Jahren mit ihrem Testament geholfen hat.

»Isolde«, grüßt Selene.

Ich merke, dass sie überrascht sind, mich zu sehen. Sie hatten ganz offensichtlich geplant, sich zu treffen, wenn ich nicht da bin.

»Wie geht's dir, Schätzchen?«, fragt Selene.

Ich kann nichts erwidern. Ich koche vor Wut.

»Wie lange wolltet ihr mich noch belügen?«, frage ich Mum und Dad, nachdem die Tür hinter Selene zugefallen ist. »Ich weiß, dass ihr euch trennen wollt. Ich habe euch an dem Abend, bevor wir nach Queenstown geflogen sind, gehört.«

Mum und Dad sehen zuerst einander an, dann mich. Sie blicken so traurig drein, dass der letzte Rest meiner Zuversicht – das letzte Fünkchen Hoffnung, an das ich mich die letzten Wochen geklammert habe – verschwindet und ich in Tränen ausbreche.

Das war's. Sie trennen sich tatsächlich.

»Schätzchen, wir wollten es dir und Vi zusammen sagen. Persönlich«, erwidert Mum.

»Wenn Vi uns im Dezember besuchen kommt«, fügt Dad hinzu. »Sobald die Scheidung im Gange ist.«

»Was? An Weihnachten?«, bricht es aus mir hervor. »Frohe Weihnachten, Violetta und Isolde. Ratet mal, was? Wir lassen uns scheiden! Wie beschissen ist das denn? Was hattet ihr vor? Noch weitere sechs Monate unter einem Dach leben und so tun, als würdet ihr euch nicht hassen?«

»Deine Mum und ich hassen uns nicht, Isolde«, sagt Dad sanft.

»Warum gebt ihr dann auf?«, flüstere ich. »Könnt ihr euch nicht ein bisschen mehr Mühe geben?«

Ich weiß, dass sie schon die ganze Zeit unglücklich waren. Ich weiß, dass das letzte Jahr das bisher schlimmste für sie war. Aber hier geht es um unsere Familie. Das können sie doch nicht aufgeben.

»Wir haben es lange probiert, Issy.« Auch Mum hat nun Tränen in den Augen.

»Es funktioniert einfach nicht mehr«, sagt Dad. »Wir wollen uns nicht ständig streiten. Es verletzt uns zu sehr. Und dich und Vi auch.«

»Ihr verletzt uns damit nur noch mehr«, erwidere ich und wische die Tränen weg.

»Es ändert nichts an unseren Gefühlen für euch«, sagt Mum. »Wir lieben euch so sehr. Das weißt du.«

»Ich will, dass ihr euch liebt.« Meine Stimme wird brüchig. »Warum könnt ihr das nicht?«

»Issy«, sagt Dad. Seine Stimme klingt genauso zittrig wie meine. Er und Mum versuchen, mich zu umarmen.

»Nicht«, sage ich und schiebe sie von mir. Ich kann nicht einfach so hier stehen und ihre Arme um mich spüren, als gäbe es nur uns drei, eine feste Einheit, wenn es nicht mehr so ist.

Ich renne in mein Zimmer. Ich schlage die Tür nicht zu, sondern schließe sie leise, als hätte ich Angst, der Knall könnte mich zerstören.

Ich rufe weder Taylor noch Ana an. Ich kann nicht. Ich kann nur auf meinem Bett liegen. Taub.

Isoldes Smartphone

Mittwoch, 17. Juli, 20:00 Uhr

VIOLETTA: Verpasster Anruf

20:18 Uhr
VIOLETTA: Verpasster Anruf

20:36 Uhr
VIOLETTA: Verpasster Anruf

21:28 Uhr
VIOLETTA: Mum und Dad haben mich eben angerufen.

VIOLETTA: Ich fahre jetzt zum Flughafen. Ich kann meine Abschlussarbeit in Sydney fertigschreiben. Kannst du Mum sagen, dass ich den Flug mit der Nummer SQ241 nehme und am Freitag um 17:50 Uhr lande? Sie weiß nicht, dass ich komme.

VIOLETTA: Ich will nicht, dass sie versucht, es mir auszureden.

VIOLETTA: Ich will jetzt bei euch sein.

Isolde

Samstag, 20. Juli
Seit Vi angekommen ist, folge ich ihr überall hin, von Zimmer zu Zimmer. Wie ein Schaf seinem Schäfer. Und sie macht das Gleiche bei Mum.

Ich schätze, keine von uns will allein sein.

Gestern Nacht haben Vi und ich bei Mum im Bett geschlafen, wie früher, als wir noch klein waren und Albträume hatten. Dad hat sich ein Hotelzimmer gemietet. Ich weiß nicht, ob es seine Entscheidung war oder ob sie gemeinsam beschlossen haben, dass es besser so ist. Aber es ist so oder so schrecklich, denn jetzt da er nicht mehr hier ist, wird alles so real.

Taylor

Sonntag, 21. Juli
Nachdem mich Issy am Donnerstag angerufen hat, um mir zu erzählen, was passiert ist, ging ich direkt zu Mum und Dad.

»Wir müssen hinfliegen«, sage ich. »Sie unterstützen.«

Wie es die Byrnes getan haben, nachdem Dad seine Diagnose bekommen hatte. Louise hat die Küche übernommen, gekocht und Mahlzeiten eingefroren, damit sich meine Mum wenigstens keine Gedanken ums Kochen machen musste.

Ich will für Isolde da sein, und zwar nicht nur per Telefon oder Chat. Ich will sie in den Arm nehmen, sie trösten oder einfach schweigend neben ihr sitzen, wenn sie nicht reden will. Finn hat das für mich in den Monaten nach dem Unfall auch getan. Es hilft.

»Taylor, wir haben mit Louise gesprochen«, sagt Mum. »Die Byrnes brauchen jetzt etwas Privatsphäre. Sie müssen das Ganze erst einmal verdauen.«

»Aber ich komme mir nutzlos vor, wenn ich nur hier herumsitze«, erwidere ich wütend.

»Wir uns auch, Kumpel«, meint Dad. »Es ist hart, wenn jemand, den man liebt, eine so schwere Zeit durchmacht, und man nicht einfach bei ihm vorbeigehen kann. Distanz ist fies.«

Wir schweigen alle. Natürlich wissen sie, was ich für

Issy empfinde. Das liebe ich an Mum und Dad am meisten – dass sie mir nie das Gefühl geben, dass das, was ich durchmache, »Kinderkram« ist. Ihr wisst schon. Nicht so wichtig wie Erwachsenenkram. Und sie sagen mir nicht, was ich tun und lassen soll.

Ich habe ihnen von Joe und Dave erzählt und auch von den Möglichkeiten, die Para-Snowboarding zu bieten hat. Mum wurde ganz emotional, Dad hat vor Freude gestrahlt. Sie wissen, was mir Snowboarden bedeutet.

»Taylor, wenn du es machen willst, stehen wir zu einhundert Prozent hinter dir«, sagte Dad.

»Mach dir keine Sorgen ums Geld«, fügte Mum hinzu. »Das Business läuft inzwischen viel besser. Und du weißt, dass wir immer einen Weg finden, um dir zu helfen, nicht wahr?«

»Ich weiß, Mum«, erwiderte ich lächelnd.

Sie haben mich nie unter Druck gesetzt, was schön ist.

Ich glaube, ich komme meiner Entscheidung näher.

Von: taylor_hellemann@gmail.com
An: IsoldeByrne@hotmail.com
Gesendet: Dienstag, 23. Juli, 21:45 Uhr
Betreff: Das ist ein dummer Spruch

Aber wenn es etwas – *irgendwas* – gibt, das ich für dich tun kann, gibst du Bescheid, ja?

Von: IsoldeByrne@hotmail.com
An: taylor_hellemann@gmail.com
Gesendet: Dienstag, 23. Juli, 19:49 Uhr
Betreff: Erzähl mir was Gutes

Alles hier fühlt sich zerbrochen an.

Von: taylor_hellemann@gmail.com
An: IsoldeByrne@hotmail.com
Gesendet: Dienstag, 23. Juli, 21:56 Uhr
Betreff: Erste gute Sache

Ich habe Joe angerufen. Morgen fange ich mit dem Training an. Ich will wissen, wie es läuft, wenn ich etwas komplett Neues beginne.

Von: IsoldeByrne@hotmail.com
An: taylor_hellemann@gmail.com
Gesendet: Dienstag, 23. Juli, 20:04 Uhr
Betreff: RE: Erste gute Sache

Oh, Tay. Das ist besser als gut!

Das ist das Beste, was du mir hättest erzählen können!!!

Von: taylor_hellemann@gmail.com
An: IsoldeByrne@hotmail.com
Gesendet: Dienstag, 23. Juli, 22:09 Uhr
Betreff: Das ist nicht das Beste

Ich sollte es dir nicht per E-Mail sagen. Ich sollte es dir persönlich sagen, wie ich es geplant hatte, wenn ich dich im August besuchen komme. Aber jetzt weiß ich nicht, wann dieser Besuch stattfinden wird. Und du kennst mich. Manchmal gibt einem das Leben nicht so viele Chancen, wie man meint, verdient zu haben.
Deshalb will ich es dir jetzt sagen, Issy. Ich liebe dich so sehr. Das ist das Beste überhaupt.

Von: IsoldeByrne@hotmail.com
An: taylor_hellemann@gmail.com
Gesendet: Dienstag, 23. Juli, 20:14 Uhr
Betreff: Rufst du mich an?

Taylor

Dienstag, 23. Juli
Rufst du mich an? Meine Brust zieht sich schmerzhaft zusammen, während ich Issys Nummer wähle.

Du hättest es nicht so früh sagen sollen, schreit mein Gehirn. Das hier ist keine Liebesschnulze, in der jeder ständig diese drei Worte sagt. Ja, du liebst sie – aber du liebst sie, seit du denken kannst. Du hättest noch warten sollen. Ihr habt euch erst vor sechs Wochen zum ersten Mal geküsst.

Vielleicht hat sie es sich anders überlegt, seit wir uns am Flughafen voneinander verabschiedet haben. Vielleicht will sie nichts mehr von der Liebe wissen, nachdem ihre Familie auseinandergebrochen ist.

Es war egoistisch, die L-Bombe jetzt platzen zu lassen. Dein Unfall hat dich gelehrt, dass Liebe nicht alles kitten kann. Sie beseitigt den Schmerz nicht vollständig. Sie macht das Leben des anderen nicht auf magische Weise besser.

Das war nicht der Grund, warum ich es gesagt habe, aber das weiß sie nicht.

Isolde geht ran, ohne Hallo zu sagen.

»Ich liebe dich auch«, platzt sie stattdessen heraus.

Ihre Worte klingen halb lachend, halb gepresst. Dann sprudele auch ich los.

»Ich wollte es dir persönlich sagen«, sagt sie leise.

»Das hätte ich auch tun sollen«, erwidere ich. Ihre Stimme, die vor Gefühlen zittert, bringt mich fast zum Weinen.

Mit geschlossenen Augen liege ich auf meinem Bett, die Hand auf meiner Brust, weil ich das Gefühl habe, mein Herz könnte jeden Moment herausspringen.

»Ich liebe dich so sehr, Issy.«

»Das sagtest du bereits.«

»Na und?«

Instant-Messenger-Unterhaltung

Donnerstag, 1. August, 18:44 Uhr

FINN WILLIAMS: Dann hast du also die L-Bombe platzen lassen.
TAYLOR HELLEMANN: Woher weißt du das?
FINN WILLIAMS: Ana. Wir chatten immer noch ab und zu. ☺
TAYLOR HELLEMANN: Über mich und Issy.
FINN WILLIAMS: Vielleicht. Jedenfalls Hut ab, dass du es ihr gesagt hast. Hat sie es erwidert?
TAYLOR HELLEMANN: Ja, hat sie. ☺
FINN WILLIAMS: Habt ihr darüber gesprochen, wie das Ganze funktionieren soll? Du weißt schon. Fernbeziehung und so.
TAYLOR HELLEMANN: Ich will sie nicht unter Druck setzen. Sie hat schon genug um die Ohren. Wir sprechen später darüber.
FINN WILLIAMS: Wirklich? Oder sagst du das nur so?
TAYLOR HELLEMANN: Wir müssen nicht groß darüber diskutieren. Sie weiß, was ich für sie empfinde. Wir sind es gewohnt, weit voneinander entfernt zu sein.
FINN WILLIAMS: Als Freunde. Aber eine Fernbeziehung ist noch komplizierter.
TAYLOR HELLEMANN: Wir haben uns schon über die

Zukunft unterhalten. Wir werden einander so oft wie möglich besuchen, bis wir mit der Schule fertig sind. Dann nehmen wir uns ein Jahr Auszeit und reisen gemeinsam mit dem Rucksack durch die Welt. Durchwandern die österreichischen Alpen. Küssen uns vor dem Eifelturm. All die schönen Dinge.

FINN WILLIAMS: Was passiert, wenn du wieder Snowboard fährst und für zwei oder drei Monate im Ausland trainierst?

TAYLOR HELLEMANN: Finn, ich habe vor acht Tagen mit dem Training angefangen. Du bist etwas voreilig.

FINN WILLIAMS: Hey, ich weiß, was passiert, wenn du dir was in den Kopf gesetzt hast.

TAYLOR HELLEMANN: Im Moment will ich einfach nur hart arbeiten und Spaß haben da oben.

FINN WILLIAMS: Das ist cool, Kumpel. Aber ich finde trotzdem, dass ihr euch unterhalten solltet. Eine Fernbeziehung bringt Probleme mit sich. Du weißt schon. Eifersucht und so.

TAYLOR HELLEMANN: Warum bist du jetzt so ein Spielverderber? Es ist, als wolltest du, dass wir uns trennen.

FINN WILLIAMS: Im Gegenteil, Mann. Ich will, dass es mit euch beiden funktioniert. Ich will damit nur sagen, dass ihr einen Schlachtplan braucht gegen die mächtigen Kräfte, die euch begegnen werden.

TAYLOR HELLEMANN: Klingt wie eine Zeile aus einem Marvel-Film. Aber ja, ich werde mit ihr reden. Aber ich will es persönlich machen. Sie wollte im September herkommen. Wir müssen nur noch klären, wann genau.

Taylor

Montag, 19. August

Joe trat sofort in Aktion, nachdem ich beschlossen hatte, wieder mit dem Training zu beginnen. Da Banked Slalom und Snowboard Cross neue Disziplinen für mich sind, arbeiten wir mit Dave und Liam zusammen.

Liam und ich sind keine direkten Konkurrenten. Er ist ein OSA – ein Oberschenkelamputierter –, und fährt in der SB-LL1 Sport Class. Ich wurde als SB-LL2 eingestuft.

Ich habe mir auf YouTube ein paar Para-Events von Pyeongchang angesehen. Typen wie Evan Strong – einen Unterschenkelamputierten wie mich – zu sehen, die in einer aggressiven Kategorie wie Snowboard Cross allen zeigen, wo der Hammer hängt, dann die Banked Slalom-Piste hinabfliegen und Silber holen, löst in mir … Vorfreude aus.

Ich will wissen, was ich erreichen kann. Jetzt muss ich mich noch vom Internationalen Sportverband bewerten lassen, um an Wettbewerben teilnehmen zu dürfen.

Für die Beurteilung nehme ich meine gesamte Ausrüstung mit. Zum Glück ist meine neue Prothese vor ein paar Tagen angekommen. Es macht so viel Spaß, mit ihr zu trainieren. Die Bewegung des Fußes ist unglaublich. Mein Selbstbewusstsein wächst wieder, vor allem, was Sprünge angeht, denn ich spüre, wie die Stoßdämpfer meine Landungen abfedern.

»Es ist offiziell!«, verkündete Joe, als ich heute Morgen angekommen bin, und zeigte mir das Dokument, das ihm die World Para Snowboard geschickt hat und in dem der Status meiner Sportklasse bestätigt wird. »Sieht ganz so aus, als wärst du Teil der Snowboard-Cross-Qualifikation am 14. September.«

Die Qualifikation hier in Cardrona ist das erste Para-Snowboard-Event des Jahres.

»Sieht ganz so aus«, erwidere ich kopfschüttelnd. »Es passiert also wirklich, was?«

Natürlich habe ich Angst, so schnell an einem Para-Wettbewerb teilzunehmen. Aber ich bin auch total aus dem Häuschen. Die letzten Wochen mit Liam haben meinen alten Kampfgeist geweckt.

»Auf jeden Fall«, erwidert Joe. »Bist du bereit, die nächsten Wochen wie ein Berserker zu trainieren?«

»Los geht's.«

Von: taylor_hellemann@gmail.com
An: IsoldeByrne@hotmail.com
Gesendet: Mittwoch, 21. August, 19:15 Uhr
Betreff: Also ...

Mum hat mir eben gesagt, dass du, Vi und eure Mum am Wochenende vom 21. September kommen wollt, bevor Vi zurück nach England fliegt. Ich wollte nur fragen, ob ihr die Tickets schon gebucht habt.

Von: IsoldeByrne@hotmail.com
An: taylor_hellemann@gmail.com
Gesendet: Mittwoch, 21. August, 17:19 Uhr
Betreff: RE: Also ...

Wie witzig. Bin gerade in Mums Büro. Sie schaut, was noch verfügbar ist.

Von: taylor_hellemann@gmail.com
An: IsoldeByrne@hotmail.com
Gesendet: Mittwoch, 21. August, 19:22 Uhr
Betreff: RE: Also ...

Könntet ihr vielleicht schon das Wochenende davor kommen? Am Freitag, den 13.?
Ich habe da diese Sache am 14. ...

Von: IsoldeByrne@hotmail.com
An: taylor_hellemann@gmail.com
Gesendet: Mittwoch, 21. August, 17:27 Uhr

Betreff: Dieser Satz gefällt mir nicht so richtig, weißt du

Beim letzten Mal, als du diesen Satz gesagt hast, hattest du ein Date. ☺

Von: taylor_hellemann@gmail.com
An: IsoldeByrne@hotmail.com
Gesendet: Mittwoch, 21. August, 19:32 Uhr
Betreff: Ups

Peinlicher Moment Nummer 4.521.
Ich habe kein Date. Nun ja, wobei ... Irgendwie schon. Aber mit meinem Snowboard.
Ich trete bei den Qualifikationsspielen an. Und ich habe gehofft, das Mädchen, auf das ich stehe, könnte vielleicht auch da sein. Du weißt schon. Um mir mit einem Kuss Glück zu wünschen, bevor ich losbrettere.

Von: IsoldeByrne@hotmail.com
An: taylor_hellemann@gmail.com
Gesendet: Mittwoch, 21. August, 17:36 Uhr
Betreff: Ich glaube, das kriegen wir hin ☺

Von: taylor_hellemann@gmail.com
An: IsoldeByrne@hotmail.com
Gesendet: Mittwoch, 21. August, 19:39 Uhr
Betreff: Nur, damit du's weißt

Vielleicht ergaunere ich mir davor noch ein paar Extraküsse. Freitagabend, Freitagnacht, Samstagmorgen ... usw. Das gehört natürlich zum Trainingsplan.

Von: IsoldeByrne@hotmail.com
An: taylor_hellemann@gmail.com
Gesendet: Mittwoch, 21. August, 17:54 Uhr
Betreff: RE: Nur, damit du's weißt

Mum und Vi haben gerade deinen »Trainingsplan« gesehen. Ein *bisschen* seltsam.
Aber es ist offiziell. Am 13. September werde ich zu dir fliegen! ☺

Isolde

Freitag, 23. August

Ich dachte, die Wut würde ewig währen. Sie war so heiß und rasend, dass ich nachts nicht mehr schlafen konnte, obwohl es Winter war und die Temperaturen um vier Uhr einstellige Werte erreichten. Meine Hände schmerzten, und ich merkte, dass ich mich so fest in die Bettdecke krallte, als wollte ich sie zerreißen.

Doch als ich vor drei Tagen erwachte, war die Wut verschwunden.

Ich wünschte, ich könnte wieder wütend sein. Trauer ist viel schlimmer.

Immer wieder denke ich an Momente, die es nie wieder geben wird. Es wird nie wieder ein Weihnachten geben, an dem Dad, Mum, Vi und ich alberne rot-karierte Partnerschlafanzüge tragen, vor dem Fernseher Mums Schokoladenmousse verschlingen und die Dialoge von *Kevin – Allein zu Haus* mitsprechen. Wir werden Dad nie wieder damit aufziehen, dass Mum nicht ganz so heimlich in Jude Law verknallt ist, wenn wir uns danach *Liebe braucht keine Ferien* ansehen.

Wir werden nie wieder am Weihnachtsmorgen im selben Haus aufwachen. Dieser Gedanke bringt mich mitten in der Nacht zum Weinen.

Wir werden nie wieder gemeinsam an die Südküste fahren. Vi und ich werden nie wieder auf dem Rücksitz sitzen und uns über Mums und Dads fürchterlichen Musikgeschmack beschweren. Es wird nie wieder ein Picknick geben, zu dem Dad den stinkigsten Blauschimmelkäse mitbringt, den man sich vorstellen kann, sodass wir ihn dazu zwingen müssen, sich einen Meter entfernt auf ein Handtuch zu setzen und wir ihm aus Mitleid Cracker zuwerfen, wenn er eine traurige Arie zu singen beginnt.

Ich werde nie wieder über den Flur zu »ihrem« Zimmer rennen. Jetzt ist es nur noch Mums Zimmer. Ich muss Dad *anrufen*, um mit ihm zu sprechen, statt einfach die Treppe hinaufzuschreien, wie ich es immer getan habe.

Es wird nie wieder ein *wir* geben. Wir vier. Vi, Dad, Mum und ich. Nie wieder.

Der Verlust der kleinen Momente und unserer seltsamen Familientraditionen ist so schlimm, dass ich es manchmal kaum aushalte.

Mit Vi kann ich nicht über meine Gefühle sprechen. Sie ist immer noch wütend. Ich merke es, wenn sie abends am Küchentisch sitzt und versucht ihre Abschlussarbeit fertigzuschreiben, die sie in ein paar Wochen abgeben muss. Sie tippt nicht, sie hämmert auf der Tastatur herum.

Mum befindet sich in einem völlig anderen Stadium. *Das Leben weiterleben*, höre ich sie am Telefon zu ihren Freundinnen sagen. Ich schätze, sie hatte einfach schon mehr Zeit, um sich daran zu gewöhnen. Sie ist Vi und mir Wochen voraus.

Jetzt da sie sich offiziell trennen, muss an alle möglichen Dinge gedacht werden. Alles ist irgendwie miteinander verbunden. Bankkonten. Krankenversicherung. Die Kredite für die Autos.

Sie werden das Haus verkaufen. Ich weiß, dass es Sinn

ergibt. Wenn Vi Mitte September nach Cambridge zurückgeht, werden wir nur noch zu zweit sein. Aber mir wird bei dem Gedanken trotzdem schlecht.

Ich habe mein ganzes Leben hier verbracht.

Mum meint, sie würde ihren Anteil dafür nutzen, ein Apartment hier in Sydney zu kaufen und eins in Queenstown. Nicht nur als Investition im wachsenden Immobilienmarkt, sondern damit wir dort wohnen können, wenn wir zu Besuch sind. Mum findet, wir sollten ab jetzt Weihnachten und die langen Wochenenden dort verbringen. Ab und zu mal aus Sydney rauskommen.

Ich sollte mich freuen. Wir werden an meinem Lieblingsort eine Immobilie besitzen. Doch stattdessen fühle ich mich leer.

Isoldes Smartphone

Freitag, 30. August, 16:45 Uhr

VIOLETTA: Ich bin gerade aus der Bibliothek zurückgekommen. Der Brief ist da.

Isolde

Freitag, 30. August

Ich wünschte, ich hätte den Brief zuerst entdeckt, denke ich, als ich zur Haustür hereinkomme. Mum und Vi tigern im Flur auf und ab, als hätten sie die ganze Zeit auf mich gewartet, seit Vi mir geschrieben hat.

Ich habe die Nachricht während meines Spitzentanzunterrichts in der Pause gesehen. Ich wollte nicht früher gehen, weil ich sowieso schon weiß, was in dem Brief steht.

Ich erinnere mich noch gut an den dünnen Umschlag letztes Jahr. An den einseitigen Brief darin.

Vielen Dank für Ihre Bewerbung an der National Ballet School. Wir bedauern, Ihnen mitteilen zu müssen, dass wir Ihnen keinen Platz anbieten können.

Ich erinnere mich daran, wie die Enttäuschung in meine Knochen gezogen ist und mich monatelang heruntergezogen hat.

Dieses Jahr fühlt es sich anders an. Ich weiß, dass ich traurig sein werde. Aber es wird mich nicht mehr so sehr zerstören wie letztes Mal. Nicht aufgenommen zu werden bedeutet nicht mehr dasselbe wie früher – *Versagen.* Jetzt ist es nur noch ein Wendepunkt, an dem mein Leben eine andere Richtung nimmt als bisher geplant. Das bedeutet aber nicht, dass es das Ende dessen ist, was ich liebe.

Ich weiß, dass ich auch weiterhin tanzen werde. All die Emotionen, die ich in den letzten Monaten durchgemacht habe – das schöne Gefühl, mich zu verlieben, die Freude, ebenfalls geliebt zu werden, die Trauer, die Wut und die Angst, die ich während Mums und Dads Trennung gespürt habe – ich habe sie alle ins Ballett fließen lassen. Ich bin nicht mehr verblasst. Ich spüre, wie alle Gefühlsfarben durch meinen Körper strömen, von meinen Zehen bis zu meinen Fingerspitzen fließen sie in jede Bewegung ein, die ich mache.

Und mit der Farbe kommt die Erinnerung. Der Grund, warum mein fünfjähriges Ich zu tanzen begonnen hat. Um mich *auszudrücken.* Und das ist auch der Grund, warum ich niemals damit aufhören werde. Selbst wenn ich allein im Studio tanze, um Trost, Freude und den *Flow* zu spüren.

Als ich Mums und Vis ängstliche Gesichter sehe, weiß ich, dass ich bereit bin für das, was in dem Umschlag auf mich wartet.

»Ich habe ihn nicht aufgemacht. Ich schwöre«, sagt Vi, als sie die Hand hinterm Rücken hervorzieht und mir den Umschlag reicht.

Es ist kein dünner Umschlag. Dieser hier ist viel größer und dicker. Mein Herz beginnt zu klopfen.

Beruhige dich. Wahrscheinlich haben sie noch eine Broschüre beigelegt.

Mit zitternden Fingern reiße ich den Umschlag auf und lese die ersten Zeilen.

Wir freuen uns, Ihnen mitzuteilen, dass wir Sie in unser Level-5-Programm an der National Ballet School aufnehmen, beginnend im Januar.

Ich lese den Satz immer wieder, denn ich bin sicher, dass ich ihn falsch verstanden habe. Doch dann schreit mir

Vi, die über meine rechte Schulter gespäht hat, direkt ins Ohr.

»Du hast es GESCHAFFT! Ich wusste es. Ich *wusste* es einfach!«

Mum fängt an zu weinen.

Vi rüttelt mich an den Schultern. »Sie steht unter Schock«, sagt sie zu Mum.

»Bist du sicher, dass sie mich nehmen?«, frage ich Vi und reiche ihr den Brief. Ich traue der Sache nicht.

Vi blättert durch den Papierstapel, nimmt das hinterste Blatt und wedelt mir damit vor der Nase herum. »Das ist dein Anmeldeformular, du Dummerchen. Sobald du das ausgefüllt hast, ist es offiziell.«

Mir war nicht klar, wie viel Hoffnung ich noch hatte. Das wird mir erst jetzt bewusst, als ich zitternd auf das Formular in meiner Hand starre.

Ich habe es geschafft.

Mum und Vi haben die Arme um mich geschlungen. Als ich aufblicke, sehe ich uns im Spiegel.

»Wir gehen jetzt feiern«, verkündet Mum. »Holt eure Jacken, Mädels.«

Wir gehen in eine Bar neben der Oper. Mum und Vi trinken Champagner. Ich darf natürlich noch nicht, aber ich fühle mich auch so trunken vor Glück. Ich frage mich, ob ich morgen früh aufwachen werde und alles nur ein Traum war.

»Meinst du, sie wird eines Tages dort tanzen?«, fragt Vi Mum und deutet auf das Opernhaus.

»Könnte sein«, erwidert Mum lächelnd.

Ich weiß, dass das noch Lichtjahre entfernt ist. Auf einer dieser Bühnen zu tanzen, in einem der schönsten Gebäude der Welt, ist etwas, das eines Tages passieren *könnte* – wenn ich es schaffe, in die Kompanie des Nationalballetts aufgenommen zu werden.

Aber es ist möglich. Alles ist jetzt möglich.

»Ich muss Taylor anrufen«, sage ich.

»Rufen wir ihn zusammen an.« Vi ist völlig aufgekratzt von ihrem halben Glas Champagner. Sie greift nach meinem Handy und öffnet Skype. Keine Sekunde später erscheint Taylors Gesicht auf dem Display. Mum und Vi drücken sich gegen mich und schreien gleichzeitig ins Telefon.

»Sie hat es geschafft!«

»Sie hat einen Platz bekommen!«

Bei dem Geschrei dauert es kurz, bis er versteht.

Doch dann beginnt er zu strahlen. Sein Grinsen ist so breit wie an dem Tag, als ich ihn im Aoraki National Park geküsst habe.

»Meine Freundin ist eine *Legende!*«, ruft er.

»Uuuuuh, Freundin«, quietscht Vi.

»Wie alt bist du? Sechs?« Lachend nehme ich ihr das Handy weg.

Ich stelle mich an den Rand des Außenbereichs, denn dort ist es ruhiger. Ein paar Minuten lang plappern wir aufgeregt drauf los. Immer wieder sagt er mir, wie stolz er auf mich ist, und ich wiederhole immer wieder, dass ich es nicht fassen kann. Dann verändert sich der Ton des Gesprächs.

»Ich wünschte, ich wäre jetzt bei dir«, sagt er leise.

»Ich auch.« Zum ersten Mal heute Abend bin ich traurig. Ich hasse es, dass wir in solchen Momenten nicht zusammen sein können.

Es piept in der Leitung.

»Ruft dich jemand an?«, fragt Tay.

»Ana«, erwidere ich und blicke auf den Namen, der auf meinem Display aufleuchtet.

»Geh ran, Issy. Ana wird ausflippen vor Freude.«

»Reden wir morgen?«, frage ich.

Denn wir müssen reden. Alles, was wir die letzten acht Wochen besprochen haben – wie das zwischen uns funktionieren soll – hat sich jetzt geändert. Wir werden nicht mit dem Rucksack durch Europa reisen. Beziehungsweise erst, wenn wir wesentlich älter sind. Sobald ich an der National Ballet School anfange, werde ich in Melbourne sein, bis ich zwanzig bin. Und danach werde ich versuchen, in eine Ballettkompanie reinzukommen. Auch übers Wochenende ins Flugzeug zu springen wird nicht so einfach werden, wie wir es uns vorgestellt haben. Es wird nicht unmöglich sein, aber ich weiß, dass ich ab jetzt samstags häufig Termine haben werde, was bedeutet, dass ich Taylor seltener besuchen kann.

Seltener als geplant.

Ich liebe ihn so sehr. Ich hasse den Gedanken, ihn seltener zu sehen.

»Ja, das sollten wir«, erwidert er.

Ich höre es an seiner Stimme, dass er genau weiß, worüber wir sprechen müssen.

»Ich liebe dich«, sage ich.

»Ich liebe dich auch.«

Taylor

Freitag, 30. August

Ich weiß, dass sie über *uns* reden will.

Es wäre dumm, es nicht zu tun.

Ich wünschte nur, wir könnten uns persönlich unterhalten. Seite an Seite. Dann könnte ich ihre Hand halten, wenn ich ihr sage: *Ich bin zu allem bereit.*

Isolde

Freitag, 30. August
Kurz nach 19:00 Uhr betritt Dad die Bar. Ich höre ihn, bevor ich ihn sehe.

»Meine Primaballerina Absoluta«, ruft er, bevor er mich packt und herumwirbelt.

Damit meint er *größte Ballerina aller Zeiten.*

»Noch nicht ganz«, erwidere ich lachend, als er mich absetzt.

Als Mum ihn vorhin im Auto angerufen hat, um ihm zu sagen, wo wir uns treffen, wollte ihn ein kleiner Teil von mir nicht sehen. Ich hatte Angst, die Wut, die ich gerade unter Kontrolle gebracht habe, würde zurückkehren, wenn ich die beiden zusammen sähe und wüsste, dass sie nicht mehr zusammen sind.

Aber jetzt da er hier ist, spüre ich keine Wut. Seit ich den Brief geöffnet habe, ist es mir schwergefallen, nicht an Dad zu denken. Seit ich denken kann, war er bei allem dabei, was mit Ballett zu tun hat.

Ich habe dieses Bild vor Augen, wie er mir mit fünf, als ich gerade zu tanzen begonnen hatte, die Haare zu einem Dutt gebunden hat. Nach ein paar Wochen bat ich ihn um Zöpfe und kompliziertere Dutts, wie ich sie an meinen Mitschülerinnen gesehen hatte. Und Dad lernte, wie man sie macht. Von Google und den anderen Müttern. Und als ich älter wurde, zeigte er mir, wie sie funktionierten.

Dad, wie er für mich zum Sportgeschäft fährt, um Schaumstoffrollen und Tennisbälle zum Abwärmen zu kaufen. Dad, wie er mir den Faden in die Nadel einfädelt, als ich zum ersten Mal Bänder an meine Spitzenschuhe nähe. Er hat sogar meine Tutus mit Pailletten bestickt.

Dad, wie er mich im Wartezimmer der Physiopraxis tröstet. Ich bin in Tränen aufgelöst, weil meine Knöchelverletzung nicht so schnell heilt, wie sie sollte.

Dad, wie er bei jedem Vortanzen nervös vor der Tür wartet.

Wie er nach jeder Aufführung aufspringt und *Brava!* ruft.

Nach der Premiere saßen wir immer zusammen in der Küche, tranken Kakao und redeten über die Aufführung. Was gut gelaufen und was schiefgelaufen war. Worauf ich stolz war und was ich verbessern wollte. Es waren lange Gespräche, und ich hatte immer das Gefühl, dass er mir seine volle Aufmerksamkeit schenkte. Nicht nur, weil ich seine Tochter war, sondern weil ihm *Kunst* so wichtig war.

Er ist kein Tänzer, aber er liebt Ballett genauso sehr wie ich.

Kurz muss ich die Augen schließen, als ich daran denke, denn ich will nicht, dass Mum, Dad oder Vi meine Tränen sehen.

Ich habe mich gefragt, ob es heute seltsam sein würde zwischen Mum und Dad. Ist es aber nicht. Vielleicht liegt es an den Neuigkeiten oder daran, dass wir seit der Hochzeit nichts mehr zusammen unternommen haben, aber es ist alles in Ordnung. Mum lächelt entspannt, Dad hat gute Laune. Er bestellt für Mum und Vi mehr Champagner und Pizza für uns alle. Während wir essen, beobachten wir, wie die Lichter der Harbour Bridge erstrahlen. Vi erzählt von ihren Flitterwochen auf den Cookinseln und wie Jack sie »rasender Dämon« genannt hat, nachdem sie zusammen Jet-Ski gefahren sind und Vi so viel Gas gegeben hat, dass Jack heruntergefallen ist. Dad erzählt von seinem neuen Job und reißt ein paar schlechte Witze, die Vi und mich mit den Augen rollen lassen.

Es ist wie früher.

Bis wir in die Tiefgarage gehen. Mum, Vi und ich steigen in Mums Auto. Dad steht daneben, während wir uns anschnallen und die Türen schließen. Sein Auto steht eine Etage tiefer, doch er will warten, bis wir losgefahren sind.

»Fahrt vorsichtig«, sagt er, als Mum rückwärts aus der Lücke rangiert.

Im Wegfahren werfe ich einen Blick zurück und sehe, wie er allein auf dem Parkdeck steht.

Warum kommst du nicht mit uns nach Hause?, ist alles, was ich denken kann.

Taylor

Samstag, 31. August

Wir reden bis spät in die Nacht. Issy erzählt mir, wie falsch es sich angefühlt hat, ohne ihren Dad nach Hause zu fahren.

»Ich will, dass es aufhört wehzutun«, sagt Issy weinend.

Es bricht mir das Herz. Ich will alles tun, damit es ihr besser geht. Aber ich kann nur zuhören und versuchen, etwas zu sagen. Irgendwas, das vielleicht helfen könnte.

»Danke, dass du für mich da bist«, flüstert Issy kurz nach Mitternacht.

»Ich bin immer für dich da, Issy.«

»Ich habe Angst, Tay«, sagt sie. »Um uns. Was mit uns passieren wird.«

Ich bin erleichtert, dass sie *Angst* gesagt hat. Es ist nur ehrlich. Eine solide Basis, auf der man aufbauen kann, statt sich gegenseitig etwas vorzumachen, um den anderen nicht zu verletzen.

»Ich auch«, gestehe ich.

»Ich will mit dir zusammen sein.«

»Und ich mit dir«, erwidere ich. »Soweit ist es einfach, nicht wahr?«

»Bleibt nur die Frage, *wie*«, sagt Issy. »Wie soll es funktionieren? Ich ziehe nach Melbourne, und du wirst herumreisen, um zu trainieren und bei Wettbewerben anzutreten.«

»Ich will, dass es genauso einfach wird wie die Tatsache, dass wir uns lieben. Wir werden es herausfinden«, antworte ich. »Aber mir ist bewusst, dass es nicht leicht werden wird.«

»Ich bin froh, dass du wieder das tust, was du liebst«, sagt Issy. »Das weißt du, oder? Das Letzte, was ich will, ist, dass du deine Träume für mich aufgibst oder ein schlechtes Gewissen hast, weil du sie verfolgst.«

»Mir geht es ganz genauso«, erwidere ich. »Ich liebe es, dass du große Ziele hast. Darin sind wir uns sehr ähnlich.«

»Wir wissen, worauf wir uns einlassen«, bestätigt Issy. »Es wird echt schwer.«

»Ja, ich weiß.«

Ich denke daran zurück, wie wir geskypt haben, als ich in Colorado war und sie in Sydney. Wir waren monatelang getrennt. Und damals waren wir nicht mal ein Paar.

»Was machen wir jetzt?«, möchte Issy wissen.

»Ich will trotzdem mit dir zusammen sein«, erwidere ich. »Wir verstehen einander, Issy. Wir verstehen diese Art zu leben. Wenn es jemand schafft, dann wir.«

»Das stimmt«, flüstert sie.

Ich weiß, dass wir beide an das letzte Jahr denken. Die Distanz zwischen uns war die ganze Zeit schon da, trotzdem stehen wir uns jetzt näher als noch vor zwölf Monaten. Vielleicht wird es in einem Jahr wieder so sein?

Ich kenne meine Antwort. Sie hat sich nicht geändert, seit mir im April klar wurde, dass ich sie liebe.

»Ich bin an Bord, Issy«, sage ich.

»Mein Herz ist auch an Bord«, erwidert sie mit gepresster Stimme. »Aber mein Kopf hat Angst.«

Sie denkt an ihre Eltern. Daran, dass es nicht immer ein Happy End gibt.

Wir schweigen beide.

»Ich muss ins Bett«, sagt sie irgendwann. »Können wir morgen wieder reden?«

»Aber natürlich.«

Sie ist erschöpft, sowohl körperlich als auch seelisch. Heute ist nicht der richtige Zeitpunkt, sie um eine Antwort zu bitten.

Ich will sie nicht unter Druck setzen. Wir müssen beide voll und ganz dabei sein. Mit Kopf und Herz. Ohne zu zögern. Nur so kann es funktionieren.

»Ich liebe dich, Tay«, flüstert sie.

»Ich liebe dich auch.«

Isolde

Samstag, 31. August

Nachdem er aufgelegt hat, würde ich ihn am liebsten sofort wieder anrufen. Ich will ihm sagen: *Ich will mit dir zusammen sein*, denn das will ich wirklich. Aber ich weiß noch, wie schuldig ich mich in den Wochen vor Vis Hochzeit gefühlt habe, wenn ich im Studio war. Wie ich meiner eigenen Schwester nur so wenig von mir geben konnte.

Ich will Tay alles von mir geben, aber ich weiß, dass es nicht möglich sein wird. Ich will ihm alles geben, was ich ihm außerhalb des Balletts – die Sache, für die ich bestimmt bin – geben *kann.* Aber wird es ihm genügen?

Wird es mir genügen? Bei ihm wird es das Gleiche sein, jetzt da er wieder anfängt zu boarden.

Können wir damit leben, dass wir nicht alles geben können?

Ich will, dass wir die größten Fans des jeweils anderen sind. Dass wir uns bedingungslos anfeuern, während wir in verschiedenen Teilen der Welt unsere Träume verfolgen. Dass wir uns so oft wie möglich sehen, egal wo, und dann noch verliebter sind als ohnehin schon.

Lieber will ich ihn immer wieder kurz sehen, statt jeden Tag mit einem anderen zusammen zu sein. Aber ich habe auch Angst vor dem Unvermeidlichen. Dass die Einsamkeit, die Eifersucht und der Frust mit uns durchgehen und wir uns streiten werden. Wir sind beide Hitzköpfe. Im Streit sagen wir dumme Sachen – und wir sind beide verdammt stur.

Ich habe nicht nur Angst vor einer Trennung und dass mir das Herz gebrochen wird, sondern auch um unsere Freundschaft.

Taylor

Sonntag, 1. September
Ich versuche, keine Angst zu haben, auch wenn ich nach dem Aufwachen sofort an das Gespräch mit Natalia denken muss, als sie unsere Beziehung am Telefon beendet hat.

Es ist eine alte Wunde, die immer noch schmerzt, wenn ich zu sehr darüber nachdenke. Dabei geht es nicht um Natalia. Es ist die Erinnerung an die Zurückweisung. Die Angst, dass mir das Gleiche noch mal passiert.

Mein Kopf weiß, dass es gut ist, dass Isolde alles sorgfältig überdenkt. Es ist klug.

Natalia hat mir die Antwort schnell gegeben. Es war die Antwort, die ich hören wollte. Und was daraus geworden ist, ist bekannt.

Isolde

Sonntag, 1. September

Mum, Vi und ich verbringen einen Großteil des Tages damit, eines der Zimmer auszumisten. Wir packen alte Prinzessinnen- und Piratenkostüme, die Vi und ich früher getragen haben, in Kisten, um sie einer Wohltätigkeitsorganisation zu spenden. Auch die alten Bücher und sonstige Sachen gehen wir durch, um zu entscheiden, was wir behalten wollen. Sobald das Haus verkauft ist und Mum und Dad nur noch Apartments haben, bleibt viel weniger Platz.

Irgendwann am späten Nachmittag finden wir Mums alte Ordner, in denen sie Zeitungsartikel über Atoms from Galaxies aufbewahrt hat.

»Sie war wohl ein richtiges Fangirl, was?«, bemerkt Vi, während sie Poster um Poster durchblättert. Dann faltet sie eines davon auseinander und stöhnt. »Diese *Haare!*«

»Die Bandanas sind noch viel schlimmer«, erwidere ich kopfschüttelnd. Ich knipse ein Foto von dem Poster, um es später Tay zu schicken. Er wird seinen Dad definitiv damit aufziehen.

»*Das* hast du also in Tobi gesehen, was, Mum?« Vi pfeift, und wir brechen beide in Gelächter aus. »Nicht schlecht.«

Mum schüttelt zwar den Kopf, muss aber ebenfalls lachen. »Die muss ich Tobi unbedingt schicken.«

Sie gibt uns einen Karton für die Poster und Zeitungsartikel. Vi und ich machen uns weiter über den 90ies-Style lustig, während Mum einen Stapel Fotos durchsieht, die alle gemacht wurden, als es die Band noch gab.

Dann klingelt Vis Handy. »Die Mädels sind da«, sagt sie und steht auf.

Sie trifft sich heute Abend mit ein paar Freundinnen aus der Highschool. Während Vi und Mum nach unten gehen, um sie zu begrüßen, packe ich die Zeitungsartikel in die Kiste und sehe mir dann die Fotos an, die Mum auf dem Fußboden hat liegen lassen.

Es ist immer ein Schock, sie so jung zu sehen. Dass es mal eine Zeit gab, als sie noch nicht *Mum* war, sondern einfach Louise. Das Mädchen auf dem Foto mit dem langen dunklen Haar liegt auf dem Fußboden des Band-Apartments, umringt von etlichen Zetteln, und notiert Songzeilen, die ihr Tobi diktiert. Auf den meisten Fotos blickt Tobi nicht in die Kamera. Stattdessen beugt er sich konzentriert über eine Gitarre, und sein langes Haar verdeckt seine Augen.

Auf einem der Fotos haben sie die Köpfe dicht zusammengesteckt, und Mum hält einen Songtext in den Händen. Sie konzentriert sich komplett auf das Blatt Papier, zwischen ihren Augenbrauen hat sich eine Falte gebildet, und man sieht ihr an, dass ihr eine Frage auf der Zunge brennt. Aber Tobi sieht nicht auf das Blatt – er begutachtet ihr Profil und hat dieses halbseitige Grinsen, als hätte ihm gerade jemand ein Geheimnis verraten. Für alle Ewigkeit streicht er ihr mit der rechten Hand eine Haarsträhne hinters Ohr.

Als Mum zurück ins Zimmer kommt, lege ich das Foto weg.

»Ich habe nachgedacht«, sagt Mum, als sie sich neben mich auf den Teppich setzt. »Wie wäre es, wenn wir zusammen nach Melbourne ziehen? Dann könnten wir in der Nähe der Schule ein Apartment mieten, und du müsstest nicht ins Internat.«

»Und was ist mit deinem Job?«, frage ich verwirrt. Ihre Firma hat kein Büro in Melbourne, und ich weiß, dass sie nicht aus der Ferne arbeiten kann – deshalb durfte ich nicht zum Vortanzen, als ich noch jünger war.

»Ich finde einen anderen«, erwidert sie. »Ich will dich unterstützen, Liebling. Außerdem wäre es schön, gemeinsam in eine neue Stadt zu ziehen und neue Erinnerungen zu schaffen.«

Ich denke an Sydney. Wie viele Spuren unsere Familie an Stränden, in Cafés und auf Straßen hinterlassen hat, nicht nur in Mosman, sondern an der gesamten Nordküste und in der ganzen Stadt. Wie Fußspuren in nassem Zement.

Melbourne hat das nicht.

»Die Idee gefällt mir«, erwidere ich und umarme sie.

Was Mums und Dads Trennung angeht, habe ich immer noch eine Menge zu verarbeiten. Ich weiß nicht, wie lange es dauern wird, bis ich es akzeptieren kann. Und ob ich das überhaupt jemals voll und ganz können werde. Vielleicht werde ich niemals aufhören, meine Familie – wir vier zusammen – zu vermissen und mir zu wünschen, dass alles so geblieben wäre.

Ich weiß, dass es für Mum auch nicht leicht ist. Wir versuchen beide, ein neues Leben zu beginnen. Deshalb bin ich froh, sie in Melbourne dabei zu haben. Zusammen zu sein wird mir helfen, ein bisschen weniger Angst vor der Zukunft zu haben.

»Mum«, sage ich, während sie das oberste Foto auf dem Stapel begutachtet. Das, auf dem Tobi ihr Haar berührt. »Warum habt ihr euch getrennt, Tobi und du?«

Diese Frage habe ich ihr noch nie gestellt. Zumindest nicht richtig. Immer wenn wir auf die Trennung zu sprechen kamen, sagten Mum oder Tobi für gewöhnlich: »Oh, wir waren damals noch Kinder.«

Es dauert kurz, bevor sie aufblickt. »Ich habe Angst bekommen, nehme ich an. Als wir uns verlobt haben, dachte ich, er würde nicht mehr so viel auf Tour gehen. Das waren noch andere Zeiten im Vergleich zu heute. Wir hatten keine Handys oder E-Mail. Man konnte nicht ständig miteinander kommunizieren. Er musste mich von Telefonzellen aus anrufen und Briefe schreiben. Und das war … schwer, wenn man jemanden so sehr liebt.«

Ich nicke und muss an das Gespräch mit Taylor gestern Nacht denken.

»Tobi dachte, ich würde mit ihm auf Tour gehen, vor allem, weil die Band im Ausland immer erfolgreicher wurde. Aber ich wollte meinen Abschluss machen. Ich hatte nicht vor, das Mädchen zu sein, das die ganze Zeit Backstage abhängt. Das hatte ich über die Jahre schon genug getan. Das war nicht leicht. Ein paar Wochen nach unserer Verlobung erfuhr ich, dass Tobi drei Monate lang mit seiner Band durch Europa touren würde, und bekam Panik. Ich hatte Angst, er würde mich nicht genug lieben. Dass er sich für *mich* entscheiden müsste statt für die Band, wenn er wirklich mit mir zusammen sein wollte. Ich habe mich selbst davon überzeugt, dass es zwischen uns nicht funktionieren kann. Wir haben uns am Telefon gestritten, und am Ende des Gesprächs habe ich ihm gesagt, dass es vorbei sei«, erzählt Mum. »Danach habe ich so getan, als ginge es mir gut. Ich bin weiter zur Uni gegangen und habe mit Bestnoten abgeschnitten. Aber ich hatte mir selbst das Herz gebrochen.«

Kurz schweigen wir.

»Aber das ist schon lange her«, sagt Mum und steht auf. »Und Tobi und ich sind Freunde geblieben. Das ist das Wichtigste.«

Ich nicke.

Während Mum eine Kiste mit Zeitungsartikeln hinausträgt, fällt mein Blick wieder auf das Foto von ihr und Tobi, das vor all den Jahren in seinem Apartment entstanden ist. Ihr Haar, das genauso dunkel ist wie meins. Tobis Lächeln, das Taylors so sehr ähnelt.

Isolde

Montag, 2. September
Heute Morgen habe ich zwei Sachen abgeschickt.

Das Erste war ein Brief. Das Anmeldeformular für die National Ballet School, mit einem Haken in dem Kästchen neben *Hiermit nehme ich den mir angebotenen Platz an.*

Das Zweite war eine Playlist für Taylor.

Von: IsoldeByrne@hotmail.com
An: taylor_hellemann@gmail.com
Gesendet: Montag, 2. September, 07:39 Uhr
Betreff: Playlist

Du hast mir gesagt, du seist voll und ganz an Bord. Ich bin es auch.
Die Playlist sagt alles, Tay …

Fernbeziehung

Something Just Like This	The Chainsmokers & Coldplay
Youth	Troye Sivan
I Like Me Better	Lauv
Under the Lights	CLNGR
Dive Deep	Andrew Belle
Undertow (Alternate Version)	Panama
No Ocean	EXES & Jome
A Place We Knew	Dean Lewis
Meet Me There	Harrison Storm
Adore	Dean Lewis
Miles Apart	Nick Wilson
Wonderwall	Ryan Adams

Taylor

Dienstag, 10. September
Heute in meiner Therapiesitzung gab mir Claire ein Arbeitsblatt mit dem Titel »Identifiziere deine Gefühle des letzten Jahres« mit ungefähr vierzig »Gefühlskästchen«. Ich sollte diejenigen einkringeln, die ich in den letzten zwölf Monaten empfunden habe.

Ich habe einfach die gesamte Tabelle eingekreist, denn es ist die Wahrheit. In 365 Tagen fühlte ich mich nervös. Wütend. Unsicher. Beschämt. Traurig. Ängstlich. Aber ich fühlte mich auch glücklich. Hoffnungsvoll. Freudig. Stolz. Geliebt. Selbst das Gefühl der Euphorie hat ein paarmal Hallo gesagt, was das Letzte war, was ich dieses Jahr erwartet hätte.

Ich weiß, dass sie damit herausfinden wollte, wo ich aktuell stehe. Genauer gesagt, wo ich gerade in Bezug auf meine Amputation stehe.

Ich glaube, man kann nie mit Sicherheit sagen, ob man sich an etwas gewöhnt hat. So etwas ist nie ganz abgeschlossen.

Mein Leben hat sich in der Nacht des Unfalls verändert. Das ist die Realität. Ich habe mein Bein verloren. Aber ich hätte auch fast mein Leben verloren. Seither gibt es ein Davor und ein Danach – und dazwischen befinden sich viele verschiedene Emotionen.

Es gibt Tage, an denen ich mein Bein vermisse. Dann

empfinde ich eine große Trauer, weil ich einen Teil meines Körpers eingebüßt habe. Manchmal habe ich Schmerzen wegen einer Blase an meinem Stumpf oder wegen verspannter Beugemuskeln im Hüftgelenk oder im unteren Rücken – das sind die Probleme, mit denen man kämpft, wenn man eine Prothese trägt. Dann bin ich wütend, weil ich mich mit Dingen herumschlagen muss, von denen der Normalbürger keine Ahnung hat.

Es gibt immer noch Tage, an denen ich mich unsicher fühle. Dann rege ich mich über die Leute auf, die mir nur einen Blick zuwerfen und mich in die Kategorie »anders« stecken. Ich rege mich darüber auf, dass sie sich ein Urteil über mich und meine Fähigkeiten bilden.

Manche Dinge auf Claires Liste, die ich noch abhaken muss, machen mich immer noch nervös.

Auch wenn mich Issy bereits ohne Prothese gesehen hat, gibt es immer noch Dinge, die sie noch nicht gesehen hat. Meinen Stumpf ohne Socke. Die Narben. Die Rötungen. Dass dieser Körperteil dünn und ohne Muskeln ist, nicht wie der Rest meines Körpers. Ich habe Angst davor, dass sie ihn sieht. Berührt. Ich habe Angst davor, mich verletzlich zu fühlen.

Schritt fünfzehn.

Doch dann erinnere ich mich wieder daran, wie sie mich an jenem Morgen bei der Ausleihe in Cardrona angesehen hat, als meine Prothese auf dem Boden lag. Sie sah mich an, wie sie mich immer angesehen hat. Als wäre ich Taylor. Nach wie vor Taylor.

Daran halte ich fest, wenn ich an die Schritte denke, die ich noch nicht erreicht habe.

Aber es gibt auch großartige Tage. Tage, an denen mir

klar wird, dass ich am schönsten Ort der Welt lebe, zusammen mit meinen Eltern, die einfach der Hammer sind. Ich habe einen besten Freund, der mich immer so sehr zum Lachen bringt, dass ich Bauchkrämpfe kriege, und eine Freundin, die ich so sehr liebe, dass es manchmal wehtut. Die mich ansieht, als wäre ich alles, was sie jemals wollte.

In letzter Zeit gibt es immer mehr Tage, an denen ich sofort nach dem Aufwachen meine Prothese anziehe, zur Tür hinausgehe, ins Auto springe und mich mit Liam im Fitnessstudio treffe. Wir machen Kettlebell Swings und Floor Presses. Hanteltraining und Box Jumps. Alle Übungen, die Boarder machen müssen, um Kraft, Stabilität, Beweglichkeit und Geschwindigkeit aufzubauen.

Ich liebe es, dass ich jede Woche etwas mehr Gewicht stemmen kann als die Woche zuvor. Dass ich bei den Box Jumps mehr Wiederholungen schaffe und länger auf dem Laufband joggen kann. Es sind alles Dinge, die vor Kurzem noch außerhalb meiner Komfortzone lagen.

Später am Morgen fahren Liam und ich dann nach Cardrona, um das zu tun, was ich am meisten liebe.

Ich boarde. Ich sause die Abhänge hinab, flirte mit der Grenze zwischen Geschwindigkeit und Sicherheit. Ich tue es immer wieder und wieder und wieder. Und manchmal habe ich das Gefühl, dass alles zusammenkommt. Dann erreichen mein Körper und mein Geist einen Zustand, in dem sich alles einfach anfühlt. Jeder Bewegung folgt ganz natürlich die nächste. Zeit hat dann keine Bedeutung mehr. Es gibt nur mich und den Berg.

Das ist das schönste Hochgefühl überhaupt.

An solchen Tagen weiß ich, dass ich die Grenzen meines Körpers weiter ausreizen will. Herausfinden, wozu mein Körper in der Lage ist. Wozu *ich* in der Lage bin.

Ich will mich selbst überraschen.

Das ist schließlich Teil des ganzen Spaßes, oder etwa nicht?

Isolde

Freitag, 13. September
Klar werden uns die Leute für naiv halten. Zwei Teenager, die meinen, ihre Fernbeziehung könnte funktionieren.
Aber ich weiß zwei Dinge:

1. Wir haben es schon als Freunde geschafft.
2. Ich will keine Entscheidung aus Angst treffen und mir dann für immer und ewig die Frage stellen: *Was wäre gewesen, wenn …* Wenn ich es nicht probiere, werde ich nie wissen, was daraus geworden wäre.

Meine Die roten Schuhe-DVD habe ich einer Wohltätigkeitsorganisation gespendet.

Mir ist dieses Jahr klar geworden, dass ich *besser* tanze, wenn sich mein Leben nicht ausschließlich um Ballett dreht. Wenn ich mich auch noch um andere Dinge kümmere, die ich liebe – meine Familie, meine Freundschaften, meine Beziehung. Wenn Ballett Teil meines Lebens und nicht mein ganzes Leben ist, spüre ich pure Lebensfreude.

Das bedeutet nicht, dass ich nicht alles gebe. Es bedeutet, dass ich in Balance bin.

Ich liebe Taylor. Und ich liebe das Tanzen.

Ich akzeptiere nicht, dass ich nur eins haben kann.

Ich will mehr.

Taylor

Freitag, 13. September
Morgen trete ich zum ersten Mal seit über zwei Jahren bei einem Wettbewerb an. Ich habe keine Ahnung, was passieren wird. Wie ich dieses Wochenende gegen die anderen Snowboarder antreten soll. Welchen Platz ich beim Snowboard Cross – eine ganz neue Disziplin für mich – erreichen werde.

Aber ich freue mich, wieder dabei zu sein. Das Startsignal zu hören und mich die Piste hinabzustürzen. Das Adrenalin, das durch meinen Körper rauscht und die Schreie des Publikums, wenn ich vorbeifliege. Und wenn ich die Ziellinie überquert habe, werde ich dort Mum, Dad, Finn und Issy sehen, die mir zujubeln.

All das ist sicher. Doch der Rest – das Ergebnis, welchen Platz ich belege – nicht.

Und ich weiß auch nicht, was mit Issy und mir passieren wird. Ich will, dass es funktioniert. Aber vielleicht wird es das nicht. Vielleicht endet es in Herzschmerz. Vielleicht aber auch in Freundschaft, wie bei meinem Dad und ihrer Mum.

Die Zukunft ist ungewiss.

Ich glaube nicht daran, dass alles, was passiert, einen Grund hat. Ich weiß nur, dass es für nichts eine Garantie gibt. Alles kann sich jederzeit ändern.

Doch vor allem will ich an den Menschen festhalten,

die ich liebe, und an den Dingen, die ich gern tue. Ich will jeden Moment, den ich mit ihnen verbringen darf, voll und ganz auskosten.

Was passieren wird, wird passieren. Was zählt, ist, wie man in der Zwischenzeit lebt.

Und im Moment sitzt Issy im Flugzeug auf dem Weg nach Queenstown. Jedes Molekül meines Körpers vibriert vor Vorfreude.

Ich liebe sie, und sie liebt mich. So viel ist gerade sicher. Alles andere nicht.

Damit kann ich leben.

Danksagung

Die erste Idee zu diesem Buch kam mir 1999(!), als ich fünfzehn Jahre alt war. Es fühlt sich unwirklich und sehr besonders an, die Geschichte zwanzig Jahre später endlich mit meinen Lesern zu teilen.

Der erste Dank geht an Lisa Berryman, meine Verlegerin von HarperCollins Australia. Lisa, ich schätze mich glücklich, dich auf meiner Reise als Autorin an meiner Seite zu haben – seit ich 2011 den Vertrag für mein erstes Buch unterzeichnet habe, bis zu diesem hier, meinem vierten Roman! Danke für deine Begeisterung für diese Geschichte seit dem ersten Pitch 2016. Danke, dass du das Herz der Geschichte erkannt und mir geholfen hast, es deutlicher herauszuarbeiten. Danke für deine Güte, deinen Zuspruch, deine Unterstützung und deine Klugheit. Und dafür, dass du immer für meine Werke kämpfst. Du bist wundervoll.

Alexandra Nahlous – das war unsere erste gemeinsame Arbeitserfahrung. Lisa erzählte mir, wie großartig du seist – und natürlich hatte sie recht! Danke für das sensible, durchdachte und intuitive Lektorat. Deine vorsichtige und schöne Herangehensweise und wie du instinktiv erkannt hast, was ich mit der Geschichte erzählen möchte, hat mich umgehauen. Danke, dass du meinen Schreibstil und dieses Buch besser gemacht hast.

Kate Burnitt – danke, dass du meine Bücher immer mit

so viel Sorgfalt behandelst und das Beste aus ihnen herausholst. Deinem guten Auge entgeht nicht das kleinste Detail, und ich bin unglaublich dankbar, dass sich eine so talentierte Cheflektorin um meine Bücher kümmert! Ich freue mich darauf, auch in Zukunft mit dir zusammenzuarbeiten.

Kristy Bushnell, vielen Dank für die harte Arbeit, die du in das Korrektorat gesteckt hast, und für deine essenziellen Anmerkungen, die ich kurz vor Veröffentlichung noch berücksichtigen konnte.

Shannon Kelly, danke, dass du mein Buch in den letzten Phasen begleitet hast.

Ein riesiges Dankeschön und meine Wertschätzung gehen an die HarperCollins Children's Publishing-, Marketing-, Sales- und Publicity-Teams – und ganz besonders an Cristina Cappelluto, Amy Fox, Michelle Weisz, Kady Holt und Georgia Williams. Danke für eure Leidenschaft für Jugendbücher und die harte Arbeit, die ihr jeden Tag leistet, um für eure Autoren und deren Geschichten zu kämpfen.

Hazel Lam und das HarperCollins Design Team – danke, dass ihr ein so tolles, cleveres Cover designt habt, das einem sofort ins Auge sticht! Ich liebe es, wie ihr den Geist der Geschichte eingefangen habt und wie sich Social Media und moderne Technologie durch Taylors und Isoldes Story zieht.

Ich bin so stolz, eine australische Autorin und Teil einer so unglaublichen Branche zu sein. Ich danke den Buchhändler*innen, Käufer*innen, Bibliothekar*innen, Lehrer*innen, Rezensent*innen, Unterstützer*innen der Jugendliteratur und der #LoveOzYA-Community. Ohne eure Unterstützung würden meine Bücher die Leserschaft nicht erreichen.

Einen extra Dank an meine Lieblingsbuchhandlung – Beachside Bookshop (Avalon, Sydney) – und an Libby und Danica. Libby, danke, dass du *My Best Friend is a Goddess* so vielen Leserinnen empfohlen hast. Ich bin so dankbar für eure Unterstützung die letzten Jahre. Ich kann es kaum erwarten, eurer wundervollen Buchhandlung bald wieder einen Besuch abzustatten!

Ich möchte vier ganz besondere Menschen der Buch-Community erwähnen – Annie von Read3rz Re-Vu, Eugenia von Genie in a Book, Bron von Bookish Bron und Jeann von Happy Indulgence, die nicht nur überaus liebenswert sind, sondern auch fantastische Plattformen innerhalb der Jugendbuch-Community betreiben. Danke, dass ihr mich die letzten Jahre so unterstützt habt und für euren Enthusiasmus und die Arbeit, die ihr ins Bewerten und Promoten von Jugendbüchern steckt.

Generell möchte ich betonen, welch wichtige Rolle Buch-Blogger, BookTuber und Bookstagrammer in dieser Industrie spielen. Danke für eure große Liebe für LoveOzYA und die Zeit und Mühe, die ihr jeden einzelnen Tag investiert, um für die Bücher zu kämpfen, an die ihr glaubt.

An meine Leser*innen, danke für eure Liebe – die E-Mails, Nachrichten, Tweets, Shoutouts, wundervollen Fotos, lieben und klugen Worte. Ihr seid der Grund, warum ich schreibe! Ihr baut mich auf, wenn ich an mir zweifle oder eine Schreibblockade habe. Ihr bringt mich regelmäßig zum Lächeln, Lachen und vor Freude zum Weinen. Es gibt ein paar Namen, die ich nennen muss: Paula,

Kendall, Callie, Kendra, Mollie – ihr seid GROSSARTIG!!!

Mein wundervoller Ehemann Greg – du bist mein bester Freund, meine Vertrauensperson, mein Cheerleader, mein Fels. Man sagt, die wahre Kraft eines Mannes liege im Lächeln der Frau an seiner Seite. Seit ich dich kenne, lächle (und lache) ich mehr als je zuvor. Du hast mich fröhlicher gemacht, meine alten Wunden geheilt und mich von so vielen Ängsten befreit. Ich kann dir gar nicht sagen, wie sehr du mein Leben zum Besseren verändert hast (schon beim Schreiben bekomme ich feuchte Augen). Ich kann dir alles erzählen und weiß, dass du immer zu mir hältst. Du bist mein Taylor. *Ich liebe dich.*

Mein Dad Peter. So vieles, was ich über Kreativität und den künstlerischen Schaffensprozess weiß, habe ich von dir gelernt. Danke, dass du die letzten fünfunddreißig Jahre sowohl Vater als auch Mutter für mich gewesen bist. Danke, dass du immer ans Telefon gehst, für deine Geduld, deinen Zuspruch und deinen Rat. Danke, dass du mein großes Vorbild bist, an meine Ziele zu glauben. Dass du mich immer wieder daran erinnerst, dass ich Künstlerin bin. Ich bin so dankbar, dass du mein Vater bist.

Tony Gray. Legendärer Gitarrist. Hervorragender Ersteller von Playlisten. Geistreich, humorvoll, einzigartig. Ich will dir nicht nur danken, dass du mir die letzten sechs Jahre ein so toller Freund gewesen bist, sondern auch, dass du seit dreiundzwanzig Jahren Gregs bester Freund bist. Wir können uns unser Leben nicht ohne dich vorstellen. Danke für deinen enorm wichtigen Beitrag zu Taylors Geschichte und dass ich die letzten drei Jahre so viel von dir lernen durfte. Danke für deine Offenheit und dass du mir von deinen Erfahrungen erzählt hast. Dass du mir eine Million Fragen beantwortet hast, von Phantomschmerzen, über prothetische Verschlussmechanismen und andere fachspezifische Fragen. Dass du mich in die richtige Richtung gelenkt hast, was die weitere Recherche anging. Ohne dich hätte ich dieses Buch nicht schreiben können.

Für mich ist *Long Distance Playlist* eine Hommage an die Freundschaft. Ich möchte meinen Freunden danken, die während meiner Highschool- und Unizeit für mich da waren und mir geholfen haben, mit etlichen Problemen und schwierigen Situationen fertigzuwerden. Ruben Gray, Beau Hansen und Cybele McNeil, danke für die Gespräche, Telefonate und Mini-Therapiestunden (Cybele, die haben wir immer noch, dreiundzwanzig Jahre später … Ich liebe es)! Für die besten Freunde, die ich nach meinem Uniabschluss kennengelernt habe: Bo Hyea-Ok und Audrey Nicholas – danke für die vertraulichen Gespräche, das Lachen, die Erinnerungen. Auf viele weitere!

Sarada – was für ein Glück ich doch habe, dass du meine Schwester bist. Ich habe immer Schwierigkeiten, anderen unsere tiefe Verbundenheit zu erklären. Aber wie du weißt, ist es, als hätte man eine eingebaute beste Freundin, die einen immer auf tiefster Ebene versteht. Ich bin so froh, dich in meinem Leben zu haben. Du bist eines der größten Geschenke, die ich je bekommen habe. Zwillinge für immer.

»Familie« und »Freunde« sind natürlich miteinander verflochten. Dank und Liebe an meinen Bruder Jesse, meinen Schwager Angus, meine süßen Neffen Hartley und Emmerson, meine Schwiegereltern Sharon und Cecil Sorour und meine Schwägerin und mein Schwager Helen und Josh Bowes (und natürlich Baby-Bowes!).

Der nächste Dank mag vielleicht aus heiterem Himmel kommen, aber es muss sein. Vor zwanzig Jahren gab es einen Jungen, der 13.875 Kilometer von mir entfernt lebte und mir vier Jahre lang Briefe und E-Mails geschrieben hat. Ein Junge, der meine späten Teenager-Jahre ein wenig schöner und besser gemacht hat. Er war der erste Junge, der mich als hübsch bezeichnete, mir Schmuck bastelte, meine Kurzgeschichten und Songtexte las und stundenlang über MSN Messenger (es war das Jahr 2000) mit mir chattete, um über meine Hoffnungen, Träume und Ängste zu sprechen. B – unsere Geschichte endete nicht wie die von Taylor und Issy, das bedeutet aber nicht, dass sie nicht wichtig war. Ich weiß nicht, ob du das hier jemals lesen wirst, aber danke, dass du dem Mädchen aus Australien geschrieben hast. Unsere Briefe waren die Geburtsstunde von *Long Distance Playlist* und wurden zum der Kern der Geschichte – zwei Menschen, die Tausende von Kilometern voneinander entfernt leben, sich aber näher sind als alles andere. Dafür werde ich dir immer dankbar sein.